JOHANNA LINDSEY

GEHEIME LEIDENSCHAFT

Roman

Deutsche Erstausgabe

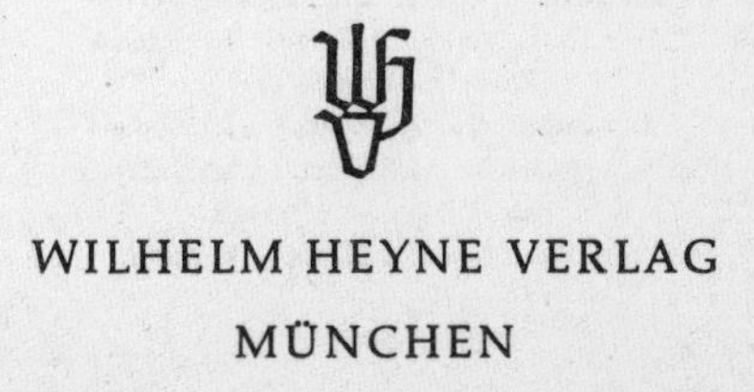

WILHELM HEYNE VERLAG
MÜNCHEN

HEYNE ALLGEMEINE REIHE
Nr. 01/7928

*Für Großmutter Rosie,
die ich ganz besonders liebe*

Titel der amerikanischen Originalausgabe
SECRET FIRE
Übersetzt von Barbara Müller

8. Auflage

Printed in Germany 1993
Umschlagzeichnung: Sharon Spiak/Luserke
Umschlaggestaltung: Atelier Ingrid Schütz, München
Satz: Compusatz, München
Druck und Bindung: Elsnerdruck, Berlin

ISBN 3-453-03637-9

1.

London 1844
Die schweren Regenwolken über ihr am Himmel kündigten schon den nächsten Frühjahrsschauer an, doch Katherine St. John schien sie kaum zu bemerken. Versunken in ihre Beschäftigung schritt sie durch den Garten und schnitt rosa und rote Rosen. Später würde sie diese zu schönen Sträußen anordnen und ihr eigenes und das Zimmer ihrer Schwester Elisabeth damit schmücken. Ihr Bruder Warren zog es mal wieder vor, seinen Vergnügungen außer Haus nachzugehen und es war überflüssig, sein Zimmer, in dem er nur selten schlief, zu verschönern. Der Vater aber konnte Rosen nicht leiden.

»Gebt mir Lilien und Iris, oder auch Gänseblümchen, doch verschont mich mit diesen widerlichen Rosen.«

Katherine achtete die Wünsche ihres Vaters, darin konnte sie sich anpassen. Daher wurde jeden Morgen ein Diener mit dem Auftrag losgeschickt, Gänseblümchen für den Earl of Strafford zu bringen, ungeachtet dessen, daß sie in der Stadt gar nicht so leicht zu finden waren.

»Kate, mein Liebling, du bist wunderbar«, pflegte ihr Vater zu sagen, und Katherine wußte, daß ihr dieses Kompliment gebührte.

Nicht, daß sie auf Lob aus gewesen wäre, davon war sie weit entfernt. Ihre Aufgaben erfüllten sie mit Stolz und Selbstachtung. Sie liebte es, gebraucht zu werden, und sie wurde gebraucht. George St. John war zwar das Familienoberhaupt, aber tatsächlich war es Katherine, die die Verantwortung im Haus trug. Ihr Vater ließ ihr in allen Dingen freie Hand. Holden House hier in London am Cavendish Square und Brockley Hall, der Landsitz des Earls, waren ihr Reich. Sie war ihrem Vater Gastgeberin, Wirtschafterin und Verwalterin und hielt alle häuslichen

Angelegenheiten und Schwierigkeiten mit den Pächtern von ihm fern. Der Earl brauchte sich um nichts zu kümmern und war frei, sich nach Herzenslust seiner Leidenschaft, der Politik, zu widmen.

»Guten Morgen, Kit. Willst du nicht mit mir frühstükken?«

Katherine blickte nach oben und sah Elisabeth sich gefährlich weit aus ihrem Schlafzimmerfenster beugen, das zum Garten herausging. »Ich habe schon vor Stunden gefrühstückt, mein Liebes«, gab Katherine mit kaum erhobener Stimme zurück. Es war ihr fremd zu schreien, wenn es nicht nötig war.

»Aber komm doch wenigstens auf einen Kaffee, bitte«, bat Elisabeth. »Ich muß mit dir sprechen.«

Katherine lächelte zustimmend und begab sich mit ihrem Korb voller Rosen ins Haus. Tatsächlich hatte sie geduldig darauf gewartet, daß ihre Schwester aufwachen würde, denn auch sie wollte mit ihr sprechen. Zweifelsohne beschäftigte sie beide das gleiche, denn am vergangenen Abend hatte der Earl sie getrennt zu einer Unterredung in sein Studierzimmer rufen lassen. Der Gegenstand des Gesprächs aber war derselbe gewesen – Lord William Seymour.

Lord Seymour war ein eleganter junger Mann, der verteufelt gut aussah und das Herz der jungen, unschuldigen Elisabeth im Sturm gewonnen hatte. Sie hatten sich zu Beginn der diesjährigen Ballsaison kennengelernt – für Beth war es die erste überhaupt – und das arme Mädchen hatte seitdem nur noch Augen für ihn. Beide waren sie verliebt ineinander, und dieses alles umfassende Gefühl machte ja selbst aus den vernünftigsten Menschen Narren. Doch hatte sie, Katherine, eigentlich das Recht, darüber zu spotten, auch wenn sie dieses Gefühl für albern und vergeudete Energie hielt, die man doch viel sinnvoller einsetzen könnte? Sie freute sich für ihre jüngere Schwester – zumindest war es bis zum gestrigen Abend so gewesen.

Auf dem Weg durch die Halle zur Treppe trieb sie die Dienerschaft mit ihren Anweisungen zur Eile an: ein Frühstückstablett sollte nach oben und die Post in ihr Büro gebracht werden, der Earl mußte an seine Verabredung mit Lord Seldon erinnert werden, der in einer halben Stunde erwartet würde, zwei Mädchen sollten im Studierzimmer des Earl nachsehen, ob dort alles für den Empfang eines Gastes bereit sei (ihr Vater war kein Muster an Ordentlichkeit) und sie bräuchte Vasen mit Wasser für den Salon ihrer Schwester. Dort würde sie die Rosen arrangieren, während sie sich unterhielten.

Wäre Katherine ein Mensch, der unangenehme Dinge lieber beiseite schiebt, dann hätte sie ihre Schwester jetzt wie die Pest gemieden. Doch das war nicht ihre Art. Noch war sie sich nicht ganz im klaren, was ihrer Schwester im einzelnen zu sagen war, aber sicher würde sie ganz im Sinne ihres Vaters sprechen.

»Du bist die einzige, Kate, auf die sie hört«, hatte ihr der Vater letzte Nacht gesagt. »Du mußt Beth deutlich machen, daß ich nicht nur leere Drohungen ausgesprochen habe. Ich wünsche nicht, daß meine Familie mit diesem Kerl in Verbindung gebracht wird.«

Damit hatte er ihr die ganze bedrückende Geschichte aufgebürdet, doch ihr ruhiges »Ja, natürlich, Vater« hatte nur bewirkt, daß er seine Entscheidung noch heftiger vertrat.

»Du weißt, es ist nicht meine Art, hier als unumschränkter Herrscher aufzutreten. Ich überlasse das alles dir, Kate.« Bei diesen Worten mußten sie beide lächeln. Katherine konnte durchaus gebieterisch sein, nur war es selten nötig, da jeder bemüht war, ihr alles recht zu machen. »Ich will, daß meine Töchter glücklich sind«, verteidigte sich George St. John weiter. »Es geht mir nicht, wie anderen Vätern, darum, alles bestimmen zu wollen.«

»Du bist immer sehr verständnisvoll.«

»Das möchte ich auch sein.«

Es stimmte. Er mischte sich in das Leben seiner Kinder

nicht ein, was nicht hieß, daß sie ihn nicht interessierten. Ganz im Gegenteil. Aber wenn eines von ihnen in Schwierigkeiten kam – genauer gesagt, wenn Warren in Schwierigkeiten kam –, überließ er es Katherine, wieder Ordnung in das Durcheinander zu bringen. Jeder verließ sich darauf, daß sie alles regeln würde.

»Aber ich frage dich, Kate, was bleibt mir denn übrig? Beth glaubt, daß sie in diesen Burschen verliebt ist. Wahrscheinlich stimmt das ja. Aber es ändert nichts. Ich weiß aus verläßlicher Quelle, daß Seymour nicht das ist, was er vorgibt zu sein. Mit einem Bein steht er schon im Schuldgefängnis. Und dieses Mädchen hat nichts anderes dazu zu sagen als: ›Das ist mir egal. Wenn es sein muß, geh' ich mit William auf und davon.‹ Unerhört, diese Frechheit.« Und dann etwas ruhiger, mit einer Spur Unsicherheit. »Was meinst du, Kate, sie würde doch nicht wirklich durchbrennen?«

»Aber nein, Vater, Beth war nur aufgeregt«, hatte ihn Katherine beruhigt. »In ihrem Schmerz und ihrer Enttäuschung mußte sie so etwas sagen.«

Elisabeth war in Tränen aufgelöst zu Bett gegangen. Katherine hatte viel Mitgefühl für ihre Schwester, aber ihr gesunder Menschenverstand ließ es nicht zu, sich durch diese Wende der Dinge niederdrücken zu lassen. Sie fühlte sich mitverantwortlich, denn sie war die Anstandsdame ihrer Schwester und hatte die wachsende Neigung der beiden jungen Menschen zueinander noch gefördert. Doch davon durfte sie sich jetzt nicht beeinflussen lassen. Man mußte das Ganze realistisch sehen. Unter diesen Umständen konnte Beth Lord Seymour nicht heiraten. Sie mußte das einsehen und akzeptieren. Das Leben ging weiter.

Katherine klopfte kurz an und öffnete die Tür zu Elisabeths Schlafzimmer. Das junge Mädchen saß, noch im Negligé, vor dem Toilettentisch, und eine Zofe bürstete ihr das lange, blonde Haar. Der rosafarbene Morgenmantel aus Seide über dem weißen Leinennachthemd unterstrich die melancholische Schönheit Elisabeth St. Johns. Sie bot einen wunderbaren Anblick, der auch nicht beeinträchtigt wurde durch die jetzt herabgezogenen Mundwinkel ihres sanft geschwungenen Mundes.

Die beiden Schwestern ähnelten sich nur in der Größe und in der Farbe ihrer Augen, einer feinen Mischung aus grün und blau. Alle St. Johns hatten diese hellen, türkisen Augen, umgeben von einem dunklen, blau-grünen Ring. Die Diener schworen darauf, daß Katherines Augen schrecklich aufleuchteten, wenn ihr etwas mißfiel. Doch das stimmte nicht. Es war nur so, daß die Augen der einzige wirkliche Pluspunkt an Katherines Aussehen waren und in ihrer Helligkeit leicht ihre Gesichtszüge überstrahlten.

Bei Elisabeth bildeten die türkisen Augen einen lieblichen Gegensatz zu ihrem hellblonden Haar, den goldblonden Brauen und den weichen Linien ihres Gesichtes. Sie hatte die klassische Schönheit ihrer Mutter geerbt. Katherine und Warren schlugen mehr nach dem Vater, mit dunkelbraunem Haar, einer stolzen, aristokratischen Nase, einem kräftigen, eigenwilligen Kinn, hohen, vornehmen Wangenknochen und vollen, großzügigen Lippen. Warren verliehen diese Züge ein stattliches Aussehen, bei Katherine hingegen wirkten sie zu ernst. Als besonders hübsch konnte man sie nicht bezeichnen.

Doch den Mangel an Schönheit machte Katherine mit ihrem Charakter wett. Sie war eine warmherzige, freigebige Frau mit einer facettenreichen Persönlichkeit. Bei ihrer Vielseitigkeit würde sie gut auf die Bühne passen, pflegte Warren sie zu necken. Mit ihrer natürlichen Anpassungsfähigkeit meisterte sie jede Situation, egal, ob es darum ging, Verantwortung zu übernehmen oder sich bescheiden und hilfsbereit einzufügen. Nicht alle diese Charakterzüge hatte sie von vornherein besessen, vieles davon sich in dem einen Jahr als Hofdame bei Königin Viktoria angeeignet. Gewandtheit und Diplomatie lernte man wirklich am besten bei Hof.

Das war vor zwei Jahren gewesen, nach ihrer ersten Ballsaison, die ein nachhaltiger Mißerfolg gewesen war. Jetzt, mit einundzwanzig, bald zweiundzwanzig Jahren galt sie als Mauerblümchen, als alte Jungfer. Auch wenn die anderen hinter vorgehaltener Hand über sie tuschelten, empfand sie selbst doch ganz anders. Eines Tages würde sie heiraten, das wußte sie, einen gesetzten, verläßlichen älteren Mann, nicht häßlich, aber doch auch nicht so gutaussehend und forsch, wie ihn sich all die jungen Debütantinnen wünschten. Keiner ihrer Bekannten zweifelte daran, daß sie eine vorzügliche Ehefrau abgeben würde, aber sie war noch nicht bereit dafür. Ihr Vater benötigte sie noch, auch ihre Schwester, ja selbst Warren brauchte sie, denn ohne ihre Tatkraft müßte er seine Pflichten als Erbe des Earl übernehmen, und dazu hatte er im Augenblick nicht die geringste Lust.

Elisabeth winkte ihrer jungen Zofe hinauszugehen; ihr Blick suchte Katherines Augen im Spiegel des Toilettentisches. »Kit, hat Vater dir gesagt, was er gemacht hat?«

Was für ein jammervoller Ton! In Beths Augen glitzerte es schon wieder verdächtig. Katherine hatte Mitleid, aber nur weil es ihre Schwester war, die sie da so leiden sah. Nein, sie konnte wirklich nicht verstehen, warum die Menschen ihre Gefühle an diese dumme Verliebtheit verschwendeten.

»O ja, ich weiß es. Und ich bin sicher, du hast dir deswegen schier die Augen ausgeweint. Reiß dich jetzt zusammen und hör bitte mit der Heulerei auf.«

Katherine hatte es nicht so herzlos gemeint, wie es klang. Sie wünschte, sie würde mehr davon verstehen. Natürlich war sie zu nüchtern und wußte auch, daß sie mit einer solchen Haltung gar nichts bewirken würde. Wenn man alle Mittel erschöpft hatte und doch nicht gewinnen konnte, dann muß man aufgeben und die Sache mit anderen Augen betrachten, davon war sie fest überzeugt. Niemand konnte ihr nachsagen, daß sie mit dem Kopf durch die Wand wollte.

Beth drehte sich ruckartig auf ihrem kleinen Samthokker um, und da rannen auch schon zwei dicke Tränen über ihre weichen Wangen. »Du hast es leicht, Kit, so zu reden. Deinen Verlobten hat Vater ja nicht abgelehnt und ihm die Tür gewiesen.«

»Verlobten?«

»Ja. William hatte um meine Hand angehalten, bevor er um Vaters Segen bat und ich habe ja gesagt.«

»Ach, ich verstehe.«

»Oh, bitte, sprich nicht in diesem Ton mit mir!« Beth weinte. »Ich bin nicht einer unserer Diener, über den du ungehalten bist!«

Katherine war bestürzt über diesen heftigen Angriff. Mein Gott, war sie wirklich so herablassend?

»Beth, es tut mir leid«, sagte sie aufrichtig. »Ich weiß, ich war noch nie in so einer Lage, und es ist gar nicht so einfach für mich, das zu versteh –«

»Bist du noch nie wenigstens mal ein bißchen verliebt gewesen, wirklich nicht?« Hoffnung schwang in Beths Stimme. Niemand außer Katherine konnte den Vater umstimmen, aber wenn sie nicht verstand, wie wichtig es war...

»Ehrlich, Beth. Du weißt doch, ich kann nicht glauben, daß... Also, was ich meine ist...«

Dieser flehende Ausdruck auf dem Gesicht der jüngeren Schwester machte alles so schwierig. Die Zofe mit dem Frühstückstablett enthob sie einer Antwort. In Wahrheit schätzte sie sich nämlich sehr glücklich, daß sie zu den wenigen Frauen ihrer Zeit gehörte, die die Liebe von der praktischen Seite betrachteten. Liebe war in ihren Augen ein albernes und nutzloses Gefühl. Man ging durch Hochs und Tiefs, und das ganze Leben geriet in Unordnung. An der armen Beth konnte man es ja jetzt sehen. Aber die wollte natürlich nichts davon hören, daß ihre augenblicklichen Gefühle nur lächerlich waren. Nein, was sie brauchte war Mitgefühl, keinen Spott.

Katherine nahm der Zofe die dampfende Tasse Kaffee

ab und ging ans Fenster. Sie wartete, bis sich die Tür hinter dem Dienstmädchen geschlossen hatte und drehte sich dann zu ihrer Schwester um, die das Tablett gar nicht beachtete.

»Es gab einmal einen jungen Mann, von dem dachte ich, er wäre es«, begann Katherine lahm.

»Hat er dich geliebt?«

»Für ihn habe ich überhaupt nicht existiert.« Katherine erinnerte sich an den jungen Lord, der ihr so gut gefallen hatte. »Wir sahen uns während der ganzen Ballsaison, aber jedesmal, wenn wir miteinander sprachen, schien mir, als würde er durch mich hindurchblicken, so als wäre ich gar nicht da. Er scharwenzelte lieber um die hübscheren jungen Ladies herum.«

»Hat es dir sehr weh getan?«

»Nein, es – es tut mir leid, Liebes, aber weißt du, ich habe das ganz nüchtern betrachtet. Mein junger Mann sah viel zu gut aus, als daß er sich für mich interessiert hätte. Dabei war er nicht sehr wohlhabend, und ich bin eine gute Partie. Ich wußte, daß ich keine Chance hatte, ihn zu bekommen, deswegen hat es mir auch nichts ausgemacht.«

»Dann hast du ihn nicht wirklich geliebt«, seufzte Beth.

Katherine zögerte, aber dann schüttelte sie den Kopf. »Liebe kommt und geht mit schöner Regelmäßigkeit, Beth. Schau deine Freundin Marie an. Wie oft war sie schon verliebt, seit du sie kennst? Doch mindestens ein halbes Dutzend Mal.«

»Das ist keine Liebe, sondern Verliebtheit. Marie ist noch nicht alt genug für die wirkliche Liebe.«

»Und du bist das, mit deinen achtzehn Jahren?«

»Ja!« Beth sagte es sehr entschieden. »Oh, Kit, warum kannst du das nicht verstehen? Ich liebe William!«

Es war an der Zeit, wieder auf den Boden der Tatsachen zu kommen und die Wahrheit, auch wenn sie hart war, auszusprechen. Offensichtlich hatte sich Beth die Worte des Vaters nicht zu Herzen genommen. »Lord Seymour ist ein Mitgiftjäger. Er hat sein Erbe verspielt, seine Besitzungen verpfändet und muß jetzt des Geldes wegen heiraten. Und *du* Beth, bedeutest für ihn Geld.«

»Ich glaube das nicht! Nie werde ich das glauben!«

»Vater würde dir nie die Unwahrheit sagen in so einer Angelegenheit. Und wenn Lord Seymour dir etwas anderes erzählt hat, dann ist er es, der lügt.«

»Das ist mir egal. Ich werde ihn auf jeden Fall heiraten.«

»Ich kann das nicht zulassen«, sagte Katherine bestimmt. »Vater war es ernst mit dem, was er sagte. Er wird dich enterben. Wie die Bettler werdet ihr beide auf der Straße sitzen. Ich will nicht, daß du dein Leben für diesen Schuft ruinierst.«

»Oh, wie konnte ich nur glauben, daß du mir helfen würdest?« Beth weinte. »Du verstehst nichts. Wie solltest du auch. Du bist ein vertrockneter, alter Blaustrumpf!«

Dann, nach einer kurzen Pause. »O Gott, Kit, ich hab' das nicht so gemeint!«

Dennoch, diese Anschuldigung traf. »Ich weiß, Beth.« Krampfhaft versuchte sie zu lächeln, es gelang ihr nicht.

Ein Dienstmädchen brachte die zwei Vasen mit Wasser. Katherine schickte sie in ihren Salon, nahm den Korb mit den Rosen und wollte ebenfalls den Raum verlassen.

An der Tür hielt sie inne. »Im Augenblick gibt es zu der Angelegenheit nichts mehr zu sagen. Ich will nur dein Bestes, aber du kannst das wohl gerade nicht sehen.«

Ein paar Sekunden rang Elisabeth verzweifelt die Hände, dann sprang sie auf und folgte Katherine durch die Halle. Noch nie hatte sie ihre Schwester so betroffen gesehen. Für einen Moment war William vergessen. Sie mußte das wieder gutmachen.

Beth scheuchte das Dienstmädchen aus dem großen Raum mit den hübschen Deckchen auf den Chippendale Möbeln, die Katherine selbst gestickt hatte. Sie machte ein paar Schritte auf dem dicken, rautengemusterten Teppich, der den ganzen Boden bedeckte. Katherine ignorierte sie und begann die Rosen anzuordnen.

»Du bist gar nicht vertrocknet«, stieß Beth hastig hervor. »Und alt bis du natürlich auch nicht.«

Katherine schaute auf, doch ein Lächeln brachte sie noch nicht fertig. »Aber hin und wieder bin ich ein Blaustrumpf?«

»Nein, kein Blaustrumpf, nur so – so förmlich und korrekt, aber so bist du einfach.«

Nun huschte doch ein Lächeln über Katherines Gesicht. »Bei Hofe mußte ich all diese alten spanischen und deutschen Gesandten unterhalten, da habe ich das gelernt. Sehr schnell konnte ich beide Sprachen fließend sprechen und dann hat es mir nie an Tischpartnern gemangelt.«

»Wie langweilig!« Beth war voller Mitgefühl.

»Nein, sag das nicht. Es war faszinierend, so viel über diese Länder aus erster Hand zu erfahren, fast so interessant wie Reisen, was Vater mir ja nie erlaubt hat.«

»Sicher hast du dich auch mit charmanten Franzosen unterhalten. Du sprichst Französisch wie eine Einheimische.«

»Aber Liebes, das können wir doch alle.«

»Stimmt schon.« Beth ging im Zimmer auf und ab. Ihr mußte noch was einfallen. Kit hatte zwar gelächelt, aber ihre Augen blickten noch immer traurig. Oh, diese abscheulichen, gemeinen Worte! Wenn sie doch nur Kits Selbstbeherrschung hätte. Nie würde sie so unüberlegt mit etwas herausplatzen.

Sie wandte sich um, dabei fiel ihr Blick durch das Fenster auf die Straße. Die Kutsche, die gerade vorfuhr, kam ihr bekannt vor.

»Erwartet Vater Lord Seldon?«

»Ja, ist er angekommen?«

Beth nickte und wandte sich vom Fenster ab. »Ich habe diesen aufgeblasenen, alten Bock nie leiden können. Kannst du dich erinnern, als wir noch Kinder waren und du dem alten Knaben einen Krug Wasser auf den Kopf geschüttet hast? Ich habe mich gekugelt vor Lachen –«

Beth hielt inne, als sie sah, wie es in Kits Augen schelmisch aufblitzte. Meine Güte, wie lange war es her, daß sie so geschaut hatte. »Nein, das kannst du doch nicht machen!«

Katherine nahm die zweite Blumenvase und ging langsam hinüber zum Fenster. Ein livrierter Diener war gerade dabei, Lord Seldon beim Aussteigen behilflich zu sein.

»Kit, das geht doch nicht«, warnte Beth, aber auch sie grinste dabei von einem Ohr zum anderen. »Vater hat einen Anfall bekommen beim letzten Mal und wir die Rute.«

Katherine sagte nichts und wartete, bis der ahnungslose Lord Seldon die Tür direkt unter ihrem Fenster erreicht hatte. Dann kippte sie die Vase um. Schnell zog sie sich zurück und brach gleich darauf in Gelächter aus.

»Lieber Himmel, hast du sein Gesicht gesehen?« stieß sie prustend hervor. »Er hat geschaut wie ein toter Fisch.«

Beth konnte nicht gleich antworten, denn sie hatte ihre Arme um Kit geschlungen und schüttelte sich vor Lachen.

Aber dann: »Was um Himmels willen wirst du Vater sagen? Er wird außer sich sein.«

»Ja, zweifellos. Und ich werde ihm versichern, daß ich den ungeschickten Diener, dem das Malheur passiert ist, entlassen werde.«

»Das glaubt er dir nie.« Beth kicherte.

»Aber sicher wird er das. Er merkt doch gar nicht, ob einer mehr oder weniger da ist. Mit den Hausangestellten hat er nie was zu tun. Und jetzt muß ich mich um Lord Seldon kümmern, er tropft mir noch das ganze Foyer naß. Halt mir die Daumen, daß ich dabei ernst bleiben kann.«

Lady Katherine St. John segelte aus dem Raum, um den Lord zu besänftigen und die Angelegenheit wieder in Ordnung zu bringen; schließlich war das ihre Stärke. Es war ihr ja auch gelungen, die Spannung zwischen ihr und ihrer Schwester aufzulösen.

2.

»*Grandmère*, jetzt kommt er!«

Wie ein Wirbelwind aus Spitzen und Seide flog die junge Frau durch den Raum. Sie achtete gar nicht auf ihre Großmutter, sondern lief quer durch das ganze Zimmer auf das Fenster zu, von dem aus sie den Zug eleganter Kutschen sehen konnte, der schnell über die lange Auffahrt näher kam. Ein kleiner Tropfen Blut quoll aus ihrer Unterlippe, so fest biß sie sich darauf. Sie klammerte sich an das Fensterbrett, daß ihr die Knöchel weiß wurden. In den weit aufgerissenen, dunkelbraunen Augen lag aufrichtige Angst.

»Oh, mein Gott, was soll ich bloß machen?« weinte sie. »Er wird mich schlagen.«

Mit einem Seufzer schloß Leonore Cudworth, die Herzogwitwe von Albemarle, die Augen. Sie war zu alt für derartig theatralische Szenen. Das heißt, so alt war sie nun auch wieder nicht, aber solche Aufregungen mußten einfach nicht mehr sein. Ihre Enkelin hätte sich das vorher überlegen sollen, bevor sie diese Schande über sich brachte.

»Fasse dich, Anastasia«, sagte Leonore ruhig. »Wenn dein Bruder dich wirklich schlägt, was ich doch stark bezweifle, dann ist es nur das, was du verdienst. Das mußt selbst du zugeben.«

Prinzessin Anastasia drehte sich ruckartig um, stand starr und rang verzweifelt die Hände. »Ja, aber – aber er wird mich *töten*! Du machst dir ja keine Vorstellung, *Grandmère*, du hast ihn noch nie wütend erlebt. Er ist dann völlig außer sich. Sicher hat er nicht die Absicht mich umzubringen, aber er merkt gar nicht mehr, was er tut!«

Leonore zögerte, dachte an Dimitri Alexandrow, wie sie ihn zuletzt vor vier Jahren gesehen hatte. Schon damals war er, gerade vierundzwanzig Jahre alt, ein imposanter Mann gewesen, mehr als ein Meter achtzig groß, die Muskeln im Dienste der russischen Armee gestählt.

Stark war er gewiß und sicherlich konnte er einen Menschen mit bloßen Händen töten. Aber seine Schwester? Nein, egal was sie angestellt hatte, dazu würde es nicht kommen.

Energisch schüttelte Leonore den Kopf. »Dein Bruder wird sehr erzürnt über dich sein und das mit Recht, aber sicher nicht gewalttätig.«

»Oh, *Grandmère*, bitte, hör' mir doch zu!« Anastasia weinte. »Dimitri hat nie bei dir gelebt, so wie ich. Du hast ihn in seinem ganzen Leben vielleicht ein halbes Dutzend Mal gesehen und immer nur für kurze Zeit. Aber ich lebe mit ihm. Er ist jetzt mein Vormund. Niemand kennt ihn so gut wie ich.«

»Du hast jetzt ein Jahr bei mir gewohnt und Dimitri in der ganzen Zeit nicht ein einziges Mal geschrieben«, erinnerte Leonore sie.

»Und du meinst, er wäre nicht mehr der gleiche, innerhalb von einem Jahr soll er sich geändert haben? Nein, ein Mann wie Dimitri ändert sich nie. Er ist Russe –«

»Immerhin zur Hälfte auch Engländer.«

»Er ist in Rußland aufgewachsen!« Anastasia war hartnäckig.

»Er unternimmt ausgedehnte Reisen und verbringt höchstens die Hälfte des Jahres in Rußland, wenn überhaupt.«

»Aber erst, seit er nicht mehr bei der Armee ist!«

Was Dimitris Persönlichkeit betraf, würden sie wohl nie einer Meinung sein. Für seine Schwester war er ein Tyrann, wie Zar Nikolaus. Leonore wußte, daß dies nicht stimmte. Ihre Tochter Anne hatte seinen Charakter mit beeinflußt. Pjotr Alexandrow hatte die Erziehung seines Sohnes nicht allein in der Hand gehabt.

»Es ist besser, du beruhigst dich, bevor er kommt«, empfahl Leonore. »Ich bin sicher, er schätzt diese hysterischen Anfälle genausowenig wie ich.«

Anastasia blickte über die Schulter aus dem Fenster und sah, daß gerade die erste Kutsche vor dem mächtigen

Herrenhaus hielt. Sie stieß einen kleinen Schrei aus, eilte durch das Zimmer und kniete vor Leonore nieder.

»Bitte, *Grandmère*, bitte. Sprich du mit ihm. Du mußt für mich eintreten. Er wird gar nicht so verärgert sein über das, was ich gemacht habe. Er ist schließlich kein Heuchler. Das Schlimme ist nur, daß er wegen mir seine Pläne ändern mußte. Weißt du, er steckt sich immer Ziele und plant weit im voraus. Er kann dir jetzt schon sagen, wo er heute in einem Jahr sein wird. Aber wenn ihm etwas dazwischenkommt, dann kann man es mit ihm nicht mehr aushalten. Du hast nach ihm gesandt. Du hast ihn veranlaßt, alles stehen und liegen zu lassen und hierher zu kommen. Du mußt mir jetzt helfen.«

Leonore verstand plötzlich den Grund für das ganze Theater. *Und sie wartet damit bis zum letzten Augenblick, damit ich keine Zeit habe, es mir zu überlegen*. Ausgesprochen raffiniert. Aber Anastasia Petrowna Alexandrow war nun einmal eine intelligente junge Frau. Verzogen, verwöhnt, außerordentlich launisch, aber intelligent.

Also sie sollte jetzt das wilde Tier besänftigen? Und dabei einfach darüber hinwegsehen, daß dieser Fratz bei jeder sich bietenden Gelegenheit ungehorsam war, die Anstandsregeln verletzt und nur nach dem eigenen Kopf gelebt hatte? Anastasia hatte sich sogar geweigert, nach Rußland zurückzukehren, nachdem der letzte Skandal bekannt geworden war. Und nur aus diesem Grund hatte Leonore nach Dimitri gesandt.

Sie blickte hinab auf das feine Gesicht, in dem Angst geschrieben stand. Ihre Anne war hübsch gewesen, aber diese Alexandrows waren außerordentlich gutaussehende Menschen. Nur einmal war sie nach Rußland gereist, damals, als Anne nach Pjotrs Tod ihren Beistand brauchte. Dabei hatte sie Pjotrs gesamte Nachkommenschaft kennengelernt, seine drei Kinder aus erster Ehe, aber auch die vielen unehelichen Kinder. Alle waren sie außergewöhnlich schön. Aber die zwei, die ihre Enkelkinder waren, die liebte sie. Es waren ihre einzigen Enkelkinder.

Ihr Sohn, der jetzige Duke von Albemarle, hatte seine Frau verloren, bevor sie ihm Kinder schenken konnte. Er war keine zweite Ehe eingegangen und es gab keinerlei Anzeichen dafür, daß er es noch zu tun beabsichtigte. Tatsächlich hatte er Dimitri als seinen Erben eingesetzt.

Leonore seufzte. Dieses kleine Ding konnte sie um den Finger wickeln. Anastasia mußte England verlassen, bis ihre jüngsten Skandalgeschichten vergessen waren, aber Leonore wußte, sie würde das Mädchen wieder einladen. Das Leben mit ihr war zwar sehr anstrengend, aber es wurde einem nie langweilig.

»Geh schon, geh auf dein Zimmer, Kind«, sagte Leonore jetzt. »Ich werde mit dem Burschen reden. Aber ich kann dir nichts versprechen, wohlgemerkt!«

Anastasia sprang auf und umarmte ihre Großmutter. »Vielen Dank. Und es tut mir so leid, *Grandmère*, ich weiß, ich bin eine Strapaze für dich –«

»Nun, besser für mich als für deinen Bruder, wenn es stimmt, daß mit ihm so schwer auszukommen ist. Jetzt geh aber, bevor man ihn hereinführt.«

Die Prinzessin eilte zur Tür hinaus – gerade noch rechtzeitig. Eine Minute später meldete der Butler Prinz Dimitri Petrowitsch Alexandrow. Zumindest versuchte der arme Mann ihn zu melden. Dimitri wartete diese Förmlichkeit gar nicht erst ab, sondern betrat den Raum, sowie die Tür geöffnet war, und füllte ihn im Nu mit seiner Gegenwart.

Seine Erscheinung gab Leonore zu denken. Meine Güte, war das möglich? Er sah doch tatsächlich noch besser aus als vor vier Jahren. Das goldblonde Haar, der durchdringende Blick aus den tiefbraunen Augen, die dunklen, buschigen Brauen, all das hatte sich nicht verändert. Doch mit vierundzwanzig war er immer noch ein bißchen jungenhaft gewesen. Jetzt aber war er ein Mann. In den ganzen neunundsechzig Jahren ihres Lebens war ihr kein solcher Mann begegnet. Er übertraf selbst seinen Vater und dabei hatte sie geglaubt, daß diesem kein anderer Mann das Wasser reichen könnte.

Schnell durchquerte er mit großen Schritten den Raum und verbeugte sich dann ganz formell vor ihr. Sein Benehmen war immerhin besser geworden, aber diese gebieterische Haltung – war das wirklich ihr Enkel? Doch dann breitete sich ein einnehmendes Lächeln über seinem Gesicht aus, und er packte sie an den Schultern. Sie verzog das Gesicht, als er sie ganz aus ihrem Sessel hob und ihr einen schallenden Kuß gab.

»Laß mich runter, du Schlingel«, rief die Herzogin. »Ein bißchen mehr Achtung vor meinem Alter, wenn ich bitten darf.«

Sie war verwirrt. Welch eine Kraft! Anastasia hatte allen Grund nervös zu sein. Wenn dieser Hüne sich entschloß, ihr die Prügel zu verabreichen, die sie mehr als verdient hatte...

»*J'en suis au regret.*«

»Laß doch diesen französischen Unsinn!« fuhr sie ihn an. »Kannst du kein Englisch mehr? Nun, in meinem Haus wirst du es dir bitte wieder angewöhnen.«

Dimitri schüttelte seine Löwenmähne und lachte, ein tiefes, warmes, sehr männliches Lachen. Immer noch verschmitzt lächelnd setzte er Leonore in ihren Sessel zurück.

»Ich wollte ja nur sagen, daß es mir leid tut, *Babuschka*, aber du hast meine Entschuldigung völlig zunichte gemacht. Du bist so munter wie eh und je. Ich hab' dich vermißt. Warum kommst du nicht mit nach Rußland?«

»Du weißt recht gut, daß meine Knochen nicht einen Winter bei euch überstehen würden.«

»Dann werde ich öfter hierher kommen. Zu lange habe ich dich nicht gesehen, *Babuschka*.«

»Ach, Dimitri, setz dich bitte. Mir tut der Nacken weh, wenn ich immer nach oben schauen muß. Und zudem hast du dich verspätet.« Er hatte sie so aus der Fassung gebracht, daß sie nicht widerstehen konnte, ihn in die Defensive zu drängen.

»Dein Brief konnte mich vor der Frühjahrsschmelze auf

der Neva nicht erreichen.« Er nahm sich einen Stuhl und zog ihn näher zu ihr heran.

»Ja, ich weiß«, antwortete sie. »Aber ich weiß auch, daß dein Schiff schon vor drei Tagen in London angelegt hat. Wir haben dich gestern erwartet.«

»Nach den vielen Wochen auf dem Schiff mußte ich mich erst etwas erholen.«

»Lieber Gott, so nett hat das noch niemand gesagt. War sie hübsch?«

»Unbeschreiblich.«

Wenn sie gehofft hatte, ihn mit ihrer Direktheit zu entwaffnen, so war ihr das jedenfalls nicht geglückt. Kein Erröten, keine Entschuldigung, nur ein ruhiges Lächeln. Sie hätte ihn besser kennen müssen. Laut seiner Tante Sonja, mit der sich Leonore schrieb, fehlte es Dimitri nie an weiblicher Gesellschaft, und die Hälfte aller Frauen war verheiratet. Anastasia hatte recht. Er wäre ein Heuchler, wenn er ihr die paar wenigen Affären zum Vorwurf machen würde, wo seine doch in die Hunderte gingen.

»Was beabsichtigst du mit deiner Schwester zu unternehmen?« Leonore wagte den Vorstoß, solange er bei guter Laune war.

»Wo ist sie?«

»In ihrem Zimmer. Sie ist nicht gerade glücklich darüber, daß du hier bist. Sie befürchtet wohl, daß du nicht sehr sanft mit ihr umgehen wirst, nachdem du extra kommen mußtest, um sie nach Hause zu holen.«

Dimitri zuckte die Achseln. »Ich gebe zu, ich war zunächst verärgert. Es kam mir ungelegen, ausgerechnet jetzt aus Rußland weg zu müssen.«

»Es tut mir leid, Dimitri. All das wäre gar nicht nötig gewesen, wenn diese dumme Frau nicht eine solche Szene gemacht hätte, als sie Anastasia im Bett ihres Mannes überraschte. Aber auf diesem Fest waren mindestens hundert Gäste und gut die Hälfte eilte zu Hilfe, als sie die Schreie der Frau hörten. Und Anastasia, das dumme

Mädchen, war nicht geistesgegenwärtig genug, sich unter der Decke zu verstecken, damit niemand sie erkennt. Nein, im Unterhemd stand sie da und stritt mit der Frau.«

»Schade, daß Anastasia nicht taktvoller gewesen ist, aber versteh' mich dabei nicht falsch, *Babuschka*. Wir Alexandrows haben uns noch nie durch die Meinung der anderen in unseren Handlungen beeinflussen lassen. Nein, was ich meiner Schwester vorwerfe ist, daß sie *deinen* Anordnungen nicht folgte.«

»Sie war nur dickköpfig und wollte sich nicht beaufsichtigen lassen. Auch das ist euch Alexandrows gemein, Dimitri.«

»Du verteidigst sie zu sehr, Herzogin.«

»Dann beruhige mich und versprich mir, daß du sie nicht schlagen wirst.«

Es dauerte einen Augenblick, bis sich der höfliche Ausdruck auf Dimitris Gesicht änderte, aber mit einem Mal brach er in schallendes Gelächter aus. »Was *hat* dir dieses Mädchen über mich erzählt?«

Leonore war so anständig zu erröten »Ganz offensichtlich Unsinn«, sagte sie widerwillig.

Er lachte weiter in sich hinein. »Sie ist zu alt, als daß man sie noch verhauen könnte, obwohl mir dieser Gedanke auch schon gekommen ist. Nein, ich werde sie ganz einfach mit nach Hause nehmen und dort einen Ehemann für sie suchen. Sie braucht jemanden, der besser auf sie aufpassen kann, als mir das möglich ist.«

»Sie wird sich dagegen sträuben, mein Junge. Mir hat sie gesagt, daß die Ehe nichts für sie sei und diese Einstellung habe sie von dir übernommen.«

»Nun, vielleicht ändert sie ihre Meinung, wenn sie hört, daß ich beabsichtige, noch in diesem Jahr zu heiraten.«

»Ist das wahr, Dimitri?« Leonore war überrascht.

»Gewiß«, antwortete er. »Ich ging bereits auf Freiersfüßen, als mir diese Reise dazwischenkam.«

3.

Katherine legte sich eine neue kalte Kompresse auf die Stirn und lehnte ihren Kopf auf die Chaiselongue zurück. Nach dem morgendlichen Treffen mit den Dienern, bei dem die Aufgaben verteilt wurden, hatte sie sich auf ihr Zimmer zurückgezogen. Und diese scheußlichen Kopfschmerzen ließen einfach nicht nach. Wahrscheinlich hatte sie heute nacht auf dem Ball zu viel Champagner getrunken. Das war ganz untypisch für sie. Normalerweise trank sie auf Gesellschaften kaum Alkohol und schon überhaupt nicht, wenn sie selbst Gastgeberin war. Lucy, ihre Zofe, ging hinüber ins Schlafzimmer, um es in Ordnung zu bringen. Das Frühstückstablett stand noch unberührt da, so wie sie es gebracht hatte. Im Moment konnte Katherine nicht einmal den Gedanken an Essen ertragen.

Sie seufzte tief. Gott sei Dank war der Ball letzte Nacht trotz ihres kleinen Schwipses ein Erfolg gewesen. Sogar Warren hatte sich eingefunden. Der Abend an sich hatte mit ihrem Kopfweh jetzt nichts zu tun. Elisabeth war der Grund dafür und die Nachricht, die ihre Zofe ihr überbracht hatte, gerade als die ersten Gäste eintrafen: Weil William nicht eingeladen war, würde auch sie an dem Ball nicht teilnehmen. Es war unglaublich. Die ganze Woche seit ihrem Gespräch hatte sie von Beth kein Wort über die ganze Geschichte zu hören bekommen, keinen Seufzer, keine Träne. Katherine hatte ernsthaft angenommen, daß Beth die Situation akzeptiert hatte, und sie war so stolz auf sie gewesen, wie sie mit ihrem Liebeskummer fertig wurde. Und dann, aus heiterem Himmel diese Wende, diese Nachricht, die mehr als deutlich zeigte, daß Beth William keineswegs aufgegeben hatte – dann wären wohl auch mehr Tränen geflossen, mußte sich Katherine im nachhinein eingestehen.

Was zum Teufel sollte sie von all dem halten? Oh, mit diesem Pochen im Kopf konnte sie überhaupt nicht klar denken.

Ihr Gesicht verzog sich, als laut an die Tür geklopft wurde. Elisabeth kam herein in einem hübschen Kleid aus moosgrüner Moireseide. Es sah ganz danach aus, als wollte sie ausgehen. Den Seidenhut hielt sie an den Bändern in der Hand, und unter ihrem Arm klemmte ein Sonnenschirm aus Spitze.

»Martha hat mir gesagt, daß du dich nicht wohl fühlst, Kit.«

Kein Ton über ihre Abwesenheit gestern abend, nicht einmal ein schuldbewußter Blick. Und das nach all den Mühen, die sich Katherine wegen des Balls gemacht hatte. Nur wirklich geeignete junge Männer hatte sie eingeladen, in der Hoffnung, daß einer von ihnen Beths Aufmerksamkeit gewinnen konnte. Nun, so ein Ball bedeutete an sich keine besondere Anstrengung für Katherine. Es war eine Kleinigkeit, zweihundert Menschen zu unterhalten, wenn man die Zügel geschickt in der Hand hielt.

»Ich fürchte, mein Liebes, ich habe heute nacht etwas zu viel getrunken«, bemerkte Katherine wahrheitsgemäß. »Es ist nicht weiter schlimm, bis zum Nachmittag geht es mir wieder gut.«

»Das ist fein.«

Beth wirkte zerstreut. Warum? Katherine wunderte sich. Und wohin wollte sie?

Sie war jetzt nicht in der Verfassung, das Gespräch wieder auf Lord Seymour zu bringen, aber sie mußte wissen, was Beth vorhatte. Eine dunkle Vorahnung stieg in ihr hoch.

»Du gehst aus?«

»Ja.«

»Dann mußt du John bitten, daß er dich fährt. Henry ist seit gestern krank.«

»Das – das ist nicht nötig, Kit. Ich gehe nur ein bißchen, äh – spazieren.«

»Spazieren?« fragte Katherine irritiert.

»Ja. Falls du es noch nicht bemerkt haben solltest, es ist ein wunderbarer Tag heute, ideal für einen Spaziergang.«

»Ist mir nicht aufgefallen. Du weißt doch, daß ich selten auf das Wetter achte.« Großer Gott, ein Spaziergang? Beth ging nie zu Fuß. Sie hatte einen so hohen Spann, daß ihr schon nach wenigen Schritten die Füße weh taten. Und was hatte diese Unsicherheit, diese zögernde Antwort zu bedeuten? »Wie lange wirst du weg sein, Liebes?«

»Oh, ich weiß noch nicht«, antwortete Beth ausweichend. »Vielleicht wage ich mich auf die Regent Street und gehe in ein paar Geschäfte, bevor es zu voll wird. Du weißt ja selber, was dort zwischen zwei und vier los ist.«

Katherine war sprachlos und bevor sie sich wieder gefangen hatte, winkte ihr Beth zu und schloß die Tür. Aber dann blitzte es in Katherines Augen auf, ein schrecklicher Gedanke schoß ihr durch den Kopf, und die Kopfschmerzen waren vergessen. *Mein Gott, sie wird doch nicht so töricht sein?* Aber dieses ungewöhnliche Verhalten, ihre alberne Erklärung, daß sie einen Spaziergang machen wolle, die noch viel absurdere Idee einkaufen zu gehen – ohne Wagen für die Päckchen. Sie würde William treffen! Und dieses ganze Getue konnte eigentlich nur bedeuten, daß sie heimlich heiraten wollten! Er hatte mehr als genug Zeit gehabt eine Heiratserlaubnis einzuholen. Und Kirchen gab es in der Stadt genug.

»Lucy!«

Die rothaarige Zofe erschien augenblicklich in dem Durchgang zum Schlafzimmer. »Lady Katherine?«

»Schnell, ruf meine Schwester zurück!«

Das Mädchen, erschreckt durch den gehetzten Ton in der Stimme ihrer Herrin, flog geradezu aus dem Zimmer. Sie holte Lady Elisabeth auf der Treppe ein, und beide kehrten in Katherines Salon zurück.

»Ja, Kit?«

Wütend bemerkte Katherine, daß Beth jetzt wirklich schuldbewußt aussah. Die Gedanken überschlugen sich in ihrem Kopf. »Sei so lieb, Beth, und besprich das Abendessen für mich mit der Köchin. Mir ist jetzt gar nicht danach, irgendwelche Entscheidungen zu treffen.«

Spürbare Erleichterung. »Aber natürlich, Kit.«

Elisabeth schloß die Tür hinter sich, während Lucy Katherine verwirrt ansah. »Haben Sie nicht bereits –«

Katherine erhob sich von der Couch. »Ja, ja, aber sie wird ein paar Minuten aufgehalten, wenn sie erst noch in die Küche geht und in der Zwischenzeit kann ich mich umziehen. Hoffentlich sagt bloß die Köchin nichts, daß ich schon mit ihr gesprochen habe. Es wäre ja gelacht, wenn ich das nicht hinkriegen würde.«

»Ich verstehe nicht, Lady Katherine.«

»Natürlich nicht. Das habe ich auch gar nicht erwartet. Ich muß eine Tragödie verhindern. Meine Schwester ist im Begriff, mit ihrem Geliebten durchzubrennen!«

Lucy blieb bei diesen Worten der Mund offenstehen. Sie hatte den Klatsch unter den Dienstboten auch gehört, von Lady Elisabeth und dem jungen Lord Seymour und was der Earl angedroht hatte, wenn sie gegen seinen Willen heirateten.

»Sollten Sie sie nicht lieber aufhalten, Gnädigste?«

»Sei kein Dummkopf. Wie soll ich das machen ohne einen Beweis für ihr Vorhaben«, antwortete Katherine ungeduldig und nestelte an ihren Knöpfen. »Geschwind, Lucy, ich brauch' dein Kleid!« Sie griff ihren vorigen Gedanken wieder auf. »Sie würde bei der ersten besten Gelegenheit wieder entschlüpfen. Und ich kann sie auch schlecht in ihrem Zimmer einsperren. Ich muß ihnen in die Kirche folgen und dort eingreifen. Beeil' dich, Lucy. Dann werde ich sie nach Brockley Hall bringen, wo ich leichter ein Auge auf sie haben kann.«

Die Zofe verstand immer noch nichts, aber sie zog sich rasch das schwarze, baumwollene Dienstmädchenkleid aus und gab es Katherine. »Aber wozu brauchen Sie –«

»Komm, Lucy, hilf mir es anzuziehen. Wenn ich weg bin, kannst du mein Kleid nehmen. Weil ich in deinem nicht erkannt werde«, beantwortete sie die Frage der Zofe. »Wenn sie sieht, daß ich ihr folge, wird sie sich nicht mit Lord Seymour treffen und dann habe ich keinen

Beweis und kann nichts unternehmen, bis sie es wieder versucht. Verstehst du?«

»Ja, nein, oh, Lady Katherine, Sie wollen doch nicht im Ernst in diesem Aufzug auf die Straße gehen?« rief Lucy aus, während sie ihr half, das steife Kleid zuzuknöpfen.

»Genau das will ich, in dieser Verkleidung. Selbst wenn Beth mich sieht, wird sie mich so nicht erkennen«, sagte Katherine und versuchte das Kleid über ihre vielen Unterröcke zu ziehen. An der Taille ging es nicht weiter. Lucys Gewand war schmaler geschnitten, sie trug nur zwei Unterröcke. »Das geht so nicht. Ich muß ein paar ausziehen, vor allem diesen sperrigen Roßhaarpetticoat. So, jetzt ist es besser.«

Vier Unterröcke fielen zu Boden, und das schwarze Kleid glitt leicht über ihre Hüften. Es war ein bißchen zu lang, denn Lucy war ein paar Zentimeter größer als sie. Aber das machte jetzt nichts.

»Diese lange Schürze trägst du nicht, wenn du hinausgehst, Lucy, oder?«

»Nein.«

»Das habe ich mir schon gedacht, aber ich war nicht ganz sicher. Wie steht's mit einem Sonnenschirm?«

»Nein, Mylady, nur das Retikül, in der Tasche –«

»Dies hier?« Katherine zog ein kleines Kamelhaartäschchen mit langen, festen Kordeln hervor. »Perfekt. Es macht dir doch nichts aus, wenn ich es benütze, oder? Gut, ich möchte echt aussehen. Die Ringe sollte ich wohl auch abnehmen«, fügte sie hinzu und zog sich einen großen Rubinsolitär und einen Perlenring von den Fingern. »Jetzt noch eine Haube, schnell. Am besten einen Kiepenhut, der wird mein Gesicht verbergen.«

Das Mädchen eilte in seinen Petticoats zur Garderobe und kehrte mit Katherines ältestem Hut zurück. »Der ist immer noch zu hübsch, Mylady.«

Katherine griff danach und riß rasch alle Verzierungen ab.

»Gut so?«

»Wie Sie selbst sagen, Mylady, einfach perfekt. Sie sehen gar nicht mehr aus wie eine –«

Katherine lächelte, als Lucy errötete und den Satz nicht zu Ende sprach. »Eine Dame?« vollendete sie und lachte in sich hinein, als sich die Röte des jungen Mädchens vertiefte. »Schon gut, Lucy. Darum geht es ja.«

»Oh, Mylady, ich – ich mache mir Sorgen. Die Männer auf der Straße sind manchmal schrecklich frech. Sie müssen ein paar von den Lakaien mit –«

»Lieber Himmel, nein!« rief Katherine aus. »Beth würde jeden erkennen.«

»Aber –«

»Nein, Kindchen, ich mach das schon.«

»Aber –«

»Ich muß gehen!«

Lucy rang verzweifelt die Hände, als sich die Tür hinter ihrer Herrin schloß. Was ging hier vor? Noch nie in ihrem Leben hatte Lady Katherine so etwas getan. Sie wußte ja gar nicht, auf was sie sich da eingelassen hatte. Gerade vorige Woche erst war sie, Lucy, von einem groben Kerl, nur zwei Blocks von hier entfernt, angesprochen worden, und sie hatte ausgerechnet dieses Kleid getragen. Wer weiß, wie es ihr ergangen wäre ohne den Herrn in der feinen Kutsche, der ihr zu Hilfe kam. Doch dieser Kerl war nicht der erste gewesen, der ihr unzüchtige Angebote gemacht hatte. Ein Dienstmädchen hatte in der Öffentlichkeit keinen Schutz. Und Lady Katherine war im Aufzug eines Dienstmädchens aus dem Haus gegangen.

Ganz wie ein Dienstmädchen sah Katherine aber doch nicht aus. Die Aufmachung stimmte zwar, aber ihre Haltung widersprach dem. Sie war immer die Tochter eines Earls, egal welche Kleidung sie trug. Selbst wenn sie wollte, konnte sie sich nicht wie eine Dienerin benehmen. Sie versuchte es gar nicht. Das war nicht nötig. Wichtig war nur, daß Elisabeth sie nicht erkannte, wenn sie sich umschauen sollte. Und das tat sie. Alle paar Minuten blickte sie zurück und bestätigte damit Katherines Vermutung, daß sie Angst davor hatte, es könne ihr jemand folgen. Katherine mußte jedesmal schnell den Kopf senken. Aber es ging alles gut.

Sie folgte ihrer Schwester bis zur Oxford Street, in die Beth links einbog. Katherine hielt genügend Abstand, denn den grünen Seidenhut vor sich konnte sie gut im Auge behalten, auch als die Gehsteige belebter wurden.

Beth ging tatsächlich in Richtung Regent Street, die nur mehr einen Block entfernt war. Doch das zerstreute Katherines Verdacht keineswegs. Dieser Ort war so gut wie jeder andere, um William zu treffen. Um diese Zeit war noch nicht so viel los wie am Nachmittag, aber es wimmelte trotzdem von Angestellten, die zur Arbeit eilten, Dienern, die für ihre Herrschaft einkaufen gingen, und Lieferfuhrwerken. Regent Street war eine Hauptverkehrsstraße und es drängten sich Equipagen, Kutschen und Anzeigenwagen, diese schrecklichen Fahrzeuge, die am Nachmittag so viele Verkehrsstaus verursachten.

Katherine verlor Beth aus den Augen, als diese in die Regent Street einbog und sie beeilte sich, an die Straßenecke zu kommen. Doch dort hielt sie inne. Beth betrachtete die Auslagen eines Geschäftes, nur drei Häuser weiter unten. Katherine traute sich nicht näher heran und so blieb sie stehen, ungeduldig mit dem Fuß auf den Boden klopfend. Es war eine belebte Ecke, doch sie ignorierte die Menschen, die an ihr vorübergingen.

»Hallo, Süße.«

Katherine beachtete ihn nicht, denn es wäre ihr nicht im Traum eingefallen, daß der Kerl sie meinte.

»Trägst dein Näschen aber weit oben.« Er packte sie am Arm, damit sie ihn anschaute.

»Pardon.« Sie blickte ihn von oben herab an, was nicht so gut gelang, da er einen halben Kopf größer war als sie.

Er ließ nicht ab von ihr. »Ganz schön eingebildet, was? Aber ich mag das.«

Er trug einen Anzug und hatte auch einen Spazierstock, aber seine Manieren ließen viel zu wünschen übrig. Es spielte für Katherine keine Rolle, daß er nicht einmal schlecht aussah. Noch nie in ihrem Leben hatte ein Fremder es gewagt, sie zu berühren. Immer waren Diener oder Lakaien um sie gewesen, die so etwas von ihr fernhielten. Sie war in Verlegenheit, wie sie sich verhalten sollte, aber instinktiv riß sie ihren Arm zurück. Sein Griff war stärker.

»Gehen Sie weiter, mein Herr! Ich wünsche nicht belästigt zu werden.«

»Tu bloß nicht so vornehm, Süße.« Er grinste sie an, ihm gefiel die unvermutete Abwehr. »Du stehst doch hier und wartest auf nichts anderes. Es wird dein Schaden nicht sein, wenn du nett zu mir bist.«

Katherine war entsetzt. Sollte sie sich auf ein Streitgespräch mit ihm einlassen? Kam nicht in Frage. Sie hatte ihren Standpunkt schon vertreten.

Sie holte mit der Hand aus, die Kordel von Lucys stabilem, kleinen Täschchen festhaltend, und ging damit auf ihn los. Der Kerl ließ sie frei und sprang zurück. Er wollte nicht getroffen werden, prallte dabei aber gegen einen anderen Mann, der darauf wartete, die Straße zu überqueren. Dieser stieß ihn mit einem kräftigen Fluch beiseite, der Katherine schmerzhaft in den Ohren klang und ihr eine lebhafte Röte ins Gesicht trieb.

Der Freier brachte sich wieder in Ordnung und starrte sie wütend an. »Miststück. Sag doch einfach nein, wenn du nicht willst.«

Katherines Nasenflügel bebten vor Wut. Sie war nahe daran, ihm zu sagen, was sie von seiner Empörung hielt. Doch ihre gute Kinderstube hielt sie davon ab. So drehte sie ihm nur den Rücken zu; dann stöhnte sie leise auf, als sie sah, daß Elisabeth unterdessen weitergegangen war und schon fast einen halben Block entfernt war.

4.

Anastasia war gereizt über die Verzögerung. Es kam ihr vor, als steckte die Kutsche schon eine halbe Stunde an dieser stark befahrenen Kreuzung fest. Wann endlich würde der Verkehrsstrom auf der Regent Street einmal abreißen, so daß sie die Straße überqueren und ihren Weg fortsetzen könnten? Das Stadthaus ihres Onkels lag nur noch ein paar Häuserblocks entfernt. Zu Fuß wäre sie sicher schneller dort gewesen.

»Ich hasse diese Stadt«, jammerte Anastasia. »Die Straßen sind so eng und immer verstopft, ganz anders als in Petersburg. Und kein Mensch beeilt sich hier.«

Dimitri sagte nichts, er erinnerte sie auch nicht daran, daß sie unbedingt hier bleiben wollte. Er saß nur da und starrte aus dem Fenster. Was erwartete sie? Auf der ganzen Fahrt nach London hatte er kaum zwei Worte mit ihr gesprochen. Auf dem Landsitz des Herzogs hatte er allerdings vor ihrer Abreise mehr als genug gesagt.

Anastasia zitterte, wenn sie an seinen Zorn dachte. Geschlagen hatte er sie nicht. Fast wünschte sie, er hätte es getan. Sein Ärger zerrte an ihren Nerven.

Nachdem er getobt und sie alles mögliche geheißen hatte, war seine Stimme schneidend geworden. »Was du mit wem und in welchem Bett treibst, geht mich nichts an. Ich habe dir die gleiche Freiheit zugestanden, die ich mir nehme. Aber deswegen, Natascha, bin ich nicht hier. Sondern weil du die Stirn hattest, *Grandmères* Wünsche zu mißachten.«

»Aber es war unbillig von ihr, mich wegen einer solchen Bagatelle nach Hause zu schicken.«

»Schweig. Was du als Bagatelle bezeichnest, ist für die Engländer noch lange keine. Wir sind hier nicht in Rußland!«

»Nein, in Rußland überwacht Tante Sonja jeden meiner Schritte. Ich habe dort keine Freiheit.«

»Nun, dann tue ich ganz recht daran, dich der Obhut

eines Ehemannes zu übergeben, der vielleicht mehr Nachsicht hat.«

»Dimitri, nein!«

Es gab keine Diskussion über das Thema. Seine Entscheidung war gefallen. Doch das war noch nicht der eigentliche Vergeltungsschlag für die Unannehmlichkeiten, die sie ihm bereitet hatte. Der kam, kurz bevor er sie verließ.

»Du kannst zu Gott beten, daß meine Pläne durch diese unnötige Reise nicht zerstört wurden, Natascha«, hatte er ihr hart gesagt. »Wenn dem aber so ist, dann kannst du sicher sein, daß der Ehemann, den ich für dich finden werde, dir alles andere als gefallen wird.«

Die nächsten vier Tage, die sie noch zu Besuch bei der Herzogin verbrachten, war er ausgesprochen freundlich gewesen.

Aber Anastasia konnte nicht vergessen, was ihr für die Zukunft drohte. Es war ihr klar, daß er nicht nur im Zorn gesprochen hatte, sondern alles ernst gemeint hatte. Ein Ehemann war ja nicht so schlimm, wenn er ihr genug Freiheit ließ und ihre kleinen Abenteuer ignorierte. Immerhin würde sie das von Tante Sonjas strenger Aufsicht befreien. Aber ein Mann, der Treue verlangte, der ihr gefühllos seine Wünsche aufzwingen würde, dessen Diener ihr nachspionieren sollten, der sie schlagen würde, wenn sie ihm trotzte, das war etwas ganz anderes, aber genau das, was ihr Bruder ihr angedroht hatte.

Noch nie hatte sie unter seinem Zorn zu leiden gehabt. Sie hatte erlebt, wie es anderen damit erging, aber ihr gegenüber war er immer nachsichtig und liebevoll gewesen. Das zeigte nur, wie sehr sie ihn in diesem Fall erzürnt hatte. Sie hatte gewußt, daß er außer sich sein würde. Sie hatte gewußt, daß sie zu weit gegangen war in ihrem Ungehorsam gegenüber der Herzogin. Und Dimitris kaltes Schweigen, seit sie die ländliche Gegend verlassen hatten, war der beste Beweis dafür, daß er ihr nicht verziehen hatte.

Außer ihnen beiden war niemand in der Kutsche, das machte das Schweigen noch unerträglicher. Ihre vielen Diener waren auf die Kutschen verteilt, die nach ihnen kamen. Außerdem begleiteten sie die acht berittenen Kosacken, die Dimitri wegen seiner vielen Wertsachen immer um sich hatte, wenn er Rußland verließ. In England wirkten sie merkwürdig, diese grimmig blickenden Krieger mit ihren herabhängenden Schnauzbärten, gekleidet in russische Uniformen mit Pelzhüten und bis an die Zähne bewaffnet. Sie erregten überall großes Aufsehen, aber ihr Anblick ließ auch niemanden auf die Idee kommen, den Prinzen zu belästigen.

Oh, sie wünschte sich so sehr, daß die Kutsche endlich weiterfuhr. Wenn sie schon nach Hause mußte, dann wollte sie es bald hinter sich haben.

»Können deine Männer nicht den Weg für uns frei machen, Mitja?« bat sie schließlich. »Diese Kreuzung ist wirklich zu lästig.«

»Wir haben Zeit.« Er blickte sie nicht an. »Wir segeln nicht vor morgen, und heute abend werden wir das Haus nicht verlassen. Der Zar besucht die Queen diesen Sommer und er soll nicht mit Skandalgeschichten empfangen werden.«

Sie war wütend über diese Warnung, die ausschließlich auf sie gemünzt war. Es war neu für sie, daß Zar Nikolaus vorhatte, nach England zu kommen. Und für den Abend hatte sie sich tatsächlich vorgenommen, noch einmal auszugehen, möglicherweise war das ihre letzte Nacht in Freiheit für eine lange Zeit.

»Ach, Mitja, es ist so stickig in der Kutsche. Wir sitzen hier schon –«

»Noch nicht mal fünf Minuten«, schnitt er ihr kurzerhand das Wort ab. »Hör auf zu jammern.«

Sie funkelte ihn an und bemerkte plötzlich mit Erstaunen, daß er leise lachte. Aber er starrte immer noch aus dem Fenster, so war sie nicht beleidigt, sondern nur wütend.

»Es freut mich, daß du deinen Spaß an dieser langweiligen Fahrt hast«, stichelte sie ironisch. Doch als sie keine Antwort bekam, fragte sie bissig: »Nun, was ist denn so komisch?«

»Diese Dirne da, die ihren Freier abwehrt. Das ist ein wildes kleines Ding.«

Sie interessierte Dimitri, obwohl er nicht genau wußte warum. Ihre Figur war ansprechend, aber nichts Besonderes. Volle Brüste preßten sich gegen das allzu enge Mieder, eine schlanke Taille, ziemlich schmale Hüften, das alles steckte in einem unvorteilhaften, schwarzen Kleid. Das Gesicht sah er nur einen Sekundenbruchteil, denn sie stand an der gegenüberliegenden Ecke der Kreuzung. Sie war keine Schönheit, aber sie strahlte etwas Besonderes aus: große Augen in einem schmalen Gesicht und ein festes, kleines Kinn.

Er hätte sie überhaupt nie wahrgenommen, wäre da nicht das fliegende Täschchen gewesen. Sie war nicht der Typ von Frau, für den er sich normalerweise interessierte. Dafür war sie zu zierlich, bis auf die drängenden Brüste wirkte sie fast wie ein Kind. Aber sie amüsierte ihn. Soviel hochmütige Entrüstung in so einem kleinen Persönchen. Und wann hatte ihn eine Frau zum letzten Mal wirklich amüsiert?

Einem plötzlichen Impuls folgend rief er Wladimir an sein Fenster. Er war sein unentbehrliches Faktotum. Wladimir kümmerte sich um das Wohlbefinden Dimitris, stellte niemals Fragen, urteilte nicht. Jede Anordnung befolgte er getreulich.

Dimitri warf dem vertrauten Diener ein paar Worte zu, und Wladimir verschwand. Kurz darauf fuhr die Kutsche weiter.

»Ich kann's nicht glauben«, bemerkte Anastasia aus der anderen Ecke der Kutsche, wohlwissend, was er soeben getan hatte.

»Besorgst du dir die Huren jetzt schon direkt von der Straße? Sie muß wirklich außerordentlich hübsch sein.«

Dimitri ignorierte die Boshaftigkeit in ihrer Stimme. »Nicht besonders. Sagen wir, meine Eitelkeit regt sich. Was anderen mißlingt, da möchte ich Erfolg haben.«

»Aber so von der Straße, Mitja? Und wenn sie nun krank ist, oder noch schlimmeres?«

»Dir würde das doch gefallen, meine Liebe, oder nicht?« erwiderte er trocken.

»Im Moment auf jeden Fall.«

Für ihren Groll hatte er nur ein mildes Lächeln übrig.

Auf der anderen Straßenseite mußte Wladimir das Problem lösen, sich eine Kutsche zu sichern und dabei die kleine, schwarze Gestalt nicht aus den Augen zu verlieren, die sich auf der Regent Street immer weiter entfernte. In der Nähe gab es keinen Droschkenplatz, außerdem sprach er nicht sehr gut Englisch, und sein Französisch war schwer verständlich. Doch die meisten Probleme können mit Geld gelöst werden und so war es auch hier. Nach ein paar Fehlschlägen gelang es ihm schließlich, den Fahrer einer kleinen Privatkutsche zu überreden, seinen Posten zu verlassen, an dem er auf seinen Herrn wartete. Für einen Lohn von fast einem Jahresgehalt konnte man schon riskieren, seine Stellung zu verlieren.

Jetzt ging es darum, die Frau einzuholen. Es war klar, auf so einer belebten Straße war die Kutsche nicht schnell genug. Wladimir wies den Fahrer an, ihm so dicht wie möglich zu folgen. Der Fahrer schüttelte nur den Kopf über die exzentrischen Einfälle der Reichen – denn dafür hielt er Wladimir –, die erst eine Kutsche mieten und sie dann nicht benützten. Aber was kümmerte ihn das, bei dem schönen Batzen Geld in seiner Tasche?

Kurz vor dem Ende der Straße erreichte Wladimir die Frau, doch nur, weil sie ohne ersichtlichen Grund stehengeblieben war. Sie stand einfach in der Mitte des Bürgersteigs und blickte geradeaus.

»*Mademoiselle*?«

»*Oui*?« antwortete sie zerstreut, beachtete ihn jedoch kaum.

Hervorragend. Sie sprach Französisch. Das einfache Volk in England war dieser Sprache meistens nicht mächtig und er hatte schon befürchtet, es könnte schwierig sein, mit ihr zu reden.

»Würden Sie bitte mit mir kommen, Miss. Mein Herr, Prinz Alexandrow, möchte gerne Ihre Dienste für den Abend in Anspruch nehmen.«

Für gewöhnlich genügte schon die Erwähnung von Dimitris Titel, um einen Handel wie diesen abzuschließen. Deshalb überraschte es Wladimir, daß die Frau ihn nur verärgert anblickte. Und noch größer war sein Erstaunen, als er ihr Gesicht sah. Sie entsprach überhaupt nicht Dimitris Geschmack. Was hatte sich der Prinz bloß dabei gedacht, daß er ausgerechnet diese kleine Dirne in seinem Bett haben wollte?

Katherine war tatsächlich sehr unmutig, daß sie schon wieder belästigt wurde und ausgerechnet als Bedienstete sollte sie angeheuert werden, wohl für eine Gesellschaft oder eine Versammlung, für die man zusätzliche Diener brauchte. Aber es war schon ungewöhnlich, sie von der Straße weg zu verdingen. Sie hatte noch nie von so etwas gehört. Doch man mußte bedenken, daß der Mann ein Fremder war.

Sie ließ ihn auch nicht so deutlich abblitzen wie den anderen Kerl. Der Fehler hatte bei ihr gelegen. Man hielt sie für ein Dienstmädchen. Wenigstens versuchen mußte sie, der Rolle gerecht zu werden. Mit ihrem gedankenlosen Angriff vorhin hätte sie beinahe zu viel Wirbel veranstaltet, das sah sie jetzt ein. Wie leicht könnte sie von jemandem erkannt werden, wenn sie sich so auffällig benahm. Das durfte auf keinen Fall geschehen.

Katherine hätte es nie geduldet, daß ihr Name von einem Skandal befleckt würde. Sie war stolz auf ihr einwandfreies Verhalten, das über jeden Tadel erhaben war. Was, um Himmels willen, hatte sie eigentlich hier zu suchen? Sie konnte es nur auf dieses scheußliche Kopfweh schieben, daß ihr eine so verrückte Idee gekommen war. Mit einem klaren Kopf wäre ihr sicher ein besserer Plan eingefallen, als sich ausgerechnet als Dienerin zu verkleiden.

Der Mann wartete auf ihre Antwort. Er mußte ein außerordentlich gut bezahlter Diener sein, denn seine Kleidung war von hervorragender Qualität. Er war groß, mittleren Alters und sah nicht schlecht aus, mit seinem braunen Haar und den hellblauen Augen. Was hätte Lucy ihm wohl erwidert? Das Mädchen würde wohl ein bißchen mit ihm flirten, und damit ihre Absage geschickt verpacken. Katherine konnte so etwas nicht über sich bringen.

Sie behielt Elisabeth im Augen, die die Straße überquert hatte, aber nicht weitergegangen war und sagte zu ihm: »Es tut mir leid, mein Herr, aber ich nehme keine zusätzliche Arbeit an.«

»Der Prinz ist außerordentlich großzügig, wenn es das ist.«

»Ich brauche kein Geld.«

Wladimir wurde es mulmig. Der Titel des Prinzen hatte sie nicht beeindruckt und sie schien nicht im entferntesten an der Ehre interessiert, die ihr da widerfuhr. Sollte sie sich tatsächlich weigern? Nein, das war ausgeschlossen.

»Zehn Pfund«, bot er ihr an.

Wenn er geglaubt hatte, damit wäre der Handel abgeschlossen, irrte er sich gewaltig. Katherine starrte ihn ungläubig an. War er verrückt, solch einen Lohn anzubieten? Oder kannte er die gängigen Preise für Dienstboten nicht? Die einzige andere Erklärung war, daß er sich in einer verzweifelten Situation befand. Unangenehm wurde ihr bewußt, daß es wohl in ganz England kein Mädchen gab, das nicht seinen Dienst gekündigt hätte für eine so gut bezahlte Nacht. Nur konnte sie natürlich unmöglich annehmen. Zweifellos würde er *sie* für verrückt halten.

»Es tut mir leid –«

»Zwanzig Pfund.«

»Das ist absurd«, fuhr Katherine ihn an. Langsam wurde ihr der Mann unheimlich. Er *war* verrückt. »Sie können schon um weniger eine ganze Legion Dienstmädchen anheuern. Entschuldigen Sie mich jetzt.« Sie wandte ihm den Rücken zu und betete, daß er wegginge.

Wladimir seufzte. Dieses ganze lächerliche Hin und Her beruhte auf einem Irrtum. Ein Dienstmädchen? Sie hatte ihn vollkommen mißverstanden.

»Verzeihen Sie mir, Miss, daß ich nicht von Anfang an klarer gesprochen habe. Mein Herr braucht Sie nicht als Dienstmädchen. Er hat Sie gesehen und möchte den Abend in Ihrer Gesellschaft verbringen, wofür Sie auch großzügig entlohnt werden. Wenn ich noch deutlicher werden muß –«

»Nein!« Katherine blickte ihn noch einmal an, ihre Wangen glühten. »Ich... äh, verstehe jetzt vollkommen.«

Guter Gott, wie war sie nur in diese schreckliche Lage gekommen? Am liebsten hätte sie ihm ins Gesicht geschlagen. Es war eine ungeheuerliche Beleidigung. Aber Lucy wäre nicht gekränkt, Lucy wäre aufgeregt.

»Ich fühle mich natürlich geschmeichelt, aber ich habe kein Interesse.«

»Dreißig Pfund.«

»Nein«, schnappte sie. »Um keinen Preis. Lassen Sie mich jetzt in Ruhe –«

Die Stimme eines Mannes unterbrach sie. »Ich hab's geschafft, Chef, wenn Sie jetzt bereit sind?«

Wladimir blickte sich um und sah die Kutsche nur ein paar Schritte hinter sich stehen. »Gut, du wirst uns hier um den Block fahren. Ich sage dir, wo du halten sollst.«

Mit diesen Worten preßte er seine Hand auf den Mund der Frau und zerrte sie in die Kutsche. »Eine ausgerissene Dienerin«, erklärte er dem gaffenden Fahrer.

»Weggelaufen? Also Chef, wenn die nich für Sie arbeitn will, isses doch ihre Sache, oder nich? Sie können sie nich zwingen –« Doch ein paar Pfundnoten, die in seine Hand glitten, änderten seine Stimmung. »Wie Sie meinen.«

Katherines Schrei wurde abrupt erstickt. Hatte jemand

außer dem Fahrer die Entführung beobachtet? Aber niemand rief: Halt. Stehenbleiben. Alles war so rasch gegangen, in Sekundenschnelle hatte der Mann sie in die Kutsche geschoben, so daß es zweifelhaft war, daß irgend jemand etwas bemerkt hatte.

Sofort wurde sie mit Gesicht und Oberkörper in den Sitz gestoßen. Als die Kutsche losfuhr, wurde ihr der Hut abgerissen und ein Taschentuch über den Mund gebunden. Ein harter Ellbogen in ihrem Rücken machte jeden Widerstand unmöglich. Dann wurden ihr die Arme nach hinten gezogen und gleichzeitig fest nach oben gedrückt, so daß sie sich nicht mehr aufrichten konnte. Der Mann drehte sie auf die Seite und legte noch ein Bein über sie, um sie ganz ruhig zu halten.

Ihre Arme konnte er leicht mit einer Hand halten, die er nach kurzer Zeit wechselte. Er bedeckte sie mit seinem Mantel. Ja natürlich, die Fenster! Die Kutsche war zwar abgeschlossen und innen dunkel, aber sobald sie hielt, konnte jeder Vorübergehende hineinblicken.

Sie hatte ganz recht gehabt, daß ihr der Kerl verdächtig gewesen war. Er war wirklich verrückt. So etwas wie das hier passierte einer Katherine St. John einfach nicht. Aber sobald sie ihm sagte, wer sie in Wirklichkeit war, mußte er sie doch freilassen. Das mußte er einfach, oder?

Er beugte sich über sie und seine Stimme drang gedämpft durch den Stoff des Mantels. »Es tut mir leid, Kleine, aber Sie haben mir keine andere Wahl gelassen. Die Anordnungen des Prinzen müssen befolgt werden. Er hat nicht damit gerechnet, daß Sie sich seiner Bitte widersetzen könnten. Noch nie hat sich eine Frau ihm verweigert. Die schönsten Frauen Rußlands kämpfen um diese Auszeichnung. Sie werden das verstehen, wenn er zu Ihnen kommt. So einen Mann wie Prinz Dimitri gibt es nicht noch einmal.«

Katherine hätte ihm liebend gerne gesagt, was ihr diese Auszeichnung wert war. Allerdings war das ein einmaliger Mann, dieser Prinz! Von ihr aus könnte er der attraktivste aller Männer sein, was ging sie das an? Wenn man diesem Mann hier zuhörte, könnte man glauben, daß sie auch noch dankbar sein müßte für die Entführung. So ein Irrsinn!

Die Kutsche hielt an. Sie mußte diesem Wahnsinnigen entkommen. Doch er gab ihr keine Gelegenheit. Sein Mantel umschloß sie wie ein Sack, band ihre Arme fest an den Körper. Er hob sie auf und ging mit ihr los. Ein Arm lag fest unter ihren Knien, preßte sie an seine Brust, so daß sie sich überhaupt nicht bewegen konnte. Der Mantel bedeckte auch ihr Gesicht und ihre Augen.

Plötzlich stieg ihr jedoch der Geruch von Essen in die Nase. Eine Küche? Also brachte er sie zum Hintereingang herein. Das machte ihr Hoffnung. Er wollte nicht, daß sein Prinz bemerkte, was er getan hatte. Dieser Dimitri hatte nicht damit gerechnet, daß sie sich weigern könnte, hatte er gesagt. Ein Prinz würde niemals solche Methoden anwenden, um eine Frau zu gewinnen. Sie würde sich gar nicht der peinlichen Lage aussetzen müssen zu erklären, wer sie eigentlich sei. Ein paar Worte zu dem Prinzen, die ihm zu verstehen gaben, daß sie kein Interesse hatte, würden genügen, daß man sie sofort freiließ.

Seine Knie berührten ihren Rücken bei jeder Stufe, die er jetzt nach oben stieg. Und es nahm überhaupt kein Ende. Wo war sie? Die Kutsche war nicht lange gefahren, so weit ungefähr hätte sie auch bis zu sich nach Hause gebraucht. Lieber Gott, war das hier vielleicht eines der Häuser am Cavendish Square, ganz in der Nähe ihres eigenen? Welche Ironie! Doch ihr war kein Prinz bekannt, der in ihre Nachbarschaft gezogen war. Aber gab es ihn überhaupt, diesen Prinzen? Oder war sie einem gemeinen Kerl in die Hände gefallen, der junge Frauen raubte, um sich an ihnen zu vergnügen und nur irgendwelche abenteuerlichen Geschichten erzählte, damit sie nicht so viele Schwierigkeiten machten?

Ihr Entführer redete wieder, doch sie verstand kein Wort, dabei war sie mit nahezu allen europäischen Sprachen vertraut. Eine Frau antwortete in denselben fremdartigen Lauten...

Russen! Er hatte Rußland erwähnt. Es waren *Russen*, diese nordischen Barbaren! Ja, natürlich, in diesem Land gab es jede Menge Prinzen. Trugen dort nicht alle alten Adelsfamilien diesen Titel?

Eine Tür wurde geöffnet. Noch ein paar Stufen, dann wurde sie vorsichtig auf die Füße gestellt und der Mantel entfernt. Katherine riß sich sogleich das Taschentuch vom Mund herunter. Am liebsten hätte sie dem Kerl, der jetzt einfach nur dastand und sie so merkwürdig anschaute, ihre Wut ins Gesicht geschleudert. Es kostete sie einiges an Beherrschung, diesem Impuls nicht nachzugeben.

»Reiß dich zusammen, Katherine. Er ist nur ein Barbar, mit einem barbarischen Wesen. Wahrscheinlich ist ihm überhaupt nicht bewußt, daß es kriminell ist, was er mit dir gemacht hat«, sagte sie mit halblauter Stimme.

»Wir sind keine Barbaren«, sagte er auf französisch.

»Sie sprechen Englisch?«

»Nur ein paar Worte. Aber ›Barbar‹ kenne ich. Schon andere Engländer haben mich so genannt. Den Rest aber habe ich nicht verstanden.«

»Das macht nichts. Ich habe ein Selbstgespräch geführt. Das ist so eine Angewohnheit von mir.«

»Sie sehen viel hübscher aus, wenn Ihr Haar offen ist. Dem Prinzen wird das gefallen.«

Ach, deswegen starrte er sie so an. Ihr Knoten war aufgegangen, als er ihr das Mundtuch umgebunden hatte. Doch die Haare hatten sich nicht ganz gelöst, und die Enden ringelten sich in Locken um ihr Gesicht.

»Ihre Schmeicheleien bringen Ihnen gar nichts, Sir.«

»Ich bitte um Verzeihung.« Es verdroß ihn, als er sich bei einer leichten, ehrerbietigen Verbeugung ertappte, mit der er seine Worte begleitete. Sie war verdammt hochnäsig für eine Dienerin. Aber schließlich war sie Engländerin, das mußte man dabei auch bedenken. »Ich heiße Wladimir Kirow. Ich sage Ihnen das, denn wir müssen besprechen –«

»Gar nichts habe ich mit Ihnen noch zu besprechen, Mister Kirow. Wenn Sie jetzt bitte so freundlich wären und Ihrem Herrn bestellen, daß ich da bin. Ich möchte mit ihm reden.«

»Er kommt nicht vor heute abend.«

»Holen Sie ihn!« Sie erschrak darüber, wie schrill ihre Stimme klang, aber er schüttelte nur den Kopf. »Ich bin nahe daran, mich zu vergessen, Mister Kirow«, warnte sie ihn in einem Ton, den sie unter diesen Umständen für angebracht hielt. »Sie haben mich beleidigt, entführt und trotz allem bewahre ich immer noch meine Fassung. Ich bin nicht irgendein Dummchen, das gleich zusammenbricht, wenn ihr ein Unglück zustößt. Aber nun reicht es mir. Ich bin um keinen Preis zu haben. Kein noch so hoher Betrag wird daran etwas ändern. Sie können mich genausogut gleich freilassen.«

»Sie sind halsstarrig, aber das ändert gar nichts. Sie werden bleiben – nein.« Er hob die Hand, als sie den Mund öffnete. »Ich dulde kein Schreien. Vor der Tür stehen zwei Wachen, die werden Sie auf der Stelle zum Schweigen bringen. Das wäre Ihnen gar nicht angenehm, und so unnötig. Sie haben jetzt ein paar Stunden Zeit, sich zu bedenken.«

Katherine hatte nicht einen Augenblick an die Wachen geglaubt, doch als er die Tür öffnete um zu gehen, sah sie die beiden grimmig blickenden Männer. Ihre Uniformen waren völlig gleich: lange Tunikas, weite Hosen steckten in hohen Stiefeln, an den Hüften hingen mächtige Schwerter. Unglaublich. War denn der ganze Haushalt in dieses Verbrechen verwickelt? Der Prinz war die einzige Hoffnung, die ihr noch blieb.

5.

»Was soll ich bloß machen, Maruscha?« fragte Wladimir seine Frau. »Er will sie. Sie weigert sich, mit ihm das Bett zu teilen. Noch nie bin ich in einem solchen Dilemma gewesen.«

»Dann besorg' ihm doch eine andere Frau«, antwortete sie beiläufig und hielt die Angelegenheit damit für erledigt.

»Du weißt genau, was passieren wird, wenn die Nacht für ihn enttäuschend ist. Die ganze Heimfahrt wird es kein Vergnügen für ihn geben. Hätte ihn seine Großmutter für seine übermäßige Hurerei nicht so gescholten, wäre alles halb so schlimm. Aber sie hat ihn von ihren Zofen ferngehalten und aus Achtung vor ihr hat er sich gefügt. Seit wir angelegt haben gab es keinerlei sexuelle Möglichkeiten für ihn, das ist eine fürchterlich lange Zeit der Enthaltsamkeit für den Prinzen. Er braucht heute nacht eine Frau, bevor wir absegeln, oder wir werden unter seiner Enttäuschung zu leiden haben. Es wird zehnmal so schlimm sein wie auf der Herfahrt, als diese dumme Komteß im letzten Moment ihre Meinung geändert hat und nicht mit ihm gereist ist.«

Wladimir kannte das alles. Sein Problem war nicht nur, daß er den Prinzen noch niemals im Stich gelassen hatte. Es ging auch darum, ihnen allen eine angenehme Überfahrt zu sichern, andernfalls müßten sie wochenlang mit einem schlechtgelaunten Dimitri zusammenleben. Wenn die Umstände es nötig machten, so wie eben bei der Herfahrt, konnte der Prinz durchaus ohne Frau auskommen. Aber wenn es wie heute nacht keinen Grund dafür gab, war die Hölle los, wenn er nicht bekam, was er wollte. Und wenn Dimitri selbst nicht glücklich war, konnte niemand in diesem Haushalt glücklich sein.

Wladimir goß sich noch einen Schluck Wodka ein und stürzte ihn hinunter. Maruscha füllte weiter die Gans für Dimitris Abendessen mit *Kascha*. Für sie war die Sache abgetan. Ihr Mann hatte ihr ja nur erzählt, daß ihm die Frau, die er für den Prinzen besorgt hatte, Ärger bereitete.

»Maruscha, warum ist eine Frau – und sie ist schließlich keine Dame, sondern ein einfaches Mädchen, eine Dienerin – warum ist sie nicht entzückt, wenn ein Prinz sie begehrenswert findet?«

»Sicher ist sie geschmeichelt. Es gibt keine Frau, die nicht wenigstens ein bißchen geschmeichelt wäre, selbst wenn sie nicht mit ihm schlafen will. Zeig ihr ein Bild von ihm. Sie wird sich dann schon eines anderen besinnen.«

»Ja, das werde ich, aber – aber ich glaube, daß es diesmal nichts bewirken wird. Sie war nicht geschmeichelt, Maruscha, sie war beleidigt. Ich habe es ihr angesehen. Ich verstehe das nicht. Keine Frau hat sich ihm je verweigert; Jungfrauen, Ehefrauen, Prinzessinnen, Gräfinnen, selbst eine Königin –«

»Welche Königin? Nie hast du mir das erzählt!«

»Schon gut«, erwiderte er scharf. »Das ist nichts für Klatschmäuler und ich weiß, daß du, liebe Frau, den Klatsch über alles liebst.«

»Also, jeder Mann sollte doch wenigstens einmal abgewiesen werden. Das tut ihm gut.«

»Maruscha!«

Sie lachte vergnügt: »Ich hab' nur Spaß gemacht, mein Lieber. Jeder Mann außer unserem Prinzen. Hör jetzt auf, dich zu sorgen. Geh und besorg ihm eine andere Frau, das hab' ich dir doch schon gesagt.«

Wladimir schaute düster in sein leeres Glas und füllte es nochmal. »Das geht nicht. Er hat nicht gesagt, ›Ich will eine Frau für heute nacht. Bring mir eine.‹ Er zeigte auf diese Kleine und sagte: ›Diese da. Erledige das.‹ Sie ist nicht einmal hübsch, Maruscha, bis auf ihre Augen. Ich könnte ihm bis zum Abend ein Dutzend Frauen bringen, die seinem Geschmack weit mehr entsprechen. Aber er will diese. Er muß sie haben.«

»Sie wird verliebt sein«, meinte Maruscha nachdenklich. »Nur aus diesem Grund weist eine Frau von niederem Stand eine solche Ehre zurück. In Rußland würde keine –«

»Wir sind hier in England«, erinnerte er sie. »Vielleicht denken sie hier anders.«

»Wir waren doch schon öfter hier, Wladimir. Und niemals hast du solche Schwierigkeiten gehabt. Ich sag' dir, sie ist verliebt. Aber es gibt Drogen, unter denen sie alles vergißt, die ihre Erinnerungen verschwimmen lassen und sie bereitwilliger machen –«

»Er wird sie für betrunken halten«, erwiderte er streng. »Das wird ihm überhaupt nicht gefallen.«

»Aber wenigstens wird er sie haben.«

»Und wenn es nicht wirkt? Wenn sie sich noch genügend erinnert, um sich zu wehren?«

Maruscha runzelte die Stirn. »Nein, das wäre nichts. Er würde wild werden. Er hat es nicht nötig, eine Frau gewaltsam zu nehmen. Das würde er nicht tun. Sie streiten ja darum, sich ihm an den Hals zu werfen. Jede Frau, die er nur will, kann er haben.«

»Und er will diese, die nichts von ihm wissen will.«

Sie warf ihm einen entrüsteten Blick zu. »Du regst mich langsam auf. Soll ich mal mit ihr reden? Vielleicht kann ich herausfinden, was sie dagegen hat.«

»Versuch es nur«, willigte er ein. Er war in dieser Sache zu allem bereit.

Sie nickte. »Red du doch inzwischen mal mit Bulawin. Vielleicht stimmt es ja nicht, aber er hat letzte Woche damit geprahlt, daß er wüßte, wie er eine Frau dazu bringen könnte, ihn anzuflehen, mit ihr zu schlafen. Und zwar jede Frau. Vielleicht hat er einen Zaubertrank.« Sie grinste.

»So ein Quatsch«, spottete er.

»Man kann nie wissen«, reizte sie ihn. »Die Kosaken haben immer in der Nähe der Türken gelebt. Hast du vielleicht jemals von einem Sultan gehört, der Schwierigkeiten mit seinen Sklavenmädchen gehabt hätte, von denen doch die meisten unschuldige Gefangene sind?«

Mit einer Handbewegung und einem verärgerten Blick tat er dieses Gerede ab, aber dennoch, er würde mit Bulawin sprechen.

So verzweifelt war er im Augenblick.

Katherine konnte nicht still sitzen. Sie drehte Kreise im Zimmer, alle paar Minuten wütend auf den riesigen Schrank starrend, den die zwei Wächter vor das einzige Fenster geschoben hatten. Obwohl er leer war, konnte sie ihn mit ihrem Fliegengewicht nicht von der Stelle rücken. Eine halbe Stunde lang hatte sie es erfolglos versucht.

Es war ein ziemlich großes, wohl unbenutztes Schlafzimmer, in dem man sie gefangenhielt. Selbst der mächtige Schreibtisch war leer. Eine rosa und grün gemusterte Tapete bedeckte die Wände (die Königin schätzte diese Farbkombination besonders). Die Einrichtung zeugte von Reichtum: Schwere Möbel im Hope-Stil mit seinen griechisch und ägyptisch inspirierten Schmuckelementen, eine teure grüne Satindecke auf dem Bett. Cavendish Square. Da war sie ganz sicher. Wenn sie nur aus diesem Zimmer gelangen könnte, sie wäre im Nu zu Hause – aber was half es? Elisabeth, die sie zuletzt alleine wartend an der Ecke gesehen hatte, würde William jetzt schon getroffen haben. *Sie wird verheiratet sein, bevor ich nach Hause komme.* Diese dumme Verkleidung, diese schreckliche Vorahnung, und das alles für nichts. Elisabeth mit einem lumpigen Mitgiftjäger verheiratet. Das, nur das, machte Katherine so wütend auf diese Russen. Dieser Barbar, dieser bornierte Idiot, der sie hierher gebracht hatte – seinetwegen war Beths Leben jetzt zerstört. Nein, nicht wegen ihm. Er hatte nur seine Anordnungen befolgt. Sein Prinz war der eigentlich Verantwortliche. Was zum Teufel bildete er sich eigentlich ein, ihr aus so einem obszönen Grund einen Diener hinterherzuschicken? Welche Arroganz!

Dem werd' ich was erzählen, der wird mich kennenlernen. Ich sollte ihn ins Gefängnis werfen lassen. Ich weiß, wie er heißt.

Dimitri Alexandrow – oder Alexandrow Dimitri? Egal. So viele russische Prinzen kann es in London gar nicht geben. Es wird nicht schwer sein, ihn zu finden.

Das war zwar eine angenehme Vorstellung, aber sie wußte auch, sie würde es nicht tun. Der Skandal wäre schlimmer als das Verbrechen. Das hätte ihr gerade noch gefehlt, wenn der Name St. John durch den Schmutz gezogen würde.

»Aber wenn Beth nicht da ist, wenn ich nach Hause komme, und ich sie nicht mehr unverheiratet vorfinde, dann, bei Gott, dann werde ich es tun.«

Eine kleine Hoffnung bestand noch, daß Elisabeth William heute nur getroffen hatte, um Pläne zu schmieden. Mit aller Kraft klammerte sie sich an diesen Gedanken. Dann wäre noch nichts verloren und diese ärgerliche Erfahrung hier würde sie am besten ganz schnell vergessen.

»Hier bringe ich Ihnen was zu essen, Miss, und noch eine Lampe. Das Zimmer ist ja so dunkel mit dem zugestellten Fenster. Sie sprechen doch Französisch, oder? Ich kann es sehr gut, denn bei uns sprechen alle Herrschaften so. Manche können nicht einmal Russisch.«

Mit diesem Wortschwall eilte eine Frau ins Zimmer und setzte ein schweres Tablett auf einen kleinen runden Tisch zwischen zwei Sesseln. Sie war einen halben Kopf größer als Katherine, mittleren Alters, mit braunem Haar, das sie zu einem festen Knoten gesteckt trug, und freundlichen, blauen Augen. Geklopft hatte sie nicht. Eine der Wachen hatte ihr die Tür geöffnet und sie hinter ihr wieder geschlossen.

Sie rückte die Sachen auf dem Tablett zurecht. Eine schmale Vase mit einer Rose war umgefallen. Zum Glück enthielt sie kein Wasser. Die Lampe stellte sie auf den Marmorkamin. Sie brannte bereits und das zusätzliche Licht war angenehm. Dann ging sie wieder hinüber zu dem Tablett und fing an, die Deckel zu heben.

»*Katuschki*«, erklärte sie, indem sie eine Platte mit Fischbällchen in Weißweinsauce aufdeckte. »Ich bin die Köchin und ich bin sicher, daß es Ihnen schmecken wird. Ich heiße Maruscha.«

Wie eine Köchin sah sie nicht gerade aus, dafür war sie ein bißchen zu dünn, fand Katherine, als sie nach dem Essen schielte. Neben den *Katuschki* lag ein kleiner Laib Roggenbrot. Außerdem gab es Chicoréesalat mit Früchten, zum Nachtisch ein Stück Kuchen und eine Flasche Wein. Ein wirklich leckeres Mittagessen. Die *Katuschki* rochen köstlich. Und Katherine hatte nicht gefrühstückt. Es war ein Jammer, daß sie es nicht über sich brachte, etwas zu essen.

»Danke, Maruscha, aber Sie können das wieder mitnehmen. Ich werde in diesem Haus nichts annehmen, auch kein Essen.«

»Das ist nicht gut, wenn Sie nichts essen. Sie sind so schmächtig«, sagte Maruscha respektvoll.

»Ich bin so dünn, weil... ich eben dünn bin«, sagte Katherine steif. »Das hat mit Essen überhaupt nichts zu tun.«

»Aber der Prinz, der ist ein Hüne. Sehen Sie nur!«

Sie hielt Katherine ein kleines Bild unter die Nase, daß diese gar nicht anders konnte, als einen Blick darauf zu werfen. Der Mann auf der Miniatur war... unmöglich! Kein Mensch konnte in Wirklichkeit so aussehen.

Katherine schob die Hand der Frau beiseite. »Ausgesprochen amüsant. Mit Hilfe dieses kleinen Tricks soll ich wohl meine Meinung ändern? Selbst wenn das wirklich euer Prinz Alexandrow ist, bleibe ich bei meinem Nein.«

»Sind Sie verheiratet?«

»Nein.«

»Dann haben Sie einen Geliebten, den Sie sehr lieben?«

»Liebe ist etwas für Schwachsinnige. Ich bin nicht schwachsinnig.«

Maruscha runzelte die Stirn. »Dann sagen Sie mir doch bitte den Grund für Ihr Nein. Das ist wirklich mein Prinz.« Sie tippte auf das Bild. »Warum sollte ich lügen? Sie werden ihn ja heute nacht kennenlernen. Das Bild wird ihm noch nicht einmal gerecht. Er ist ein Mann voller Leben, Energie und Charme. Und vor allem ist er zu Frauen sehr liebenswür –«

»Schluß jetzt!« fuhr Katherine sie unbeherrscht an. »Mein Gott, was seid ihr bloß für schreckliche Menschen. Erst dieser Rohling, der mich entführt hat und jetzt Sie! Kann sich euer Prinz seine Frauen nicht selber aussuchen? Merkt ihr denn nicht, wie widerlich eure Kuppelei ist? Ich bin kein käufliches Mädchen und meine Zuneigung ist nicht mit Geld zu erringen.«

»Wenn Sie das mit dem Geld so stört, dann stellen Sie sich doch einfach vor, daß da ein Mann und eine Frau sind, die die gegenseitige Gesellschaft schätzen. Außerdem wirbt mein Herr für gewöhnlich selbst um die Frauen, die er begehrt. Nur war heute keine Zeit dafür. Er ist im Hafen und sieht auf dem Schiff nach dem Rechten. Wir segeln nämlich morgen wieder nach Rußland zurück.«

»Ich bin hocherfreut, das zu hören«, sagte Katherine trocken. »Meine Antwort ist und bleibt nein.«

Wladimir hatte recht. Dieses Frauenzimmer war entsetzlich störrisch. Sie war einfach unmöglich. Jesus Maria, hochmütig wie eine Prinzessin, aber dumm wie die letzte Küchenmagd. Keine Frau, die bei Verstand war, würde eine Nacht mit Dimitri Alexandrow ausschlagen. Es gab genug, die für diese Gunst sogar bezahlen würden.

»Sie haben noch immer nicht gesagt, warum Sie sich weigern«, erinnerte sie Maruscha.

»Ihr habt einen Fehler gemacht, das ist alles. Ich gehöre nicht zu der Sorte Frau, die auch nur im entferntesten daran dächte, mit einem völlig Fremden ins Bett zu gehen. Ich habe einfach kein Interesse.«

Maruscha verließ kopfschüttelnd und auf russisch vor sich hinmurmelnd das Zimmer. In der Halle traf sie ihren Mann, der ihr erwartungsvoll entgegensah. Es tat ihr so leid, ihn enttäuschen zu müssen, aber was blieb ihr anderes übrig?

»Es hat keinen Sinn, Wladimir. Entweder hat sie Angst vor Männern oder sie haßt sie. Anders kann ich es mir nicht erklären. Aber ihre Meinung wird sie sicher nicht ändern, das schwöre ich dir. Du kannst sie genausogut gehen lassen und Prinz Dimitri Bescheid geben, damit er seine Pläne für den Abend umdisponieren kann.«

»Nein, er hat seine Wahl bereits getroffen«, beharrte Wladimir und gab ihr einen kleinen, zusammengebundenen Beutel. »Misch ihr davon was ins Abendessen.«

»Was ist das?«

»Bulawins Zaubermittel. Nach dem was er gesagt hat, wird der Prinz zufrieden sein.«

6.

Am späten Nachmittag – oder war es schon früher Abend? – wurde ihr das Bad gebracht. In dem Zimmer gab es keine Uhr. Und Katherines kleine Taschenuhr, die sie ansonsten immer bei sich hatte, war in dem Kleid, das sie Lucy hingeworfen hatte, aber das war nun schon so viele Stunden her.

Argwöhnisch hatte sie das Kommen und Gehen der drei Diener beobachtet. Sie hatten eine Porzellanwanne hereingetragen, sie mit heißem Wasser gefüllt und aus einem kleinen Fläschchen Rosenöl hinzugegeben, dessen Duft sich im ganzen Zimmer verbreitete. Niemand hatte sie gefragt, ob sie ein Bad nehmen wollte. Und sie wollte das auch nicht. Nicht ein Kleidungsstück würde sie in diesem Haus ausziehen.

Aber jetzt betrat Wladimir Kirow den Raum. Er prüfte das Wasser, lächelte. Sie saß steif in einem Sessel und trommelte mit den Fingern ärgerlich auf die Armlehnen.

Er pflanzte sich gebieterisch vor ihr auf und herrschte sie an: »Sie werden baden.«

Katherine schaute langsam zu ihm hinauf und wendete

ihren Blick gleich darauf verächtlich wieder ab. »Sie hätten besser gefragt, bevor ihr euch so viele Umstände macht. Ich bade nicht in fremden Häusern.«

Wladimir hatte genug von ihrer Arroganz. »Das war keine Bitte, sondern ein Befehl. Wenn Sie nicht freiwillig baden, werden Ihnen die Männer da draußen helfen. Denen macht das sicher Spaß, aber ich glaube kaum, daß Ihnen das gefallen würde.«

Befriedigt bemerkte er, wie sie ihm ihre Aufmerksamkeit schnell wieder zuwandte. Ihre großen, ovalen Augen funkelten. Mit ihrer herrlichen Farbe waren sie bei weitem das attraktivste an ihr. Ihre außergewöhnliche Schönheit beherrschte das schmale Gesicht und verlieh ihm einen Ausdruck malerischer Unschuld. War es das gewesen, was Dimitri angezogen hatte? Aber nein, auf diese Entfernung hatte er ihre Augen gar nicht bemerken können.

Das unvorteilhafte Kleid mußte verschwinden. Das strenge Schwarz nahm ihr alle Farbe und ließ ihr Gesicht fahl und blaß erscheinen. Die leichte Röte, die ihre Wangen jetzt überzog, stand ihr ausgezeichnet, aber sie würde wieder vergehen. Sie hatte einen glatten, makellosen, fast durchsichtigen Teint, aber etwas Rouge wäre vielleicht nicht schlecht. Gerne hätte er sie ein bißchen zurecht machen lassen, aber er befürchtete, daß sie sich wehren würde und man sie festhalten müßte. Das wollte er vermeiden, denn blaue Flecken schätzte der Prinz nicht.

Nur das sanfte Licht und die limonengrüne Bettwäsche würden ihre Erscheinung unterstreichen. Wladimir war zufrieden. Soweit war alles in Ordnung. Die Frau würde parfümiert aus dem Wasser steigen, das Abendessen mit dem beigemischten Mittel gleich kommen und ohne ihre Kleider würde sie völlig ungeschützt sein.

»Sie sollten das Bad nehmen, solange das Wasser heiß ist«, fuhr Wladimir mit seinen Anordnungen fort. »Ich werde Ihnen ein Mädchen schicken, das Ihnen behilflich ist. Das Abendessen kommt auch gleich und wenn Sie wieder nicht essen wollen, werden wir nachhelfen. Wir wollen nicht, daß Sie Hunger leiden, solange Sie hier sind.«

»Und wie lange muß ich hier noch bleiben?« fragte Katherine gepreßt.

»Wenn der Prinz Sie verlassen hat, können Sie bestimmen, wohin Sie gebracht werden wollen. Sicher wird er nicht länger als ein paar Stunden in Ihrer Gesellschaft verweilen.«

»Es würde nur ein paar Minuten dauern, bis sie dem Lüstling die Sache klargemacht hätte«, dachte Katherine wild, und dann könnte sie gehen. »Wann wird er kommen?«

Wladimir zuckte die Schultern. »Wenn er ins Bett gehen will.«

Katherine senkte die Augen, als sie spürte, wie ihr das Blut wieder ins Gesicht stieg. Sie hatte an diesem Tag mehr Gespräche über die körperliche Liebe gehört als in ihrem ganzen bisherigen Leben. Und die natürliche Ungezwungenheit, mit der diese Menschen darüber sprachen, war ihr sehr fremd. Die Diener der Alexandrows arrangierten so etwas wohl recht häufig und besaßen daher überhaupt kein Schamgefühl mehr. Sie hatte den Eindruck, als fänden sie absolut nichts Unrechtes daran, unschuldige Frauen von der Straße weg zu entführen, damit sie ihrem Herrn zu Willen seien.

»Es ist Ihnen doch klar, daß Ihr Handeln kriminell ist oder etwa nicht?« fragte Katherine ruhig.

»Aber Sie werden ja eine Entschädigung erhalten für diesen kleinen Verstoß.«

Katherine verschlug es die Sprache, doch bevor sie noch etwas hinzufügen konnte, war er schon gegangen. Sie bildeten sich tatsächlich ein, über dem Gesetz zu stehen! Nein, wahrscheinlich stimmte das gar nicht. Sie hielten *sie* einfach für eine Frau aus der Unterschicht und das Recht war wohl in Rußland, genau wie hier, auf der Seite der Begüterten. In ihren Augen wog die Entführung nicht schwer, denn was könnte sie schon gegen den mächtigen Prinzen unternehmen? Aber sie hatte sie über das Mißverständnis nicht aufgeklärt. Niemand wußte, wer sie in Wirklichkeit war, und die Tochter eines Earls zu entführen war schon etwas anderes.

Wahrscheinlich hätte sie es offen eingestehen sollen. Doch der Gedanke war ihr sehr unangenehm, sich zu diesem dummen Verkleidungsspiel bekennen zu müssen. Und sie würde ihre Freiheit ja auch wiedererlangen, wenn sie dem Prinzen ihre Abneigung deutlich machte.

Ein junges Mädchen kam herein, um ihr beim Baden behilflich zu sein. Katherine wollte keine Hilfe, aber das Mädchen sprach offensichtlich nur Russisch, denn es beachtete Katherines Einwände gar nicht. Es plapperte in seiner Muttersprache vor sich hin, während es die Kleidungsstücke zusammenfaltete, die Katherine einfach auf den Boden fallen ließ. Sie hatte es sehr eilig, die Tortur so schnell wie möglich hinter sich zu bringen. Und dann, als Katherine gerade in die Wanne stieg, verließ das Mädchen mit sämtlichen Kleidungsstücken den Raum. Sogar die Schuhe nahm es mit.

Verdammt! Sie dachten wirklich an alles! Und außer dem Bettzeug gab es nichts in dem Zimmer, womit sie sich bedecken konnte. Das war der Tropfen, der das Faß zum Überlaufen brachte! Sie hatte versucht ruhig zu bleiben. Sie hatte sich bemüht, über die Kränkungen hinwegzugehen und die ganze Geschichte einfach als einen Irrtum anzusehen. Ganz höflich hätte sie dem Prinzen die Anmaßung seiner Diener klargemacht. Aber jetzt reichte es. Bei Gott, er würde ihren Zorn zu spüren bekommen.

Katherine schrubbte sich mit einer Besessenheit, bis ihr ganzer Körper rosa glühte. Sie mußte unbedingt ein bißchen Dampf ablassen. Bevor sie noch fertig war, brachte Maruscha das Abendessen.

»Ich will meine Kleider wieder haben!« verlangte Katherine sofort, als sich die Tür öffnete.

»Alles zu seiner Zeit«, antwortete die Frau gelassen.

»Auf der Stelle will ich sie!«

»Ich warne Sie, mein Täubchen, werden Sie nicht laut. Die Wachen haben ihre Anordnungen –«

»Zum Teufel mit Ihnen und euch allen! Ach, es ist sinnlos.«

Katherine sprang aus der Wanne, schlang sich ein Handtuch um und ging stracks zum Bett. Sie befürchtete, daß man ihr ansonsten auch noch die letzte Möglichkeit sich zu bedecken nehmen würde. Die schwere Decke war zu dick und unhandlich, deswegen schlug sie sie zurück, zog das obere Laken ab und hüllte sich hinein wie in einen Umhang. Der grüne Satin sog die Feuchtigkeit der Haut schnell auf.

Maruscha war ziemlich verblüfft. Was für ein Energiebündel. Ihre Haut glänzte vom Baden rosig. Die Augen funkelten vor Ärger, die Wangen glühten und ihr Körper... welch eine Vollkommenheit hatte sich doch in dem häßlichen schwarzen Gewand verborgen. Der Prinz würde nichts auszusetzen haben.

»Sie werden jetzt essen und danach haben Sie vielleicht noch Zeit, ein wenig zu schlafen, bevor –«

»Kein Wort mehr!« unterbrach Katherine sie scharf. »Lassen Sie mich allein, ich möchte mit niemandem außer Alexandrow sprechen.«

Maruscha war klug genug das Zimmer zu verlassen. Es gab ohnehin nichts mehr zu tun, außer zu warten und zu hoffen, daß Bulawin nicht nur aufgeschnitten hatte.

Die Vorstellung, daß die stämmigen Wachen sie festhielten und sie zum Essen zwangen, trieb Katherine an den Tisch. Der nagende Hunger, den sie seit drei Stunden verspürte, hätte sie nicht dazu gebracht. Dennoch, das Essen war köstlich: Hühnchen in Sahnesauce, gekochte Kartoffeln und Karotten, kleine Honigkuchen. Auch der Weißwein schmeckte hervorragend, aber sie war zu durstig, als daß sie ihn hätte wirklich genießen können. Den ganzen Tag hatte sie nichts getrunken und bevor noch die Zofe mit einem weiteren Tablett hereinkam, hatte sie schon zwei Gläser hinuntergestürzt. Das Eiswasser kam zu spät, ihr Durst war gestillt. Aber außerdem befanden sich auf dem Tablett noch eine große Karaffe Brandy und zwei Gläser. Das Mädchen stellte dies neben das Bett.

Sollte der Zeitpunkt endlich gekommen sein, zu dem sich der große Prinz persönlich zeigte? Es hatte ganz den Anschein. Gut, es war ihr recht, gerade jetzt, wo ihre Wut am stärksten war. Doch er kam nicht und die Zeit verstrich erneut so langsam wie am Nachmittag.

Katherine beendete ihre Mahlzeit und nahm ihre Wanderung durch das Zimmer wieder auf. Aber nachdem sie ein gutes Dutzend mal hin und her gegangen war, jeden Moment erwartend, daß sich die Tür öffnete und der geheimnisvolle Prinz eintrat, spürte sie, wie ihre Haut, da wo der Satin sie berührte, anfing zu kribbeln. Die Nerven! Wie war das möglich? Sie, die immer fest wie ein Fels in der Brandung stand, spürte ihre Nerven.

Bei der Brandykaraffe machte sie halt und goß sich ein Glas ein. Brandy war ein gutes Stärkungsmittel. Es war töricht, es auf einen Satz hinunterzugießen, aber sie hatte keine Zeit zu verlieren. Jede Minute konnte er hereinkommen und sie mußte entspannt sein, sich in der Hand haben. Sie setzte sich hin und befahl sich Ruhe. Aber ohne Erfolg. Das Prickeln hielt an, ja, es wurde noch schlimmer.

Katherine sprang auf und goß sich noch einen Brandy ein. Dieses Mal trank sie ihn schlückchenweise. Nein, so dumm war sie nicht, daß sie sich betrinken würde, nur weil ihr die Nerven flatterten. Und wieder drehte sie ihre Runden im Zimmer, aber dieser Satin, dieses verdammte Satinlaken machte sie verrückt, wenn es ihre Beine streifte. Nur, sie konnte doch dem starken Drang, es abzuwerfen, nicht nachgeben! Ihr Schamgefühl ließ das nicht zu.

Mitten im Zimmer blieb sie stehen, hielt sich vollkommen bewegungslos. Auch das wirkte nicht. In ihr brannte eine Energie, die sie trieb, sich zu bewegen, irgend etwas zu machen. Es war ihr unmöglich, sich stillzuhalten.

Nervös drehte und streckte sie sich – o Gott, noch nie in ihrem Leben hatte sie sich so rastlos gefühlt. Aber da war noch etwas. Es war ihr, als könnte sie tatsächlich das Blut in ihren Adern spüren. Das gab es doch nicht, sie fühlte sich so seltsam und – heiß.

Die Tür öffnete sich, aber es war nur das junge Dienstmädchen, das gekommen war, um das Tablett zu holen. Es war sinnlos mit ihm zu sprechen, da es nur Russisch konnte. Sie brauchte unbedingt noch einen Drink. Sobald das Mädchen gegangen war, wollte sie sich nochmal einschenken, aber dann gebot sie sich Einhalt. Sie traute sich nicht, denn schon jetzt war sie etwas benommen, und sie mußte doch einen klaren Kopf behalten.

Sie setzte sich auf das Bett und stöhnte laut auf. Ihre Augen wurden weit vor Schreck bei diesem Ton. Was war bloß los mit ihr? Es lag wohl an diesem verfluchten Laken. Wenigstens für einen Augenblick mußte sie es loswerden.

Katherine ließ das Laken fallen. Sie erbebte, als es über ihre Arme und den Rücken glitt und sich um ihre Hüften legte. Instinktiv kreuzte sie die Arme über ihren bloßen Brüsten. Wie ein Stromstoß durchfuhr es ihren Körper, bis in die Zehenspitzen. Sie rang nach Luft. Noch nie waren ihre Brüste so empfindlich gewesen. Und dabei war es ihr durchaus angenehm. Auch das war völlig neu für sie.

Sie schaute an sich herunter und war erstaunt. Die Hitze, die sie innerlich spürte, ließ ihre Haut sanft erglühen. Ihre Brustwarzen waren ganz hart und prickelten, oh, dieses Prickeln im ganzen Körper! Sie rieb sich die Arme und stöhnte wieder auf. Auch ihre Haut war überall so empfindsam. Irgend etwas war ganz entschieden nicht in Ordnung. Sie hatte Schmerzen, nein, keine Schmerzen – sie wußte nicht, was das war, aber es durchströmte sie in Wellen und floß in ihrem Schoß zusammen.

Ohne daß es ihr bewußt wurde, fiel Katherine auf das Bett zurück und warf sich ruhelos hin und her. Sie war krank. Sie war sicher krank. Das Essen. Und dann wurde ihr plötzlich voller Entsetzen klar, daß sie ihr etwas ins Essen getan haben mußten.

»O Gott, was haben die mit mir gemacht?«

Aber es konnte doch nicht ihre Absicht sein, sie krank zu machen. Sie hatte wohl eine heftige Reaktion auf weiß der Himmel was für eine Droge, die sie ihr verabreicht hatten. Es war schon fast komisch. Denn dieses Fieber hatten sie sicher nicht bewirken wollen. Aber woher sollte sonst diese Hitze rühren, diese schreckliche Unruhe, die so stark war, daß sie die Bewegungen ihres Körpers schier nicht mehr beherrschen konnte?

Einen Moment lang rollte sie sich auf dem Bett zusammen, in entsetzlicher Hoffnungslosigkeit. Das Laken kühlte ihre brennende Haut. Sie legte sich auf den Bauch, und ein paar wunderbare Augenblicke lang spürte sie etwas Erleichterung. Eine angenehme Mattigkeit hüllte sie ein und sie fing schon an zu hoffen, daß der Anfall vorüber sei – aber es hielt nicht an. Wieder stiegen die heißen Wellen in ihr auf, immer heftiger, und sie spürte ein drängendes Pulsieren in ihrem Schoß, fast einen Schmerz. *O Gott*!

Sie rollte sich in die Mitte des Bettes, auf den Rücken, die Arme von sich gestreckt. Ihr Kopf wurde heftig hin und her geworfen, der Atem ging stoßweise, keuchend. Sie hatte jegliche Kontrolle verloren, ihr Körper wand und drehte sich, bäumte sich auf und sie merkte überhaupt nicht, was sie tat. Das Zeitempfinden war ihr verlorengegangen. Ihre Nacktheit, die Situation, in der sie sich befand, all das ging unter in dem rasenden Fieber.

Als Prinz Alexandrow zwanzig Minuten später das Zimmer betrat, war Katherine in einem Zustand, der ihr jedes Denken unmöglich machte; nichts mehr empfand sie außer der brennenden Hitze in ihrem Körper. Sie bemerkte sein Eintreten nicht. Sie wußte nicht, daß er dastand und sie beobachtete, mit dunklen, samtigen Augen, die von ihren Bewegungen fasziniert waren.

Dimitri war wie gebannt von dem erotischen Anblick, den sie bot. Ihr Körper schien sich in sexueller Leidenschaft auf dem Bett zu winden und zu drehen. Er kannte das von einigen seiner leidenschaftlicheren Bettgenossinnen, hatte es unter sich gespürt und genossen, aber noch nie hatte er so etwas mit Abstand gesehen. Es wirkte sofort. Er konnte spüren, wie sich seine Männlichkeit mit aller Kraft unter dem losen Gewand regte, das er trug.

Was *hatte* diese kleine englische Rose nur mit sich angestellt, das sie in eine solch fieberhafte Ekstase versetzte? Welch eine Überraschung bot sich ihm dar! Und dabei hatte er schon den ganzen Abend die plötzliche Eingebung bereut, die ihn veranlaßt hatte, ihr Wladimir hinterher zu schicken. Denn an ihr war wirklich nichts, das seine Leidenschaft wecken konnte. Zumindest hatte er das bis zu diesem Augenblick geglaubt.

Katherine wurde seiner erst gewahr, als er am Fußende des Bettes stand, lässig an den Bettpfosten gelehnt. Dieses Bild... Adonis war lebendig geworden. Ausgeschlossen. Das war unwirklich – sie mußte im Delirium liegen. Aber nein, er war aus Fleisch und Blut.

»Helfen Sie mir. Ich – ich brauche –« Ihre Kehle war von der Hitze so ausgedörrt, daß sie kaum sprechen konnte. Sie fuhr sich mit der Zunge langsam über die Lippen. »Einen Arzt.« Dimitri gefror das Lächeln. Der Blick in ihre Augen hatte ihn fasziniert. Was für eine Farbe und welch glühende Leidenschaft in ihnen. Er war so sicher gewesen, daß sie nach ihm verlangte. Einen Arzt!

»Sie sind – krank?«

»Ja... ein Fieber. Mir ist so heiß.«

Sein Blick verfinsterte sich zusehends. Krank! Verflucht! Und das, nachdem sie ihn dazu gebracht hatte, daß er sie begehrte.

Heftiger Zorn stieg in ihm hoch. Er ging auf die Tür zu. Wladimir würde das büßen müssen. Ihre Stimme hielt ihn auf.

»Bitte... Wasser.«

Die klägliche Bitte ließ Mitleid in ihm aufkommen. Normalerweise hätte er sie der Obhut seiner Diener überlassen. Aber er war nun einmal gerade da und ihr das Wasser zu geben, war Sache eines Augenblicks. Sie konnte nichts dafür, daß sie krank war. Wladimir hätte ihm Bescheid sagen müssen, bevor er hierher kam. Man mußte sie sofort zu einem Arzt bringen.

Die Gefahr einer möglichen Ansteckung beachtete er gar nicht, auch nicht, daß sich dadurch vielleicht seine Abreise verzögern könnte. Er goß Wasser ein und hob ihren Kopf, damit sie trinken konnte. Sie nahm ein paar Schluck, drückte ihre Wange an sein Handgelenk und rieb sich daran. Gleich darauf drehte sie sich mit ihrem ganzen Körper zu ihm hin, wie magisch angezogen durch die Berührung. Er ließ sie los und sie stöhnte, als er ihr seine kühle Haut entzog. »Nein... so heiß... bitte.«

Sie zitterte. Vor Kälte? Er wunderte sich. Ihre Wange hatte sich nicht heiß angefühlt. Er legte ihr die Hand auf die Stirn; sie war kühl. Aber ihr ganzes Verhalten war, als würde sie von einem Fieber verzehrt werden. Was für eine Krankheit war das? Und verdammt noch mal, er begehrte sie immer noch!

Sein Ärger kehrte zurück, er stürzte zur Tür hinaus und brüllte nach Wladimir. Der Diener erschien auf der Stelle.

»Mein Prinz?«

Dimitri hatte nie aus Wut einen Diener geschlagen. Für ihn wäre das der Gipfel der Ungerechtigkeit, denn seine Diener waren sein Eigentum. Sie konnten sich nicht rächen, konnten das Dienstverhältnis nicht aufkündigen, konnten sich in keiner Weise schützen. Aber seine momentane Enttäuschung war so groß, daß er solche Bedenken beinahe vergessen hätte.

»Der Teufel soll dich holen, Wladimir, die Frau ist krank! Wieso weißt du davon nichts?«

Wladimir hatte das vorausgesehen, wußte, daß er seinem Herrn eine Erklärung schuldig war. Aber lieber jetzt, da die Dosis ihre Wirkung zeigte, als vorher, als noch etwas hätte schiefgehen können.

»Sie ist nicht krank«, sagte er schnell. »Sie hat die Spanische Fliege bekommen.«

Überrascht trat Dimitri einen Schritt zurück. Warum

hatte er nicht selbst erkannt, was der Frau fehlte? Schon einmal, während seines Aufenthaltes im Kaukasus, hatte er eine Frau gesehen, der man dieses starke Aphrodisiakum verabreicht hatte. Sie war unersättlich gewesen. Fünfzehn Soldaten hatten sie nicht befriedigen können. Die Wirkung hatte stundenlang angehalten und sie nach immer mehr Männern verlangen lassen.

Dimitri war empört. Er wußte, daß er alleine die Begierde dieser Frau nicht stillen konnte. Es würden ihm wohl seine Wachen dabei helfen müssen, der Frau Erleichterung von ihrem Leiden zu verschaffen, denn ein Leiden war es tatsächlich. Sie brannte nach einem Mann zwischen ihren Beinen, brannte in schmerzhafter Not. Doch in ihm regte sich nicht nur Widerwillen, sondern auch seine Männlichkeit pulsierte in freudiger Erwartung. Er würde sie haben und sie würde betteln, noch mehr zu bekommen. Die Situation war außergewöhnlich und erweckte zahlreiche lustvolle Vorstellungen in ihm.

»Aber warum, Wladimir? Eigentlich wollte ich einen entspannten Abend verbringen. Auf ein sexuelles Marathon war ich nicht eingestellt.«

Die Krise war vorüber. Wladimir wußte jetzt, daß der Prinz den Einfall akzeptiert hatte, auch wenn er nicht seiner Vorstellung entsprach. Aber er würde sehr zufrieden sein, und das allein zählte.

»Es war schwierig, sie zu überreden und alles Geld nützte nichts. Sie wollte partout nicht mit einem Fremden ins Bett gehen.«

»Heißt das, daß sie mich tatsächlich ablehnte?« Der Gedanke amüsierte Dimitri. »Hast du ihr nicht gesagt, wer ich bin?«

»Doch, natürlich. Aber diese englischen Dienstboten haben eine hohe Meinung von sich. Ich glaube, sie hat erwartet, daß Sie ihr zunächst den Hof machen. Ich habe ihr erklärt, daß dafür keine Zeit war und nicht, daß Sie es gar nicht nötig haben, sich um jemanden wie sie zu bemühen«, fügte er etwas abfällig hinzu. »Verzeihen Sie mir, Prinz Dimitri, aber ich habe mir nicht anders zu helfen gewußt.«

»Wieviel habt ihr ihr gegeben von der Droge?«

»Wir wußten nicht genau, wieviel man braucht.«

»Die Wirkung kann also stundenlang oder die ganze Nacht anhalten?«

»Solange, wie Sie sich vergnügen wollen, Herr«, war die Antwort.

Dimitri ächzte und winkte Wladimir zu gehen. Er ging in das Zimmer zurück, über sich selbst erstaunt, wie begierig er darauf war, die Frau wieder zu sehen. Immer noch warf sie sich auf dem Bett hin und her und stöhnte jetzt recht hörbar. Als er sich neben sie setzte, richtete sie ihren Blick auf ihn. Sie beruhigte sich etwas, aber ihren Körper konnte sie nicht stillhalten.

»Kommt der Arzt?«

»Nein, mein Täubchen, es tut mir leid, aber ein Arzt kann dir hierbei nicht helfen.«

»Muß ich sterben?«

Er lächelte sanft. Sie hatte tatsächlich keine Ahnung, was mit ihr los war, wußte auch nicht, daß es nur eine Behandlung gab, die ihr Erleichterung verschaffen würde. Aber er schätzte sich glücklich, es ihr zu zeigen.

Er beugte sich über sie und streifte ihre Lippen mit den seinen. Weit öffneten sich ihre Augen vor Überraschung. Dimitri konnte nicht anders, er mußte lachen. Was für eine Mischung aus Unschuld und sexueller Verlockung. Er fand sie bezaubernd.

»Gefällt es dir nicht?«

»Nein, ich... oh, warum ist mir bloß so seltsam?«

»Mein Diener hat es in die Hand genommen, deine Scheu zu überwinden, und dir ein Aphrodisiakum gegeben. Weißt du was das ist?«

»Nein, aber es... es macht mich krank.«

»Aber nein, Kleines, nicht krank. Es bewirkt nur das, wozu es da ist – es steigert deine sexuelle Begierde ins Unerträgliche.«

Einen Augenblick brauchte sie, bis sie ganz sicher war, ihn richtig verstanden zu haben. »Neiiin!« brach es aus ihr heraus.

»Schhh«, besänftigte Dimitri sie und streichelte ihr behutsam über die Wange. Sofort schmiegte sich ihr Gesicht wieder in seine Hand. »Ich wünsche das keiner Frau, aber was geschehen ist, ist geschehen und wenn du es erlaubst, kann ich dir helfen.«

»Wie?«

Sie war argwöhnisch. Er konnte das Mißtrauen in ihren Augen sehen. Wladimir hatte recht. Sie wollte tatsächlich nichts von ihm. Ohne die Droge hätte er genausowenig eine Chance bei ihr gehabt, wie der Rüpel auf der Straße. Faszinierend! Ein untrügliches Gefühl sagte ihm, daß er auch mit all seinem Charme bei ihr nichts erreicht hätte. Welch eine Herausforderung! Wenn nur die Zeit nicht so drängen würde...

Doch immerhin wirkte jetzt die Droge. Die Spanische Fliege half da weiter, wo menschliche Anstrengungen vergeblich blieben. Er würde sie besitzen. Sie hatte ihn bei seiner Eitelkeit gepackt und er würde die Situation voll ausnützen, würde diese kleine englische Blume brechen.

Dimitri gab keine Antwort auf ihre Frage. Er liebkoste weiter ihre Wange, die wie ihr ganzer Körper in einem zarten Rosa schimmerte.

»Wie heißt du, mein Schatz?«

»Kit – nein, Kate – ich meine, ich heiße Katherine.«

»So, so, Kit und Kate für Katherine.« Er lächelte. »Ein königlicher Name. Hast du schon mal von unserer Katharina, der Kaiserin von Rußland, gehört?«

»Ja.«

»Und einen Nachnamen hast du nicht?«

Sie drehte ihren Kopf weg. »Nein.«

»Ein Geheimnis?« Er lachte in sich hinein. »Oh ja, kleine Katja, ich wußte, daß du mich amüsieren würdest. Aber was spielen Nachnamen schon für eine Rolle. Wir können sie ja gar nicht brauchen, so nahe, wie wir uns sein werden.« Während er sprach, glitt seine freie Hand auf ihre Brüste. Durchdringend und gequält brach ein Schrei aus ihr heraus. »So empfindlich? Du brauchst sofort Erleichterung, nicht wahr?« Seine Hand glitt tiefer zu dem dunklen, gekräuselten Dreieck zwischen ihren Beinen.

»Nein, nicht! Bitte nicht!« protestierte sie, aber ihr Körper strafte ihre Worte Lügen und ihre Hüften bogen sich seinen Fingern entgegen.

»Es geht nicht anders, Katja«, seine tiefe Stimme beruhigte sie. »Du weißt das nur noch nicht.«

Katherine stöhnte auf, denn seine Berührung ließ das Toben immer heftiger werden. Ihr Verstand sträubte sich, aber sie war machtlos, das Spiel seiner Finger zu beenden, genauso wie sie nicht die Kraft gehabt hätte, sich zu bedecken, als er das Zimmer betrat. Sie brauchte diese kühle, wohltuende Hand. Sie brauchte...

»Oh, o Gott!« schrie sie, als die Wellen der Lust über ihr zusammenbrachen, sie erbeben ließen, sie immer aufs neue durchströmten, ihre Sinne überfluteten, diese unerträgliche Hitze fortspülten.

Katherine glitt in einen See wonnevoller Mattigkeit. Befreit von dem Druck lag sie da, zufrieden und unendlich entspannt.

»Siehst du, Katja?« Seine Stimme brach in ihren Frieden ein. »Das war die einzige Möglichkeit.«

Katherines Augen flogen auf. Sie hatte ihn vollkommen vergessen. Wie konnte sie nur? Er war es gewesen, der sie von der glühenden Hitze erlöst hatte. O Gott, was hatte sie nur mit sich machen lassen? Und da saß er und beobachtete sie, in ihrer ganzen Blöße!

Sie richtete sich halb auf und suchte verzweifelt nach dem Laken. Aber das war schon vor langer Zeit weggerutscht und lag außer Reichweite auf dem Boden. Sie wollte nach der Decke am Fußende des Bettes greifen, doch er kam ihrer Absicht zuvor, legte schnell seinen Arm um ihren Körper und hielt sie neben sich fest.

»Vergeude nicht sinnlos deine Energie, du hast nur ein paar Minuten zur Erholung. Es wird gleich wieder losgehen, Kleines. Spar dir deine Kräfte auf und entspann dich, solange es noch geht.«

»Sie lügen!« Tiefer Schrecken lag in Katherines Stimme. »Es – es kann doch nicht wiederkommen. Oh, bitte, lassen Sie mich doch gehen! Sie haben kein Recht, mich hier festzuhalten!«

»Du kannst jederzeit gehen«, sagte er großmütig, aber er war sich ziemlich sicher, daß sie nicht einmal vom Bett hochkommen würde. »Niemand hält dich zurück.«

»Und ob sie es getan haben!« Ihre ganze Wut stieg wieder hoch, schwoll an und brach heraus. »Dieser Barbar – dieser Kirow, er hat mich entführt und den ganzen Tag wie eine Gefangene in diesem Zimmer eingesperrt!«

Ihr Zorn entzückte ihn. Dimitri wurde überwältigt von dem Wunsch, sie in den Arm zu nehmen, sie zu küssen. Was für eine Kraft die Kleine hatte. Eine köstliche Überraschung! Er war verrückt nach ihr, wollte sie haben, nachdem er ihr zugesehen hatte, wie sie ihren Höhepunkt erreichte. Aber er mußte sich gedulden, brauchte sich nicht nehmen, was sie ihm schon bald wieder freiwillig geben würde.

»Es tut mir leid, Katja. Meine Leute gehen manchmal zu weit in ihrem Bemühen, mich zufriedenzustellen. Wie kann ich das denn wieder gutmachen?«

»Einfach – einfach – oh, nein, nein!«

Das Fieber kam wieder, floß warm durch ihre Adern, wurde rasch heißer. Sie blickte ihn einen Augenblick in tiefster Verzweiflung an, dann wendete sie sich stöhnend ab. So plötzlich war es wiedergekommen. Er hatte nicht gelogen. Und jetzt wußte sie, was sie brauchte, wonach ihr Körper verlangte. Moral, Scham, Stolz, all das löste sich in nichts auf.

»Bitte!« Sie krümmte sich, suchte den Blick seiner samtenen Augen. »Hilf mir!«

»Wie denn, Katja?«

»Faß mich an... so wie vorhin.«

»Das kann ich nicht.«

»Oh, bitte –«

»Hör mir mal zu.« Er nahm ihr Gesicht in seine Hände, um es ruhig zu halten. »Du weißt, was geschehen muß.«

»Ich versteh' das nicht. Du hast gesagt, du würdest mir helfen! Warum willst du mir nicht helfen?«

So naiv konnte sie doch nicht sein, oder? »Ich will schon, aber du mußt mir auch helfen. Ich brauche ebenfalls Erleichterung. Sieh mich an.«

Er öffnete sein Gewand. Darunter war er nackt. Katherine holte tief Luft, als sie seine prall aufgerichtete Männlichkeit sah. Langsam dämmerte es ihr und sie lief purpurrot an.

»Nein... nur das nicht«, flüsterte sie mit gebrochener Stimme.

»Doch. Das ist es, was du in Wirklichkeit brauchst, Katja – mich in dir. Ich bin für dich da. Nimm mich!«

Noch nie hatte sich Dimitri einer Frau gegenüber so verhalten. Sein Drängen zeigte, wie sehr er sich nach ihr sehnte – er konnte sich nicht erinnern, je eine Frau so sehr begehrt zu haben. Und die ganze Diskussion mit ihr war so überflüssig. Lange würde sie nicht widerstehen können, dafür sorgte die Droge.

Er sprach nicht weiter. Wartete, berührte sie nicht, beobachtete, wie sie sich in ihrer qualvollen Not herumwälzte. Es war fast schmerzhaft, ihr sinnloses Leiden zu sehen. Sie brauchte nur um Erleichterung zu bitten. Aber sie war hartnäckig, wehrte sich gegen die Droge, wollte die Abhilfe nicht. War es Stolz? Konnte sie so töricht sein?

Dimitri war nahe dran – ungeachtet ihrer Proteste – die Sache selbst in die Hand zu nehmen, da drehte sie sich zu ihm um. Flehentlich bittende Augen, verführerisch geöffnete Lippen, wirres Haar, bebend vor Lust. Himmel, war sie schön, so unbeschreiblich sinnlich.

»Ich ertrage es nicht mehr, Alexandrow, mach, was du willst, bitte, egal was – aber jetzt gleich.«

Dimitri lächelte verblüfft. Dieses Frauenzimmer hatte es tatsächlich geschafft, aus seiner Bitte eine Anweisung zu machen. Doch es war ein Befehl, dem er nur zu gern Folge leistete.

Er warf sein Gewand ab, streckte sich auf dem Bett neben ihr aus und zog sie nahe zu sich heran. Sie seufzte bei der Berührung mit seinem kühlen Körper, aber das Seufzen ging schnell in ein Wimmern über. Zu lange hatte sie gewartet. Ihre ganze Haut, vor allem aber die Brüste waren schon wieder hochempfindlich. Verdammt! Ihren wunderbaren Körper wollte er unter seinen Händen spüren und jetzt mußte er sich zurückhalten.

»Warte beim nächsten Mal nicht wieder so lange, Katja.« Seine Stimme klang hart vor Enttäuschung.

Ihre Augen weiteten sich. »Nächstes Mal?«

»Es wird noch Stunden anhalten, aber du bräuchtest nicht eine Minute davon zu leiden. Verstehst du? Weis mich nicht noch einmal zurück.«

»Nein – werde ich nicht – nur bitte, Alexandrow, mach schnell!«

Er lachte. Keine Frau hatte ihn je Alexandrow genannt, wenigstens nicht im Bett. »Dimitri«, stellte er richtig. »Oder Euer Hoheit«, neckte er sie. Verlangend trommelte sie mit ihren kleinen Fäusten auf ihn ein. »Schon gut, Kleines. Sachte, sachte. Beruhige dich.«

Er konnte nicht länger warten. Ihre Hüften drängten sich wild an ihn heran, brachten seine Leidenschaft zum Sieden. Er rollte sich auf sie, gestützt auf seine langen Oberarme, hielt er seinen mächtigen Brustkorb von ihr fern. Die Süße ihrer halbgeöffneten Lippen wollte er kosten und beugte sich hinab zu ihr. Mein Gott, sie waren süß, süß und erregend, aber die heftigen Bewegungen ihres Unterleibs ließen ihn nicht vergessen, was vorrangig war.

Er ließ von ihren Lippen ab und nahm ihr Gesicht in seine großen Hände. Ihre Lust wollte er sehen, wollte sehen, wie sich die Ekstase in ihren Augen spiegelte. Tief drang er in sie ein – und sie schrie auf. Aber es war zu spät. Ihr Jungfernhäutchen war zerrissen.

»Lieber Gott!« zischte Dimitri. »Warum hast du mir das nicht gesagt?«

Sie gab keine Antwort. Eine einzelne Träne rann aus ihren geschlossenen Augen. Dimitri fluchte lautlos. Sie war doch kein junges Mädchen mehr, sondern eine Frau! Was zum Teufel hatte ihre Jungfernschaft zu bedeuten? Bei Dienstboten spielte so etwas normalerweise keine Rolle. Nur in der Oberschicht war es von Nutzen, wenn es darum ging, bedeutende Heiraten zu arrangieren.

»Wie alt bist du, Katherine?« fragte er jetzt sanft und wischte ihr die feuchten Augen.

»Einundzwanzig«, murmelte sie.

»Und du hast es geschafft, so lange Jungfrau zu bleiben? Unglaublich. In dem Haushalt, in dem du arbeitest, muß es ja schwer an Männern mangeln.«

»Mmmm.«

Dimitri lachte. Sie hörte ihm gar nicht mehr zu, sondern konzentrierte sich ganz auf seinen harten Schaft, der tief in ihr vergraben war, wiegte sich aufreizend, zog ihn noch tiefer in sich hinein – es war wunderbar. Er stöhnte, biß die Zähne zusammen, ließ sie so lange machen wie möglich, aber es kam ihr rasch. Und obwohl er seine Lust gerne noch verlängert hätte, war es ihm unmöglich, dem erregenden Pulsieren in ihr zu widerstehen. Er fiel ein in ihren Orgasmus, stieß heftig in sie, hörte ihren Lustschrei, mit dem sie noch einmal explodierte.

Dimitri erhob sich und setzte sich an den Bettrand. Sein Herz klopfte noch wie verrückt. Er goß sich einen Brandy ein. Katherine bot er auch einen an, aber sie schüttelte nur den Kopf, ohne ihn anzublicken. Er würde ihr die Flecken ihrer verlorenen Unschuld abwaschen, aber erst, wenn sie empfänglich dafür war. Lächelnd sann er darüber nach. Schon ahnte er, wie er sie zu einem weiteren Höhepunkt bringen konnte.

Er lehnte sich seitlich zurück, stützte den Arm hinter ihr

auf. Immer noch schaute sie ihn nicht an, bis er anfing, mit dem kühlen, runden Unterteil des Brandyglases eine ihrer aufgerichteten Brustwarzen zu umkreisen. Es machte ihm Spaß, wie ihre Augen funkelten und er lachte leise.

»Du wirst mir das zugestehen müssen, Katja. Ich spiele gern mit meinen Frauen.«

»Ich bin keine deiner Frauen.«

»Aber ja doch – für diese Nacht schon«, beharrte er, denn ihr Groll machte ihm Spaß.

Er beugte sich vor und leckte mit seiner Zungenspitze an ihrer anderen Brustwarze. Katherine zuckte zusammen, dann stöhnte sie auf, als er ihre Brust ganz in den Mund nahm. Unwillkürlich fuhr sie ihm in die Haare, um ihn wegzuziehen. Ihr Widerstand bewirkte nur, daß er seine Zähne sanft um ihre Brustwarze schloß, bis sie nachgab und ihm erlaubte zu tun, was er wollte. Bald schon war sie wieder bereit für ihn.

Dimitri stand auf griff nach dem Waschlappen und tauchte ihn in das kalte Wasser der Wanne. Zunächst legte er ihn ihr auf den Körper, dann, als ihre innere Hitze schon fast in Ekstase umschlug, tränkte er den Lappen mit dem Eiswasser aus der Karaffe und preßte ihn zwischen ihre Beine.

Die zweifache Lust trieb Katherine fast zur Raserei. Die Kälte des Eises löschte die Hitze und stimulierte sie gleichzeitig, da wo sie es am meisten brauchte. Fast unmittelbar darauf kam sie und die Wellen der Lust gingen erst wieder zurück, als er schließlich von ihr abließ.

Noch einmal ging er weg, um sich selbst zu waschen. Als er wiederkam, machte er es sich zwischen ihren Beinen bequem und saugte an ihren Brüsten. Sie hatte nicht den Willen, dagegen zu protestieren. Sie brauchte ihn. Das stand ohne allen Zweifel fest. Wenn er darauf bestand, zwischen jeder Krise mit ihr zu »spielen«, gut, dann mußte sie das eben ertragen. Tatsächlich aber verschaffte ihr auch das Lust, sie hatte also gar keinen Grund, sich zu beklagen.

Katherine erreichte einen weiteren Höhepunkt, indem sie sich an seinem Becken rieb, während er weiter ihre Brüste liebkoste. Und erneut nahm er seine Finger, indes seine Zunge jeden Winkel ihres Mundes erforschte. Diese doppelte Erregung trieb ihre Lust jedesmal zu fast unerträglichen Gipfeln. Doch war das nichts gegen die vollkommene Befriedigung, wenn er sich ihr schließlich ganz hingab. Sein tiefes Eindringen erfüllte sie noch viel inniger, hinterließ eine selige Zufriedenheit.

Und so ging es die ganze Nacht weiter. Seine Worte bewahrheiteten sich. Kein einziges Mal mehr mußte sie leiden. So lange sie seinen Anweisungen folgte, war er für sie da, linderte und erleichterte ihre Begierde, verschaffte ihr Stunde um Stunde mit seinen Händen, seiner Zunge, seinem Körper unvorstellbare Ekstasen. Nichts anderes wollte er dafür haben, als daß sie ihm erlaubte, mit ihr zu spielen, ihren Körper so zu streicheln, wie es ihm gefiel. Sie war überzeugt davon, daß es keine Stelle mehr an ihr gab, die ihm nicht vertraut war. Aber was machte das schon. Diese Nacht war so vollkommen unwirklich. Mit ihrem eigentlichen Leben hatte sie nichts zu tun. Am nächsten Morgen würde alles vergessen sein, aufgelöst, verflogen wie die Droge.

7.

»Wladimir, wach auf. Wladimir!« Maruscha rüttelte ihn unsanft an der Schulter, bis er schließlich verschlafen ein Auge öffnete. »Es wird Zeit. Lida hat ihn in seinem Zimmer umhergehen gehört. Du solltest dich darum kümmern, daß das arme Mädchen hier weg kann.«

»Armes Mädchen? Nachdem all dem, was ich mit ihr durchgemacht habe?«

»Ja, aber hat sie nicht auch mit uns viel durchmachen müssen? Schau nach draußen, Mann. Es dämmert schon.«

Er blinzelte zum Fenster; tatsächlich, der Himmel färbte sich bereits violett. Schlagartig wurde er hellwach, und schlug die leichte Decke beiseite, die Maruscha über ihn gebreitet hatte, bevor sie in die Küche gegangen war, das Feuer anzufachen. Er trug immer noch die Kleidung vom Vortag. Die halbe Nacht war er aufgeblieben und hatte darauf gewartet, daß der Prinz das Zimmer der Frau verließ. Eigentlich hatte er überhaupt nicht schlafen, sondern sich nur ein paar Minuten ausruhen wollen.

»Wahrscheinlich ist er früh aufgestanden«, sagte Wladimir. »Du weißt ja, er braucht nicht viel Schlaf. Sicher ist er nicht die ganze Nacht bei ihr geblieben.«

»Egal, Lida sagt jedenfalls, daß er munter ist, und die Frau sollte wohl aus dem Haus sein, bevor er sein Zimmer verläßt. Er schätzt es doch überhaupt nicht, diesen gewöhnlichen Frauen noch einmal über den Weg zu laufen, wenn er mit ihnen fertig ist.«

Der Blick, den er ihr zuwarf, bedeutete soviel wie ›*mir* brauchst du das nicht sagen‹. Dann schnappte er sich ein Bündel Kleider und stieg die Treppen zum dritten Stock hinauf. Der Korridor war leer. Am vergangenen Abend hatte er die Wachen weggeschickt, bevor Dimitri kam. Er sollte keinen Argwohn schöpfen. Jetzt allerdings käme es Wladimir gar nicht ungelegen, wenn die Frau auf eigenen Faust das Haus verlassen hätte, auch wenn er ihr noch etwas schuldete für ihre Unannehmlichkeiten.

Leise öffnete er die Tür. Immerhin bestand die Möglichkeit, daß Lida sich geirrt und die Schritte von Dimitris Kammerdiener gehört hatte. Doch eigentlich sprach soviel dagegen, den Prinzen immer noch hier vorzufinden, daß Wladimir nur den Kopf schütteln konnte über seine Vorsicht. Und das Zimmer war auch leer, bis auf die Frau. *Sie* war noch da, lag friedlich schlafend unter der Satindecke.

Er ließ ihre Kleider auf einen Stuhl fallen, ging zum Bett und schüttelte sie.

»Nicht nochmal«, stöhnte sie.

Wladimir empfand einen Augenblick lang einen Anflug von Mitleid. Sie war gut und ausgiebig genommen worden. Die Dünste der Nacht hingen schwer in dem geschlossenen Raum. Er mußte jetzt zuallererst für frische Luft sorgen.

Er schob den mächtigen Schrank vom Fenster weg, dabei keuchte er vor Anstrengung und atmete dann tief die frische Morgenbrise ein, die hereinwehte.

»Danke, Wladimir«, erklang die Stimme des Prinzen hinter seinem Rücken. »Mir graute vor dem Gedanken, meine Schulter gegen dieses unförmige Stück stemmen zu müssen.«

»Mein Herr!« Wladimir wirbelte herum. »Verzeihen Sie mir. Ich wollte sie gerade wecken und –«

»Laß es.«

»Aber –«

»Laß sie schlafen. Sie hat es nötig. Und ich möchte unbedingt wissen, wie sie sich verhält, wenn sie ihre Sinne wieder beisammen hat.«

»Ich... ich würde Ihnen das nicht empfehlen«, sagte Wladimir zögernd. »Sie ist keine sehr angenehme junge Frau.«

»So? Nun, das interessiert mich erst recht, nachdem ich die ganze Nacht sehr angetan von ihr war. Ich kann mich tatsächlich nicht erinnern, wann ich mich das letzte Mal so gut vergnügt habe.«

Wladimir entspannte sich. Die Worte des Prinzen waren nicht sarkastisch gemeint, wie es manchmal seine Art war, sondern er war wirklich sehr zufrieden. Der Einsatz hatte sich gelohnt. Wenn jetzt nur nichts mehr dazwischenkam, und sie in dieser guten Stimmung reisen könnten. Aber die Frau – nein, sicherlich hatte Dimitri sie mit seinem Charme eingewickelt und sie würde heute morgen nicht so widerborstig sein.

Dimitri wandte sich dem Bett zu, wo nur ein schmaler Arm und eine blasse Wange auf dem Kissen zu sehen waren, alles andere wurde von einem Gewirr brauner

Locken verdeckt. Wie unter einem Zwang hatte er in dieses Zimmer zurückkehren müssen. Er hatte vorgehabt, ein Bad zu nehmen und dann ein paar Stunden zu schlafen, bevor die hektischen Vorbereitungen der Abreise begannen. Gebadet hatte er wohl, aber er war unfähig gewesen, die Frau aus seinen Gedanken zu verbannen.

Es war wohl wahr, was er zu Wladimir gesagt hatte. Er konnte sich nicht erinnern, jemals schon eine so ungewöhnliche und dabei so herrliche Nacht verbracht zu haben. Eigentlich sollte er genauso erschöpft sein wie sie. Aber er hatte sich Einhalt geboten, seine eigene Lust zurückgehalten, und seine Kräfte absichtlich geschont, indem er ihr auf andere Weise Befriedigung verschafft hatte. Der Gedanke war ihm zuwider gewesen, ein paar seiner Männer zusammenrufen zu müssen, damit sie ihn unterstützten, weil er müde wurde. Und außerdem hatte er auch ganz einfach diese Kostbarkeit mit niemandem teilen wollen.

Kaum zu glauben, aber er war tatsächlich enttäuscht, als sie schließlich einschlief. Er war immer noch nicht müde, fühlte sich im Gegenteil sehr vital.

»Wußtest du, daß sie noch Jungfrau war, Wladimir?«

»Nein, Herr. Spielt das eine Rolle?«

»Für sie wohl schon. Wieviel wolltest du ihr bezahlen?«

Angesichts dieses neuen Sachverhalts verdoppelte Wladimir rasch den Betrag, den er im Kopf hatte. »Hundert Englische Pfund.«

Dimitri schaute ihn schräg an. »Gib ihr tausend – nein, zweitausend. Ich möchte, daß sie hemmungslos Geld für ein paar hübsche Kleider ausgeben kann. Dieser Fetzen, den sie trug, ist ja scheußlich. Haben wir eigentlich nichts Passenderes für sie, wenn sie aufwacht?«

Die Großzügigkeit des Prinzen war sprichwörtlich und Wladimir hätte sich normalerweise nicht darüber gewundert. Aber diese Frau war doch schließlich nichts anderes als ein einfaches englisches Dienstmädchen.

»Fast alle Habseligkeiten der Dienerschaft wurden gestern schon auf das Schiff gebracht, Herr.«

»Und ich glaube kaum, daß Anastasia eines ihrer Kleider hergeben würde. Nein, wie komme ich nur auf so etwas. Sie hat den ganzen Abend geschmollt, weil ich sie nicht in London habe herumtollen lassen. Wahrscheinlich kommt ihr im Augenblick jeder Anlaß wie gerufen, mir eins auszuwischen.«

Wladimir war sich unschlüssig, ob er etwas sagen sollte oder nicht. Aber wenn es doch Dimitris Wunsch war, das Frauenzimmer in besseren... nein, er brachte es nicht über sich, die Kleider der Komteß Rothkowna zu erwähnen, die mit nach England gekommen waren, auch wenn sie selbst es vorgezogen hatte, in Rußland zu bleiben. Dimitri hätte womöglich die feine Rache genossen, *alle* Dinge, die der Komteß gehörten, wegzugeben, denn zweifellos war er mit ihr fertig, nachdem sie ihn so enttäuscht hatte. Aber daß diese durch und durch unmögliche Person mit einer so teuren Garderobe beschenkt werden sollte – nein, das ging Wladimir gegen den Strich. Ein etwas gefälligeres Kleid, das mochte noch hingehen, aber Samt und Seide mußten es nicht sein.

»Ich werde eine der Frauen schicken, etwas Passendes zu kaufen, wenn die Geschäfte aufmachen«, schlug Wladimir vor, fügte aber hinzu: »Wenn sie dann überhaupt noch hier ist.«

»Nein, ist schon gut. Es war nur so eine Idee, und es hätte mir Spaß gemacht, diesen Lumpen wegwerfen zu lassen.« Dimitri entließ Wladimir mit einer Handbewegung. »Ich werde dir Bescheid geben, wenn sie geht.«

Also blieb er hier bei ihr in dem Zimmer? Reizte sie ihn immer noch? Wladimir zögerte wieder. Nie zuvor hatte er seine Interessen über die seines Herrn gestellt, wie gerade eben. Noch brauchte er den Prinzen nicht zu besänftigen. Dimitri befand sich in hervorragender Stimmung. Aber Wladimir konnte die Frau einfach nicht ausstehen, nachdem sie ihm mit ihrer Dickköpfigkeit derartig viele

Schwierigkeiten und Sorgen bereitet hatte, auch wenn sie Dimitri schließlich zufriedengestellt hatte. Seiner Meinung nach bekam sie sowieso schon viel zu viel. Wenn er es verhindern konnte, dann würde sie nicht noch zusätzlich etwas bekommen.

»Wie Sie wünschen, Herr.«

Wladimir verließ das Zimmer, die Türe sachte hinter sich schließend. Er ging nach unten, um Maruscha diese neueste Verrücktheit des Prinzen zu erzählen. Aber wahrscheinlich würde sie nur amüsiert sein und ihn daran erinnern, daß schon Dimitris Vater der Anziehungskraft einer Engländerin erlegen war und sie geheiratet hatte. Gott sei Dank war *dieses* Weib nicht von Adel, wie seinerzeit Lady Anne.

Im Zimmer drehte Dimitri die Lampen aus. Sie hatten die ganze Nacht über gebrannt. Dann streckte er sich auf dem Bett aus, das er erst vor wenigen Stunden verlassen hatte. Katherine lag auf dem Bauch, das Gesicht zu ihm gewendet. Er strich ihr das Haar aus dem Gesicht, um sie besser betrachten zu können. Sie rührte sich nicht.

Im Schlaf wirkten ihre strengen Züge weicher, gelöster, so wie er sie auch in ihrer Leidenschaft gesehen hatte. Dimitri konnte diese Wollust nicht vergessen. Natürlich hatte die Droge – nicht er – das alles bewirkt. Deswegen wollte er sie auch noch einmal haben, ohne daß sie unter dem Einfluß dieses Mittels stand. Der Gedanke war verlockend zu sehen, ob er alleine die gleiche Erregung bei ihr hervorrufen könnte. Und gleichzeitig hatte er das widersinnige Bedürfnis sich zu beweisen, daß sie in Wirklichkeit nicht im mindesten so aufregend und sinnlich war wie unter der Einwirkung der Spanischen Fliege.

Im Moment jedenfalls brauchte sie ein paar Stunden Schlaf, um sich zu erholen. Es war lästig, daß er warten mußte, denn Geduld war nicht gerade seine Stärke. Aber er hatte ansonsten nichts zu tun an diesem Morgen, bevor sie lossegeln wollten.

8.

Je höher die Sonne stieg, um so lebhafter wurden die Aktivitäten im Haus, denn der Prinz verließ einen Ort gerne so, wie er ihn vorgefunden hatte. Die Dienerschaft des Herzogs von Albemarle hatte bei der Ankunft des Prinzen freibekommen, da er nur seine eigenen Leute um sich haben wollte. Doch wenn sie in ein paar Stunden zurückkehrten, würden sie alles in bester Ordnung vorfinden. Nur in dem Zimmer im dritten Stock war nach wie vor alles ruhig.

In der Halle wartete Wladimir geduldig darauf, daß er gerufen würde. Wahrscheinlich war Dimitri eingeschlafen, dachte er bei sich. Bereits seit drei Stunden war er jetzt schon wieder bei der Frau. Er mußte eingeschlafen sein. Aber es war noch Zeit, ehe sie im Hafen erwartet wurden. Er konnte noch ein bißchen warten, bevor er den Prinzen stören mußte.

Dimitri war überhaupt nicht müde, sondern im Gegenteil hellwach. Seine Geduld überraschte ihn selbst, denn der Morgen verstrich höllisch langsam. Und bis jetzt hatte er es geschafft, Katherine nicht zu berühren. Doch schließlich zog er sie in seine Arme, streichelte sie sanft, damit sie aufwache. Verdrießlich wehrte sie sich.

»Noch nicht, Lucy! Geh wieder!«

Dimitri lächelte. Verschwommen tauchte die Frage in ihm auf, wer wohl diese Lucy sei. Vergangene Nacht hatte Katherine Französisch mit ihm geredet – was sie im übrigen hervorragend sprach – da Dimitri in dieser Sprache auf sie zugekommen war. Aber Englisch paßte viel besser zu ihr und der gebieterische Tonfall war ausgesprochen amüsant. Dennoch zog er Französisch vor, es war ihm angenehmer.

»Komm, Katja, wach auf«, schmeichelte er und ließ seine Finger spielerisch über die seidenweiche Haut ihrer Schulter gleiten. »Mir ist schon ganz langweilig geworden vor lauter Warten.«

Ihre Augen öffneten sich. Er war mit seinem Gesicht dem ihren so nahe, daß sich ihre Nasen fast berührten. Sie blinzelte, aber sie schien keine Klarheit in ihren Blick zu bekommen. Weder gab sie ein Zeichen des Erkennens, noch der Überraschung, ja sie schien nicht einmal verwirrt zu sein. Es hatte den Anschein, als würde sie ihn überhaupt nicht wahrnehmen. Doch das täuschte. Ganz langsam rutschte sie zurück, bis sie auf Armeslänge von ihm entfernt lag. Ihr Blick tastete ihn von Kopf bis Fuß ab. Dimitri wurde unbehaglich zumute. Dieser Blick gab ihm das deutliche Gefühl, etwas sei nicht in Ordnung mit ihm.

Katherine glaubte ihren Augen nicht trauen zu können. Adonis, schoß ihr wieder als erster Gedanke durch den Kopf, der Märchenprinz. Sie fühlte sich unangenehm berührt. Ihr gesunder Menschenverstand zweifelte, ob sie richtig sah, denn solche Männer konnte es doch gar nicht geben.

»Lösen Sie sich Schlag Mitternacht in Luft auf?«

Dimitri brach in ein vergnügtes Lachen aus. »Wenn du damit sagen willst, Kleines, daß du mich so schnell schon vergessen hast, dann wird mir nichts lieber sein, als dein Gedächtnis wieder aufzufrischen.«

Flammendes Rot übergoß Katherine von den Haarwurzeln bis zu den Schultern. Sie setzte sich auf und preßte dabei die Decke fest an ihre Brüste. Die Erinnerung stieg in ihr hoch.

»O Gott!« stöhnte sie. Gleich drauf herrschte sie ihn an: »Warum sind Sie immer noch hier? Soviel Anstand hätte Sie doch zumindest aufbringen können, mich mit meiner Schmach alleine fertig werden zu lassen.«

»Aber warum schämst du dich denn? Du hast nichts Falsches gemacht.«

»Ja, das weiß ich«, stimmte sie bitter zu. »Das Unrecht ist an mir begangen worden. Und Sie – o Gott, so verschwinden Sie doch!«

Sie barg ihr Gesicht in den Händen, die Schultern niedergeschlagen nach vorne gebeugt. Gereizt schaukelte sie vor und zurück und bot damit Dimitri den verlockenden Anblick ihres glatten Rückens und ein Stückchen mehr.

»Du weinst doch nicht etwa?« fragte er beiläufig.

Katherine hielt inne, nahm aber die Hände nicht vom Gesicht, so daß ihre Stimme nur undeutlich zu hören war. »Ich weine nicht, aber warum gehen Sie nicht endlich?«

»Wenn du dich deswegen versteckst, kannst du es auch gleich lassen, denn ich bleibe.«

Sie ließ die Hände sinken – ihre Augen waren zu schmalen Schlitzen zusammengezogen und funkelten vor Wut. »Dann gehe ich!«

Und sie machte sich auch sogleich daran, ihre Worte in die Tat umzusetzen, doch sie bekam das Laken nicht frei, das sie sich umschlingen wollte. Dimitri lag drauf ausgestreckt und machte keine Miene sich zu rühren.

Katherine drehte sich um und schaute ihn an. »Stehen Sie auf!« »Nein«, sagte er nur und verschränkte gelassen die Arme unter dem Nacken.

»Schluß jetzt mit dem Theater, Alexandrow«, warnte ihn Katherine eisig. »Was zum Teufel soll das bedeuten: nein?«

»Katja, bitte, ich dachte, wir könnten auch ohne Förmlichkeiten auskommen«, schalt er sie sanft.

»Muß ich Sie wirklich daran erinnern, daß wir uns nicht einmal vorgestellt wurden?«

»So schicklich? Na gut.« Er seufzte. »Dimitri Petrowitsch Alexandrow.«

»Sie vergessen Ihren Titel«, höhnte sie geringschätzig. »War es nicht ›Prinz‹?«

Fragend zog er eine Augenbraue hoch. »Stört dich das?«

»Es interessiert mich nicht im geringsten, weder so noch so. Aber ich würde es sehr schätzen, jetzt alleingelassen zu werden, damit ich mich anziehen und diesen Ort hier verlassen kann.«

»Aber warum denn so eilig? Ich habe reichlich Zeit –«

»Ich nicht! Großer Gott, die ganze Nacht bin ich hier festgehalten worden. Mein Vater wird außer sich vor Sorgen sein!«

»Das läßt sich schnell in Ordnung bringen. Ich werde jemand zu ihm schicken und ihm ausrichten lassen, daß du wohlauf bist. Du mußt mir nur die Adresse geben.«

»O nein. Ich denke ja gar nicht daran, Ihnen die Möglichkeit zu geben, mich wiederzufinden. Sie werden mich gewiß nie wiedersehen, wenn ich gegangen bin.«

Er wünschte sehr, sie hätte das nicht gesagt. Es versetzte ihm einen Stich, den er nicht erwartet hatte. Sehr gerne hätte er die junge Frau näher kennengelernt, wenn dafür Zeit gewesen wäre, das merkte er jetzt. Sie war so rundherum erfrischend, und überhaupt die erste Frau, der er begegnet war, die sich von seinem Titel, seinem Geld und seinem Charme so offensichtlich unbeeindruckt zeigte. Und er konnte ohne Selbstüberschätzung von sich behaupten, auf Frauen körperlich sehr anziehend zu wirken. Doch das Täubchen konnte es gar nicht erwarten davonzufliegen.

Einer plötzlichen Eingebung folgend rollte sich Dimitri zu ihr herum und fragte: »Würdest du gerne Rußland kennenlernen?«

»*Das* bedarf wirklich keiner Antwort«, schnaubte sie.

»Vorsicht, Katja, sonst fange ich noch an zu glauben, du magst mich nicht.«

»Ich kenne Sie überhaupt nicht!«

»Du kennst mich sehr gut.«

»Nur weil mir Ihr Körper vertraut ist, kenne ich Sie noch lange nicht. Ich weiß, wie Sie heißen und daß Sie England heute verlassen. Das ist aber auch schon alles, was ich weiß – nein, das nehme ich zurück. Mir ist auch noch bekannt, daß Ihre Diener nicht einmal vor einem Verbrechen zurückschrecken, um Sie zufriedenzustellen!«

»Ah, jetzt kommen wir der Sache schon näher. Du hast etwas gegen die Art und Weise unserer ersten Begegnung einzuwenden. Das ist verständlich. Du hattest keine Wahl. Aber mir ging es nicht anders, Katherine. Nun, das stimmt nicht ganz. Ich hätte dich in deiner Not auch alleine lassen können.«

Sie starrte ihn bei dieser deutlichen Anspielung an. »Wenn Sie erwarten, daß ich Ihnen auch noch dankbar bin für Ihre Hilfe heute nacht, dann muß ich Sie enttäuschen. Ich bin ja nicht auf den Kopf gefallen. Ich weiß genau, warum ich diese abscheuliche Droge bekommen habe. Nur zu Ihrem Vergnügen, weil ich mich weigerte, Ihren Plänen für den Abend zuzustimmen. Und überhaupt: Ich werde Ihren Mann vor den Richter bringen. So kommt er nicht davon.«

»Nun komm schon, eigentlich ist dir doch gar nichts passiert. Sicher, du bist keine Jungfrau mehr, aber darüber solltest du dich nicht beklagen, sondern freuen.«

Wäre sie nicht Opfer dieser ganzen schrecklichen Situation gewesen, hätte Katherine eigentlich nur lachen können über diese absurden Gedanken, die er zweifellos ernst meinte. Er glaubte tatsächlich, daß sie keinen großen Verlust erlitten habe, was das ganze Ausmaß seiner Zügellosigkeit nur deutlich machte. Aber sie konnte nicht so reagieren, wie es ihr eigentlich entsprechen würde. Es hätte ihn nur verwirrt in Anbetracht dessen, für wen – oder vielmehr für was – er sie hielt. Und außerdem hatte sie das Gefühl, daß es für ihn keinen Unterschied machen würde, wenn er die Wahrheit erführe.

Sie mußte sich sehr beherrschen. »Sie machen es sich leicht und gehen einfach über die Tatsache hinweg, daß ich entführt wurde, man hat mich buchstäblich von der Straße weggeschleppt, in eine Kutsche gestoßen, geknebelt und dann heimlich in dieses Haus gebracht, wo man mich den ganzen Tag in diesem Zimmer festhielt. Ich wurde mißbraucht und bedroht –«

»Bedroht?« Dimitri runzelte die Stirn.

»Ja, bedroht. Als ich schreien wollte, wurde mir mit den Wachen vor der Tür gedroht, die ohne Zögern einschreiten würden. Ebenso hat man mich gewarnt, wenn ich nicht freiwillig äße und badete, würde man mich gewaltsam dazu zwingen.«

»Lappalien.« Dimitri tat es mit einer Handbewegung ab. »Aber tatsächlich bist du doch gar nicht verletzt worden, oder?«

»Das spielt keine Rolle! Kirow hatte kein Recht, mich gegen meinen Willen hierherzubringen und festzuhalten!«

»Du beharrst zu sehr auf diesem Punkt, Kleines, wenn man bedenkt, daß du es schließlich auch genossen hast. Laß es gut sein. Es nützt dir gar nichts, wenn du jetzt einen Wirbel machst. Und Wladimir hat Anweisungen, dich sehr großzügig zu behandeln.«

»Schon wieder Geld?« fragte sie in einem trügerisch sanften Ton.

»Ja, natürlich. Ich bezahle für mein Vergnügen –«

»O Gott!« schrie sie aufgebracht. »Wie oft muß ich das noch sagen? Ich war und bin nicht für Geld zu haben und werde es auch nie sein!«

»Du würdest zweitausend Pfund ablehnen?«

Wenn er geglaubt hatte, daß das Ausmaß seiner Großzügigkeit einen sofortigen Sinneswandel bei ihr bewirken würde, mußte er seinen Irrtum schnell einsehen. »Ich verweigere es nicht nur, sondern möchte Ihnen am liebsten noch sagen, wohin Sie es sich stecken können.«

»Bitte nicht«, sagte er unangenehm berührt.

»Auch mein Schweigen können Sie nicht erkaufen, Sie brauchen sich weiter gar keine Mühe geben.«

»Schweigen?«

»Lieber Himmel, haben Sie mir nicht zugehört?«

»Jedem Wort habe ich gelauscht«, versicherte er ihr lächelnd. »Katja, können wir nicht aufhören damit?«

Sie wich beunruhigt zurück, als er sie berühren wollte. »Nein, nicht! Bitte!«

Der flehentliche Ton in ihrer Stimme machte sie wütend, aber sie konnte nicht anders. Nach dieser Nacht fürchtete sie sich vor ihren Reaktionen auf seine Berührung. Noch nie war ihr ein so attraktiver Mann begegnet. Sein gutes Aussehen wirkte geradezu hypnotisierend auf sie. Erstaunlich, daß er sie begehrt und die ganze Nacht geliebt hatte. Sie mußte all ihre Kraft aufbieten sich zu konzentrieren, sich mit ihrem wohlbegründeten Ärger zu schützen, und ihn nicht nur einfach anzustarren.

Ihre Abwehr ärgerte ihn gar nicht, vielmehr war er erfreut darüber. Er erkannte ihr augenblickliches Dilemma nur zu gut, denn der Umgang mit Frauen, die ihm nicht widerstehen konnten, war ihm sehr vertraut. Eigentlich sollte er seinen Vorteil ausnützen und sie in die Enge treiben, aber er zögerte. So sehr er sie auch immer noch begehrte, sie war im Moment zu aufgewühlt und es schien nicht so, als würde sich das bald legen.

Mit einem Seufzer ließ er seine Hand fallen. »Nun gut, Kleines. Ich hatte gehofft – egal.« Er setzte sich auf seiner Seite des Bettes auf, aber blickte sie über die Schulter hinweg mit seinem hinreißend betörenden Lächeln an.

»Bist du sicher?«

Katherine stöhnte innerlich. Gerne hätte sie so getan, als verstünde sie seine Andeutungen nicht, aber es gelang ihr nicht. Sein Blick sprach für sich. Guter Gott, wie war es möglich, daß er nach den Exzessen dieser Nacht schon wieder mit ihr schlafen wollte?

»Ganz sicher«, antwortete Katherine und betete, daß er jetzt *endlich* gehen möge.

Er erhob sich, machte aber noch keine Anstalten, sie zu verlassen. Er ging zu dem Stuhl, auf dem ihre Kleider lagen, kam dann zurück zum Fußende des Bettes und gab sie ihr.

»Du solltest das Geld annehmen, Katja, auch wenn du es nicht willst.«

Voller Abscheu blickte sie auf das schwarze Kleid. Er starrte ihre Petticoats an und bemerkte bei sich, daß sie, zumindest was die Unterwäsche betraf, durchaus einen besseren Geschmack hatte.

Sanft fügte er hinzu: »Ich wollte dich durch diese hohe Summe nicht kränken, sondern habe mir gedacht, daß du vielleicht deine Garderobe damit etwas aufbessern kannst. Es soll ein Geschenk sein, mehr nicht.«

Sie hob ihre Augen, immer höher, bis sie den seinen begegnete. Warum war ihr heute nacht bloß nicht aufgefallen, wie unglaublich groß er war?

»Ich kann auch keine Geschenke von Ihnen annehmen.«

»Warum nicht?«

»Weil ich eben nicht kann.«

Jetzt war er wirklich verärgert. Sie war einfach unmöglich! Wer war sie denn eigentlich, seine Großzügigkeit zurückzuweisen?

»Du *wirst* es annehmen, und ich will nichts mehr darüber hören«, erklärte er herrisch. »Ich schicke dir jetzt ein Mädchen, das dir beim Ankleiden behilflich ist, und dann wird dich Wladimir –«

»Wagen Sie es nicht, diesen Grobian noch einmal hierher zu schicken«, unterbrach sie ihn scharf. »Sie haben mir überhaupt nicht zugehört. Ich habe bereits gesagt, daß ich Kirow ins Gefängnis bringen werde.«

»Es tut mir leid, daß ich deine verletzten Gefühle nicht dadurch beschwichtigen kann. Aber ich werde es nicht zulassen, daß mein Mann zurückbleibt.«

»Es wird Ihnen gar nichts anderes übrig bleiben, so wie ich ja auch keine Wahl hatte.« Es tat ihr sehr gut, daß sie *das* sagen konnte.

Er lächelte herablassend. »Du vergißt, daß wir heute lossegeln.«

»Ihr Schiff kann aufgehalten werden«, gab sie zurück.

Seine Lippen wurden bedenklich hart. »Das gleiche gilt für dich. Wir halten dich hier fest, bis du uns keinen Ärger mehr machen kannst.«

»Nur zu«, erwiderte sie rasch. »Aber Sie unterschätzen mich, wenn Sie glauben, daß es damit abgetan ist.«

Dimitri hatte genug von dem Geplänkel. Er wunderte

sich sowieso, wie lange er mitgespielt hatte. Was konnte sie schon machen? Die englischen Behörden würden es nicht wagen, ihn auf die Aussage eines Dienstmädchens hin festzuhalten. Die Vorstellung war geradezu lächerlich.

Mit einem schroffen Nicken verließ Dimitri das Zimmer. Aber bereits auf halbem Weg zu Halle hielt er inne. Er vergaß, daß sie nicht in Rußland waren. Russische Gesetze waren für den Adel gemacht. Die englischen hingegen berücksichtigten auch die Interessen der gewöhnlichen Leute. Man hielt hier etwas auf die öffentliche Meinung. Das Frauenzimmer konnte tatsächlich ein großes Geschrei verursachen, das bis zu den Ohren der Königin vordrang.

Das hatte Dimitri gerade noch gefehlt, wo doch der Zar in Kürze England einen Besuch abstatten wollte. Die allgemeine Stimmung war hier zweifelsohne sowieso schon antirussisch. Zar Alexander hatten die Engländer wegen seines Sieges über Napoleon geliebt. Aber seinen viel jüngeren Bruder Nikolaus, der ihm auf dem Thron gefolgt war, hielten sie für einen, der sich zuviel in die Angelegenheiten anderer Länder einmischte. Das stimmte sicherlich, spielte aber jetzt keine Rolle. Dimitri war nach England gekommen, um zu verhindern, daß Anastasias unverschämtes Verhalten ihren Herrscher in Verlegenheit brachte.

»Geht sie jetzt, Prinz Dimitri?«

»Was?« Er schaute auf. Vor ihm stand Wladimir. »Nein, leider nicht. Du hattest recht, mein Freund. Sie ist eine überaus unangenehme junge Frau und schafft uns ein kleines Problem mit ihrer Uneinsichtigkeit.«

»Herr?»

Dimitri lachte plötzlich. »Sie will dich in irgendeinem englischen Gefängnis verrotten lassen.«

Wladimir beunruhigte diese Nachricht nicht weiter, was nur zeigte, wie gut sich Dimitri um seine Leute kümmerte. »Und das Problem?«

»Ich glaube, daß sie selbst nach unserer Abreise nicht davon ablassen wird.«

»Aber der Besuch des Zaren –«

»Genau. Nur darum geht es. Also, was meinst du, Wladimir, hast du irgendeinen Vorschlag?«

Wladimir hatte schon eine bestimmte Idee, aber er wußte, daß Dimitri nicht damit einverstanden sein würde, diese lästige Person wegzuschaffen. »Kann man sie nicht überreden –« Er stöhnte innerlich, als er Dimitris hochgezogene Augenbraue sah. »Nein, ich glaube nicht. Wahrscheinlich müßte man sie einsperren.«

»Das denke ich auch«, erwiderte Dimitri, dann lächelte er plötzlich, so als würde ihm die Lösung gerade einfallen. »Ja, leider werden wir sie mit uns nehmen müssen, wenigstens für ein paar Monate. Bevor die Neva wieder zufriert, werden wir sie dann auf einem meiner Schiffe zurückschicken.«

Wladimir biß verdrossen die Zähne zusammen. Monatelang mit dieser unangenehmen Person zusammen zu sein, entsprach überhaupt nicht seinen Vorstellungen. Man könnte doch hier irgend jemand ausfindig machen, der sie in Gewahrsam nahm. Sie *mußten* sie nicht mitnehmen. Aber da Dimitri so etwas gar nicht in Betracht zog, bedeutete, daß er immer noch Interesse an ihr hatte. Was *fand* er bloß ausgerechnet an dieser Frau? Er nahm an, daß er gar nicht mehr zu fragen brauchte, was für eine Stellung sie einnehmen würde, aber er konnte sich keine Fehler mehr erlauben. »Wie wird ihr Status sein, Herr?«

»Dienerin natürlich. Ich sehe nicht ein, ihre Fertigkeiten ungenutzt zu lassen, was auch immer es sein mag. Später werde ich das genauer festlegen. Ihr bringt sie jetzt so unauffällig wie möglich an Bord. Einer meiner Schrankkoffer wird sich gut dafür eignen, sie ist so klein, daß sie hineinpassen dürfte.

Und du wirst dich doch noch um ein paar Kleider für sie kümmern, damit sie wenigstens für die Reise ausreichend versorgt ist.« Wladimir nickte bereitwillig. Die Stellung, die das Frauenzimmer entgegen seinen Erwartungen einnehmen sollte, machte die ganze Angelegenheit für ihn viel unannehmbarer. »Sonst noch etwas, mein Prinz?«

»Ja, es darf ihr kein Leid geschehen«, erwiderte Dimitri, und in seiner Stimme schwang jetzt ein drohender Unterton mit. »Nicht einen blauen Flecken, Wladimir! Geh vorsichtig mit ihr um.«

Und wie sollte er das machen, wenn er sie in den Koffer befördern mußte? Wladimir fragte sich das, als Dimitri wegging.

Er war schon wieder verstimmt. Dienerin, in der Tat! Der Prinz war nur im Augenblick verärgert über das Frauenzimmer. Aber sie faszinierte ihn immer noch sehr.

9.

»Hier hinein.« Wladimir hielt die Tür für die zwei Dienstleute auf, die den Schrankkoffer des Prinzen trugen. »Vorsicht! Um Himmels willen, laßt ihn nicht fallen. Sehr gut. Ihr könnt gehen.«

Wladimir ging zu der Truhe und starrte auf das Schloß. In seiner Tasche trug er den Schlüssel, aber er griff nicht danach. Es bestand noch gar kein Grund, die Frau jetzt schon herauszulassen. Erst in einer Stunde würden sie lossegeln. Was machte es schon aus, wenn sie blieb wo sie war, bis sie ganz sicher nicht mehr entfliehen konnte.

Aus dem Innern hörte er ein Klopfen, ohne Zweifel schlug sie mit dem Fuß gegen die Wand. Er grinste und empfand nicht das geringste Mitleid, angesichts ihrer mißlichen Lage. Sie hatte es alles andere als bequem, aber das geschah ihr nur recht für ihre Unbesonnenheit. Wollte sie ihn doch tatsächlich ins Gefängnis werfen lassen! Weswegen denn? Es ist ihr doch überhaupt nichts Schlimmes passiert.

Katherine war anderer Ansicht. Ihr Groll gegen diese

barbarischen Russen hatte sich noch vergrößert. Es war unerträglich, daß man sie gebunden und in diesen Koffer gesteckt hatte, um sie aus dem Haus zu schaffen. Aber was war anders zu erwarten gewesen, nachdem sie dem Prinzen so gedankenlos von ihren Absichten erzählt hatte. Wie hatte sie nur so dumm sein können? *Nein, Katherine, du mußt dir keine Vorwürfe machen. Du konntest in seiner Gegenwart und unter dem Blick dieser Samtaugen einfach nicht klar denken.*

Sie hegte keinen Zweifel daran, daß *er* für diese letzte Beleidigung verantwortlich war. Obwohl sie ihn davor gewarnt hatte, diesen Kirow noch einmal zu ihr zu schikken, hatte dieser kurz nach dem Weggang des Prinzen das Zimmer betreten, bevor sie noch ganz angezogen war. Es hätte ihr verdächtig sein sollen, daß er nicht allein kam. Der große Kerl, der bei ihm war – keine der Wachen vom Vorabend, sondern ein schwarz und gold livrierter Dienstmann – hatte sie umkreist, und bevor sie sich versah, gepackt, geknebelt, ihre Hände auf den Rücken gezerrt und sogar die Knöchel zusammengebunden.

Dann hatte er sie, ohne ein Wort zu sagen, hochgehoben, als hätte sie überhaupt kein Gewicht, und die Treppe hinuntergetragen. Aber er verließ nicht das Haus mit ihr, wie sie angenommen hatte, sondern brachte sie in ein Zimmer im ersten Stock. Doch bevor sie noch irgend etwas wahrnehmen konnte, wurde sie in eine Truhe gelegt, ihre Knie angewinkelt und der Deckel mit einem Krachen zugeworfen.

Ihr ganzer Körper war völlig verkrampft. Sie lag auf ihren Händen, in denen sie schon lange kein Gefühl mehr hatte, die Knie angezogen, mit dem Kopf stieß sie fast an die Kofferwand. Die andere Seite konnte sie mit den Füßen gerade noch erreichen, wenn sie vorher die Knie noch mehr an die Brust zog und dann die Füße nach unten stieß. Aber all ihr Stoßen nützte gar nichts. Offensichtlich wollten sie sie nicht herauslassen, bevor sie nicht mit allem fertig waren.

Sie hatte überhaupt keine Ahnung, wo sie sich befand. Man hatte sie mit einer Kutsche irgendwohin gebracht, das hatte sie an dem Rütteln und Stoßen erkannt, und dann war die Truhe wieder getragen worden. Aber sie konnte sich nicht vorstellen, wo man sie abgesetzt hatte, denn außer ihrem eigenen keuchenden Atem vermochte sie keinen Laut zu hören. Und das Atmen wurde immer schwerer, die Luft war heiß und stickig und der Spalt am Deckelrand winzig.

Ihr wurde plötzlich klar, daß sie ersticken konnte, wenn sie noch recht viel länger hier eingeschlossen blieb. Aber wenn sie über diese Möglichkeit länger nachdachte, geriet sie in Panik und es erschien ihr nur vernünftig, ruhig zu bleiben, damit die Luft länger reichte. Aber als die Minuten zu Stunden wurden, zog sie immer mehr in Betracht, daß dies vielleicht die Lösung der Russen für all die Problem war, die sie aufgeworfen hatte. Wenn sie davon ausgingen, daß sie ihre Drohung wahrmachen würde, wie könnten sie sie dann gehen lassen? Das ging nicht, und diese Truhe sollte vielleicht ihr Sarg sein. Aber würde Dimitri das wirklich mit ihr machen, nachdem... nachdem – nein, sie wollte, sie konnte das nicht glauben. Doch Wladimir wäre es schon zuzutrauen. Sie hatte seine Abneigung deutlich gespürt.

Unten, in der Schiffsküche langte der Kerl, um den Katherines Gedanken kreisten, gerade nach einem fetten *Piroschki*, den kleinen Fleischpasteten, die seine Frau so hervorragend zuzubereiten wußte. Sie hielt ihn mit einem Klaps auf die Finger gerade noch davon ab.

»Du weißt doch, daß die für den Prinzen sind«, brummte sie. »Wenn du auch welche willst, dann mußt du mich schon darum bitten, daß ich sie dir mache.«

Der Schiffskoch neben Wladimir lachte. »Du mußt dich heute abend schon mit meiner Verpflegung zufrieden geben, wie jeder andere auch.« Und dann etwas leiser: »Was ist los? Ist sie böse mit dir? Dann kannst du aber noch froh sein, daß sie dir bloß die Speisen ausschlägt.«

Wladimir starrte den jovialen Mann wütend an und wandte sich dann seinen eigenen Angelegenheiten zu. Er wunderte sich. Als er Maruscha zuvor erzählt hatte, was über die Engländerin beschlossen worden war, hatte sie gewaltig die Stirn gerunzelt und ihm entgegnet, daß keine Frau so behandelt werden dürfe. Er hatte sie darauf hingewiesen, daß der Koffer Dimitris Idee gewesen war, doch sie meinte nur, daß mit dem Prinzen irgend etwas nicht in Ordnung sein müsse, wenn er so gefühllos zu einer Frau sei. Das Stirnrunzeln war geblieben, es hatte ihm, Wladimir, gegolten.

»Schläft er immer noch?« fragte Maruscha jetzt.

»Ja, das Abendessen hat noch keine Eile.«

»Kümmere du dich nicht um sein Essen. Es ist fertig, wenn er es will.« Sie kniff ihre hellblauen Augen zusammen, was ihm deutlich zeigte, daß sie aus irgendeinem Grund wegen der Frau verärgert war. »Was hast du mit der kleinen Engländerin gemacht?«

Wladimir spürte den Groll gegen sich und sagte kurz angebunden: »Hab' Sie in die Kabine mit den übrigen Koffern gebracht. Ich werd' ihr wohl eine Hängematte anbringen.«

»Wie hat sie reagiert?«

»Ich hab' mir gedacht, ich lasse sie erst raus, wenn wir weit genug von London weg sind.«

»Und?«

»Ich bin noch nicht dazugekommen.«

»Aber du hast Löcher in die Truhe gemacht? Du weißt doch, wie seetüchtig Dimitris Koffer sind.«

Wladimir erbleichte. An Löcher hatte er nicht gedacht – wie auch? Noch nie hatte er jemand in eine Truhe gesperrt.

Maruscha schnappte nach Luft, denn sie deutete seinen Gesichtsausdruck richtig. »Bist du verrückt? Lauf, und bete, daß es noch nicht zu spät ist! So lauf doch!«

Er rannte aus der Küche, hörte schon nicht mehr, was sie ihm nachrief. Die Worte des Prinzen kamen ihm wieder in den Sinn, hämmerten in seinem Kopf. Kein Leid sollte ihr geschehen, nicht einmal den kleinsten blauen Flecken durfte sie haben. Wenn schon wegen eines blauen Fleckens der Teufel los war, was würde dann erst über ihn hereinbrechen, wenn er mit seiner kleinen Rache die Frau getötet hatte? Er wollte gar nicht daran denken.

Maruscha folgte ihm dicht und es konnte auf dem Schiff nicht unbemerkt bleiben, wie die beiden durch die Gänge hasteten. Als sie an Dimitris Kabine vorbei stürmten, hatten sich ihnen schon fünf neugierige Diener und ein paar Leute von der Mannschaft angeschlossen. Dimitri, der ein paar Minuten zuvor erwacht war, schickte seinen Kammerdiener Maxim, um nachzusehen, was der Tumult zu bedeuten habe.

Dieser brauchte nur einen Schritt vor die Tür zu machen, um zu sehen, daß sich alle in eine Kabine weiter unten auf dem Gang drängten. »Sie sind in die Abstellkammer gegangen, Hoheit.« Der Prinz reiste mit soviel persönlichem Besitz, selbst Bettzeug und Geschirr, daß dafür allein eine eigene Kabine vonnöten war. Zweifellos war ein Koffer umgefallen. »Ich bin gleich wieder da.«

»Warte«, hielt Dimitri ihn auf. Er vermutete, daß man Katherine dort untergebracht hatte und sie die Störung verursachte. »Es wird die Engländerin sein. Bring sie zu mir.«

Maxim nickte und dachte nicht daran zu fragen, was für eine Engländerin das sei. Er war nicht wie Wladimir in alle Angelegenheiten des Prinzen eingeweiht. Aber er brauchte nur zu warten, bis Maruscha, die kein Geheimnis für sich behalten konnte, sie ihm erzählte. Nicht im Traum würde es ihm einfallen, Dimitri eine direkte Frage zu stellen. Niemand tat das.

Im Abstellraum schloß Wladimir den Koffer auf und hob den Deckel. Er war zu aufgeregt, als daß er die anderen um sich herum bemerkt hätte. Ihre Augen waren geschlossen. Sie regte sich nicht, zuckte nicht, als die Helligkeit so plötzlich über sie hereinbrach. Wladimir spürte, wie Panik in ihm hochstieg und ihm die Kehle zuschnürte. Aber dann weitete sich ihr Brustkorb, sie begann tief zu atmen, füllte keuchend ihre Lungen mit Luft.

In diesem Augenblick hätte er sie am liebsten dafür geküßt, daß sie nicht tot war. Doch das hielt nicht lange an. Als sich ihre Augen öffneten und ihr Blick auf ihn fiel, sah er eine mörderische Wut in den türkisen Augen aufflackern. Ihn überkam heftig der Wunsch, sie einfach liegenzulassen, aber Maruscha stieß ihn in die Rippen und erinnerte ihn daran, was zu tun sei.

Mit einem Knurren beugte er sich über die Truhe, hob Katherine heraus und stellte sie auf ihre Füße. Sie brach sofort zusammen und fiel gegen ihn.

»Siehst du nicht, was du in deiner Gedankenlosigkeit anstellst, Mann? Die Arme hat wahrscheinlich überhaupt kein Gefühl mehr in den Füßen.« Maruscha schloß den Truhendeckel, um eine Sitzgelegenheit zu schaffen. »Setz sie hier hin und hilf mir die Stricke loszubinden.«

Nicht nur Katherines Füße waren empfindungslos, sondern ihre ganzen Beine. Sie bemerkte das, als er sie auf die Truhe plumpsen ließ und ihre Knie zusammenschlugen, ohne daß sie etwas spürte. Auch ihre Hände waren schon lange ohne jedes Gefühl. Und sie wußte genau, was passieren würde, wenn die Taubheit nachließ. Das konnte heiter werden.

Wladimir befreite ihre Handgelenke, während sich Maruscha eifrig an ihren Füßen zu schaffen machte. Ihre Schuhe waren zurückgeblieben, sie hatte sie noch nicht angehabt, als Wladimir das Zimmer betrat. Auch für ihr Haar war keine Zeit mehr gewesen und es hing ihr lose und wirr über Schultern und Rücken. Aber am peinlichsten war der Zustand ihres Kleides. Es war vorne nur zum Teil zugeknöpft und gab den Blick frei auf das Spitzenmieder ihres weißen Hemdes, das sich von dem schwarzen Kleid abhob. Als sie die vielen Leute in der Tür bemerkte, die sie neugierig anstarrten, schoß ihr das Blut in die

Wangen. Noch *nie* hatte jemand sie so leicht bekleidet gesehen und jetzt waren mehr als ein halbes Dutzend Menschen in dem kleinen Zimmer.

Wer *waren* all diese Personen? Und wo in Gottes Namen war sie? Doch dann spürte sie das Schaukeln und wußte es. Schon in der Truhe hatte sie es bemerkt, aber gebetet, daß sie sich irre. Von der Tür her hörte sie russisches Gemurmel (sie erkannte die Sprache jetzt mühelos) und begriff, daß sie sich auf einem russischen Schiff befand.

Stöhnend bewegte sie ihre befreiten Handgelenke, beugte vorsichtig Schultern und Ellenbogen. Sie spürte, daß Wladimir ihr den Knebel lösen wollte und dabei zögernd innehielt. Wie scharfsichtig von ihm. Er wußte nur zu gut, daß sie seine jüngste Missetat nicht schweigend hinnehmen würde. Von der Standpauke, die sie für ihn parat hatte, würden ihm die Ohren brennen, bevor sie noch damit fertig war. Aber er zögerte immer noch und ihre Finger waren noch zu steif, als daß sie sich den Knebel selbst hätte herunterreißen können.

Sie hörte einen Schwall russischer Worte hinter sich, worauf sich die Menschentraube an der Tür blitzschnell auflöste. Der Knebel fiel herunter, aber ihr Mund war so ausgedörrt, daß sie nur mühsam nach Wasser krächzen konnte. Maruscha ging, welches zu holen und Wladimir kam nach vorne, um Katherines Füße zu massieren. Am liebsten hätte sie ihm einen anständigen Fußtritt gegeben, aber sie konnte ihre Beine überhaupt nicht bewegen.

»Ich muß mich bei Ihnen entschuldigen«, sagte Wladimir, ohne aufzuschauen. Seine Stimme klang rauh, als müsse er die Worte einzeln aus sich herauspressen. »Ich hätte Belüftungslöcher in die Truhe machen sollen, aber daran habe ich leider nicht gedacht.«

Katherine blickte ihn ungläubig an. Was war denn damit, daß er sie überhaupt in die Truhe gesperrt hatte? Wo war da seine Reue?

»Das war nicht – ihr einziger – Fehler, Sie – Sie –«

Sie gab es auf. Das Sprechen mit der ausgetrockneten

Kehle schmerzte einfach zu sehr und ihre Zunge fühlte sich an wie ein aufgeschwollener, verfaulter Fremdkörper in ihrem Mund. In ihre Beine kehrte allmählich wieder Leben zurück und die Beschwerden wurden von Sekunde zu Sekunde schlimmer. Sie biß die Zähne fest aufeinander, um nicht zu stöhnen. Wenn sie zu lange auf einer Seite gelegen hatte, war ihr schon mal ein Arm oder ein Bein eingeschlafen, aber, lieber Himmel, das war nichts gewesen im Vergleich zu dem, was sie jetzt verspürte.

Maruscha kam mit dem Wasser und hielt Katherine die Tasse an die Lippen. Gierig trank sie, keinen Gedanken an die Schicklichkeit ihres Tuns verschwendend. Es verschaffte ihr sofortige Erleichterung. Aber der Rest ihres Körpers bäumte sich auf vor Qual, Tausende von Nadeln stachen ihr in Arme und Beine, bis sie glaubte, es nicht mehr ertragen zu können. Und es wurde immer noch schlimmer. Gegen ihren Willen mußte sie stöhnen.

»Stampfen Sie mit den Füßen auf, kleine *Angliski*, das wird Ihnen helfen«, sagte die ältere Frau freundlich zu ihr. Doch Katherine litt so sehr, daß sie deren Mitgefühl kaum wahrnahm. »Ich – ich – oh, verdammt, der Teufel soll Sie holen, Kirow. Heutzutage werden Verbrecher nicht mehr gerädert und gevierteilt, aber genau das würde ich Ihnen gönnen!«

Wladimir ignorierte sie einfach und fuhr fort, ihre Knöchel und Füße kräftig zu reiben, aber Maruscha, die ihre Hände bearbeitete, mußte kichern. »Ihr Temperament ist jedenfalls nicht erstickt in der Truhe.«

»Leider«, knurrte Wladimir.

Katherine ärgerte sich noch mehr, weil sie die Unverschämtheit hatten, miteinander Russisch zu reden. »Ich spreche fünf Sprachen. Eure nicht. Wenn ihr nicht Französisch redet, das ich verstehe, dann werde ich mich auch nicht damit abgeben euch zu erklären, warum die Flotte der Queen dieses Schiff notfalls bis nach Rußland verfolgen wird.«

»So ein Blödsinn«, spottete Wladimir. »Als nächstes

werden Sie uns noch erzählen, daß Sie das Vertrauen Ihrer englischen Königin genießen.«

»Nicht nur das«, gab Katherine zurück, »sondern auch ihre Freundschaft, seit ich ihr ein Jahr lang als Hofdame gedient habe. Doch selbst wenn dem nicht so wäre, würde auch der Einfluß des Earl of Strafford genügen.«

»Ihr Arbeitgeber?«

»Laß dich nicht auf ihr Gerede ein, Maruscha«, warnte Wladimir. »Ein englischer Earl würde sich nie mit den Angelegenheiten seiner Diener abgeben. Sie gehört ihrem Herrn nicht, so wie wir.«

Katherine hörte die Geringschätzung aus seinen Worten heraus, so als wäre er stolz darauf, Eigentum von jemandem zu sein. Aber die Tatsache, daß er ihren Worten offensichtlich keinen Glauben schenkte, ging ihr gegen den Strich.

»Ihr erster und schwerwiegenster Fehler war die Annahme, daß ich eine Dienerin sei. Ich habe Sie nicht aufgeklärt, weil ich mich nicht zu erkennen geben wollte. Aber ihr seid mit all diesen Entführungen zu weit gegangen. Der Earl ist mein Vater, nicht mein Arbeitgeber. Ich bin Katherine St. John, *Lady* Katherine St. John.«

Das Ehepaar wechselte einen Blick. Katherine konnte Maruschas Gesichtsausdruck nicht sehen. Sie schien ihrem Mann sagen zu wollen: »Na bitte! Kannst du jetzt ihre herrische Arroganz und ihren Hochmut verstehen?« Aber Wladimir zeigte sich von Katherines Enthüllungen nicht im geringsten beeindruckt.

»Wer auch immer Sie sind, Sie verschwenden Ihren Zorn bloß an mich«, bemerkte er seelenruhig zu Katherine. »Ich habe diesmal nicht nach eigenem Gutdünken gehandelt, sondern nur meine Anordnungen befolgt. Und diese Anordnungen bezogen sich ausdrücklich auf die Truhe hier. Doch daß ich nicht für ausreichende Luftzufuhr gesorgt habe, war mein Fehler. Es sollte Ihnen kein Leid geschehen. Und vielleicht hätte ich Sie früher herauslassen sollen –«

»Vielleicht?« explodierte Katherine, und hätte ihm am liebsten irgend etwas über den Kopf geschlagen.

Sicher hätte sie es auch getan, wäre ihr nicht in dem Moment eine Welle lähmenden Schmerzes die Beine hinuntergelaufen, die ihre Gedanken ablenkte, und sie mit einem Stöhnen vornüberbeugen ließ. Sie entriß Maruscha ihre Hände und grub die Finger in die Oberschenkel, aber es half nichts. Mit Macht schoß das Leben in ihre Beine.

Maxim stand bereits seit fünf Minuten in der Tür und hatte gebannt die Szene beobachtet, aber schließlich erinnerte er sich wieder an seine Pflicht. »Wenn das die Engländerin ist, dann möchte der Prinz sie sofort sehen.«

Wladimir warf einen Blick über die Schulter und seine Angst kehrte zurück. »Sie ist nicht in der Verfassung –«

»Er hat gesagt *jetzt*, Wladimir.«

10.

Dimitri lehnte seinen Kopf in dem hohen Sessel zurück und legte die bloßen Füße auf den Hocker vor sich. Es war ein bequemer Sessel, fest, aber dick gepolstert, und er erinnerte ihn immer daran, daß er ein Mann war, der sich ungern etwas versagte, egal ob es Frauen, Luxus oder auch Stimmungen waren. Er besaß acht solcher Sessel, die alle völlig gleich waren. Jedes Schlafzimmer in seinen Besitzungen, die über ganz Europa verstreut lagen, hatte er damit ausgestattet, und einen führte er immer auf Reisen mit sich. Wenn er etwas fand, das ihm gefiel, dann sorgte er dafür, es auch zu besitzen. So war er schon immer gewesen.

Prinzessin Tatjana war ebenfalls ein solches Ziel. Sie würde zu ihm passen. Unter all den strahlenden Schönheiten St. Petersburgs war sie das kostbarste Juwel. Und wenn er schon heiraten mußte, warum dann nicht die Schönste?

Dimitri hatte nicht mehr an Tatjana gedacht, seit er seiner Großmutter von seinen Absichten erzählt hatte. Und auch jetzt wäre sie ihm nicht in den Sinn gekommen, wenn er nicht eben aus einem unangenehmen Traum von ihr aufgewacht wäre. Er hatte sie heftig umworben, aber selbst im Traum sein Ziel nicht erreicht.

Es war nicht so, daß er von sich aus sie oder irgendeine andere Frau heiraten wollte. Ganz im Gegenteil. Wozu brauchte er eine Ehefrau, wenn es ihm nie an weiblicher Gesellschaft mangelte? Für ihn bedeutete sie nur eine zusätzliche Verantwortung zu den vielen tausend anderen, die er schon hatte. Und all diese Heiratspläne wären gar nicht nötig gewesen, wenn nicht sein älterer Bruder Michail seinen Militärdienst im Kaukasus dummerweise verlängert hätte. Die Kämpfe gegen die Türken hatten ihn derart gefesselt, daß er Jahr um Jahr dort blieb, bis ihn sein Glück schließlich verließ. Anfang vergangenen Jahres war er hinter den feindlichen Linien gefallen; und obwohl man seinen Körper nie aufgefunden hatte, gab es keine Hoffnung mehr, daß er noch am Leben war. Zu viele seiner Kameraden hatten gesehen, wie er niedergestreckt wurde.

Es war ein schwarzer Tag für Dimitri gewesen, als der die Nachricht erhielt. Nicht, daß er seinem Halbbruder aus der ersten Ehe seines Vaters allzuviel Liebe entgegengebracht hätte. Als er noch viel jünger war, hatten sie sich wohl nähergestanden. Aber der Altersunterschied von sieben Jahren hatte bewirkt, daß sie kaum gleiche Interessen hatten. Zu Lebzeiten des Vaters waren die Alexandrows eine sehr eng verbundene Familie gewesen. Doch Michail war schon immer von der Armee begeistert gewesen, und sobald er alt genug war, hatte er sie zu seinem Lebensinhalt gemacht. Dimitri hatte ihn von da ab kaum mehr gesehen, bis auf das eine Jahr, als er ebenfalls im Kaukasus gedient hatte.

Dimitri hatte nach diesem Jahr für den Rest seines Lebens genug vom Töten. Michail reizte die Gefahr, ihn nicht. Wie so viele seiner jungen Freunde in der Kaiserlichen Garde hatte er das Abenteuer gesucht und mehr als genug davon gefunden. Nicht einmal der Ruhm der Garde hatte ihn halten können. Zwar war er der jüngere Sohn, aber er hatte eine Karriere bei der Armee nicht nötig, wie das bei den meisten anderen jüngeren Söhnen des Adels der Fall war. Unabhängig von dem unermeßlichen Reichtum der Familie besaß er eigenes Vermögen. Und er wußte mit seinem Leben besseres anzufangen, als es sinnlos aufs Spiel zu setzen.

Wenn Michail nur auch so gedacht hätte. Doch selbst das wäre nicht so wichtig, wenn er die Zeit gefunden hätte, vor seinem Tod zu heiraten und einen Erben zu zeugen. Dann wäre Dimitri nicht der letzte legitime, männliche Alexandrow gewesen. Er hatte noch fünf weitere Halbbrüder, aber sie waren alle uneheliche Kinder. Und Sonja, die Schwester seines Vaters, hatte ihm unmißverständlich klargemacht, daß es nun seine *Pflicht* sei zu heiraten und für einen Erben zu sorgen, bevor auch ihm, wie Michail, etwas zustieß. Dabei spielte es für sie gar keine Rolle, daß er im Gegensatz zu Michail nicht jeden Tag sein Leben riskierte. Der Tod Michails hatte Tante Sonja so erschüttert, daß sie von einem Aufschub nichts hören wollte.

Bis zu diesem Zeitpunkt hatte Dimitri ein sorgloses Leben geführt. Michail war das Familienoberhaupt gewesen, seit der Vater der Cholera-Epidemie von 1830 zum Opfer gefallen war, und hatte alle größeren Entscheidungen gefällt. Dimitri hatte die Aufsicht über die meisten Besitzungen der Familie gehabt. Aber nur, weil Finanzangelegenheiten ihn faszinierten, ihm erlaubten, mit Risiken zu spielen, ohne sein Leben zu gefährden, hatte er sich dazu bereit erklärt. Doch jetzt lastete *alle* Verantwortung auf Dimitri, für die zahllosen Besitzungen, die Dienerschaft, die unehelichen Geschwister, selbst für das halbe Dutzend Bastarde von Michail. Und nun sollte bald auch noch eine Ehefrau dazukommen.

Hunderte von Malen hatte er seinen Bruder schon dafür verflucht, daß er gestorben war und ihm die ganze Last auf die Schultern gelegt hatte. Sein Leben schien gar nicht mehr ihm zu gehören. Der Ärger mit seiner Schwester war ein gutes Beispiel dafür. Wäre Michail noch am Leben gewesen, hätte die Gräfin sich an ihn gewendet und er wäre mit dem Problem konfrontiert gewesen, obwohl Anastasia nur seine Halbschwester war. Zweifellos hätte er Dimitri die Angelegenheit übertragen, nur mit dem Unterschied, daß Dimitri nicht auf Freiersfüßen gewandelt wäre und ihm eine Reise nach England überhaupt nichts ausgemacht hätte. Er liebte es zu reisen, doch auch diese Freude war jetzt sehr eingeschränkt. Wenigstens konnte er die Verantwortung für seine Schwester bald auf jemand anderen übertragen, wenn er sie verheiratete. Doch durch seine eigene Heirat war dieser Platz schnell wieder ausgefüllt. Wäre er bereit gewesen, von einem einmal gesteckten Ziel abzulassen, dann hätte er die schöne Prinzessin Tatjana aufgeben können.

Tatjana Iwanowa hatte ihn mit ihrer Zurückhaltung und Unnahbarkeit überrascht. Es hatte ihn viel Zeit und erhebliche Mühe gekostet, ihr den Hof zu machen, mehr als er jemals für irgendeine Frau aufgewendet hatte. Und mehr als einmal hatte ihm ihr aufreizendes Spiel seine ganze Beherrschung abverlangt. Sein Werben schmeichelte ihr zwar, aber sie war auch eine junge Frau, die wußte, wie begehrenswert sie war und daß sie jeden Mann haben konnte, den sie wollte. Sie hatte es nicht eilig, ihre Wahl unter einem Dutzend Freier zu treffen.

Aber keine Frau konnte Dimitri lange widerstehen. Er bildete sich nichts darauf ein, es war einfach so. Und gerade, als er anfing, Fortschritte bei ihr zu machen, als das Eis um ihr kühles Herz zu schmelzen schien, erreichte ihn der Brief der Gräfin. Es war ein verdammtes Pech. Trotzdem machte er sich nicht so sehr Sorgen, daß Tatjana in der Zwischenzeit einen anderen Mann gewählt hatte. Ihn störte vor allem die Verzögerung und die Tatsache, daß er in seiner Abwesenheit an Boden verloren hatte und wahrscheinlich mit seiner Werbung ganz von vorne würde beginnen müssen. Dabei wollte er die Angelegenheit einfach geregelt wissen, damit er sich wieder anderen Dingen zuwenden konnte.

Das Klopfen an der Tür war eine willkommene Ablenkung. Dimitri wollte und brauchte nicht an seinen bevorstehenden Ehestand denken, da es noch viele Wochen dauern würde, bis sie Rußland erreichten und ihm vorher die Hände gebunden waren.

Maxim trat ein und hielt die Tür weit offen für Wladimir, der ihm mit Katherine auf den Armen folgte. Auf den ersten Blick schien sie zu schlafen. Aber dann bemerkte Dimitri das Mahlen ihrer weißen Zähne auf der Unterlippe, den starren Ausdruck ihrer Augen und die verkrampfte Haltung ihrer Hände, die den Stoff des Kleides umklammert hielten.

Er schoß mit einer Schnelligkeit auf die Beine, die die beiden Diener vor Angst erstarren ließen. »Was ist hier los?« wandte sich Dimitri überaus frostig an Wladimir.

»Nichts, Hoheit, wirklich«, versicherte Wladimir hastig. »Ihr sind nur die Glieder eingeschlafen und jetzt kehrt gerade die Empfindung zurück –« Er machte eine Pause, denn Dimitris Gesicht verfinsterte sich zusehends. »Es war eine Vorsichtsmaßnahme, sie solange in der Truhe zu lassen, bis wir auf offener See sind. Auf dem Fluß hätte sie entkommen können und ans Ufer schwimmen. Ich wollte kein Risiko eingehen, wo es doch so wichtig –«

»Wir befinden uns immer noch auf der Themse und außerdem, muß ich dir wirklich sagen, daß es noch andere Möglichkeiten gibt, sie von einer Flucht abzuhalten? Willst du mir wirklich erklären, daß du sie gerade erst herausgelassen hast?«

Wladimir nickte schuldbewußt. »Um die Wahrheit zu sagen, ich hatte vergessen, wie lange es bis zur Küste dauert, und in dem ganzen Durcheinander der Abfahrt und mit der Frau hinter Schloß und Riegel habe ich – habe ich sie völlig vergessen, bis mich Maruscha an sie erinnert hat.«

Bis zu einem gewissen Grad schienen Dimitri diese Halbwahrheiten zu besänftigen. Sein Gesichtsausdruck hellte sich etwas auf. Wladimir wußte, daß der Prinz keine Unfähigkeit duldete und er hatte, seit er mit der Engländerin zu tun hatte, mehr Fehler gemacht als je zuvor. Doch Dimitri war ein einsichtiger Mensch, kein Tyrann und er bestrafte das menschliche Versagen seiner Diener nicht.

»Du bist für sie verantwortlich, Wladimir, sei in Zukunft nicht mehr so vergeßlich, ist das klar?«

Wladimir stöhnte innerlich. Verantwortlich für diese Frau zu sein, war schon Strafe genug. »Ja, mein Prinz.«

»Nun gut, setz sie nieder.«

Dimitri ging zur Seite und wies auf den Sessel, den er freigemacht hatte. Wladimir lud seine Bürde rasch ab, machte ein paar Schritte zurück und betete, daß die Frau kein Theater mehr machen würde. Sie tat ihm diesen Gefallen nicht.

Katherine keuchte und krümmte sich nach vorne über ihre Knie. Ihr Haar fiel bis zu den Füßen herab und in dieser Stellung sprang unter dem Gewicht ihrer Brüste das Spitzenhemd auf, gab den drei Männern verlockend viel von ihrem Körper zu sehen.

»Ihre Beschwerden werden in ein paar Minuten vorbei sein, Hoheit«, sagte Wladimir schnell, als er den Unmut in Dimitri wieder aufsteigen sah.

Dimitri ignorierte ihn. Er kniete vor Katherine nieder, faßte sie sanft aber entschieden an den Schultern und zwang sie, sich aufzusetzen. Dann schlug er ihren Rock bis zu den Knien zurück, nahm eine ihrer Waden in die Hände und begann, sie zu massieren.

Am liebsten hätte sie ihn weggestoßen. Sie hatte dem Gespräch schweigend zugehört, aber nur aus Angst, daß sie schreien würde, hatte sie den Mund gehalten. Wie Wladimir vorausgesagt hatte, ließen die quälenden Stiche nach, wurden erträglicher, auch wenn sie sie immer noch unangenehm spürte. Dennoch versetzte sie ihm keinen Stoß. Sie brauchte ein besseres Ventil für ihre kochende Wut, eines, das nicht falsch ausgelegt würde. Und sie fand es. Ihre Hand klatschte schallend auf die Wange des Prinzen.

Dimitri verhielt sich regungslos. Maxim wurde vor Schreck kreidebleich. Aus Wladimir sprudelten gedankenlos Wort hervor. »Sie behauptet, eine Adelige zu sein, Hoheit – nichts Geringeres als die Tochter eines Earl.«

Immer noch herrschte Schweigen. Wladimir war sich nicht sicher, ob der Prinz seine Worte gehört hatte, und wenn, ob sie eine Rolle für ihn spielten. Er verstand selbst nicht, wieso er versucht hatte, die Ungeheuerlichkeit dieses Schlages zu erklären, noch dazu mit einer ganz offensichtlichen Lüge. Hätte er nichts gesagt, wäre das Weib vielleicht über Bord geworden worden, etwas, wofür er ewig dankbar gewesen wäre.

Dimitri hatte sofort nach oben geschaut, doch Katherines türkis funkelnde Augen loderten wild. Dies war kein beleidigter Klaps gewesen, um ihn in seine Schranken zu weisen. Dahinter steckte ein mächtiger Zorn. Er war einen Augenblick so überrascht, daß er überhaupt nicht reagieren konnte. Und sie war noch nicht am Ende.

»Ihre Anmaßung ist bodenlos, Alexandrow! Daß Sie es wagten – daß Sie angeordnet haben, daß ich – oh!«

Wenn Blicke töten könnten ... Ihre kleinen Finger ballten sich zu Fäusten in ihrem Schoß. Mit jeder Faser ihres Seins rang sie um Beherrschung, die Nerven bis zum Zerreißen angespannt. Und er kniete einfach da, starrte sie verblüfft an!

»Der Teufel soll Sie holen. Sie werden das Schiff wenden lassen und mich nach London zurückbringen! Ich bestehe darauf – nein, *ich verlange*, daß Sie es auf der Stelle machen!«

Dimitri stand langsam auf, zwang Katherine damit, den Kopf in den Nacken zu legen, um den Blickkontakt zu halten. Geistesabwesend betastete er seine Wange, während er sie unablässig anschaute und dann blitzte plötzlich der Schalk in seinen Augen auf.

»Sie will mir Befehle erteilen, Wladimir«, sagte Dimitri, ohne den Diener anzusehen.

Die Spannung fiel von dem älteren Mann ab, als er den amüsierten Tonfall hörte. »Ja, mein Prinz«, seufzte er.

Mit einem kurzen Blick über die Schulter fragte Dimitri: »Die Tochter eines Earl, hast du gesagt?«

»Das behauptet sie.«

Die braunen Samtaugen glitten zu Katherine zurück und sie bemerkte, daß sie selbst in ihrem Zorn noch errötete, denn sein Blick blieb nicht an ihrem Gesicht hängen, sondern an dem offenen Mieder, das sie vollkommen vergessen hatte. Aber das war noch nicht genug der Dreistigkeit. Die Augen wanderten langsam weiter an ihr herunter, musterten bewundernd ihre bestrumpften Beine. Auch daran hatte sie nicht mehr gedacht. Mit einem Fauchen streifte sie den Rock wieder über die Knie und begann an der Knopfleiste ihre Kleides zu fummeln. Ihr Schamgefühl trug ihr ein breites Grinsen von dem Mann ein, der nicht einmal eine Armlänge entfernt von ihr stand.

»Schuft!« zischte sie und schaute erst wieder auf, als sie den letzten Knopf am Hals geschlossen hatte. »Sie haben die Manieren eines Gassenjungen, der nur glotzen kann, aber das sollte mich eigentlich nicht überraschen, denn es entspricht ja Ihrer verkommenen Moral.«

Wladimir verdrehte die Augen zur Decke. Maxim hatte sich von seinem ersten Schock noch nicht richtig erholt, als ihn diese Worte aufs neue erschütterten. Doch Dimitri amüsierte sich nur noch mehr.

»Das muß man dir schon lassen, Katja«, sagte er schließlich. »Du hast ein bemerkenswertes Talent.«

Einen Augenblick lang war sie überrumpelt. »Talent?«

»Ja, natürlich. Sag mal, hast du dir das erarbeiten müssen oder war es dir schon in die Wiege gelegt?«

Argwöhnisch kniff sie ihre Augen zusammen. »Wenn Sie damit sagen wollen –«

»Gar nichts will ich damit sagen«, schnitt ihr Dimitri lächelnd das Wort ab. »Ich zolle dir Beifall. Du hast dich mit dieser Vorstellung selbst übertroffen. War das eine Rolle, die du auf der Bühne gespielt hast? Das würde erklären –«

»Schweigen Sie!« schrie Katherine und sprang auf. Ihre Wangen brannten bei dieser Unterstellung. Leider bedeutete es nur einen deutlichen Nachteil für sie, neben ihm zu stehen. Es war das erste Mal und schüchterte sie geradezu ein. Er war so groß im Vergleich zu ihr, daß sie sich richtig lächerlich vorkam, denn sie reichte ihm kaum an die Schulter.

Katherine machte rasch ein paar Schritte zur Seite, bis sie aus seiner Reichweite war und drehte dann so schnell um, daß ihr Haar in einem weiten Bogen herumflog. In der sicheren Entfernung gewann sie ihre Würde zurück. Sie straffte ihre Schultern, schob das Kinn vor und warf dem Prinzen einen Blick tiefster Verachtung zu. Und doch hatte ihr Zorn an Kraft verloren. Er hatte sich nicht über sie lustig gemacht und seine Bewunderung ihres ›Talents‹ war echt gewesen. Das machte ihr Angst.

Damit, daß er ihr nicht glauben würde, hatte sie nicht gerechnet. Sie hatte ihrer Wut freien Lauf gelassen, denn nicht einen Moment hatte sie daran gezweifelt, daß er sich bemühen würde, alles an ihr wieder gutzumachen, wenn er erst einmal wußte, wer sie war. Doch nichts dergleichen geschah. Er glaubte, sie spielte Theater, und das amüsierte ihn. Lieber Gott, eine Schauspielerin! Die einzige nähere Begegnung, die sie mit einer Schauspielerin gehabt hatte, war in der Theaterloge ihres Vaters gewesen.

»Entlassen Sie Ihre Lakaien, Alexandrow.« Doch gleich darauf verbesserte sie sich, da sie erkannte, daß sie es sich nicht leisten konnte, ihn gegen sich aufzubringen. »*Prinz* Alexandrow.« Der verdammte Kerl hielt alle Trümpfe in der Hand und obwohl das äußerst ärgerlich war, konnte sie sich – bis zu einem gewissen Grad – darauf einstellen. Ihr war gar nicht bewußt geworden, daß sie eine Anordnung erteilt hatte. Dimitri schon. Eine Sekunde lange bildete sich eine steile Falte auf seiner Stirn, doch dann glättete sich sein Gesicht. Er war neugierig.

Mit einer kurzen Handbewegung entließ er die beiden Männer, die hinter ihm standen, aber er sprach kein Wort, bis er die Tür ins Schloß fallen hörte. »Also, meine Liebe?«

»Ich bin Lady Katherine St. John.«

»Ja, das würde passen«, erwiderte er nachdenklich. »Ich kann mich erinnern, vor vielen Jahren bei einem Besuch in England einem St. John begegnet zu sein. Der Earl of – of – Stafford, stimmt das? Nein, Strafford. Ja, der Earl of Strafford, er ist ein sehr aktiver Reformer und steht im Brennpunkt des öffentlichen Interesses.«

Die letzten Worte betonte er bedeutungsvoll, wollte er doch damit zu verstehen geben, daß jeder in England diesen Namen kannte. Katherine biß die Zähne zusammen. Immerhin gab es ihr etwas Hoffnung, daß er ihrem Vater schon begegnet war.

»In welchem Zusammenhang haben Sie den Earl denn getroffen? Wahrscheinlich kann ich die Umgebung mindestens so gut beschreiben wie Sie, denn ich bin mit allen Freunden meines Vaters und ihren Verhältnissen vertraut.«

Er lächelte nachsichtig. »Dann beschreibe mir den Landsitz des Duke of Albemarle.«

Katherine zuckte zusammen. Er *mußte* ja jemanden wählen, den sie noch nie getroffen hatte. »Ich kenne den Duke nicht, aber ich habe gehört –«

»Natürlich, meine Liebe, hast du das. Auch er steht sehr im Blickpunkt der Öffentlichkeit.«

Seine Haltung traf sie empfindlich. »Hören Sie mir doch zu, ich bin wirklich die Tochter des Earl. Warum wollen Sie mir nicht glauben? Habe ich je angezweifelt, daß Sie ein Prinz sind? Was mich allerdings nicht sonderlich beeindruckt, denn die russische Adelsrangfolge ist mir nicht unbekannt.«

Dimitri lachte in sich hinein. Er hatte so etwas schon

geahnt, aber jetzt hatte sie es ausgesprochen: Er war für sie nichts Besonderes. Eigentlich müßte es ihn kränken, aber es paßte so gut zu der Rolle, die sie spielte. Er hatte gleich gewußt, daß sie ihn amüsieren würde, aber nie hätte er gedacht, daß sie so voller Überraschungen steckte.

»Dann erzähl mir doch mal, Katja, was du alles weißt.«

Sie wußte, daß er sie nur auf den Arm nahm, aber sie wollte ihre Ansicht verständlich machen. »Ihr russischen Adeligen tragt alle den gleichen Titel, obwohl der alte Adel einen höheren Rang einnimmt als der neue. So ähnlich hat man mir es erklärt. Wirklich, sehr demokratisch, aber in Wahrheit ist ein russischer Prinz nichts anderes als bei uns ein Duke, Earl oder Marquis.«

»Ich bin nicht sicher, ob ich dem ›nichts anderes‹ zustimmen kann, aber worum geht es dir?«

»Wir sind einander ebenbürtig«, sagte sie mit Nachdruck.

Dimitri grinste. »Ach ja? Nun, ich kann mir schon vorstellen, wann wir es sind.« Seine Augen glitten über ihren Körper und ließen keinen Zweifel daran, worauf er anspielte.

Katherine ballte verzweifelt ihre Fäuste. Die Erinnerung an das, was vergangene Nacht zwischen ihnen geschehen war, entwaffnete sie. Ihr Zorn richtete sich gegen seine anmaßende und herablassende Art, aber nicht gegen den Mann aus Fleisch und Blut, wie er vor ihr stand. Bis zu diesem Augenblick hatten ihre aufgewühlten Empfindungen sie davon abgehalten, in ihm etwas anderes zu sehen als den Gegenstand ihrer Verachtung. Aber jetzt ging ihr seine Gegenwart, genau wie am Morgen, durch und durch.

Nun erst fiel ihr seine Kleidung auf, oder vielmehr, daß er kaum etwas anhatte. Über einer weiten weißen Hose trug er eine kurze, lose gegürtete, bequeme Samtjacke. Seine Füße waren nackt. Der offene Kragen des smaragdgrünen Gewandes enthüllte die ebenfalls bloße Brust. Die goldblonden Locken, die er entgegen dem Zeitgeschmack ziemlich lang trug, waren zerzaust, als wäre er gerade aufgestanden. Sein saloppar Aufzug legte diese Vermutung ebenfalls nahe.

Katherine vergaß jede Erwiderung auf seine letzte Bemerkung, als ihr klar wurde, wo sie sich befand: in seinem Schlafzimmer. Sie hatte ihrer Umgebung noch keine Beachtung geschenkt. Seit sie die Augen aufgeschlagen hatte, hatte sie nur Dimitri angesehen. Doch jetzt wagte sie es nicht, sich umzuschauen, aus Angst, da der Anblick eines zerwühlten Bettes ihr Verderben bedeutete. Er hatte Anweisung gegeben, sie *hierher* zu bringen. Und dumm wie sie war, hatte *sie* selbst darauf bestanden, daß man sie bei dieser wichtigen Auseinandersetzung alleine ließ.

Das neue Dilemma ließ ihre vorherigen Schwierigkeiten in den Hintergrund treten. Er hatte sie hier haben wollen und dafür konnte es nur einen Grund geben. Die ganze Zeit hatte er seinen Spaß an ihr gehabt, hatte seinen Charme und geschickte Anspielungen anstelle von Gewalt eingesetzt. Aber sicher würde der nächste Schritt gewalttätig sein und sie wußte, daß sie keine Chance hatte. Sie brauchte ihn nur anzuschauen und schon fühlte sie sich angesichts seiner Größe schwach und hilflos.

Die zahllosen alarmierenden Gedanken, die Katherine durch den Kopf schossen, ließen sie völlig vergessen, daß sie sich auf einem Schiff befanden und diese Kabine allen Bedürfnissen Dimitris gerecht zu werden hatte, dem Vergnügen ebenso wie dem Geschäft. Zum Glück brauchte sie auch nicht weiter darüber nachzudenken und wurde der Sorge um ihre nächste Zukunft enthoben. Denn die Tür öffnete sich und ein hellroter Wirbelwind aus Taft rauschte in das Zimmer.

Die große junge Frau mit goldblondem Haar war wunderschön. Besser gesagt überwältigend, wenigstens wirkte sie auf Katherine, die von dieser plötzlichen Erscheinung mit ihren aufregenden Farben ganz verblüfft war. Außerdem bewirkte der unangemeldete Eintritt der Frau zweierlei, wofür Katherine außerordentlich dankbar war. Sie lenkte endlich Katherines Blick von Dimitri ab, so daß diese wieder anfangen konnte, logisch zu denken, so wie sie es gewohnt war. Und gleichzeitig zog sie Dimitris ganze Aufmerksamkeit auf sich.

Sofort, als sie eintrat, hatte sie mit klarer, wenn auch gereizter Stimme zu sprechen angehoben. »Mitja, ich habe stundenlang gewartet, während du den ganzen Tag verschläfst, aber ich will nicht... länger... warten.«

Die beiden letzten Worte kamen mit kleinen Pausen, da sie bemerkte, daß er nicht alleine war. Sie würdigte Katherine keines Blickes, doch sie änderte ihre Haltung schlagartig, als Dimitri sich zu ihr umwandte und sie den Verdruß in seinem Gesicht sah. »Es tut mir leid«, äußerte sie rasch. »Mir war nicht klar, daß du zu tun hast.«

»Darum geht es nicht«, sagte Dimitri scharf. »Aber es wundert mich in keiner Weise, daß die Herzogin genug von dir hatte, wenn du dir jetzt auch noch ein derartig schlechtes Benehmen angeeignet hast.«

Diese Zurechtweisung vor einer Fremden drängte sie in die Verteidigung. »Es ist wichtig, ansonsten würde ich nicht –«

»Es ist mir egal, und wenn das Schiff brennt! In Zukunft wirst du dich melden lassen, bevor du mich störst, egal um welche Zeit und aus welchem Grund auch immer!«

Katherine amüsierte die Beobachtung dieses selbstherrlichen Gehabes. Dieser Mann, der sich nicht einmal von ihrer Ohrfeige aus der Ruhe hatte bringen lassen, obwohl sie all ihre Kraft hineingelegt hatte, polterte jetzt wegen einer viel geringfügigeren Störung los. Aber andererseits waren ihr bei Hofe Russen begegnet und sie hatte auch von dem englischen Botschafter in Rußland, der ein enger Freund des Earl war, viele Geschichten über die Russen gehört, über ihre launische Mentalität mit Temperamentsausbrüchen und raschen Stimmungswechseln.

Bis jetzt hatte der Prinz keine Neigung zu derartigen Launenhaftigkeiten gezeigt. Zumindest war dieser Gefühlsausbruch tröstlich, denn er entsprach weit mehr dem Bild, das sich Katherine von einem Russen machte. Mit vorhersehbaren Reaktionen war immer leichter umzugehen.

Blitzschnell schätzte Katherine ihre Möglichkeiten ab und beschloß zu spielen. Sie nahm eine unterwürfige Haltung ein, die ihr völlig fremd war und mischte sich in die Auseinandersetzung ein, die, nach dem ärgerlichen Ausdruck im Gesicht der Frau zu urteilen, auf dem besten Weg war, recht hitzig zu werden.

»Mein Herr, ich möchte gerne warten, solange die Dame da ist. Ich werde inzwischen vor die Tür gehen –«

»Du bleibst wo du bist, Katherine«, warf er ihr über die Schulter zu. »Anastasia wird gehen.«

Zwei Befehle, einen für jede von ihnen. Aber keine der Frauen beabsichtigte, widerspruchslos zu gehorchen.

»Damit kannst du mich nicht abspeisen, Mitja«, sagte Anastasia hartnäckig und stampfte dabei mit dem Fuß auf, damit er auch ja nicht übersah, wie empört sie war. »Mir geht eine meiner Zofen ab! Dieses kleine Luder ist weggelaufen!«

Bevor Dimitri darauf etwas erwidern konnte, sagte Katherine ruhig: »Meine Angelegenheiten können warten, Herr.« Bei diesen Worten war sie langsam um Dimitri herum Richtung Tür gegangen. Und ganz unangebracht fügte sie hinzu: »Wenn jemand über Bord gegangen ist –«

»Unsinn«, unterbrach Anastasia sie, ohne sich für Katherines Beistand erkenntlich zu zeigen. »Dieses verschlagene Wesen hat sich von Bord geschlichen, bevor wir ablegten. Sie und Zora waren auf der Fahrt nach England fürchterlich seekrank gewesen. Jetzt wollte sie einfach nicht noch einmal segeln. Aber ich will sie nicht verlorengeben, Mitja. Sie gehört mir und ich will sie zurückhaben.«

»Du erwartest allen Ernstes von mir, daß ich wegen einer Dienerin das Schiff wenden lasse, wo du doch genau weißt, daß ich ihnen ihre Freiheit zugesichert habe, wann immer sie es wollen? Sei nicht töricht, Anastasia. Du kannst sie doch jederzeit ersetzen.«

»Aber nicht hier und jetzt. Was soll ich bloß machen, wo Zora krank ist?«

»Du wirst mit einem meiner Diener zurechtkommen müssen, meinst du nicht auch?« Dies war keine Frage, sondern eine klare Anordnung.

Anastasia wußte, daß damit die Sache erledigt war und er seine Meinung nicht mehr ändern würde. In Wirklichkeit hatte sie gar nicht erwartet, daß er das Schiff umkehren lassen würde. Sie hatte nur eine Ausrede gebraucht, um ein wenig von ihrem Unmut über diese erzwungene Reise an ihm auszulassen. Das weggelaufene Mädchen war nur der äußere Anlaß gewesen, bei ihm um Mitgefühl zu heischen.

»Du bist schrecklich, Mitja. Meine Mädchen sind gut eingespielt. Deine Diener haben doch nicht die geringste Ahnung von den Aufgaben einer Kammerzofe. Sie wissen nur, wie sie dir zu dienen haben.«

Während die beiden über die Diener debattierten, nützte Katherine den Vorteil der Ablenkung aus und näherte sich Schritt für Schritt der Tür. Sie machte sich nicht mehr die Mühe, noch einmal zu wiederholen, daß sie draußen warten würde, bis der Prinz wieder Zeit hatte für ihr Gespräch. Leise öffnete sie die Tür, schlüpfte hinaus und schloß sie hinter sich genauso leise.

11.

Die Beleuchtung in dem schmalen Korridor war gedämpft, aber ausreichend. An dem einen Ende hing eine Laterne und am anderen fiel Tageslicht durch die offene Tür die Stufen herunter, die an Deck führten. Niemand war zu sehen, ein Umstand, der Katherine zu denken gab. Es war zu einfach. Alles was sie zu tun hatte, war die

Treppe nach oben an Deck zu gehen, die Reling zu erreichen und dann schnell darüberzugleiten. Aber fast eine geschlagene halbe Minute machte Katherine gar nichts, stand wie angewurzelt vor Dimitris Tür und hielt den Atem an.

Nachdem sie zwei Tage lang so vom Pech verfolgt gewesen war, konnte sie die Möglichkeit, die sich ihr hier bot, gar nicht richtig fassen. Ihr Herz fing an zu hämmern. Es bestand immer noch Gefahr. Sie konnte sich solange nicht in Sicherheit fühlen, bis sie das Ufer unter ihren Füßen spürte und das Schiff immer weiter davonsegeln sah, bis es nur mehr ein dunkler Punkt am Horizont und eine böse Erinnerung war.

Mach schon, Katherine, bevor er merkt, daß du geflohen bist, während er mit diesem prachtvollen Geschöpf diskutierte.

Wenn sie gedacht hatte, den Prinzen zur Umkehr zu überreden, dann waren ihre Hoffnungen völlig zunichte gemacht worden, als er sich weigerte, der schönen Frau diese Bitte zu erfüllen. Nicht einmal für jemanden aus seiner Familie kehrte er nach London zurück, um wieviel weniger dann erst ihretwegen, noch dazu, wo es von Anfang an seine Anordnung gewesen war, sie hier auf das Schiff zu bringen. Warum? Warum nur?

Nicht jetzt, Katherine! Frag dich das später, wenn du außer der Reichweite dieses Mannes bist.

Die ärgerlich erhobenen Stimmen in dem Zimmer waren nicht zu unterscheiden, erinnerten sie jedoch daran, daß Dimitri jeden Moment ihre Abwesenheit bemerken konnte. Sie hatte keine Zeit zu verlieren. Glücklicherweise hatte sich diese Fluchtmöglichkeit geboten, bevor das Schiff die Mündung der Themse erreichte und die Küste Englands hinter sich ließ. Einmal auf See gab es kein Entkommen mehr.

Sie gab sich einen energischen Ruck und rannte auf die Treppe zu. In ihrer Hast nahm sie die ersten beiden Stufen auf einmal. Einen Augenblick lang brauchte sie, um das Gleichgewicht wiederzufinden, doch das rettete sie davor, Hals über Kopf einem Mann der Besatzung in die Arme zu laufen, der gerade oben an der Treppe vorbeiging. Wie dumm von ihr zu vergessen, daß das Deck um diese Zeit nicht menschenleer sein würde. Sie wußte nicht, wieviel Uhr es war, aber es mußte später Nachmittag sein, eher schon auf den Abend zugehend. Wenn es doch nur schon Nacht und finster wäre, dann hätte sie eine Sorge weniger. Aber am Abend war ihre Chance vorüber, dann würde der Fluß schon hinter ihnen liegen. Sie mußte es riskieren, gesehen zu werden.

Ihr Herz klopfte zum Zerspringen, als sie nach oben stieg, langsam, immer nur eine Stufe auf einmal nehmend. *Bloß keine Auffälligkeiten, altes Mädchen. Benimm dich ganz natürlich, so als wolltest du nur einen kleinen Bummel an Deck machen. Das ist alles.*

Die einzige Schwierigkeit bei dieser Überlegung war, daß sie nicht wußte, ob ein Spaziergang an Deck als etwas Normales angesehen wurde oder nicht. Wenn sie eine Gefangene war, wie sie beklommen vermutete, dann war er alles andere als natürlich. Aber würde das jeder wissen? Dimitris Diener, ja, aber die Matrosen, der Kapitän? Wie konnte der Prinz bloß vor dem Kapitän dieses Schiffes ihre Entführung rechtfertigen? Das ging nicht. Wahrscheinlich hatte er vorgehabt, ihre Existenz während der ganzen Fahrt geheimzuhalten und das wäre mit Hilfe all der Diener leicht genug gewesen.

Einer dieser Diener trat in Katherines Blickfeld, als sie nervös in der Türöffnung stand. Es war die junge Zofe, die vergangene Nacht bei ihr gewesen war. Sie stand nur wenige Meter entfernt lachend und schwatzend mit einem Matrosen zusammen. Und sie sprach doch tatsächlich Französisch! Dieses falsche kleine Ding, in Katherines Gegenwart hatte sie immer nur Russisch geredet, zweifellos, damit sie keine Fragen beantworten mußte. Doch das spielte jetzt keine Rolle. Gott sei Dank war das Mädchen ganz mit seinem kleinen Flirt beschäftigt und warf keinen Blick zur Kajütstreppe.

An Deck herrschte reges Getriebe. Man hörte Rufe, Gelächter, sogar Gesang. Niemand schien Katherine zu beachten, als sie zur Reling schlenderte. Ihre ganze Aufmerksamkeit war auf die hölzernen Planken gerichtet, die die Rückkehr zur Freiheit für sie bedeuteten. Doch als sie das oberste Geländer anfaßte und endlich darüber schaute, erkannte sie mit Schrecken, wie weit sie tatsächlich vom Ufer entfernt waren. Sie hatten die Mündung der Themse erreicht, diese sich immer weiter ausdehnende Wasserfläche, die das Meer in sich aufnahm. Es sah so aus, als würden sie viele Meilen von der Freiheit trennen, die sie gedacht hatte mit ein paar Schwimmzügen erreichen zu können. Und dennoch, sie hatte keine Wahl. Wie konnte sie nach Rußland segeln, solange England noch in Sicht war?

Sie schloß die Augen und schickte ein kurzes Stoßgebet gen Himmel, denn sie wußte, daß sie sehr viel Kraft brauchen würde. Dabei verbot sie sich jeden Gedanken daran, daß sie riskierte, statt der nahen Freiheit ein Grab in den Wellen zu finden. Aber in ihrem Hinterkopf lauerte immer noch der Gedanke, der ihr schon in der Truhe gekommen war, nämlich, daß ein nasses Grab ohnehin ihr Schicksal sein würde, weil der Prinz sich ihrer auf diese Art entledigen wollte. Diese Aussicht fachte ihre Entschlossenheit, einen ihrer wesentlichen Charakterzüge, an. Entscheidungen, die sie selbst betrafen, führte sie stets auf Biegen und Brechen durch.

Ihr Herz klopfte jetzt so verrückt, daß ihr schon der ganze Brustkorb schmerzte. Noch nie in ihrem Leben hatte sie eine solche Angst gehabt. Und trotzdem schürzte sie Kleid und Unterröcke, um über die Reling zu klettern. Gerade in dem Moment, als ihr nackter Fuß an einer mittleren Strebe Halt gefunden hatte und sie sich hochziehen wollte, umfaßte sie ein Arm, und eine Hand griff unter ihr erhobenes Knie.

Eigentlich hätte sie wütend sein sollen über das Malheur, das ihre Flucht in letzter Minute vereitelte.

Doch dem war nicht so. Im Gegenteil, ihr war fast schwindelig vor Erleichterung, daß ihr die Sache aus der Hand genommen war. Später würde sie das Schicksal beklagen, das sich weiter gegen sie verschworen hatte, aber im Moment war die Angst wie weggewischt und ihr Herz schlug wieder normal.

Doch das Gefühl, gerettet und nicht gefangen zu sein, hielt nur ein paar Sekunden an. Dann blickte sie herab und sah, daß der Arm, der sie fast an den Brüsten fest umfaßt hielt, in grünem Samt gekleidet war. Und als ob das noch nicht genügen würde, ihr zu zeigen, an wessen Brustkorb ihr Rücken gepreßt wurde, sah sie auch noch die Hand, die ihren Oberschenkel so fest im Griff hatte, daß sie ihren Fuß nicht auf den Boden setzen konnte.

Diese Hand war ihr so vertraut, sie hatte sie vergangene Nacht zahllose Male geküßt, voller Lust, voller pathetischem Flehen, voller Dankbarkeit. Die Erinnerungen waren schmachvoll und doch hatte sie instinktiv gewußt, daß seine Berührung sie wieder überwältigen würde. Hatte sie nicht versucht, sich von ihm entfernt zu halten? Es war alles noch zu nahe, die Erinnerung noch zu frisch, als daß sie schon genügend gegen ihn gefeit gewesen wäre. Sie fühlte sich, immer noch wie unter dem magischen Einfluß der Droge. Vielleicht war es auch so. Ja, das mußte es sein!

Nicht schlecht, Katherine. Mach dir doch nichts vor. Er ist es! Es ist sein verdammtes Gesicht, das du selbst dann vor Augen hast, wenn du ihn nicht anblickst, und dieser verdammte Körper, der besser in einem Museum stehen sollte, als herumzulaufen und alle Frauen aus der Fassung zu bringen.

Doch diese Gedanken halfen ihr wenig, als er seinen Arm ein paar Zentimeter höher schob und sie voller Scham spürte, wie ihre Brustwarzen prickelten und hart wurden. Und er berührte sie nicht nur, sondern preßte seinen Arm unter ihre Brüste! Dimitri war sich des leichten Gewichts auf seinem Arm genauso bewußt wie Katherine. Nur mühsam konnte er dem Verlangen widerstehen, seine Hände auf die weichen Hügel zu legen, wieder zu spüren, wie sie sich so wunderbar in seine Handflächen schmiegten. Aber er war sich auch dessen bewußt, daß sie nicht alleine waren, sondern Dutzende von Augen auf sie gerichtet waren. Trotzdem brachte er es noch nicht über sich, sie loszulassen. Es fühlte sich so verdammt gut an, sie wieder in den Armen zu halten. Bilder blitzten in ihm auf: die glühenden Augen, die zu einem Lustschrei geöffneten Lippen, die drängenden Hüften.

Erregung schoß in seine Lenden, viel stärker noch als in der Kabine, beim Anblick ihres offenen Mieders und der weichen Schwellungen ihrer Brüste, die aus dem Spitzenhemd quollen. Wenn er davon nicht so lustvoll erregt gewesen wäre, hätte ihn Anastasias ungelegene Störung auch nicht so erzürnt. Und wäre er über sie nicht so verärgert gewesen, hätte er schon viel früher die Flucht des kleinen Vogels bemerkt oder schon die Absicht aus ihren Worten erkannt.

Weder Dimitri noch Katherine registrierten, wie die Minuten verstrichen, ohne daß ein Wort zwischen ihnen fiel. Andere wohl. Lida war schockiert, als sie den Prinzen nachlässig gekleidet und barfuß an Deck auf die Engländerin zugehen sah. Sie hatte sie nicht einmal bemerkt, wie sie da an der Reling stand, aber sie war schließlich auch keine sehr auffällige Person.

Die Matrosen hätten dieser Meinung sicher nicht zugestimmt. Sie fanden Katherine mit ihren langen Haar, das wild im Wind flatterte, sogar sehr bemerkenswert. Sie trug keinen Schmuck auf dem einfarbigen Oberteil ihres Kleides, der die Blicke der Männer von den hochgedrückten Brüsten hätte ablenken können. Und als der Prinz sie an der Reling berührte, ging über einige der abgehärteten Gesichter ein deutliches Grinsen, das dem pikanten Bild galt, das sie abgaben. Es war in der Tat eine sehr erotische Szene: Katherines Fuß oben auf dem Geländer, ihre Röcke, bis übers Knie gerutscht, enthüllten die wohlgeformte

Wade, der Prinz liebkoste verwegen das entblößte Bein, zumindest schien es so, sie lehnte sich an ihn und er hielt sie fest umfangen, sein Kinn auf ihrem Kopf.

Katherine wäre vor Scham in den Boden versunken, wenn sie sich in diesem Augenblick hätte sehen können, oder schlimmer noch, wenn sie gewußt hätte, welche wollüstigen Gedanken sie bei der Mannschaft auslöste. Ihr untadeliges Verhalten, ihr Selbstwertgefühl, ihr maßvoller Geschmack und Stil (keine gewagten Ausschnitte!) hatten ihr immer nur den Respekt der Männer aus ihrem Bekanntenkreis eingetragen. Zu Hause war sie die Autorität – aber auch da begegnete man ihr stets nur respektvoll, wenn nicht gar etwas furchtsam.

Sie machte nicht viel Aufhebens von sich, aber wenn es nötig war, konnte sie ihre Anordnungen mit der Entschiedenheit eines Generals treffen. Schüchterne Männer hatte sie bisweilen mit einem einzigen arroganten Blick verunsichert und ihnen ein deutliches Minderwertigkeitsgefühl vermittelt. Andererseits konnte sie ihnen auch ihre Befangenheit nehmen, Trost spenden, ein angeschlagenes Selbstbewußtsein wieder aufbauen. Sie war stolz darauf gewesen, jeder Situation mit einem Mann gewachsen zu sein – bis sie Dimitri begegnete. Aber niemals wäre sie auf die Idee gekommen, daß sie die Erregung eines Mannes entfachen könnte.

Das nächtliche Abenteuer mit dem Prinzen zählte für sie nicht, wegen der Droge. Die ganze Nacht erschien ihr vollkommen unwirklich, auch wenn die Erinnerungen so klar vor ihrem Auge standen. Und was im Moment geschah, war ganz einseitig – jedenfalls dachte sie das. Sie war so sehr in ihren eigenen Aufruhr verstrickt, daß sie den seinen überhaupt nicht bemerkte.

Dimitri war es, der sie wieder in die Wirklichkeit zurückholte. Er beugte den Kopf und seine Stimme klang wie eine heisere Liebkosung in ihr Ohr. »Kommst du mit mir zurück, oder soll ich dich tragen?«

Fast wünschte er, er hätte nichts gesagt. Er hatte sich

nicht gefragt, warum sie die ganze Zeit kein Wort gesprochen, ja keinen Muskel bewegt hatte. Dieses stillschweigende Hinnehmen ihrer vereitelten Flucht war ganz untypisch für sie, genauso wie ihre letzte Vorstellung in der Kabine. Er hatte nur nicht darauf acht gegeben. Es war schade, daß er ihr Gesicht nicht sehen konnte, während er sie hielt, dann hätte er nämlich den Grund für ihre Ergebenheit erkannt und sich darüber gefreut, daß sie gar nicht so immun ihm gegenüber war, wie es immer den Anschein hatte. Doch als er jetzt spürte, wie sie beim Klang seiner Stimme steif wurde und versuchte von ihm wegzukommen, wurde er wieder daran erinnert, daß sie nicht irgendein dummes Weibchen war, sondern eine sehr kluge Frau, und er ordnete ihr Schweigen irgendeiner neuen List zu.

»Wenn ich nicht so abgelenkt gewesen wäre, hätten mich deine so hübsch hervorgebrachten, bescheidenen ›Herrs‹ in der Kabine gleich mißtrauisch gemacht.« Aus seiner Stimme war die Heiserkeit verschwunden, doch immer noch klang sie sehr liebevoll. »Aber jetzt, meine Kleine, bin ich nicht mehr abgelenkt. Laß dir also keine neuen Tricks einfallen.«

Katherine versuchte erneut sich aus seinem Griff zu befreien, aber es war unmöglich. »Lassen Sie mich los!«

Kein sanftes Flehen. Das war ein Befehl. Dimitri grinste. Ihm gefiel ihre überhebliche Art und es war ihm sehr recht, daß sie selbst dann nicht davon abließ, wenn es für sie ungünstig war.

»Du hast meine Frage noch nicht beantwortet«, erinnerte er sie.

»Ich ziehe es vor hier zu bleiben.«

»Das stand nicht zur Debatte.«

»Dann verlange ich den Kapitän zu sehen.«

Dimitri lachte vergnügt und drückte sie leicht, ohne daß er es merkte. »Schon wieder Befehle, meine Liebe? Wie kannst du nur glauben, daß du damit jetzt mehr Erfolg hast als vorher?«

»Sie haben Angst davor, daß er mich sieht, nicht wahr?« beschuldigte sie ihn. »Ich könnte schreien. Das ist zwar meiner unwürdig, aber durchaus angebracht.«

»Bitte nicht!« Er schüttete sich aus vor Lachen, konnte sich gar nicht mehr beherrschen. »Gut, von mir aus, Katja, du sollst deinen Willen haben. Dann brauchst du wenigstens keine Pläne zu schmieden, wie du den Mann später treffen kannst.«

Sie glaubte ihm nicht, selbst als er einem Matrosen in der Nähe etwas zurief und sie sah, wie dieser Folge leistete und davoneilte. Aber als sie einen Offizier über das Achterdeck auf sie zukommen sah, holte sie tief Luft und ihr wurde bewußt, wie sie dastand, mit dem hochgerutschten Rock und den schamlos enthüllten Petticoats.

»Auf der Stelle lassen Sie mich los«, zischte sie Dimitri zu. Er hatte selbst ganz vergessen, daß er immer noch ihr Bein hielt. Zuvor hatte er spontan danach gegriffen, obgleich er sie auch anders hätte aufhalten können. Er nahm seinen Arm weg, doch seine Hand glitt an ihrem Oberschenkel entlang, als sie den Fuß herunterstellte. Seine aufreizend lässigen Bewegungen ließen sie scharf die Luft durch die Zähne einziehen. Das löste freilich keine Reaktion bei ihm aus, auch dann nicht, als sie herumwirbelte und ihn wütend anblickte.

Eine Augenbraue unschuldig hochgezogen, doch immer noch grinsend, wandte er sich dem Mann zu, der jetzt vor ihnen stand und stellte sie einander kurz vor. Sergej Mironow war ein etwas untersetzter Mann mittlerer Größe und ging etwa auf die Fünfzig zu. Sein graubraun melierter Bart war sorgfältig gepflegt, tiefe Falten hatten sich um seine braunen Augen eingegraben. In ihnen war nicht die geringste Verwunderung zu erkennen, daß man ihn von seinen Pflichten weggerufen hatte.

Er trug eine tadellose blau-weiße Uniform und Katherine zweifelte nicht daran, daß er tatsächlich der Kapitän dieses Schiffes war. Ihr gefiel nur die ehrerbietige Haltung gegenüber Dimitri nicht.

»Kapitän Mironow, ehm, wie soll ich sagen?« Zögernd warf sie einen Blick auf Dimitri. Ihr wurde plötzlich klar, daß es gar nicht so einfach war, einen russischen Prinzen wegen eines Verbrechens anzuklagen, zumindest nicht gegenüber einem russischen Kapitän. »Es ist ein Fehler passiert. Ich – ich kann England jetzt noch nicht verlassen.«

»Du mußt langsamer sprechen, Katja. Sergej versteht zwar Französisch, aber nicht, wenn du so schnell redest.«

Sie ignorierte Dimitris Unterbrechung. »Haben Sie mich verstanden, Herr Kapitän?«

Der ältere nickte. »Ein Fehler, sagten Sie.«

»Ja, richtig.« Katherine lächelte. »Ich wäre Ihnen durchaus dankbar, wenn Sie die Freundlichkeit hätten, mich an Land zu bringen – wenn es nicht zuviel Umstände macht, natürlich.«

»Ist kein Umstand«, sagte er liebenswürdig und wandte sich dabei an Dimitri. »Hoheit?«

»Wir bleiben auf Kurs, Sergej.«

»Ja, mein Prinz.«

Der Mann entfernte sich wieder und Katherine starrte ihm mit offenem Mund nach. Dann drehte sie sich mit einer schnellen Bewegung zu Dimitri um.

»Sie Bastard –«

»Ich habe dich gewarnt, meine Liebe«, sagte er freundlich.

»Weißt du, dieses Schiff gehört mir, mitsamt dem Kapitän und der ganzen Mannschaft.«

»Das ist barbarisch!«

»Da stimme ich zu«, sagte er achselzuckend. »Aber solange sich der Zar nicht mit dem Gedanken anfreunden kann, gegen den Willen fast des gesamten Adels die Leibeigenschaft abzuschaffen, werden Millionen Russen weiterhin ein paar wenigen Auserwählten gehören.«

Katherine schwieg. Zu gern wäre sie wegen dieser Angelegenheit über ihn hergefallen, aber sie hatte schon bei seinem Gespräch mit der schönen Anastasia gehört, daß er seinen Dienern die Freiheit angeboten hatte. Und wenn er, wie er selbst sagte, gegen die Leibeigenschaft war, dann würden sie letztendlich bei allen Argumenten, die sie anbrachte, einer Meinung sein. Das aber wollte sie keinesfalls, denn sie war nicht in der Laune, mit ihm in irgendeiner Sache übereinzustimmen. Deswegen versuchte sie etwas anderes.

»Es gibt aber etwas hier auf dem Schiff, das Ihnen nicht gehört, Alexandrow.«

Seine Mundwinkel zogen sich nach oben und in diesem Lächeln lag das Wissen, daß sie zwar im Prinzip recht hatte, ihm aber trotzdem ausgeliefert war. Er brauchte es Katherine gegenüber gar nicht auszusprechen, sie verstand auch so. Das Problem lag darin, es zu akzeptieren.

»Komm, Katja, wir werden uns beim Abendessen in meiner Kabine weiter darüber unterhalten.«

Sie drehte ihren Arm beiseite, als er nach ihr griff. »Es gibt nichts dazu zu sagen. Entweder bringen Sie mich an Land oder Sie lassen mich von Bord springen.«

»Mir gibst du nur Befehle, aber Sergej bittest du ganz liebenswürdig. Vielleicht solltest du deine Taktik ändern.«

»Zum Teufel mit Ihnen!«

Katherine stolzierte davon, zu spät wurde ihr klar, daß sie nirgendwohin konnte. Keine Kabine stand ihr zur Verfügung, in die sie sich zurückziehen konnte. Auf dem ganzen Schiff, *seinem* Schiff, gab es keinen Ort, an dem sie allein sein konnte. Und die Zeit lief davon, mit jeder Sekunde vergrößerte sich der Abstand zu England.

An der Kajütstreppe blieb sie stehen und drehte sich zu dem Prinzen um. Dabei verlor sie das Gleichgewicht, denn er war ihr so dicht gefolgt, daß er nun gegen sie stieß. Blitzschnell packte er sie und bewahrte sie davor, kopfüber die Treppe hinunterzufallen. Nun befand sie sich schon wieder in der gleichen Situation wie zuvor, nur daß sie ihn diesmal anschaute.

Sie war bereit gewesen, ihren Stolz hinunterzuschlukken. Doch in diesem Augenblick war ihre sinnliche Empfindung so stark, daß sie alles andere vergaß.

»Wolltest du noch etwas sagen, Katja?«

»Was?« Er ließ sie los und trat zurück und ihre Gedanken überschlugen sich wieder. »Ja, ich –«

Lieber Gott, das war alles andere als einfach. *Warum schlägst du ihm nicht lieber gegen das Schienbein, Katherine, als daß du dich erniedrigst?*

Sie schaute auf und senkte ihren Blick sofort wieder. Die dunklen Samtaugen waren genauso machtvoll wie seine Umarmung. Wenn er ihr so nahe war, hatte sie keine Lust mehr zu kämpfen.

»Ich möchte mich entschuldigen, Prinz Alexandrow. Normalerweise bin ich nicht so aufbrausend, aber die Umstände ... egal. Ich werde vernünftig sein. Ich schwöre Ihnen, wenn Sie mich an Land bringen, werde ich vergessen, daß wir uns je begegnet sind. Ich werde nicht vor Gericht gehen. Selbst meinem Vater werde ich nicht erzählen, was passiert ist. Ich möchte nur nach Hause.«

»Es tut mir leid, Katja, wirklich. Wenn Zar Nikolaus nicht diesen Sommer die Queen besuchen würde, gäbe es keinen Grund, dich aus England wegzubringen. Aber für eure englischen Zeitungen wäre es ein gefundenes Fressen, um Nikolaus Pawlowitsch anzugreifen. Ich möchte ihnen diesen Grund nicht liefern.«

»Ich schwöre –«

»Ich kann nichts riskieren.«

Katherine war jetzt so zornig, daß sie ihm in die Augen blicken konnte. »Heute morgen war ich sehr wütend, verstehen Sie? Ich habe vieles gesagt, was ich gar nicht so gemeint habe. Aber Sie wissen jetzt, wer ich bin. Sie müssen doch erkennen, daß ich es mir gar nicht leisten kann, Vergeltung zu fordern, ohne daß meine Familie in einen schrecklichen Skandal hineingezogen würde. Das aber möchte ich um jeden Preis vermeiden.«

»Wenn du tatsächlich eine St. John wärst, würde ich dir zustimmen.«

Sie gab einen Laut von sich, halb Stöhnen, halb Schrei. »Sie können das nicht machen. Was glauben Sie, was das für meine Familie bedeutet, was für Ängste sie ausstehen werden, weil sie nicht wissen, was mit mir geschehen ist. Bitte, Alexandrow!«

Sie konnte sehen, daß sich sein Gewissen regte, aber das änderte nichts. »Es tut mir leid.« Er wollte ihre Wange streicheln, ließ aber seine Hand wieder fallen, als sie ihm auswich. »Nimm es nicht so schwer, Kleines. Ich werde dich nach England zurückbringen lassen, sobald der Zar seinen Besuch beendet hat.«

Katherine versuchte es noch ein letztes Mal. »Sie werden es sich nicht noch einmal überlegen?«

»Ich kann nicht.«

Es gab nichts mehr zu sagen und jetzt machte Katherine das, was sie von Anfang an gewollt hatte: Sie holte mit dem Fuß aus und gab ihm einen kräftigen Tritt gegen das Schienbein. Unglücklicherweise hatte sie vergessen, daß sie keine Schuhe trug. Sein Schmerzenslaut war lang nicht so befriedigend für sie, wie sie gehofft hatte und die Zehen taten ihr auch weh. Jedenfalls drehte sie ihm den Rücken zu und humpelte die Stufen hinab. Sie ließ sich auch nicht dadurch aufhalten, daß er nach Wladimir brüllte. An der Kabine des Prinzen vorbei ging sie zu dem Abstellraum und setzte sich auf die Truhe, die ihr Gefängnis gewesen war. Dort wartete sie; worauf wußte sie selbst nicht.

12.

Jesus, Maria und Josef!« Wladimir explodierte. »Was hab' ich denn gesagt? Was denn? Alles, worum ich dich gebeten habe, war, ihr die neuen Kleidungsstücke zu bringen und ihr Dimitris Einladung zum Abendessen auszurichten. Aber du schaust mich an, als hätte ich dir einen Mord angeschafft.«

Maruscha senkte den Blick, aber ihr Mund drückte ihre Sturheit aus und mit dem Messer hackte sie wie wild auf den Spinat ein, den sie als Salat zubereiten wollte. »Warum fragst du mich überhaupt? Er hat dir die Verantwortung für sie übertragen, hast du mir erzählt. Nur weil ich deine Frau bin, heißt das noch lange nicht, daß ich deine Verantwortung zu teilen habe.«

»Maruscha –«

»Nein! Ich will es nicht tun, du brauchst gar nicht mehr bitten. Das arme Ding hat genug durchgemacht.«

»*Armes* Ding! Das arme Ding fletscht die Zähne wie eine Wölfin.«

»Ach, sieh mal einer an, das ist es also. Du hast Angst ihr gegenüberzutreten, nach all dem, was du ihr angetan hast.«

Wladimir ließ sich schwer an der gegenüberliegenden Seite des Tisches nieder. Er starrte auf den Rücken des Kochs, dessen Schultern verdächtig bebten. Seine zwei Küchenjungen, die in der Ecke Kartoffeln schälten, bemühten sich sehr so zu tun, als hätten sie keine Ohren. Dies war nicht der richtige Ort für eine Auseinandersetzung mit seiner Frau. Jeder an Bord würde noch am selben Tag darüber Bescheid wissen.

»Warum sollte sie sich denn über das, was ich ihr überbringe, nicht freuen?« fragte er eindringlich.

»Unsinn. Du weißt genau, daß sie weder die Kleider noch die Einladung annehmen wird. Trotzdem hast du deine Anweisungen, oder nicht? Also *ich* möchte nicht diejenige sein, die ihr noch mehr Leid zufügt.« Ihre Stimme senkte sich, sie war jetzt voller Selbstvorwurf. »Ich habe schon genug getan.«

Seine Augen weiteten sich. Endlich verstand er, warum sie so widerspenstig war. »Das stimmt doch gar nicht. Warum solltest du dich schuldig fühlen?«

Sie schaute auf, aus ihrem Gesicht war jede Feindseligkeit verschwunden. »Es ist alles mein Fehler. Wenn ich dir nicht geraten hätte, ihr die Droge –«

»Sei nicht närrisch, Frau. Ich habe Bulawins Prahlerei auch gehört. Wahrscheinlich wäre ich auch von alleine zu ihm gegangen.«

»Das ändert nichts daran, wie gefühllos ich war, Wladimir. Ich habe keinen Gedanken an sie verschwendet. Sie war mir gleichgültig, irgendeine von den namenlosen Frauen, derer er sich zwischen seinen vornehmeren Eroberungen bedient. Ich muß zu meiner Schande gestehen, selbst als ich sie gesehen und gemerkt hatte, wie sehr sie sich von all den anderen unterscheidet, habe ich nur daran gedacht, ihn zufriedenzustellen.«

»So sollte es auch sein.«

»Das weiß ich«, fuhr sie ihn an. »Aber das ändert nichts. Sie war immerhin noch Jungfrau!«

»Na und?«

»Na und? Sie wollte nicht, das ist alles! Würdest du mich nehmen, wenn ich nicht wollte? Nein, du würdest meine Wünsche respektieren. Aber keiner hat ihre Wünsche respektiert, keiner von uns, seit du sie von der Straße weg entführt hast.«

»Er hat sie nicht gezwungen, Maruscha«, erinnerte er sie ruhig.

»Das brauchte er auch gar nicht. Das hat die Droge erledigt, und *wir* haben ihr die Droge gegeben.«

Wladimir runzelte die Stirn. »*Sie* hat über ihren Verlust nicht gejammert. Das einzige, was sie macht, ist zischen und fauchen und herumkommandieren. Und außerdem vergißt du, daß sie reichlich entschädigt wird. Sie wird als wohlhabende Frau nach England zurückkehren.«

»Aber was ist jetzt? Wird sie nicht gezwungen, mit uns zu kommen?«

»Du weißt, daß es nicht anders geht.«

Maruscha seufzte. »Ich weiß schon, aber deswegen ist es noch lange nicht richtig.«

Nach einem Augenblick des Schweigens sagte er sanft: »Du solltest Kinder haben, Maruscha. Dein Mutterinstinkt kommt durch. Es tut mir leid –«

»Nein, nicht.« Sie beugte sich über den Tisch und faßte seine Hand. »Ich liebe dich, Mann. Ich habe meine Wahl nie bereut. Nur – nur, sei nicht so grob mit ihr. Ihr Männer achtet nie auf die Gefühle einer Frau. Achte auf ihre, wenn du mit ihr zu tun hast.«

Er nickte, wenn auch mit langem Gesicht.

Wladimir zögerte, bevor er an die Tür klopfte. Schüchtern stand Lida hinter ihm, den Arm voller Päckchen. Er hatte das Mädchen tüchtig ausgeschimpft, weil sie Maruscha – und zweifelsohne jedem anderen, der es hören wollte – von dem befleckten Laken erzählt hatte. Wenn nicht die Sache mit dieser verfluchten Jungfernschaft gewesen wäre, dann hätte seine Frau nie soviel Mitleid mit dem englischen Weibsbild, davon war er überzeugt. Und ihr Schuldgefühl hatte sich schon auf ihn übertragen. Maruscha hatte es sogar geschafft, daß sie ihm leid tat. Allerdings hielt dieses Gefühl nur solange an, bis er die Tür öffnete.

Da stand sie, ein Bild hochmütiger Verachtung und vernichtenden Grolls. Auch ging sie keinen Schritt beiseite, um ihn eintreten zu lassen.

»Was gibt's?«

Er konnte sich gerade noch vor einer Verbeugung zurückhalten, so gebieterisch klang ihre Stimme. Ihre Überlegenheit war ihm vom ersten Augenblick an gegen den Strich gegangen. Keiner der Untergebenen der Alexandrows würde es wagen, ein so anmaßendes Gebaren an den Tag zu legen, selbst die in den beneideten, besseren Positionen nicht. Die Ballerinas, Opernsänger, Schiffskapitäne wie Sergej, Architekten, Schauspieler, die bei Hofe aufgetreten waren, sie alle kannten ihre Stellung. Nur nicht das Fräulein aus England. Sie erhob sich über alle.

Ihr gehörte mal ordentlich die Meinung gesagt, um ihr einen Dämpfer aufzusetzen und Wladimir hätte das liebend gerne übernommen. Er tat es aber nicht. Statt dessen erinnerte er sich an Maruschas inständige Bitte und wappnete sich innerlich. Wie konnte seine Frau mit diesem

Miststück nur Mitleid haben? »Ich bringe Ihnen ein paar Dinge, die Sie für die Reise brauchen werden.« Er ging einen Schritt in die Kabine hinein und zwang Katherine damit, aus dem Weg zu gehen, so daß Lida die Pakete bringen konnte. »Hierher«, wies er das Mädchen an und zeigte auf eine der vielen Truhen.

Es ärgerte ihn, daß sich das Frauenzimmer zweifellos über die vielen neuen Kleider freuen würde. Er hätte selbst den Einkauf übernehmen sollen, da die vier Frauen aus der Gefolgschaft des Prinzen zu sehr damit beschäftigt waren, das Haus des Duke wieder in Ordnung zu bringen. Aber er hatte sich nicht überwinden können, für *sie* etwas zu kaufen.

Dafür hatte er Boris losgeschickt. Der konnte zumindest Katherines Größe schätzen, weil er ihm dabei geholfen hatte, sie in die Truhe zu verfrachten. Heimlich hatte er gehofft, daß der Bursche es nicht schaffen würde und mit leeren Händen nach Hause käme, und dann keine Zeit mehr war, jemand anderen zu schicken. Aber Boris war geschickter, als Wladimir ihn eingeschätzt hatte. Um nur ja keinen Fehler zu machen, hatte er Anastasias Zofe Zora beschwatzt, ihm zu helfen. Und leider war Zora es gewöhnt, für die Prinzessin einzukaufen, so daß alles, was die beiden erstanden, von besserer Qualität war, als Wladimir beabsichtigt hatte. Es waren zwar keine Königsgewänder, aber auch nicht die Kleider einer Dienerin.

»Es ist ein Kleid dabei, das schon fertig ist, und Ihnen passen müßte«, wandte sich Wladimir wieder an Katherine. Dabei vermied er es, sie anzuschauen, solange er nicht alles herausgebracht hatte, was er sagen wollte. »Die anderen sind nach Aussage des Schneiders unterschiedlich weit gediehen. Aber Lida kann Ihnen helfen, sie fertigzustellen, wenn Sie kein Geschick mit Nadel und Faden haben. Wir waren froh, in dieser kurzen Zeit überhaupt etwas zu bekommen, aber es gibt halt immer noch Sachen, die mit Geld geregelt werden können.« Er grinste in sich hinein, als er hörte, wie sie tief Luft holte; der Hieb hatte gesessen. »Sie dürften jetzt alles haben, was Sie brauchen. Die Zofe der Prinzessin war sehr gründlich. Aber sagen Sie es mir, wenn noch etwas fehlt.«

»Sie haben doch an alles gedacht, nicht wahr? Haben Sie mir auch eine Truhe gekauft?«

»Sie können diese da benutzen, jetzt ist sie ja leer.«

Katherine blickte in die Richtung, in die er gedeutet hatte und verzog das Gesicht, als sie die Truhe erkannte, die ihr so vertraut war. »Wie haben Sie erraten, daß ich sentimental bin?«

Er konnte nicht anders. Dieser offenkundige Sarkasmus nötigte ihm ein Lächeln ab. Aber sie bemerkte es nicht, sondern starrte immer noch auf die Truhe.

Jetzt mußte er aber noch seinen letzten augenblicklichen Auftrag loswerden. »Lida wird Ihnen beim Umziehen helfen, denn es ist nicht mehr viel Zeit. Der Prinz erwartet Sie und er schätzt es gar nicht, wenn man ihn warten läßt.«

Katherine drehte sich zu ihm um und fragte ihn gleichgültig: »Weswegen?«

»Er hat Sie zum Abendessen eingeladen.«

»Kommt nicht in Frage«, erwiderte sie kurzangebunden.

»Wie bitte?«

»Sie sind nicht taub, Kirow. Überbringen Sie meinetwegen meine Entschuldigung. Drücken Sie es aus, wie Sie wollen. Die Antwort lautet unmißverständlich nein.«

»Das geht nicht«, setzte er an, aber es war als würde ihm Maruscha einen Stoß in die Rippen geben. »Nun gut, wir werden einen Kompromiß machen. Sie ziehen sich um, gehen zu seiner Kabine und sagen ihm *selbst*, daß Sie seine Einladung nicht annehmen wollen.«

Ruhig schüttelte sie den Kopf. »Sie haben das Wesentliche nicht begriffen. Ich werde auf keinen Fall in die Nähe dieses Mannes gehen.«

Wladimir konnte Maruscha guten Gewissens erzählen, daß er es versucht hatte und grinste eigentümlich.

13.

Dimitri hatte gebadet und sich rasieren lassen, und trug jetzt eines seiner eleganteren Abendjackets. Als Maxim jedoch noch ein gefälteltes, weißes Halstuch brachte, winkte er ab. »Heute abend nicht, sonst denkt sie noch, ich möchte ihr imponieren.«

Der Kammerdiener nickte, warf aber einen kurzen Blick auf den für zwei Personen gedeckten Tisch mit den brennenden Kerzen, dem chinesischen Goldrandporzellan, dem funkelnden Kristall und dem Champagner im Eiskübel. Und davon sollte sie nicht beeindruckt sein? Vielleicht nicht. Wenn sie wirklich die Tochter eines Earl war – und Maxim neigte dazu, es zu glauben, nach all dem, was er bisher gesehen hatte –, dann war sie an derartigen Luxus gewöhnt.

Der Prinz allerdings war eine Sache für sich. Er war in Hochform an diesem Abend und das betraf nicht nur sein Aussehen. Maxim hatte ihn nicht oft so erlebt. Zweifellos lag das an der anregenden, neuen Herausforderung und der sexuellen Spannung. Aber da war noch etwas, das Maxim nicht beschreiben konnte. Wenn er es nicht besser wüßte, hätte er es vielleicht für Nervosität gehalten. Doch es war vielmehr eine unbeschwerte Ausgelassenheit, die der Prinz betrüblicherweise seit vielen Jahren nicht mehr an den Tag gelegt hatte. Was auch immer es war: Die dunkelbraunen Augen des Prinzen funkelten vor Erwartung wie noch nie.

Sie war glücklich zu schätzen, diese Engländerin. Selbst wenn sie die verführerische Atmosphäre in der Kabine nicht beeindruckte, der Prinz würde es jedenfalls sicher schaffen. Aber als sie ein paar Minuten später eintraf, änderte sich Maxims Meinung schlagartig. Er lernte sehr rasch, was der Prinz noch lange nicht begreifen sollte: Was auch immer man von dieser Frau erwartete, es kam immer anders.

Wladimir begleitete sie nicht. Er lieferte sie ab, gefesselt und über seine Schulter geworfen. Mit einem leicht entschuldigenden Blick in Richtung Dimitri setzte er sie ab und band ihr schnell die Hände los. Sofort riß sie den Knebel herunter, der der Grund dafür gewesen war, daß sich Dimitri ganz ohne Vorwarnung mit diesem spektakulären Eintritt konfrontiert sah. Das Tuch warf sie Wladimir vor die Füße, dann wirbelte sie zu Dimitri herum und durchbohrte ihn mit einem wuterfüllten Blick.

»Ich will das nicht. Ich will nicht!« schrie sie. »Sagen Sie Ihrem rohen Scheusal, daß er sich nicht unterstehen soll, mich noch einmal anzufassen, oder ich schwöre – ich schwöre –«

Sie brach ab. Aus dem wilden Blick, mit dem sie sich nach einer geeigneten Waffe umsah, schloß Dimitri, daß ihre Empörung einen Punkt erreicht hatte, an dem sie sich mit bloßen verbalen Drohungen nicht mehr begnügen wollte. Als ihre Augen an dem schön gedeckten Tisch hängenblieben, sprang er hinzu. Er war nicht bereit, diesem Wutanfall, dessen Ursache er noch gar nicht kannte, das kostbare Porzellan und Kristall zu opfern. Außerdem befürchtete er Verletzungen.

Seine Arme waren wie dicke Seile, er hielt sie umklammert, ihre Arme fest an den Körper gepreßt. »Schon gut«, sagte er dicht an ihrem Ohr. »Beruhige dich und dann werden wir eine Lösung für dieses kleine Drama finden –«

»Ich verlange Genugtuung«, zischte sie.

»Wenn du darauf bestehst.« Er spürte, wie sie sich daraufhin etwas entspannte, und schaute auf den mutmaßlichen Angeklagten.

»Wladimir?«

»Sie hat sich geweigert sich umzuziehen und zu Ihnen zu kommen, Herr. Deshalb waren Boris und ich ihr dabei behilflich.« Dimitri merkte am Aufbäumen ihres kleinen Körpers in seinen Armen, daß ihr Zorn wieder aufwallte.

»Sie haben mir mein Kleid richtiggehend vom Körper gerissen!«

»Willst du, daß sie ausgepeitscht werden?«

Katherine erstarrte. Sie blickte auf Wladimir, der nur ein paar Schritte entfernt stand. Seine Mimik zeigte keinerlei Veränderung. Er war ein stolzer Mann. Aber sie bemerkte, daß er den Atem anhielt, während er auf die Antwort wartete. Er hatte Angst. Daran zweifelte sie nicht. Und sie kostete einen Augenblick lang die Macht aus, die ihr Dimitri so unerwartet in die Hände gelegt hatte.

In ihrer Vorstellung sah sie Wladimir an den Mast gebunden, ohne Jacke und Hemd, und sie selbst hielt eine Peitsche drohend über seinem nackten Rücken. Es war nicht nur, daß sie sie wie ein kleines Kind angezogen hatten, ihre Arme in die engen Ärmel des Kleides gepreßt, die Strümpfe gewechselt, die Füße in Schuhe gesteckt. Nicht allein deswegen, weil man sie wieder gefesselt und geknebelt hatte, und er verdiente jeden ihrer rachsüchtigen Schläge.

Ein paar Augenblicke sann Katherine über dieses hübsche Bild nach, aber sie würde es nie so weit kommen lassen, egal wie sehr sie den Mann haßte. Doch daß Dimitri dazu bereit war, störte sie.

»Sie können mich loslassen, Alexandrow«, sagte sie ruhig, immer noch Wladimir anstarrend. »Ich glaube, ich habe meinen Zorn jetzt unter Kontrolle.«

Es überraschte sie nicht, daß er zögerte. Noch nie hatte sie sich so sehr gehen lassen. Es war ihr nicht peinlich, denn sie hatten es einfach zu weit getrieben.

Als Dimitri sie losließ, drehte sie sich langsam zu ihm um, eine Augenbraue fragend hochgezogen. »Ist es eine Gewohnheit von Ihnen, Ihre Diener auspeitschen zu lassen?«

»Ich bemerke einen Tadel.«

Seine plötzlich gerunzelte Stirn machte sie vorsichtig und sie log: »Überhaupt nicht. Reine Neugierde.«

»Nein. Ich habe es nie gemacht. Aber das heißt nicht, daß es keine Ausnahmen geben kann.«

»Für mich? Warum?«

Er zuckte die Achseln. »Ich glaube, nach all dem, was ich gehört habe, stehe ich tief in deiner Schuld.«

»Ja, das stimmt, und noch viel tiefer, als Sie denken«, pflichtete sie ihm bei. »Aber ich habe nicht verlangt, daß Blut fließen soll.«

»Gut.« Er wandte sich an Wladimir. »Wenn ihre Wünsche in Zukunft nicht mit den meinen übereinstimmen, dann streite nicht mit ihr. Bring die Angelegenheit einfach auf mich zu.«

»Und was ändert das?« fragte Katherine. »Anstelle daß er mich zwingt, irgend etwas zu tun, was ich nicht will, werden Sie das machen.«

»Nicht unbedingt.« Dimitris harter Gesichtsausdruck hellte sich endlich auf. »Wladimir befolgt meine Anordnungen aufs Wort, selbst wenn es dabei Schwierigkeiten gibt, wie du wohl weißt. Andererseits kann ich mir deine Ansicht anhören und meine Anordnungen zurücknehmen, wenn es nötig ist. Ich bin schließlich ein vernünftiger Mensch.«

»Ach, tatsächlich? Leider habe ich noch nichts erlebt, was mich davon überzeugen würde.«

Er lächelte. »Dieser Schluß ist zu voreilig. Ich habe dich zum Abendessen eingeladen, damit wir über deine Stellung bei uns sprechen können und eine Übereinkunft finden, die für uns beide annehmbar ist. Die Kämpfe werden nicht mehr notwendig sein, Katja.«

Katherine wollte, sie könnte das glauben. Sie hatte den Grund für die Einladung zum Abendessen schon geahnt und sich nur aus Angst davor geweigert, den Tatsachen ins Auge sehen zu müssen. Lieber wollte sie im ungewissen bleiben, als ihre schlimmsten Befürchtungen bestätigt sehen.

Aber nun war sie schon einmal hier und es war besser, sich in das Unvermeidliche zu schicken. »Also«, sagte Katherine mit gespieltem Gleichmut, »bin ich eine Gefangene oder ein wehrloser Gast?«

Ihre Direktheit war zwar erfrischend, aber sie paßte

nicht zu den Plänen, die Dimitri für den Abend hatte. »Setz dich, Katja. Wir werden erst essen und –«

»Alexandrow –«, begann sie warnend, aber er unterbrach sie einfach mit einem entwaffnenden Lächeln.

»Ich bestehe darauf. Champagner?«

Auf eine leichte Handbewegung Dimitris hin verließen die beiden aufmerksamen Diener den Raum. Dimitri holte selbst den Champagner. Katherine beobachtete ihn mit einem Gefühl der Unwirklichkeit. Hatte er nicht gesagt, er wäre ein vernünftiger Mensch? Das war lachhaft. Er wartete nicht einmal ihre Antwort ab, sondern füllte die beiden Kristallgläser auf dem kleinen Eßtisch.

Nun gut, dann bestimmte er eben im Moment die Spielregeln. Schließlich hatte sie den ganzen Tag nichts gegessen und auch gestern nur eine Mahlzeit gehabt. Und sie heuchelte beim Essen nicht, wie so viele andere Damen ihrer Gesellschaftsschicht, die in Begleitung an den Speisen nur ein bißchen knabberten, weil ihnen die zu eng geschnürten Korsetts nichts anderes erlaubten. Sie trug ihr Korsett nicht so, daß es ihr unbequem wurde. Mit ihrer schmalen Taille hatte sie das auch nicht nötig. Und sie liebte gutes Essen. Leider befürchtete sie, diese Mahlzeit nicht genießen zu können, egal wie gut das Essen zubereitet war. Nicht mit diesem beunruhigenden Tischherrn und einer so ungewissen Zukunft vor Augen.

Sei auf der Hut, Katherine. Er will dich mit Wein und Essen gefügig, vielleicht sogar betrunken machen, so daß du allem zustimmst. Behalte deine Sinne beisammen, schau ihn nicht zu viel an, dann wirst du es schon schaffen.

Sie nahm sich den Stuhl, der am weitesten von seinem Platz entfernt war, und setzte sich. Sessel und Lehne waren mit dickem, plüschigem Samt bezogen. Sehr bequem. Ein erlesenes Spitzentischtuch. Sanftes Kerzenlicht. Es gab noch weitere Lampen in dem Raum, doch sie waren weit genug entfernt, um die intime Atmosphäre nicht zu stören. Der Raum war sehr groß. Luxuriös. Wieso hatte sie all das bisher nicht wahrgenommen? Der große weiße Fellteppich. Eine ganze Bücherwand. Das Bett. *Starr es nicht an, Katherine*! Ein hübsches Sofa, ein passender Sessel aus dunklem Kirschbaum mit weißem Brokatsatin und der große Sessel, in dem sie zuvor gesessen war, waren um einen reichverzierten Ofen gruppiert. Ein antiker Schreibtisch. Verschiedene Tischchen und Schränkchen aus Kirschbaumholz. Noch mehr Fellteppiche. Der Raum war tatsächlich groß. Wahrscheinlich waren es ursprünglich zwei oder noch mehr Kabinen gewesen. Es war sein Schiff; vielleicht hatte er es selbst so entworfen.

Er setzte sich ihr gegenüber hin. Gott sei Dank lag der knappe Meter Tisch zwischen ihnen. Sie vermied es, ihn anzublicken, doch sie wußte, daß er sie beobachtete.

»Probier den Champagner, Katja.«

Unwillkürlich griff sie nach dem Glas, doch als sie sich dabei ertappte, zog sie die Hand schnell zurück. »Ich möchte lieber keinen.«

»Hättest du gerne etwas anderes?«

»Nein, ich –«

»Du befürchtest, es könnte etwas drin sein?«

Sie schaute ihn an, ihre Augen loderten auf. Daran hatte sie überhaupt nicht gedacht, sollte sie aber, natürlich. Wie dumm von ihr! Sie wollte doch immer einen Schritt schneller sein als er.

Sie sprang auf, aber Dimitri langte blitzschnell hinüber und packte sie am Handgelenk. Selbst mit dem Tisch zwischen ihnen befand sie sich immer noch in seiner Reichweite.

»Setz dich hin, Katherine.« Seine Stimme klang fest, es war ein Befehl. »Wenn es dich beruhigt, werde ich heute abend deinen Vorkoster spielen.« Sie rührte sich nicht von der Stelle, aber er ließ sie los. »Du mußt etwas essen. Willst du dich die ganze Reise vor dem Essen fürchten oder willst du mir vertrauen, wenn ich dir verspreche, daß dir niemand mehr etwas beimischen wird?«

Steif setzte sie sich hin. »Von Ihnen nehme ich nicht an,

daß Sie es tun würden, aber Kirow hat seine eigenen Vorstellungen und –«

»Und er ist für das erste Mal entsprechend getadelt worden. Ich sage dir, es wird nicht mehr vorkommen. Glaub' mir«, fügte er sanfter hinzu.

Sie wünschte, sie hätte ihn nicht die ganze Zeit angeschaut. Jetzt konnte sie ihren Blick nicht mehr abwenden. Sein weißes Seidenhemd war am Hals geöffnet, was ihm trotz der Eleganz seines schwarzen Abendjackets ein verwegenes Aussehen verlieh. Seine Schultern waren so breit, seine Arme so muskulös. Er war wirklich groß, der Märchenprinz, so ungemein männlich an Gestalt und Aussehen.

Katherine konnte es drehen und wenden, wie sie wollte, er fesselte sie. Nur mit ärgerlichen Reaktionen konnte sie sich gegen seine Anziehungskraft wehren.

Lida kam mit dem ersten Gang und so konnte Katherine endlich ihren Blick von Dimitri abwenden. Von nun ab konzentrierte sie sich vollkommen auf das Essen und nahm nur verschwommen wahr, daß er mit ihr sprach. Er erzählte ihr ein bißchen von Rußland, Anekdoten des dortigen Hoflebens und von jemandem namens Wasili, der offenbar ein enger Freund von ihm war. Ihre Bemerkungen waren wohl passend, denn er hörte nicht auf zu reden. Sie wußte, daß er ihr ihre Befangenheit nehmen wollte. Es war nett, wie er sich bemühte. Aber niemals konnte sie in seiner Gegenwart unbefangen sein. Es war einfach nicht möglich.

»Du hast gar nicht richtig zugehört, Katja, nicht wahr?«

Er hatte etwas lauter gesprochen, um ihre Aufmerksamkeit zu erringen. Sie schaute auf und errötete leicht. In seinem Gesichtsausdruck kämpften Ärger und Belustigung. Ihr wurde klar, daß es es nicht gewöhnt war, von irgend jemandem nicht beachtet zu werden.

»Es tut mir leid, ich – ich –« Sie suchte nach einer Entschuldigung. Doch ihr fiel nichts ein außer: »Ich war am Verhungern.«

Zwischen durch:

Natürlich ist Dimitri jetzt beleidigt. Katja konzentriert sich allein auf das Essen. Sie hat eben Appetit und keine Augen für ihren Tischgenossen.
Fordert der Magen sein Recht, stößt die Aufmerksamkeit an ihre Grenzen. Wenn wir also Katjas Weg weiter gebannt verfolgen wollen, sollten wir – meldet sich zwischendurch der kleine Hunger – den Roman für fünf Minuten beiseite legen. So lange dauert es nämlich, bis eine kleine heiße Mahlzeit dampfend auf dem Tisch steht...

»Und sehr in Gedanken?«

»Ja, nun, unter den Umständen...«

Er legte seine Serviette beiseite und füllte sich Champagner nach. Er hatte fast die ganze Flasche alleine getrunken. Ihr Glas hingegen stand noch unberührt.

»Wollen wir uns nicht auf das Sofa setzen?«

»Ich – ich möchte lieber nicht.«

Seine Finger umfaßten das Glas fester. Zum Glück bemerkte Katherine das nicht. »Dann sollten wir jetzt jedenfalls alles ausschließen, was dich beunruhigt, so daß du den Rest des Abend genießen kannst.«

Zu spät wurde ihr seine Gereiztheit bewußt. Und was um Himmels willen hatten seine Worte zu bedeuten? Sie hatte nicht die Absicht, länger als notwendig in dieser Kabine zu bleiben. Den Rest des Abends konnte sie nur genießen, wenn er sie alleine ließ. Doch sie zweifelte daran, daß dies in seinem Sinne war. Aber alles der Reihe nach.

»Vielleicht können Sie mir jetzt meine Frage von vorhin beantworten. Ich fühle mich wie eine Gefangene und doch laden Sie mich zum Abendessen ein wie einen Gast. Was stimmt denn nun?«

»Keines von beiden, jedenfalls nicht, wenn man es ganz genau nimmt. Es besteht kein Grund, dich die ganze Reise einzusperren. Schließlich kannst du auf See nicht fliehen. Doch die Untätigkeit macht dich nur unruhig und sie ist auch ein schlechtes Vorbild für meine Diener. Du brauchst eine Beschäftigung, solange du bei uns bist.«

Katherine faltete die Hände im Schoß. Natürlich hatte er recht, und es war mehr, als sie zu hoffen gewagt hatte. Sie kannte es gar nicht anders, als daß sie alle Hände voll zu tun hatte. Zwar gab es hier seine Bibliothek, aber so gerne sie auch las, konnte sie sich nicht vorstellen, Tag für Tag nichts anderes zu machen. Ihr Geist brauchte Anregungen. Sie mußte planen, organisieren, irgend etwas Sinnvolles machen, etwas, das sie forderte. Sie war um jeden Vorschlag dankbar, um so mehr, als sie befürchtet hatte, die ganze Reise in einer Kabine verbringen zu *müssen*.

»An was denken Sie dabei?« Ihr Eifer war nicht zu übersehen.

Dimitri starrte sie einen Augenblick überrascht an. Er hatte erwartet, daß sie sich bei dem Gedanken an Arbeit sofort sträuben würde. Dann hätte er ihr angeboten, seine Mätresse zu werden, damit sie ihre Rolle als Dame spielen konnte, soviel sie Lust hatte. Vielleicht hatte sie ihn mißverstanden. Ja, wahrscheinlich. Schließlich war ihm noch nie eine Frau begegnet, die lieber niedere Arbeiten verrichtete, als ein verwöhntes, untätiges Leben zu führen.

»Ist dir klar, daß es hier auf dem Schiff keine große Auswahl gibt?«

»Ja, durchaus.«

»Eigentlich gibt es überhaupt nur zwei Möglichkeiten für dich. Welche du wählst liegt bei dir, aber für eine von beiden mußt du dich entscheiden.«

»Ich habe Sie schon verstanden, Alexandrow«, sagte Katherine ungeduldig. »Und welche sind das?«

Hatte er ihre Direktheit wirklich jemals erfrischend finden können? Wie töricht von ihm!

»Kannst du dich an die Begegnung mit Anastasia erinnern?« fragte er knapp.

»Ja, natürlich. Ihre Frau?«

»Du nimmst an, daß ich verheiratet bin?«

»Ich nehme überhaupt nichts an. Es war pure Neugier.«

Dimitri runzelte die Stirn. Es wünschte, sie würde mehr empfinden als bloß Neugierde. Ihre Frage hatte ihn an Tatjana erinnert und er nahm sich vor, diese Frau niemals auf Reisen mitzunehmen. Der heutige Abend war schon schwierig genug gewesen, weil er die ganze Unterhaltung alleine hatte bestreiten müssen. Um wieviel schwieriger aber erst wären die Abende mit Tatjana, die jedes Gespräch an sich riß und sich selbst dabei immer zum Hauptthema machte. Aber er wußte genau, welche Gesellschaft er bevorzugte. Tatjana regte ihn nicht an. Katherine wohl. Selbst ihre lästige Direktheit änderte daran nichts. Auch nicht ihre hochmütige Gleichgültigkeit und ihr schwer einzuschätzender Charakter.

Sie hatte nichts von der äußeren Schönheit einer Tatjana, deretwegen dieser die Männer zu Füßen lagen. Aber Katherine war dennoch eine faszinierende Frau. Ihre eigenartigen Augen, die auf ihn sehr erotisch wirkten, die sinnlichen Lippen, das feste, eigensinnige Kinn, diese charakteristischen Gesichtszüge. Seit sie in den Raum gebracht worden war, hatte er seinen Blick nicht mehr von ihr wenden können.

In dem neuen Kleid sah sie viel besser aus. Es war aus blaugemustertem Organdy mit schmalen Ärmeln und einem tiefen runden Ausschnitt, der ihre Schultern freiließ. Sie hatten das gleiche zarte Weiß wie ihr wunderbarer Nacken. Lieber Gott, diese Frau wollte er haben! Aber sie verhielt sich genauso reserviert wie am Morgen. Wo war das Flehen der vergangenen Nacht? Er konnte nicht anders, immer mußte er daran denken.

Er wollte sie in seinem Bett haben. Es war ihm im Augenblick egal, wie er das erreichte, solange er sie nicht körperlich zwingen mußte. Er hatte sich einen hervorragenden Plan zurechtgelegt. Eigentlich dürfte es ihr nicht schwerfallen nachzugeben. Solange sie ihre Rolle beibehielt, würde es funktionieren. Seine Verärgerung über ihre Schroffheit lag daran, daß er gehofft hatte, sie verführen zu können, doch diese Tür war ihm den ganzen Abend über verschlossen geblieben.

»Prinzessin Anastasia ist meine Schwester«, erklärte er ihr jetzt.

Sie zuckte nicht mit der Wimper, obwohl sie spüren konnte – ja, was eigentlich? Erleichterung? Wie absurd. Sie war einfach nur überrascht. Zuerst hatte sie sie für seine Geliebte gehalten, dann für seine Frau, aber auf Schwester wäre sie nie gekommen.

»So?«

»Wenn du dich an die Begegnung erinnerst, dann weißt du sicher auch noch, daß sie dringend eine neue Zofe braucht, zumindest während der Reise.«

»Kommen Sie zur Sache.«

»Das bin ich schon.«

Sie starrte ihn an. Kein Muskel verzog sich in ihrem Gesicht, sie zeigte weder Entsetzen, noch Überraschung oder Ärger. Er starrte sie an, beobachtete sie eindringlich, wartete. *Ganz ruhig, Katherine. Nur nicht wütend werden. Er will auf etwas hinaus. Er weiß, wie du auf so einen Vorschlag reagieren wirst und macht ihn trotzdem. Warum?*

»Sie haben zwei Möglichkeiten erwähnt, Alexandrow. Ist die zweite genauso genial?«

Sie hatte sehr gehofft, unbeeindruckt zu klingen, aber der sarkastische Unterton, der sich eingeschlichen hatte, war unüberhörbar. Dimitri nahm ihn sofort wahr; er fühlte sich gleich viel entspannter, wie ein Jäger, der die sichere Beute schon vor Augen hatte. Sie würde den ersten Vorschlag ablehnen und damit blieb nur der zweite übrig.

Er erhob sich. Katherine wurde starr. Er kam um den Tisch herum neben sie. Sie blickte nicht auf, auch nicht, als sich seine Hände um ihre Oberarme schlossen und sie sanft auf die Füße stellten. Panik schnürte ihr die Kehle zu, sie konnte kaum mehr atmen. Er legte seinen Arm um sie. Mit der anderen Hand hob er ihr Kinn. Sie hielt den Blick gesenkt.

»Ich begehre dich.«

O lieber Gott, o lieber Gott! Du hast das nicht gehört, Katherine. Er hat das nicht gesagt.

»Schau mich an, Katja.« Seine Stimme klang betörend, sein Atem liebkoste ihre Lippen. »Wir sind keine Fremden. Du kennst mich ganz genau. Sag' doch, daß du mein Bett und meine Kabine mit mir teilen willst und ich werde dich auf Händen tragen. In meinen Armen wirst du nicht merken, wie die Wochen verfliegen. Schau mich an!«

Sie schloß ihre Augen noch fester. Seine Leidenschaftlichkeit überwältigte ihre Sinne. Im nächsten Augenblick würde er sie küssen und sie würde sterben.

»Willst du mir nicht wenigstens eine Antwort geben? Wir wissen beide, wieviel Lust du in meinen Armen gefunden hast. Laß mich wieder dein Geliebter sein, Kleines.«

Das kann nicht wirklich sein. Es ist nur eine Phantasie. Sie wirkt zwar echt, ist aber trotzdem nur eine Phantasie. Was kann schon passieren, wenn du dieses Spielchen mitmachst? Wenn du nicht schnell etwas tust, bist du in jedem Fall verloren.

»Was ist, wenn ich ein Kind bekomme?«

Das war zwar nicht das, was Dimitri hören wollte, aber er war nicht ungehalten über die Frage. Sie war also nicht leichtsinnig. Von ihm aus konnte sie so vorsichtig sein, wie sie wollte, solange sie nur am Schluß zustimmte. Noch nie war ihm so eine Frage gestellt worden. In Rußland betrachtete man es als selbstverständlich, daß der Vater für seine unehelichen Kinder aufkam. Es stand für ihn außer Frage, obwohl er immer sehr darauf achtete, *keine* ungewollten Nachkommen zu zeugen. Im Gegensatz zu seinem Vater und seinem Bruder wollte er nicht, daß ein Kind von ihm als Bastard abgestempelt wurde. Und doch hatte er vergangene Nacht nicht aufgepaßt. Er würde sich nicht wieder so vergessen, doch das spielte jetzt keine Rolle. Sie wollte Klarheit haben.

»Wenn aus unserer Verbindung ein Kind entstehen sollte, wird es ihm an nichts mangeln. Ich werde euch beide immer unterstützen. Oder, wenn es dir lieber ist, nehme ich das Kind zu mir und ziehe es selbst auf. Du könntest das entscheiden, Katja.«

»Das ist sehr großzügig und ich habe nichts anderes erwartet. Aber ich frage mich, warum Sie eine Heirat nicht erwähnen? Aber dann können Sie nicht mehr umhin, eine Antwort auf die Frage zu geben, ob Sie verheiratet sind oder nicht, stimmt's?«

»Was hat das damit zu tun?«

Die plötzlich Schärfe in seiner Stimme ließ das Phantasiegebilde zerplatzen. »Sie vergessen, wer ich bin.«

»Ja, ich habe vergessen, was du *vorgibst* zu sein. Eine Dame kann die Ehe erwarten, nicht wahr? Aber in diesem Fall muß ich das ablehnen, meine Liebe. Gib mir jetzt deine Antwort.«

Diese letzte Beleidigung brachte das Faß zum Überlaufen und eine wahre Sturzflut brach aus ihr heraus. »Nein, nein, nein und nochmals *nein*! Sie stieß ihn weg und flog um den Tisch herum, brauchte diesen sicheren Abstand zwischen ihm und sich. »Nein, ich sage zu allem nein! Mein Gott, ich wußte, daß Sie mit dem ersten Vorschlag etwas beabsichtigten, aber ich habe nicht gedacht, daß Sie so niederträchtig sein könnten. Und ich habe noch geglaubt, daß es Ihnen ernst wäre mit der ›annehmbaren Übereinkunft‹!«

Die Enttäuschung gab Dimitri einen tiefen Stich. Sein Körper bebte vor Erregung, während sie nur erneut ihrer Wut freien Lauf ließ. Er verfluchte sie, sie und ihr ganzes Spektakel.

»Du hast die Wahl, Katherine, entscheide dich. Mir ist egal, wofür.« Im Moment stimmte das wirklich. Und wenn er sie nie wieder anschaute, würde das auch so bleiben. »Also?«

Katherine richtete sich zu voller Größe auf, ihre Finger klammerten sich an die Tischkante. Sie hatte sich wieder beruhigt, doch die Ruhe war trügerisch. Ihre Augen straften sie Lügen.

»Sie sind abscheulich, Alexandrow. Die Zofe Ihrer Schwester soll ich sein, ich, die ich nicht einen, sondern zwei Haushalte geführt habe; in den vergangenen Jahren die Besitzungen meines Vaters verwaltet habe, Ratgeberin bei seinen Geschäften war? Ich habe ihm geholfen, seine Reden zu schreiben, habe seine politischen Freunde unterhalten, seine Wertanlagen überwacht. Ich kenne mich gut in Philosophie, Politik, Mathematik und Tierhaltung aus und ich spreche fünf Sprachen.« Sie machte eine kurze Pause und beschloß zu spielen. »Aber wenn Ihre Schwester auch nur halb so gebildet ist wie ich, dann werde ich Ihrem absurden Vorschlag zustimmen.«

»In Rußland hält man nicht so viel davon, aus Frauen alte Jungfern zu machen, wie das in England der Fall zu sein scheint«, spottete er. »Außerdem läßt sich von dem, was du da behauptest, kaum etwas nachprüfen, nicht wahr?«

»Ich habe es nicht nötig, etwas zu beweisen. Ich weiß, wer ich bin. Überlegen Sie es sich gut, was Sie mir alles zumuten. Der Tag wird kommen, an dem Sie erkennen müssen, daß ich die Wahrheit gesprochen habe. Jetzt ignorieren Sie die Konsequenzen, das werden Sie dann nicht mehr können. Darauf gebe ich Ihnen mein Wort.«

Seine Faust knallte auf den Tisch und ließ sie zurückspringen. Die Kerzen flackerten. Sein leeres Glas fiel um. Aus ihrem, immer noch vollen Glas, schwappte der Champagner auf die hübsche Tischdecke.

»Das ist für deine Wahrheit, deine Konsequenzen und dein Wort! Du hast dich mit dem abzufinden, was hier und jetzt ist. Triff deine Entscheidung, oder ich werde das für dich übernehmen.«

»Sie würden mich in Ihr Bett zwingen?«

»Nein, aber ich werde es nicht dulden, daß deine Kräfte ungenutzt bleiben. Meine Schwester braucht dich. Du wirst ihr dienen.«

»Und wenn ich nicht will, werde ich dann ausgepeitscht?«

»Solche dramatischen Maßnahmen sind nicht nötig. Nach ein paar Tagen Gefangenschaft wirst du um jede Arbeit froh sein.«

»Rechnen Sie nicht darauf, Alexandrow. Ich bin auf so etwas eingestellt.«

»Auf Wasser und Brot?« reizte er sie.

Sie erstarrte, aber ihre Antwort kam mechanisch und zeigte das Ausmaß ihrer Verachtung. »Wenn es Ihnen gefällt.«

Himmel, sie hatte auf alles eine Antwort. Er hatte genug von ihrer Sturheit und dem herausfordernden Benehmen. Seine Geduld war am Ende, seine Pläne zunichte gemacht. Der Ärger gewann die Oberhand.

»Wie du willst. Wladimir!« Augenblicklich öffnete sich die Tür. »Bring sie weg.«

14.

Während sie bei Dimitri gewesen war, hatte man ihre Kabine umgeräumt. Die vielen Truhen waren immer noch da, aber sie waren nach hinten an die Wände geschoben worden, so daß sie aus dem Weg waren. Man hatte ihr einen Waschtisch hineingestellt, einen Teppich ausgelegt und zwischen zwei Balken eine Hängematte befestigt. Eine Truhe war ihr Schrank, eine andere Truhe ihr Stuhl, eine dritte ihr Tisch. In der Tat eine sehr unbequeme Zelle.

Mit ihrem Gefängnis konnte sich Katherine noch abfinden, aber die Hängematte fing sie in den folgenden Tagen an zu hassen. Die erste Nacht war eine Katastrophe gewesen. Viermal war sie auf dem Boden gelandet, bis sie aufgab und dort schlief, wo sie hingeplumpst war. Aber die Knochen taten ihr daraufhin so weh, daß sie am nächsten Abend den Kampf mit dem Ungetüm wieder aufnahm. Nach zwei Anläufen schaffte sie es diesmal und konnte sich soweit entspannen, daß sie einschlief, nur um mitten in der Nacht aus tiefem Schlaf herauszufallen. Am ganzen Körper grün und blau war sie wütend genug, es immer wieder zu versuchen. Und in der vierten Nacht schaffte sie es schließlich, bis zum Morgen in dem verflixten Ding zu bleiben.

Das waren die Mißerfolge ihrer Nächte. Die Tage waren eine Sache für sich.

Seit Katherine zehn Jahre alt war, hatte sie vom Reisen geträumt. Damals war sie mit ihrer Familie nach Schottland zu der Hochzeit einer entfernten Kusine gesegelt. Dabei hatte sie entdeckt, wieviel Spaß es ihr machte. Im Gegensatz zu ihrer Mutter und ihrer Schwester war sie auf dem Schiff aufgeblüht, hatte sich gesünder als je zuvor gefühlt. Mit zehn hatte sie sich schon sehr in die Studien vertieft, die ihr Vater ihr erlaubt hatte. Sie wollte all die Länder, von denen sie las, besuchen. Doch dieser Traum ging niemals in Erfüllung. Sie hatte sogar die Heiratsanträge verschiedener ausländischer Persönlichkeiten von Rang ernsthaft erwogen, allein aus ihrem Wunsch heraus, reisen zu können. Doch dann hätte sie England für immer verlassen müssen und das getraute sie sich doch nicht.

Das waren ihre einzigen Anträge gewesen. Es wären wohl andere möglich gewesen, aber sie hatte keinen Freier ermutigt. Und so wirkte sie auf englische Männer zu übermächtig, zu tüchtig – vielleicht hatten sie Angst, mit ihr in Konkurrenz zu kommen. Es war nicht so, daß sie überhaupt nicht heiraten wollte. Aber es war einfach noch nicht so weit für sie. Sie hatte ihre eine leichtfertige Ballsaison gehabt und anschließend ein Jahr der Königin gedient. Möglicherweise hätte sie das Leben bei Hofe noch länger genossen, wenn ihre Mutter nicht gestorben wäre. Aber durch ihren Tod war Katherine an ihre Stelle in der Familie gerückt und jeder, einschließlich ihres Vaters, kam nun mit seinen Problemen zu ihr. Doch sie hatte ihre Absicht zu heiraten nie aufgegeben, auch wenn sie wußte, daß der Haushalt ohne sie in ein hoffnungsloses Durcheinander geraten würde. Nur sollte Beth erst standesgemäß verheiratet werden und Warren die Zügel soweit in die Hand nehmen, daß er einen Teil der Bürde tragen konnte. Dann würde sie sich anstrengen, einen Mann zu finden.

Jetzt allerdings würde sie, dank der verlorenen Jungfernschaft, einen Mitgiftjäger nehmen müssen. Das war trotzdem in Ordnung. Es war durchaus üblich, sich einen Ehemann zu kaufen. Wenn sie auf die große Liebe hoffte, würde sie wahrscheinlich sowieso nur enttäuscht werden. Gott sei Dank war sie zu praktisch veranlagt für solch dumme Träume.

Aber ihr einer großer Traum war Wirklichkeit geworden. Wofür sie nie Zeit gehabt hatte, wurde ihr jetzt aufgezwungen. Sie war auf Reisen. Sie segelte auf einem Schiff in ein fremdes Land. Es war nur normal, wenn sich in all ihre Gefühle auch eine freudige Erregung mischte. Rußland wäre ihr wohl bei ihren geistigen Reiseplänen nicht eingefallen, aber sie hatte sich auch nie vorgestellt, als Gefangene zu reisen.

Wenn sie ihre Situation klar betrachtete und ihre Gefühle beiseite stellte, konnte sie durchaus etwas Positives für sich erkennen. Sie hatte sich damit abgefunden, daß sie nach Rußland segelte – es war auch nicht mehr zu ändern. Es blieb ihr nichts anderes übrig, als nun das Beste daraus zu machen. Das war ihre natürliche Reaktion auf die Umstände. Dabei standen ihr nur diese törichten Emotionen im Weg, mit denen sie zu kämpfen hatte.

Der Stolz war ihr schlimmster Feind geworden. Er wurde begleitet von dieser unvernünftigen Hartnäckigkeit, die sie nie für möglich gehalten hätte. Ungerechtigkeit ließ sie unbeweglich werden. Ihr Ärger fiel immer auf sie selbst zurück. Eigentlich würde es sie nur ein bißchen Überwindung kosten nachzugeben. Dabei brach sie sich keinen Zacken aus der Krone. Man mußte sich dem Schicksal beugen können. Zu allen Zeiten brauchten die Menschen diese Fähigkeit.

Wenn sie schon gezwungen war, etwas zu tun, warum, um Himmels willen, sollte sie dann nicht das machen, was ihr soviel Lust bereitete? Warum hatte nur der Prinz für sie entschieden? Warum hatte er die eine Möglichkeit ausgeschaltet, der sie am Ende so gerne zugestimmt hätte? Warum hatte sie sich ihm gleich verweigert? Andere Frauen nahmen sich auch einen Liebhaber. Sie nannten es eine Liebesaffäre, sexuelle Affäre wäre wohl richtiger. Das Ganze hübsch verpackt. Aber wie auch immer man es nannte, sie zeigte alle Symptome. Sie fühlte sich zu diesem Mann so hingezogen, daß sie in seiner Gegenwart nicht mehr klar denken konnte.

Und er begehrte sie. Es war ein Wachtraum, ganz und gar unvorstellbar. Dieser Märchenprinz, dieser goldene Gott begehrte sie. *Sie.* Ihr wurde beim bloßen Gedanken daran schwindlig. Es war nicht zu verstehen und nicht zu erklären. Und sie hatte nein gesagt. Wie konnte sie nur so dumm sein?

Aber du weißt doch genau, Katherine, warum du dich weigern mußtest. Es ist moralisch falsch, eine Sünde, und außerdem hast du nicht das Zeug zu einer Mätresse. Für dich ist das Familienleben heilig, so bist du erzogen worden. Und er hat dir keinen annehmbaren Antrag gemacht.

Das waren alles triftige Gründe, aber sie machten das Bett nicht warm. Doch selbst wenn sie noch einmal die Wahl gehabt hätte, wäre ihre Antwort die gleiche. Sie war und blieb trotz allem Lady Katherine St. John. Und eine Lady Katherine St. John konnte sich niemals einen Liebhaber nehmen, egal, wie sehr sie sich insgeheim danach sehnte.

Mit diesen Gedanken verbrachte sie die Tage und sie verstärkten nur ihre Niedergeschlagenheit. Und doch wußte sie, wie sie diesen Zustand beenden konnte. Sie brauchte nur die Zofe für die schöne Prinzessin spielen. Das war alles. Dann könnte sie sich frei auf dem Schiff bewegen, vielleicht einen flüchtigen Eindruck von fremden Küsten gewinnen, die Sonnenauf- und -untergänge über dem Meer beobachten, kurz, vielleicht könnte sie die Reise dann genießen.

So sehr sie auch die Vorstellung verabscheute, als Dienerin aufzutreten, wußte sie doch, daß sie sich schließlich darauf einlassen würde. Der Prinz hatte das geschickt bedacht. Es war kaum zu ertragen, die ganze Zeit allein zu sein und nichts zu tun zu haben. Selbst die Kleidungsstücke, die geändert werden mußten, hatte man anderen zur Arbeit gegeben. Unbeschäftigte Hände, ein unbeschäftigter Geist – sie langweilte sich zu Tode.

Aber noch ging sie nicht die Wände hoch. Und sie mußte auch nicht bei Wasser und Brot darben, denn Maruscha schaffte es jeden Tag, sich zu ihr hereinzuschleichen und ihr Früchte, Käse und Fleischpasteten zu bringen, ohne daß die Wachen vor der Tür es merkten. Doch nicht deswegen hielt Katherine es immer noch aus. Der Grund war vielmehr, daß die Diener sie baten nachzugeben. Es schien so, als ging es dem Prinz mit ihrer Gefangenschaft nicht besser als ihr. Und *das* spornte sie an, länger auszuhalten, als sie es ansonsten getan hätte.

Lida erzählte ihr als erste von Dimitris Gewissensbissen. Zumindest nahm Katherine an, daß es solche waren. Denn das Mädchen schwor Stein und Bein, daß sich Dimitris Stimmung heben würde, wenn sie sich nur einsichtig zeigen und auf seine Wünsche eingehen würde. Lida wußte ja nicht, was er wollte, aber so schrecklich konnte es ihrer Meinung nach auch wieder nicht sein, daß es sich lohnte, seinen Ärger hinzunehmen, unter dem sie alle zu leiden hatten.

Katherine sagte nichts dazu. Sie verteidigte sich nicht, brachte keine Gründe oder Entschuldigungen vor. Sie spottete auch nicht darüber. Schon vom ersten Tag ihrer Gefangenschaft an war ihr die Stille aufgefallen und sie wußte, daß irgend etwas absolut nicht in Ordnung war. Es war unheimlich, so als wäre sie die einzig Lebende auf dem Schiff. Und doch brauchte sie nur die Tür zu öffnen, um die zwei Wachen zu sehen, die durchaus lebendig, wenn auch völlig schweigsam dasaßen.

Etwas später am selben Tag klärte Maruscha sie weiter auf. »Ich frage gar nicht, wodurch Sie den Prinzen erzürnt haben. Wenn es nicht das eine ist, dann ist es halt was anderes. Ich weiß, daß es unvermeidlich war.«

Das machte sie zu neugierig, als daß sie sich hätte gleichgültig zeigen können. »Warum?«

»Er hat noch nie jemanden wie Sie getroffen, *Angliski*. Sie haben ein Wesen, das seinem ebenbürtig ist. Das ist, glaube ich, nicht so schlecht. An den meisten Frauen verliert er sehr schnell das Interesse, aber bei Ihnen ist das anders.«

»Dann brauche ich ihn nur dazu zu bringen, daß er sein Interesse an mir verliert? Muß ich mich nur besser beherrschen?« Maruscha lächelte. »Wollen Sie, daß er das Interesse an Ihnen verliert? Nein, nein, ich erwarte keine Antwort. Ich würde Ihnen sowieso nicht glauben.«

Katherine protestierte dagegen. »Vielen Dank, Maruscha, für das Essen, aber ich möchte wirklich nicht über euren Prinzen reden.«

»Das habe ich mir schon gedacht. Aber was gesagt werden muß, muß gesagt werden. Denn es geht uns schließlich alle an, nicht nur Sie.«

»Das ist doch lächerlich.«

»Ach ja? Wir wissen alle genau, daß Sie die Ursache für Dimitris augenblickliche schlechte Laune sind. Wenn er zu Hause in solche Stimmungen verfällt, ist das nicht so schlimm. Er geht dann in seine Klubs oder auf Gesellschaften. Er trinkt, spielt, kämpft. Er läßt dann seine Übellaunigkeit an Fremden aus. Aber hier auf dem Schiff gibt es kein Ventil für ihn. Jeder traut sich nur mehr zu flüstern. Seine Stimmung berührt uns alle, macht uns alle traurig.«

»Er ist doch auch nur ein Mensch.«

»Für Sie ist er einfach ein Mensch wie jeder andere. Für uns ist er mehr. Im Herzen wissen wir, daß wir nichts zu befürchten haben. Er ist ein guter Mensch und wir lieben ihn. Aber jahrhundertelange Leibeigenschaft hat ihre Spuren hinterlassen. Das Wissen, daß ein Mensch über Leben und Tod entscheiden kann, daß er die Macht hat, aus einer Laune heraus Menschen furchtbar leiden zu lassen, hat zu einer tiefsitzenden Angst geführt, die man nicht einfach ignorieren kann. Dimitri ist anders, aber er ist immer noch unser Herr. Wie können wir, die wir ihm dienen, glücklich sein, wenn er es nicht ist?«

Maruscha hatte jedesmal, wenn sie kam, viel zu sagen. Und Katherine betrachtete ihre Gespräche als willkommene Unterbrechung. Aber sie war nicht bereit, Verantwortung für das zu übernehmen, was außerhalb ihrer kleinen Kabine geschah. Wenn Dimitris Diener Angst hatten, daß er seine schlechte Laune an ihnen ausließ, was hatte das mit ihr zu tun? Sie mußte auf sich selbst schauen, konnte nicht anders handeln. Wenn das den großen Prinzen aus der Fassung brachte, dann hatte sie ihre heimliche Freude daran. Es war jedoch nicht in Ordnung von ihm, seine Diener derart in Angst zu versetzen, daß sie zu ihr kamen und sie inständig baten, die Sache mit ihm wieder einzurenken. Warum sollte sie für sie eigentlich fremde Menschen von ihren Prinzipien abgehen?

Aber dann, am dritten Tag, kam Wladimir zu ihr und zwang sie, ihre Position neu zu überdenken. Er hatte sich trotz seiner Abneigung ihr gegenüber überwunden und war, wenn auch widerwillig, zu ihr gekommen. Wie konnte sie da so selbstsüchtig weiterhin an ihrem Stolz festhalten? In Wahrheit war es jedoch so, daß er ihr damit nur den Vorwand lieferte, den sie brauchte, um ein Zugeständnis machen zu können.

»Er hat unrecht gehabt, Miss. Er weiß das und deshalb richtet sich sein Ärger auch gegen ihn selbst und wird immer schlimmer statt besser. Niemals hat er vorgehabt, Sie wie eine Gefangene zu behandeln. Zweifellos ist er davon ausgegangen, daß schon die Androhung genügen würde, Sie seinem Willen zu beugen. Aber er hat Ihren Widerstand gegen seine Wünsche unterschätzt. Doch jetzt ist es eine Sache des Stolzes, verstehen Sie? Für einen Mann ist es viel schwerer nachgiebig zu sein und zuzugeben, daß er falsch gehandelt hat, als für eine Frau.«

»Für manche Frauen.«

»Vielleicht, aber was vergeben Sie sich schon, wenn Sie der Prinzessin dienen und niemand aus Ihrer Bekanntschaft es jemals erfährt?«

»Sie haben neulich nachts an der Tür gelauscht, nicht wahr?« beschuldigte sie ihn.

Er versuchte gar nicht es zu leugnen. »Es ist meine

Aufgabe, die Wünsche und Bedürfnisse meines Herrn zu kennen, bevor er sie mir gegenüber ausspricht.«

»Hat er Sie hergeschickt?«

Wladimir schüttelte den Kopf. »Er hat keine zwei Worte zu mir gesagt, seit der Anordnung, daß Sie in der Kabine zu bleiben haben.«

»Woher wissen Sie dann, daß er diese Anordnung bereut?«

»Seine Stimmung verschlechtert sich mit jedem Tag mehr, den Sie in Ihrer Kabine bleiben. Bitte, überlegen Sie es sich doch noch einmal.«

Diese Bitte aus seinem Mund wirkte wie ein Zauberwort auf Katherine, aber so einfach wollte sie es ihm doch nicht machen. »Warum kann *er* es sich nicht nochmal überlegen? Warum soll *ich* diejenige sein, die nachgibt?«

»Er ist der Prinz«, bemerkte er simpel. Aber seine Geduld mit ihr war am Ende. »Lieber Himmel, wenn ich geahnt hätte, was Ihr Verhalten bei ihm auslöst, dann hätte ich sein Mißfallen in London in Kauf genommen und ihm eine andere Frau besorgt. Aber er wollte Sie und ich wollte uns genau die Bescherung ersparen, die wir jetzt haben. Das war ein Fehler. Es tut mir wirklich leid. Aber was geschehen ist, ist geschehen. Können Sie ihm denn nicht wenigstens ein bißchen entgegenkommen? Oder haben Sie Angst, daß Sie der Aufgabe nicht gewachsen sind?«

»Seien Sie doch nicht albern. Was die Prinzessin von einer Zofe erwartet, wird sich wohl nicht sehr von dem unterscheiden, was ich von meiner Zofe erwarten würde.«

»Wo liegt dann das Problem? Haben Sie nicht behauptet, der Königin gedient zu haben?«

»Das war eine Ehre.«

»Es ist eine Ehre, Prinzessin Anastasia zu dienen.«

»Das ist es überhaupt nicht! Denn ich bin ihr gleichgestellt.«

Sein Gesicht hatte sich vor Ärger gerötet. »Dann paßt Ihnen vielleicht der andere Vorschlag des Prinzen besser.«

Damit verließ er sie, und jetzt hatten sie beide hochrote Gesichter.

15.

»Ich möchte Mister Kirow sprechen.« Katherine schaute abwechselnd die beiden Wachen an. Sie sahen völlig gleich aus und blickten sie verständnislos mit ausdruckslosen Gesichtern an.

Jeden Tag saßen zwei andere Wachen vor ihrer verschlossenen Tür. Heute waren es Kosaken, die offensichtlich kein Französisch verstanden. Sie wiederholte ihren Wunsch auf deutsch, dann holländisch, englisch und schließlich, schon ganz verzweifelt, auf spanisch. Nichts. Sie starrten sie einfach nur an und rührten sich nicht von ihren Hockern.

»Typisch.« Sie war so deprimiert, daß sie laut mit sich selbst sprach. »Alle wollen, daß du nachgibst, Katherine, aber machen sie es dir leicht?«

Sie sollte die Angelegenheit einfach vergessen. Wozu hatte sie die ganze Nacht mit sich um diesen Entschluß gerungen? Sie war jetzt erst den vierten Tag eingesperrt. Und auch wenn ihr Maruscha kein zusätzliches Essen mehr zusteckte, konnte sie es noch viel länger aushalten. Aber schließlich wollte sie ja nicht wegen sich selbst, sondern um der anderen willen nachgeben. Sie klammerte sich an diese Ausrede.

Lügnerin. Du willst aus der Kabine raus. Das ist alles.

Sie wollte es noch ein letztes Mal versuchen, bevor ihr Stolz wieder überhandnahm. »Ki-row.« Sie machte eine beschreibende Bewegung mit ihren Händen. »Versteht ihr? Großer Mann. Alexandrows Mann.«

In die beiden Männer kam Leben, als sie den Namen

des Prinzen hörten. Ihre Gesichter verzogen sich zu einem Lächeln. Einer von ihnen stand so hastig auf, daß sein Hocker umfiel und er beinahe darüber gestolpert wäre. Er machte sich sogleich auf den Weg zu Dimitris Kabine am anderen Ende des Ganges.

Katherine geriet in Panik. »Nein! *Ihn* will ich nicht sprechen, du Dummkopf!«

Doch es war bereits zu spät. Noch bevor er die Tür zu Dimitris Kabine erreicht, öffnete sich diese und der Prinz trat heraus. Über den Kopf des Kosaken hinweg trafen sich Dimitris und ihre Augen. Gleichzeitig lauschte er dem Wortschwall des Mannes. Es war nicht Russisch, sondern eine Sprache, die Katherine noch nie gehört hatte. Am liebsten hätte sie sich in ihre Kabine geflüchtet. Mit Dimitri hatte sie auf *keinen* Fall sprechen wollen. Vielmehr wollte sie ihre Entscheidung Wladimir mitteilen und er sollte es dem Prinzen sagen, dann mußte sie sich seiner Gegenwart nicht wieder aussetzen. Er hatte gewonnen. Und sie legte keinen Wert darauf, seine Schadenfreude über diesen Sieg zu sehen.

Doch sie war kein Feigling. Sie wich nicht aus, als er zu ihr trat.

»Du wolltest Wladimir sehen?«

In ihren Augen blitzte es auf. »Oh, diese – diese –« Sie starrte die beiden Wachen an, die sich respektvoll im Hintergrund hielten. »Sie haben mich recht gut verstanden, nicht wahr?«

»Sie können ein bißchen Französisch, aber nicht genug –«

»Sie brauchen gar nichts sagen«, höhnte sie. »So wie der Kapitän, nicht wahr? Egal.«

Sein Gesichtsausdruck zeigte keinerlei Gefühle. »Vielleicht kann ich dir helfen?«

»Nein«, rutschte es ihr zu schnell heraus. »Ja. Nein.«

»Wenn du dich entscheiden könntest –«

»Also gut«, sagte sie barsch. »Ich wollte Mister Kirow meinen Entschluß mitteilen, aber wenn Sie schon hier sind, kann ich es genausogut auch Ihnen sagen. Ich nehme Ihre Bedingungen an, Alexandrow.« Er schaute sie einfach nur an. Heiße Röte stieg in ihre Wangen. »Haben Sie gehört, was ich gesagt habe?«

»Ja!« stieß er heraus. Seine Überraschung war nicht mehr zu verbergen und sein Lächeln überstrahlte alles. »Ich habe es nur nicht erwartet, ... ich meine, ich hatte angefangen zu denken ...«

Er verstummte. Diese Sprachlosigkeit war eine völlig neue Erfahrung für ihn. Es fiel ihm absolut nichts Vernünftiges ein. Lieber Himmel, gerade hatte er zu ihr gehen wollen, um ihr zu sagen, daß sie seine dummen Befehle vergessen sollte. Und jetzt das! Eigentlich sollte er es ihr trotzdem sagen, und auch, daß er sich unwohl dabei fühlte, wenn er versuchte sie zu irgend etwas zu zwingen. Und doch – und doch tat es ihm so gut, diesen Kampf mit ihr gewonnen zu haben. Und das, nachdem er die letzten vier Tage so mit sich, mit seinem schlechten Gewissen, mit seinem Zorn zu kämpfen gehabt hatte.

Noch nie hatte er eine Frau so rücksichtslos behandelt. Und das alles nur, weil er sie so begehrte und sie so gar kein Interesse an ihm zeigte. Trotzdem hatte sie nachgegeben, auch wenn er überzeugt davon gewesen war, daß sie es nie tun würde. Für ihn hatte es keinen Sinn mehr gehabt, weiter zu versuchen, sie seinem Willen zu beugen. Aber vielleicht durfte er sich jetzt doch noch Hoffnung machen, daß sie schließlich auch seinen ganz persönlichen Wünschen keine Abwehr mehr entgegensetzen würde.

»Habe ich dich richtig verstanden, Katja? Du bist jetzt bereit, für mich zu arbeiten?«

Nun gut, Katherine, du hast es gewußt, daß er wieder so anfangen würde. Genau aus diesem Grund wolltest du ihn auch nicht sehen – nun, zumindest war es ein Grund. Dein Herzklopfen verrät den anderen Grund.

»Ich weiß nicht, ob ich es Arbeit nennen würde,« antwortete Katherine fest. »Ich werde Ihrer Schwester zur Hand gehen, denn es sieht so aus, als bräuchte sie Hilfe.

Ihrer Schwester, Alexandrow«, betonte sie, »nicht Ihnen.«

»Das ist das gleiche, denn ich komme für ihre Unkosten auf.«

»Unkosten? Sie wollen doch nicht schon wieder von Geld anfangen?«

Genau das hatte er beabsichtigt. Bei ihm würde sie das Zehnfache dessen verdienen, was sie in England für die gleiche Arbeit erhielt. Jede andere Frau würde das genau wissen wollen. Aber ihre zu schmalen Schlitzen zusammengezogenen Augen waren ihm eine Warnung, nicht darauf zu bestehen.

»Schon gut, reden wir nicht über den Lohn«, lenkte Dimitri ein. »Aber ich bin neugierig, Katja. Warum hast du deine Meinung geändert?«

Statt einer Antwort stellte sie ihrerseits eine Frage. »Warum haben Sie in den letzten Tagen so schlechte Laune gehabt?«

»Woher weißt du – was zum Teufel spielt das für eine Rolle?«

»Wahrscheinlich gar keine. Man hat mir nur gesagt, daß ich der Grund dafür sei. Nicht, daß ich das auch nur eine Minute geglaubt hätte. Aber man hat mir auch erzählt, daß jeder an Bord betreten herumschliche und kaum mehr aufzutreten wagte. Und das alles wegen Ihrer Stimmung. Das ist wirklich ziemlich gefühllos von Ihnen, Alexandrow. Ihre Leute versuchen mit allen Kräften, Sie zufriedenzustellen, selbst wenn es für andere von Schaden ist. Und Sie merken es nicht einmal, wenn sie vor Angst schier erstarren. Oder haben Sie es gewußt und es war Ihnen gleichgültig?«

Schon bei ihren letzten Worten hatte sich seine Stirn verdüstert. »Bist du fertig mit deiner Kritik an mir?«

Sie blickte ihn in gespielter Unschuld mit großen Augen an. »Sie haben mich danach gefragt, warum ich meine Meinung geändert habe, oder nicht? Ich habe nur versucht Ihnen zu erklären…«

Da erkannte er, daß sie ihn mit Absicht verspottete. »Ach, dann hast du also wegen meiner armen Diener kapituliert? Wenn ich gewußt hätte, wie edel du bist, dann hätte ich die Bedürfnisse meiner Schwester ignoriert und darauf bestanden, daß du meine erfüllst.«

»Warum, Sie –«

»Aber, aber«, mahnte er sie. Seine Laune war wieder soweit hergestellt, daß er sie necken konnte. »Erinner' dich an dein Opfer, bevor du irgend etwas sagst, das meine schlechte Laune wieder heraufbeschwört.«

»Zum Teufel mit Ihnen!«

Er legte seinen Kopf in den Nacken und lachte vergnügt. Wie gegensätzlich doch ihr sittsames Aussehen zu ihrem Zorn war. Entzückend unschuldig sah sie in dem Kleid aus rosafarbener und weißer Moiréseide aus. Es war züchtig hochgeschlossen und ganz ohne Verzierungen. Ihr Haar trug sie wie ein junges Mädchen nur mit einer Schleife im Nacken gebunden. Doch ihre Lippen waren fest zusammengepreßt, ihre Augen sprühten vor Ärger und ihr energisches, kleines Kinn hatte sie rebellisch nach vorne geschoben. Hatte er wirklich befürchtet, ihren erfrischenden Geist mit seiner rohen Behandlung gebrochen zu haben? Er hätte es besser wissen müssen.

Dimitris Lachen ging in ein Lächeln über. Er begegnete ihrem wütenden Blick und spürte wieder einmal, wie ihn die merkwürdige Wirkung, die sie auf ihn hatte, gefangennahm. »Weißt du eigentlich, wie sehr mich dein Temperament erregt?«

»Ich kann nicht sagen, daß es mir mit Ihnen genauso geht –«, begann Katherine, nur um abrupt abzubrechen, als ihr die Bedeutung seiner Worte dämmerte.

Ihr Herz schien sich zu überschlagen. Sie hielt den Atem an. Gebannt beobachtete sie seine Augen, die immer dunkler wurden. Und als seine Hand sanft unter ihr Haar am Nacken glitt und er sie langsam zu sich herzog, hatte sie keine Kraft das abzuwehren, was kommen mußte.

In dem Moment, als seine Lippen die ihren berührten, flammten all die erotischen Empfindungen, die sie unter dem Einfluß der exotischen Droge verspürt hatte, wieder in ihr auf. Ihre Glieder wurden weich wie Wachs, ihre Gedanken zerflossen. Ungehindert schlüpfte seine Zunge zwischen ihren Zähnen hindurch, erforschte ausgiebig ihren Mund, entfachte ein Feuer in ihrem Körper. Instinktiv schob sie ihre Hüften vor, ohne daß er sie dazu ermuntert hätte, denn er hielt weiterhin nur ihren Nacken. Sie war es, die ihren Körper nahe an ihn preßte, die die Berührung ersehnte, brauchte...

Dimitri war zutiefst überrascht, wie sehr sie auf ihn ansprach. Er hatte wild fuchtelnde Arme und tretende Füße erwartet. Statt dessen war ihr Körper weich und willig. Er hätte sie schon viel früher küssen sollen, statt zu versuchen, ihren Widerstand dadurch zu brechen, und sie in sein Bett zu zwingen. Wie töricht war er nur gewesen. Er hatte nicht angenommen, daß sie zu der ihm wohlbekannten Sorte von Frauen gehörte, die nein sagen, wenn sie in Wirklichkeit ja meinen. Und doch hatte Katherine nichts Geziertes an sich. Ihre leidenschaftlichen Gefühle waren nicht nur vorgespielt. Sie hatte nichts gemein mit den raffinierten, trügerischen Frauen, wie er sie gewöhnlich kannte, und das hinterließ ein quälendes Gefühl der Verwirrung in ihm, auch wenn er das augenblickliche Glück genoß.

Katherine spürte deutlich die Leere, als der Kuß zu Ende war. Dimitris Hand glitt zu ihrem Gesicht und genau wie in jener verhängnisvollen Nacht, schmiegte sie ihre Wange in seine Handfläche, ohne zu bemerken, was sie da tat. Er holte tief Luft bei dieser zärtlichen Geste, und das brachte sie in die Wirklichkeit zurück. Sie stöhnte kläglich auf und es kam Bewegung in sie.

Sie drückte ihre Hände gegen Dimitris Brust und stieß ihn von sich. Er rührte sich nicht von der Stelle, aber weil er sie auch nicht abwehrte, stolperte sie durch den eigenen Schwung nach hinten in ihre Kabine. Der Abstand zwischen ihnen genügte ihr, die Fassung wiederzufinden, auch wenn ihr Herz immer noch heftig schlug.

Wütend funkelte sie ihn an und hob abwehrend eine Hand, als er einen Schritt auf sie zu machte. »Kommen Sie nicht näher, Alexandrow.«

»Warum?«

»Tun Sie es nicht. Wagen Sie es nicht noch einmal.«

»Warum?«

»Ach, Sie und Ihre verdammten *Warums*. Ich will es einfach nicht, das ist alles!«

Dimitri ging nicht weiter als bis zur Tür. Er lehnte sich gegen den Rahmen und verschränkte seine Arme über dem mächtigen Brustkorb. Dabei betrachtete er sie nachdenklich.

Sie war durcheinander und nervös, vielleicht hatte sie auch ein bißchen Angst. Wohl deswegen fühlte er eine Stärke ihr gegenüber, die er sonst in ihrer Gegenwart nicht kannte. War es denn möglich, daß sie genauso überrascht war wie er über die warme Erwiderung seines Kusses? Fürchtete sie sich jetzt davor, daß es wieder passieren könnte?

Kleiner Dummkopf. Was hatte sie bloß gegen sinnliche Freuden? Aber diese Begegnung hatte ihm etwas gezeigt, was ihn sehr befriedigte. Er war ihr überhaupt nicht gleichgültig. In dieser Frau steckte eine Leidenschaft, die kein Aphrodisiakum brauchte, um geweckt zu werden. Eine sanfte Berührung genügte, und dazu würde es noch weitere Gelegenheiten geben – dafür wollte er schon sorgen.

»Nun gut, Katja, du hast mich von deiner Abscheu vor dem Küssen überzeugt.« Lachen schwang in seiner Stimme mit, denn beide wußten sie, wie albern diese Feststellung war. »Komm mit, ich werde dich meiner Schwester vorstellen.« Und als sie sich nicht von der Stelle rührte, fügte er hinzu: »Du hast doch jetzt keine Angst vor mir, oder?«

»Nein.« Und hochfahrend fügte sie hinzu, denn er

hatte sich ebenfalls noch nicht bewegt: »Aber wenn Sie möchten, daß ich mitkomme, sollten Sie doch vorangehen.«

Er lachte, aber als sie ihm den Gang hinunter folgte, meinte sie ihn sagen zu hören: »Diese Runde hast du gewonnen, Kleines, aber ich kann dir nicht versprechen, daß ich mich deinen Wünschen immer so unterwerfe.«

16.

»Sie, Mitja? Glaubst du, ich habe noch nicht gehört, wer sie ist? Glaubst du, ich weiß nicht, daß sie die kleine Hure ist, die du an jenem Nachmittag in London von der Straße aufgelesen hast? *Die* willst du mir als Zofe geben?«

Mit diesen Worten begrüßte Anastasia Petrowna Alexandrowna Katherine, nachdem Dimitri sie vorgestellt und ihre Anwesenheit erklärt hatte. Die jüngere Frau hatte ihr nur einen kurzen Blick zugeworfen, sie dann ignoriert und ihren Bruder angegriffen, als hätte er ihr die schrecklichste Beleidigung zugemutet.

Dabei war Katherine diejenige, die beleidigt wurde. Doch als sie sich von dem Schock dieser Beschimpfungen erholt hatte, reagierte sie ganz ungewöhnlich auf die Geringschätzung der Prinzessin. Sie stellte sich vor Dimitri, dem anzusehen war, daß er im nächsten Augenblick die Beherrschung verlieren würde. Dann lächelte sie, denn Anastasia konnte jetzt nicht länger über sie hinwegsehen.

»Liebes Fräulein, wäre ich nicht eine Dame *und* hätte ich nicht so ein ausgeglichenes Gemüt, wäre ich sehr versucht, Sie für Ihr ausfallendes Benehmen zu ohrfeigen. Von Ihrer Geringschätzung mir gegenüber will ich dabei noch gar nicht reden. Aber da man Sie offensichtlich falsch über mich informiert hat, muß ich wohl Nachsicht üben und Ihnen vergeben. Aber eine Sache möchte ich doch klarstellen. Ich bin keine Hure, Prinzessin. Und ich werde Ihnen nicht *gegeben*, wie Sie es so arrogant ausdrückten. Ich habe mich bereit erklärt, Ihnen behilflich zu sein, da Sie offensichtlich alleine nicht zurechtkommen. Aber ich verstehe das vollkommen. Schauen Sie mich nur an. Ohne meine Zofe hier auf der Reise weiß ich mit meinem Haar nichts anzufangen und auch das Ankleiden ist ohne Hilfe äußerst ermüdend. Sie sehen, ich verstehe Ihr Dilemma, und da ich nichts Besseres zu tun habe...«

Katherine hätte mit ihrer feinen Ironie noch lange fortfahren können, aber sie konnte das Lachen über den schockierten Gesichtsausdruck der Prinzessin kaum mehr unterdrücken und außerdem hatte sie das Wesentliche gesagt. Ob es irgend etwas bewirkt hatte, blieb abzuwarten.

Dimitri beugte sich nahe an ihr Ohr und flüsterte: »Ausgeglichenes Gemüt, Katja? Wann werde ich denn dieser Frau begegnen, die du da beschrieben hast?«

Rasch ging sie ein paar Schritte von ihm weg, drehte sich dann um und warf ihm das gleiche falsche Lächeln zu, das sie auch für die Prinzessin übrig gehabt hatte. »Wissen Sie, Alexandrow, ich glaube nicht, daß Ihre Schwester so hilflos ist, wie Sie mir zu verstehen gegeben haben. Sie scheint mir recht gut zu wissen –«

»Übereilen Sie nichts«, unterbrach Anastasia sie, die spürte, zu weit gegangen zu sein und jetzt befürchtete, eine tüchtige Zofe zu verlieren. Dabei benötigte sie diese ganz dringend. »Ich dachte, ich müßte Sie erst wie Mitjas Diener lange einweisen. Aber wenn Sie eine Dame sind, wie Sie sagen, dann wird das ja nicht nötig sein. Ich nehme Ihre Hilfe an. Und, Mitja... danke, daß du an mich gedacht hast.«

Es wurmte Anastasia, was sie den beiden sagen mußte. Auf ihren Bruder war sie immer noch sehr wütend, weil er sie nach Hause zwang und ihr solche Drohungen wegen eines zukünftigen Ehemannes machte. Es ging ihr sehr gegen den Strich, ihm im Augenblick für irgend etwas danken zu müssen. Und erst diese Engländerin! Zweifellos hatte Dimitri genug von der kleinen Hure und deswegen halste er sie jetzt ihr auf. Eine Dame! Aber wahrscheinlich verstand sie mehr von den Aufgaben einer Zofe als Dimitris Diener, und könnte somit ganz nützlich sein. Doch Anastasia würde die Beleidigung nicht vergessen, die ihr dieses *Weib* zugefügt hatte.

»Ich verlasse euch jetzt, damit ihr euch besser kennenlernen könnt«, sagte Dimitri.

Anastasia lächelte, aber ihre Augen blieben hart. Katherines Gesichtsausdruck wäre sanft gewesen, ohne die feste Linie um ihren Mund. Dimitri wußte, daß mit seiner Schwester nicht unbedingt leicht auszukommen war. Und Katherines Temperament kannte er zur Genüge. Vielleicht war es ein Fehler gewesen, die beiden zusammenzubringen, aber nun war es zu spät. Wenn es nicht gut ging, gab es für Katherine ja immer noch die andere Möglichkeit.

Der Blick, den Dimitri ihr zuwarf, bevor er ging, warnte Katherine, denn sie erriet seine Gedanken. Er wünschte sich, daß sie versagte! Er freute sich darauf. Dieser Schuft! Aber den Gefallen würde sie ihm nicht tun. Und wenn es sie umbrächte, sie würde gegenüber diesem verwöhnten, ungezogenen Kind, das seine Schwester war, freundlich bleiben.

Dieser Vorsatz geriet freilich ins Wanken, als sie die lange Liste der Pflichten vernahm, die Anastasia für sie bereithielt. Sie hatte sich um das Bad, Ankleiden, Kämmen und die Mahlzeiten der Prinzessin zu kümmern. Das Mädchen wollte sie jede Minute des Tages mit Beschlag belegen, und sie sogar – und das überraschte Katherine wirklich – porträtieren. Es stellte sich heraus, daß Anastasia sich für eine begabte Künstlerin hielt und ihre Malerei war zudem das einzige, womit sie sich auf der Reise beschäftigen konnte.

»Ich werde es *Das Gänseblümchen* nennen«, sagte Anastasia und meinte das Porträt.

»Sie finden, daß ich Ähnlichkeit mit einem Gänseblümchen habe?«

Anastasia freute sich über die Möglichkeit, die sich ihr da bot, diese Frau zu erniedrigen. »Nun, eine Rose sind Sie nicht gerade. Ja, ein ziemlich sonnengebräuntes Gänseblümchen, mit diesem dunklen Haar – aber Sie haben hübsche Augen«, räumte sie ein und weidete sich an Katherines Gesichtsausdruck. In der Tat fand Anastasia, daß sie wunderschöne Augen hatte, und ein Gesicht, das zwar keine klassische Schönheit besaß, aber durchaus interessant war. Es zu malen bedeutete eine echte Herausforderung für sie. Je mehr Anastasia sie mit den Augen einer Künstlerin betrachtete, ohne daß ihr Blick vom Groll getrübt war, um so spannender wurde die Aufgabe für sie.

»Haben Sie ein gelbes Kleid?« fragte sie. »Es muß unbedingt ein gelbes Kleid sein, wegen der Gänseblümchen-Wirkung, verstehen Sie?«

Bleib ganz ruhig, Katherine. Sie will dich reizen, aber sie macht es nicht sehr geschickt. Du kannst sie ohne große Anstrengung in ihre Schranken verweisen.

»Kein gelbes Kleid, Prinzessin. Es tut mir leid, aber Sie werden improvisieren müssen, oder es sich vorstellen –«

»Nein, ich muß es sehen ... aber natürlich! Sie werden eins von meinen Kleidern anziehen.«

Es war ihr ernst. »Nein, das werde ich nicht«, sagte Katherine steif.

»Aber das müssen Sie. Sie haben zugestimmt, daß ich Sie male.«

»Ich habe nicht zugestimmt, Prinzessin. Sie haben das vorausgesetzt.«

»Bitte.«

Das Wort überraschte sie beide. Anastasia schaute zur Seite, um eine verräterische Röte zu verbergen. Es erstaunte sie weniger, daß sie die Frau so inständig gebeten hatte, sondern vielmehr, daß ihr das Porträt plötzlich so wichtig geworden war. Noch nie hatte sie sich einer derartigen Aufgabe gestellt. Das war etwas anderes als die Obstschalen und Blumenwiesen, die sie bisher gemalt hatte, und bei denen ein Bild aussah wie das andere. Und auch die wenigen Porträts von ihren Freundinnen, die alle blond und hübsch waren, hatten sie nicht gefordert. Nein, hier bot sich ihr etwas ganz Einzigartiges. Sie mußte sie einfach malen.

Katherine kam sich wie eine kleinliche Krämerseele vor, als sie die Röte in Anastasias Gesicht sah. Sie verweigerte ihr ausgerechnet das, was ihr nun wirklich nichts ausmachte. Wie gehässig. Und warum? Weil die Prinzessin verzogen war und Dinge sagte, die sie wahrscheinlich gar nicht so meinte? Oder weil sie Dimitris Schwester war, und ihr ein Nein ihr gegenüber dieselbe Freude machte, als gälte es ihm?

»Gut, Prinzessin, ich werde Ihnen jeden Tag ein paar Stunden Modell sitzen«, willigte Katherine ein. »Aber ich möchte die Zeit bestimmen, wann es mir paßt.«

Mit den anderen Pflichten würde sie sich befassen, wenn sie aktuell wurden. Es hatte keinen Sinn, sich jetzt darüber auseinanderzusetzen (sie würde jedenfalls *keinen* Rücken schrubben). Sie würde die Gelegenheit nutzen, wenn Anastasia die Krallen eingezogen hatte.

17.

An diesem Nachmittag erlebten sie den ersten von vielen Stürmen, die ihnen in den folgenden Wochen noch begegnen sollten. Es war kein gefährlicher Sturm, und für die meisten an Bord, vor allem für Anastasia, nur eine lästige Begleiterscheinung. Sie vertrug das Reisen auf See sehr gut, nur unter diesen Umständen hatte sie Schwierigkeiten, wie sie sogleich zugab und das Bett aufsuchte.

Katherine verließ die Kabine der Prinzessin mit dem Auftrag, sich um das Waschen verschiedener Kleidungsstücke zu kümmern. Darunter war auch das goldene Kleid, das sie für das Porträt ausgesucht hatten. Den Rest des Nachmittags würde sie für sich haben. Das Problem war, daß sie nicht die geringste Ahnung vom Wäschewaschen hatte. Aber Anastasia war nicht davon abzubringen gewesen, daß Dimitris Diener nur mit den Angelegenheiten eines Mannes vertraut waren, sich mit den Kleidungsstücken einer Frau nicht auskannten, und alles verderben würden, was sie anlangten.

»Das wird mir nicht anders gehen.«

»Mylady?«

Katherine blieb stehen, erstaunt darüber, daß sie so angeredet wurde. Und noch dazu von Maruscha? Die ältere Frau hatte sie in der Tür zu ihrer Kabine abgepaßt. Sie grinste über das ganze Gesicht und winkte Katherine, näher zu kommen. Diese folgte der Aufforderung sogleich, denn der Korridor, in dem auch Dimitris Kabine lag, schien ihr kein geeigneter Ort sich aufzuhalten. Sie wollte ihm hier nicht noch einmal begegnen.

»Weswegen rufen Sie mich?« fragte Katherine, bevor sie in ihr Zimmer trat.

Maruscha überhörte den scharfen Tonfall. »Wir wissen, wer Sie sind, Mylady. Nur der Prinz und mein Mann glauben Ihnen nicht.«

Sie fühlte eine große Erleichterung, daß ihr wenigstens jemand glaubte und doch änderte sich nichts, solange Dimitri nicht überzeugt war. »Warum glaubt *er* mir nicht, Maruscha? Kleider und Umstände ändern nichts daran, wer man ist.«

»Die Russen können sehr eigensinnig sein. Sie halten hartnäckig an ihrem ersten Eindruck fest. Wladimir hat auch allen Grund dazu, denn in Rußland steht die Todesstrafe auf die Entführung von Adeligen. Deshalb denkt er nicht daran, zuzugeben, daß Sie mehr sind, als er zunächst annahm.«

»Wir sind nicht in Rußland und ich bin Engländerin«, erinnerte Katherine sie.

»Aber russische Sitten und Gebräuche treten nicht einfach außer Kraft, nur weil wir gerade nicht im Land sind. Der Prinz allerdings« – Maruscha zuckte die Achseln – »wer weiß schon, warum er nicht akzeptieren kann, was so offensichtlich ist? Vielleicht denkt er nicht darüber nach, weil er die Wahrheit nicht haben will. Genausogut ist es möglich, daß die Verlockung, die Sie für ihn darstellen, seine Urteilskraft trübt.«

»Mit anderen Worten, er ist so sehr damit beschäftigt herauszufinden, wie er mich verführen kann, daß er keine Zeit mehr hat, an irgend etwas anderes zu denken?«

Der gereizte Tonfall überraschte Maruscha, aber gleich darauf konnte sie nicht anderes als darüber lachen. Sie wußte inzwischen, daß die kleine Engländerin nicht mit anderen Frauen zu vergleichen war, aber sie fand es immer noch unglaublich, daß Dimitri eine Frau begegnet war, die er nicht auf der Stelle in seinen Bann schlug. Selbst Prinzessin Tatjana war schrecklich in ihn verliebt, was alle außer Dimitri wußten.

Laut Tatjana Iwanowas Dienerschaft hatte diese nur beschlossen, sich ihm gegenüber gleichgültig zu geben, damit er es mehr zu schätzen wüßte, wenn er sie erst einmal gewonnen hätte.

Maruscha wurde wieder ernsthaft, als sie bemerkte, daß Katherine ihre Fröhlichkeit nicht teilte. »Es tut mir leid, Mylady. Es ist nur weil ... empfinden Sie wirklich gar nichts für den Prinzen?«

»Ganz im Gegenteil«, erwiderte Katherine ohne zu zögern. »Ich verabscheue ihn.«

»Aber meinen Sie das wirklich so, *Angliski*, oder ist es nur Ihr Ärger, der Sie dazu veranlaßt –«

»Ist meine Glaubwürdigkeit schon wieder in Frage gestellt?«

»Nein, nein, ich habe nur gedacht ... egal. Aber es ist einfach zu schade, daß Sie solche Gefühle haben, denn er hat eine große Zuneigung zu Ihnen. Aber das wissen Sie ja schließlich selbst.«

»Wenn Sie damit auf seine Bemühungen, mich in sein Bett zu locken anspielen, stimme ich Ihnen zu, Maruscha, ich bin ja nicht dumm. Ein Mann kann eine Frau begehren, ohne daß er sie respektiert, ohne daß er sie kennt, ja, er muß sie nicht einmal mögen. Wenn dem nicht so wäre, würde nie jemand das Wort *Hure* gebraucht haben. Und Sie brauchen auch gar nicht so tun, als würde Sie meine Direktheit schockieren, ich würde es doch nicht glauben.«

»Das ist es nicht, Mylady«, beeilte sich Maruscha ihr zu versichern. »Es sind nur diese falschen Schlüsse, die Sie gezogen haben. Sicher, der Prinz ist genauso liebeshungrig wie alle jungen Männer in seinem Alter, und oft bedeuten ihm seine Abenteuer wenig oder gar nichts. Mit Ihnen ist es vom ersten Augenblick an anders gewesen. Glauben Sie wirklich, daß es normal für ihn ist, sich eine Fremde von der Straße in sein Bett zu holen? So etwas hat er bis dahin noch nie getan. Er hat Sie gern, Mylady. Wenn dem nicht so wäre, würde er Sie gar nicht mehr begehren. Wenn dem nicht so wäre, würde nicht alles, was mit Ihnen zu tun hat, so deutlich sichtbare Gefühle bei ihm auslösen. Haben Sie nicht die Veränderung bemerkt, seit Sie seinen Anordnungen zugestimmt haben? Deswegen bin ich auch hier. Ich möchte Ihnen im Namen von uns allen danken, für das Opfer, das Sie uns bringen.«

Katherine konnte die Veränderung hören – Stimmen, nicht mehr nur Flüstern, Rufe und Gelächter an Deck, selbst bei diesem Sturm – und es freute sie, diese Rückkehr zur Normalität bewirkt zu haben. Und sie konnte auch die kleine Erregung nicht leugnen, die sie bei Maruschas Behauptung, Dimitri habe sie gern, ergriffen hatte. Aber das gehörte nicht zur Sache und ging zudem niemanden etwas an. Und was ihr Opfer betraf – es war nicht so schwierig, mit Anastasia zurechtzukommen, solange ihr Bruder nicht in der Nähe war. Doch diese Menschen mußten einfach mal verstehen, daß sich ihre Stellung nicht geändert hatte, nur weil sie jetzt keine Jungfrau mehr war. Sie würde es nicht dulden, daß sie sich genauso darum bemühten, sie zu verkuppeln, wie sie sich angestrengt hatten, sie aus ihrer Kabine zu bekommen.

»Ich weiß nicht, wie man es in Rußland hält«, sagte Katherine, »aber in England wird einer Dame kein Antrag gemacht, außer man möchte sie heiraten. Euer Prinz beleidigt mich jedesmal, wenn er... wenn er –«

Maruscha amüsierte sich. »Hat Sie noch nie zuvor ein Mann gebeten, Ihr Liebhaber sein zu dürfen, Mylady?«

»Natürlich nicht!«

»Wie schade! Je öfter Sie gebeten werden, um so weniger klingt es wie eine Beleidigung.«

»Sie irren sich, Maruscha.«

Ein tiefer Seufzer und ein schräges Lächeln belehrten Katherine, daß Maruscha sicher nicht so schnell aufgeben würde. Aber für den Moment machte sie keinen weiteren Vorstoß. »Hat Ihnen die Prinzessin das gegeben?« Sie deutete auf die Kleider, die Katherine auf dem Arm hielt.

»Ich soll sie waschen und bügeln.«

Maruscha mußte beinahe lachen über die Mischung aus Widerwillen und Entschlossenheit, die sich auf Katherines Zügen spiegelte. »Damit sollen Sie sich nicht beschäftigen müssen, Mylady. Ich werde sie Maxim, Dimitris Kammerdiener, geben und er wird sie Ihnen hierher zurückbringen. Anastasia braucht das nie zu erfahren.«

»Ich bin sicher, er hat schon genug zu tun.«

»Gar nicht. Er wird sich auch um Ihre eigene Kleidung kümmern. Und Sie werden nichts dagegen haben, denn er ist derjenige, der die letzten vier Tage den Prinzen bedient hat und er ist Ihnen am dankbarsten von allen, daß Sie Frieden mit Dimitri geschlossen haben. Es wird ihm ein Vergnügen sein, Ihnen, wo er nur kann, zu helfen.«

Katherine kämpfte zwei Sekunden mit ihrem Stolz, dann gab sie Maruscha die Kleider. »Das gelbe muß für meine Größe gekürzt werden.«

»Oh!«

»Die Prinzessin möchte mich darin malen.«

Maruscha grinste, um ihre Überraschung zu verbergen. Anastasia war im Moment mit der ganzen Welt böse und ließ es an jedem aus. Maruscha hätte darauf wetten mögen, daß sie zu der kleinen Engländerin besonders unfreundlich sein würde und das Ergebnis davon eine heftige Auseinandersetzung wäre.

»Sie muß wirklich Zuneigung zu Ihnen gefaßt haben«, bemerkte Maruscha, immer noch lächelnd. »Und sie malt wirklich sehr gut. Es ist ihre Leidenschaft, die einzige außer Männer.«

»Ach, jetzt verstehe ich.«

Nun lachte Maruscha wirklich. »Also hat sie Ihnen von ihren zahllosen Liebhabern erzählt?«

»Nein, nur von dem einen, dessentwegen sie aus England verbannt wurde, und wie ungerecht das doch alles sei.«

»Sie ist jung. Für sie ist alles, was ihr nicht paßt, ungerecht, vor allem ihr Bruder. Ihr ganzes Leben hat sie nur gemacht, was ihr gefällt. Und natürlich hat sie etwas dagegen, daß ihr plötzlich die Zügel angezogen werden.«

»Man hätte das schon viel früher machen sollen. In England ist solch eine Promiskuität unerhört.«

Maruscha zuckte die Achseln. »Wir Russen haben da eine andere Einstellung. Eure Königin runzelt über diese Dinge nur die Stirn. Wir hatten eine Zarin, die es sich zur Gewohnheit gemacht hatte, ihre Liebhaber vor aller Welt zur Schau zu stellen. Ihr Enkel Alexander stand ihr in nichts nach. Und Zar Nikolaus wurde am gleichen Hof erzogen. Kein Wunder, daß unsere Damen nicht so unschuldig sind wie die englischen.«

Katherine hielt den Mund und machte sich klar, daß Rußland ein ganz anderes Land war mit einer anderen Kultur, und daß es ihr nicht zustand, darüber zu urteilen. Aber, lieber Gott, sie kam sich vor wie ein kleines Kind im Sündenbabel. Sie war sprachlos vor Entsetzen gewesen, als sie Anastasias Gejammer zugehört hatte. Diese hatte sich bitter darüber beklagt, daß sie wegen einer so kleinen

Affäre, wie sie es nannte, bei ihrer Großmutter derartig in Ungnade gefallen war, daß die Herzogin Dimitri gebeten hatte, sie nach Hause zu holen. Da erst war Katherine aufgegangen, wer Anastasia war: Die russische Prinzessin, über die vor ein paar Wochen so viel geklatscht worden war. Sie selbst hatte die Geschichte auch gehört. Als Dimitri ihr gegenüber den Duke von Albemarle erwähnte, hatte sie nur die Verbindung nicht hergestellt. Der Herzog war ihr Onkel mütterlicherseits. Sie waren also zur Hälfte Engländer. Eigentlich hätte es Katherine besser gehen sollen, nachdem sie das wußte. Dem war aber nicht so. Die Herkunft zählte nicht, wenn man unter Barbaren großgeworden war.

18.

»Katja?«

Katherines Herz tat einen Sprung. Sie hätte es wissen sollen und nicht versuchen sollen, sich an Dimitris offener Tür vorbeizuschleichen. Verflixt, warum mußte er auch seine Tür offen lassen.

Katherine riß sich zusammen und warf einen Blick in die Kabine. Er saß an seinem Schreibtisch vor einem Stapel Papiere, neben sich ein Glas Wodka. Seine Jacke hatte er ausgezogen und das weiße Hemd stand am Hals offen. Wegen des trüben Wetters brannte die Schreibtischlampe. Das helle Licht ließ die Konturen seines Gesichtes scharf hervortreten und das Goldblond seines Haars wirkte fast weiß. Sie zwang sich dazu, ihren Blick rasch wieder abzuwenden.

Katherines Stimme klang ungeduldig, brachte deutlich zum Ausdruck, daß sie nicht gewillt war, sich von ihm aufhalten zu lassen. »Ich wollte gerade an Deck gehen.«

»Bei dem Regen?«

»Ein bißchen Regen hat noch niemandem geschadet.«

»An Land vielleicht. Aber auf einem Schiff sind die Planken glitschig und –«

Sie blitzte ihn an. »Also, Alexandrow, entweder kann ich mich frei auf dem Schiff bewegen, wie Sie es mir versprochen haben, oder Sie können mich auch gleich wieder in der Kabine einschließen lassen. Was gilt denn nun?«

Die Hände in die Hüften gestemmt, das Kinn nach vorne geschoben, war sie zu einem Kampf bereit, ja vielleicht hoffte sie sogar darauf. Dimitri lächelte, er war nicht darauf aus, sie zu etwas zu zwingen.

»Wenn du unbedingt willst, dann geh und werd naß. Aber wenn du zurückkommst, möchte ich mit dir sprechen.«

»Worüber?«

»Wenn du zurückkommst, Katja.«

Er wandte seine Aufmerksamkeit wieder seinen Papieren zu. Damit war sie entlassen, die Angelegenheit für ihn erledigt. Katherine biß die Zähne zusammen und stolzierte davon. »›Wenn du zurückkommst, Katja‹«, äffte sie wütend nach, während sie die Treppe nach oben stampfte. »Du brauchst es nicht vorher wissen, Katja. Nein, denn dann kannst du dich darauf einstellen, und das würdest du auch, nicht wahr? Quäl dich lieber damit herum. Was zum Teufel hat er jetzt wieder vor?«

An Deck peitschte ihr der Regen ins Gesicht, und vorläufig war Dimitris Arroganz vergessen. Sie ging zur Reling, hielt sich daran fest und betrachtete den Aufruhr der Elemente, die stürmische See, den wilden Himmel, die Natur in ihrer ganzen Ursprünglichkeit. Und beinahe hätte sie sich das entgehen lassen. Schon konnte man sehen, wie am Horizont die untergehende Sonne durch die Wolken brach. Das Schiff würde den Sturm bald hinter sich gelassen haben.

Jetzt konnte sie das genießen, wovon sie zu Hause nur hatte träumen können: durchgeblasen vom Wind und naß bis auf die Haut, ohne daß gleich jemand nach einem

Mantel rennt, ohne sich darum zu kümmern, ob der Hut oder das Kleid ruiniert wird, oder ob einen jemand sehen kann. Es war ein kindisches Vergnügen, aber so erfrischend, und Lachen stieg in ihr hoch, als es ihr gelang, den Regen in den Handflächen aufzufangen und zu trinken und der Wind ihr frech unter die Röcke fuhr. Sie war immer noch gehobener Stimmung, als der kühlere Abendwind sie schließlich zwang, wieder nach unten zu gehen. Gelassen näherte sie sich Dimitris immer noch offener Tür und erinnerte sich daran, daß er sie hatte sprechen wollen. Fast zwei Stunden hatte sie ihn warten lassen. Wenn sie es geschafft hatte, ihn dadurch zu ärgern, dann war ihr das nur recht. »Möchten Sie mich noch sprechen, Alexandrow?« erkundigte sie sich liebenswürdig.

Dimitri saß immer noch hinter seinem Schreibtisch. Beim Klang ihrer Stimme warf er die Feder hin und lehnte sich zurück. Es schien ihn nicht weiter zu überraschen, daß sie wie eine getaufte Maus aussah. Die Haare hingen naß an ihr herunter, ein paar Strähnen waren ihr wirr ins Gesicht gefallen, das Kleid klebte fast durchsichtig am Körper und zu ihren Füßen bildete sich sogleich eine Pfütze.

Sein Gesichtsausdruck zeigte keinen Ärger, nur seine Stimme klang unwirsch, doch nicht aus dem Grund, den Katherine erwartet hatte. »Mußt du mich denn immer noch so unpersönlich anreden? Meine Freunde und meine Familie nennen mich Mitja.«

»Wie nett.«

Sie konnte seinen Seufzer durch den ganzen Raum hören. »Komm herein, Katja.«

»Nein, ich glaube, das sollte ich lieber nicht tun«, fuhr sie mit der gleichen irritierenden Nonchalance fort. »Ich möchte nicht Ihren Fußboden volltropfen.«

Sie mußte niesen, und das ruinierte die ganze schöne Wirkung ihres Auftritts. In seinen Augen blitzte der Schalk auf, doch sie bemerkte es nicht, weil sie wegsah.

»Wie war das, ein bißchen Regen schadet nichts? Geh und zieh dir andere Kleider an, Katja.«

»Das werde ich auch, aber sagen Sie mir erst –«

»Zieh dich erst um.«

Sie wollte schon darauf bestehen, daß er sofort sagte, was er wollte, doch statt dessen schwieg sie. Wozu sollte es gut sein? Sie hatte ihren Auftritt gehabt. Und wie schon zuvor hatte er es wieder geschafft, sie in Rage zu bringen. Aber dieses Mal – dieses Mal ließ sie die Tür krachend hinter sich zufallen und marschierte davon. Mit Vergnügen würde sie energisch anklopfen, wenn sie wiederkam. Verflixte Tür. Warum in aller Welt ließ er sie die ganze Zeit offenstehen?

»Damit er dich aufhalten kann, was er ja auch gemacht hat. Was ist das für eine Freiheit, wenn du nicht mal an Deck gehen kannst, Katherine, nicht mal ins Speisezimmer, ohne daß er es mitbekommt?«

Lieber Himmel, nun bezog sie schon alles auf sich, wo es doch viel wahrscheinlicher war, daß ihm einfach nur heiß war und er sich ein bißchen frische Luft verschaffen wollte. Schließlich kam er aus Rußland, dem Land des ewigen Winters. Was sie als kühl empfand, war für ihn immer noch warm.

»Mach dir nichts vor, Katherine, du weißt doch genau, daß du ihm gar nicht so wichtig bist. Wahrscheinlich verschwendet er nicht einen Gedanken an dich, wenn du nicht da bist. Warum sollte er auch? Und seine Tür wird auch nicht die ganze Zeit offenstehen. Aber selbst wenn es so ist, wird er dich nicht jedesmal aufhalten.«

So vernünftig das alles klang, half es doch kaum etwas gegen die Wut, die sie empfand, wenn er sie wie ein Kind behandelte. Und was anders war es, wenn er ihr unmißverständlich klarmachte, daß sie gehen könne, oder wenn er ihr anordnete, daß sie sich umzuziehen hätte, als ob sie das nicht selbst wüßte. Katherine schlug die Tür zu und machte sich daran, ihr Mieder aufzuknöpfen. Der nasse Stoff machte die Aufgabe nicht gerade leichter. Sie hätte alles darum gegeben, Lucy wenigstens für eine Minute hier zu haben. Die Unerfüllbarkeit dieses Wunsches ließ sie noch wütender werden.

Sie versetzte ihrem Kleid einen Tritt, als es auf den Boden fiel, und dann gleich noch einen, einfach so. Schuhe, Petticoats und Unterwäsche flogen auf den gleichen Haufen. Da erst bemerkte sie, daß es in dem Raum zu dunkel war, um in der Truhe nach frischen Kleidern zu suchen. Sie stieß sich den Fuß an, als sie versuchte am Waschtisch nach einem Handtuch zu greifen. Das war Öl auf ihre Flammen.

»Sie sollten sich auf das Wesentliche beschränken, wenn Sie reden, verehrter Prinz, das ist alles, was ich zu sagen habe.« Ihre Stimme verschaffte ihr Erleichterung in dem dämmrigen Zimmer und als sie endlich eine Kerze angezündet hatte, spornte sie sich an: »Mich in der Ungewißheit zu halten, entspricht wohl Ihrer Vorstellung von –«

»Redest du immer mit dir selbst, Katja?«

Katherine erstarrte. Sie schloß die Augen, ihre Finger verkrampften sich in das Handtuch, das sie umgeschlungen hatte und sie glaubte ihren Ohren nicht zu trauen. *Er ist nicht hier. Nein, das würde er nicht wagen.* Sie wollte sich nicht umdrehen, selbst dann nicht, als sie Schritte hinter sich hörte. *Bitte, Herr, gewähre mir nur eine Gnade. Bedecke meine Blöße. Nur ein kleines Wunder, bitte!*

»Katja?«

»Sie können nicht hereinkommen.«

»Ich bin schon hier.«

»Dann gehen Sie, bevor ich –«

»Du redest zu viel, Kleines. Du redest ja schon mit dir selbst. Mußt du denn immer auf der Hut sein, immer in der Abwehr? Wovor hast du Angst?«

»Ich habe keine Angst«, beharrte sie schwach. »Es gibt gewisse Anstandsregeln und Ihr ungeladenes Eindringen hier entspricht denen überhaupt nicht.«

»Hättest du mich denn eingeladen?«

»Nein.«

»Siehst du, deswegen habe ich auch nicht geklopft.«

Er spielte mit ihr, nutzte seinen Vorteil aus, und sie wußte nicht, wie sie sich verhalten sollte. Nur mit einem Handtuch bedeckt strahlte sie nicht besonders viel Würde aus. Einen schönen Anblick bot sie. Wie sollte sie ihn in seine Schranken weisen, wenn sie sich nicht einmal umdrehen konnte, um ihm die Stirn zu bieten?

Sie *hatte* Angst. Er stand direkt hinter ihr. Sie konnte seinen Atem an ihrem Kopf spüren. Sein Geruch umgab sie. Ihn anzusehen, wäre ihr Untergang.

»Ich möchte, daß Sie gehen, Alexandrow.« Verwundert stellte sie fest, wie ruhig ihre Stimme klang, obwohl ihre Nerven zum Zerreißen gespannt waren. »Ich werde in ein paar Minuten zu Ihnen kommen, wenn ich –«

»Ich möchte bleiben.«

Die Worte klangen schlicht, aber sie sprachen Bände. Beide wußten sie, daß sie ihn nicht zwingen konnte zu gehen, wenn er bleiben wollte. Ihre nervöse Anspannung entlud sich in sinnloser Erbitterung, als sie ihm schließlich ihr Gesicht zuwandte.

»Warum?«

»Das ist eine dumme Frage, Katja.«

»Ach, zum Teufel! Warum ich? Und warum *jetzt*? Ich war völlig vom Regen durchnäßt. Ich sehe aus wie eine gebadete Maus. Wie kommt es, daß Sie... warum wollen Sie –«

Dimitri lachte leise über ihre Schwierigkeiten. »Immer zerpflückst du alles mit deinen ›Wies‹ und ›Warums‹. Du willst die Wahrheit hören, Kleines? Ich saß an meinem Schreibtisch und habe mir vorgestellt, wie du deine nassen Kleider ausziehst, und das Bild war so deutlich, als stündest du vor mir. Du siehst, in meiner Erinnerung bist du genauso unwiderstehlich wie in Wirklichkeit. Wenn ich meine Augen schließe, sehe ich dich wieder umrahmt von grünem Satin –«

»Hören Sie auf!«

»Aber du wolltest doch wissen, warum ich dich begehre, oder nicht?«

Die Berührung seiner Hände enthob Katherine einer Antwort. Ihre Gedanken überschlugen sich so wild, daß sie einfach aufhörte zu denken. Sanft und weich glitt seine Hand über ihre nackten Schultern, ihren schlanken Hals.

Seine Finger umfaßten ihren Nacken, sein Daumen unter ihrem Kinn hob ihren Kopf hoch. »Ich hätte dich nicht in meiner Phantasie ausziehen sollen.« Seine Lippen streiften ihre Schläfe, ihre Wange. »Aber ich konnte nicht anders. Und jetzt brauch ich dich, Katja, ich brauche dich«, flüsterte er leidenschaftlich, bevor sich ihre Lippen trafen.

Katherines Ängste wurden Wirklichkeit, aber sie konnte und wollte sich nicht gegen seinen Kuß wehren. Wie Honig, wie zuckersüßer Wein – er schmeckte so gut, das Gefühl war so schrecklich schön. ... *Aber denk an die Folgen, Katherine. Du mußt ihm widerstehen. Nimm deine Phantasie zu Hilfe, so wie er. Stell dir vor. Lord Seldon hält dich im Arm.*

Sie versuchte es, aber ihr Körper ließ sich nicht täuschen, kannte den Unterschied. Warum sollte sie standhaft bleiben? Warum? Sie konnte sich an keine Gründe mehr erinnern, wollte überhaupt nicht.

Nur ein paar Minuten ihn spüren, genießen, Katherine. Was können ein paar Minuten schon schaden?

In dem Moment, als sie ihren schlanken Körper an den seinen schmiegte, gab Dimitri seiner Leidenschaft freien Lauf. Triumph stieg in ihm auf, gab ihm ein ungekanntes Hochgefühl, denn noch nie war ihm ein Erfolg so wichtig erschienen.

Er hatte recht gehabt. Katherine war nur direkt über ihre Sinne zu gewinnen. Aber er hatte auch jenen Morgen nicht vergessen. Er wagte nicht, auch nur einen Moment von ihr abzulassen, und sei es nur, um Atem zu holen. Gleich würde sie wieder den Schild der Gleichgültigkeit zwischen ihnen aufrichten und die einmalige Gelegenheit wäre vertan.

Aber was machte sie da mit ihm ... Lieber Gott, wie sollte

er sich da noch beherrschen? Er mußte alle Kraft aufwenden, sie nicht mit seiner Begierde zu erdrücken. Ihre kleinen Hände zuckten über seinen Rücken, griffen in sein Haar, drängten ihn verlangend. Ihre Zunge begegnete der seinen, nicht zögernd, sondern wild und fordernd. Er konnte sich nicht irren. Sie begehrte ihn genauso wie er sie. Aber trotzdem wollte er nichts riskieren.

Ohne den Kuß zu unterbrechen, öffnete Dimitri die Augen, um zu erspähen, wo ihr Bett stand. Er hätte gleich beim Eintreten darauf achten sollen. Doch er war zu hingerissen gewesen von ihrem Anblick, als daß er für irgend etwas anderes Augen gehabt hätte. Aber als er jetzt suchend herumblickte, konnte er kein Bett entdecken. Seine Augen kehrten zu etwas zurück, was er zunächst nicht hatte wahrhaben wollen. Eine Hängematte!

Das war wie ein Schwall eiskalten Wassers. Weil kein Bett da war, sollte alles verloren sein? Unvorstellbar. Da lag der Teppich. Er war dick und – nein! Er konnte sie nicht auf dem Boden nehmen. Nicht dieses Mal. Dieses Mal mußte vollkommen sein, sollte ihm dazu dienen, sie das nächste Mal überreden zu können.

Katherine hatte sich Dimitris Leidenschaft so hingegeben, daß seine kurze Unaufmerksamkeit bei ihr wie eine Alarmglocke wirkte. Sie wußte nicht, was die Ursache war. Das spielte auch keine Rolle. Aber schlagartig kam ihr wieder zu Bewußtsein, was sie da tat – und was er tat. Er hob sie auf seine Arme und ging langsam in Richtung Tür, ohne seine Lippen von den ihren zu lösen. Aber der Kuß hatte sich verändert, seine Leidenschaft war zunehmend härter geworden, so als ob – als ob... *Er hat dich durchschaut, Katherine. Er weiß, wie er dich völlig willenlos machen kann.*

Und es war schon zu spät. Sie hatte ihre Sinne wieder beisammen, ob sie nun wollte oder nicht.

Sie drehte ihren Kopf beiseite, um seine Macht zu unterbrechen.

»Wohin bringen Sie mich?«

Er ging weiter. »In mein Zimmer.«

»Nein... Sie können mich nicht einfach so hier raustragen.«

»Niemand wird dich sehen.«

Ihre Stimme hatte unsicher geklungen. »Lassen Sie mich runter, Dimitri«, drang es jetzt scharf an sein Ohr.

Er hielt an, setzte sie aber nicht ab. Seine Arme drückten sie schmerzhaft und ihr war klar, daß er seinen Vorteil dieses Mal nicht so schnell aufgeben würde.

»Ich bin für dich dagewesen, als du Hilfe brauchtest«, erinnerte er sie. »Willst du das leugnen?«

»Nein.«

»Dann kannst du das gleiche auch für mich tun.«

»Nein.«

Sein Körper wurde steif, seine Stimme hart. »Das ist nur gerecht, Katja. Ich brauche dich jetzt, gleich. Deine lächerliche Tugendhaftigkeit ist völlig fehl am Platz.«

Das machte sie wütend. »Lächerliche Tugendhaftigkeit? Vergleichen Sie mich nicht mit Ihren russischen Frauen, die ganz offensichtlich nicht einen Funken davon besitzen. Ich bin Engländerin! Meine *lächerliche Tugendhaftigkeit* ist völlig normal, vielen Dank, und sie ändert sich auch nicht durch meinen Umgang. Lassen Sie mich jetzt runter, Dimitri, auf der Stelle.«

Er war dermaßen wütend, daß er sie am liebsten einfach fallengelassen hätte. Wie konnte sie mit einer solchen Leichtigkeit von einem Extrem ins andere springen? Und warum sprach er überhaupt noch mit ihr? Er wußte doch, daß ihr Widerstand mit Worten nicht zu brechen war.

Er ließ ihre Beine zu Boden gleiten, sein Arm unter ihrem Rücken rutschte ein bißchen tiefer und er preßte sie an sich. Das Handtuch hatte sich gelöst und es fiel nur nicht herunter, weil ihre Körper so dicht beisammen waren.

»Langsam glaube ich, daß du gar nicht weißt, was du willst, Katja.«

Katherine stöhnte, als seine andere Hand, in Vorbereitung auf einen neuen Angriff, ihr Kinn umfaßte. Sie würde nicht in der Lage sein, ihm zu widerstehen, nicht schon wieder und nicht jetzt. Hatte sie sich doch von dem ersten noch nicht erholt. Aber er hatte unrecht, so unrecht. Sie wußte genau, was sie wollte.

»Würden Sie es mit Gewalt versuchen, Dimitri?«

Er ließ sie so plötzlich los, daß sie ein paar Schritte zurückstolperte. »Niemals!« stieß er hervor.

Ohne es zu wissen, hatte sie ihn verletzt. Es war gar nicht so gemeint gewesen. Sie hatte nur einen letzten, verzweifelten Versuch unternommen, ein gewisses Maß an Haltung zu wahren. Wenn sie sich ihm erst einmal völlig hingab, so befürchtete sie, dann würde er sie – ihren Körper und ihren Geist – so beherrschen, daß von Katherine St. John kaum mehr etwas übrig blieb.

Hastig griff sie nach ihrem Handtuch, dann blickte sie ihn an. Seine große Enttäuschung war nicht zu übersehen. Er zerwühlte seine Haare, als wollte er sich jede Strähne seiner goldenen Locken einzeln ausreißen. Dann hielt er inne, durchbohrte sie mit einem Blick, der verwirrt und zornig zugleich war.

»Lieber Gott, in dir stecken zwei ganz verschiedene Frauen! Wohin verschwindet die wollüstige Katherine, wenn die prüde zurückkehrt?«

War er blind? Konnte er nicht sehen, daß sie immer noch zitterte vor Sehnsucht nach ihm, daß ihr Körper den seinen heiß begehrte? *Verdammt, Dimitri, sei doch nicht so ein Gentleman. Hör auf meinen Körper, nicht auf meine Worte. Nimm mich.*

Er vernahm das unausgespochene Flehen nicht. Er sah nur die verpaßte Gelegenheit und spürte die Qual der unerfüllten Leidenschaft.

Mit einem letzten, tief erregten Blick verließ Dimitri die Kabine, die Tür wütend hinter sich zuschlagend. Draußen bereute er seinen Hohn. Katherine hatte einen Moment lang sehr betroffen gewirkt bei seinen Worten. Eine Frau, die so küßte wie sie, konnte wahrlich nicht als prüde bezeichnet werden. Sie begehrte ihn. Und wenn es das letzte wäre, was er vollbrachte, er würde es schaffen, daß sie es eingestand.

Er hätte den Teppich nicht verachten sollen, das war sein Fehler gewesen. Und dabei hatte er Frauen durchaus schon an unpassenderen Orten verführt. Einmal hatte er sich von Wasili herausfordern lassen und es in dessen Theaterloge während der Pause gemacht, obwohl die Gefahr einer Entdeckung sehr groß gewesen war. Verdammt, wie gerne würde er jetzt mit Wasili sprechen. Er hatte meist die richtige Idee, um Probleme scheinbar von selbst aufzulösen.

Es war ihm nicht gelungen, sie zu verführen. Jede direkte Annäherung war ein Fehlschlag gewesen, selbst der Appell an ihr Gerechtigkeitsempfinden hatte nichts genutzt. Sie besaß so etwas wohl gar nicht. Er mußte seine Taktik ändern. Wahrscheinlich sollte er sich ein Stück von ihrer vorgeblichen Gleichgültigkeit abschneiden. Frauen liebten es, nein zu sagen, aber sie schätzten es überhaupt nicht, wenn sie nicht beachtet wurden. Das könnte funktionieren. Natürlich verlangte das Geduld und daran mangelte es ihm leider.

Er seufzte tief, als er in seine Kabine zurückging. Wenigstens hatte sie ihn Dimitri genannt. Ein kümmerlicher Ersatz.

Am nächsten Morgen wurde ein Bett in Katherines Kabine gebracht.

19.

»Welche Pläne haben Sie, wenn wir in Petersburg ankommen, Katherine?«

Katherine veränderte ihre Stellung und warf Anastasia einen durchdringenden Blick zu. Aber die junge Frau hatte die Frage, wie so viele andere auch, gestellt, ohne von der Leinwand aufzuschauen. Katherine bemerkte, daß Zora, die in einer Ecke saß und nähte, in Erwartung ihrer Antwort die Arbeit hatte sinken lassen. Die ältere Zofe hatte sich von der Seekrankheit noch nicht ganz erholt. Doch es gab Phasen, in denen es ihr so gut ging, daß sie einen Teil ihrer Pflichten wieder aufnehmen konnte.

War es möglich, daß Anastasia tatsächlich nicht davon wußte, daß Katherine eine Gefangene war? Zora wußte Bescheid. Alle Diener wußten Bescheid. Aber wenn Dimitri ihnen zu verstehen gegeben hatte, daß Anastasia nichts darüber erfahren sollte, dann richtete sich selbst ihre persönliche Zofe danach.

»Ich habe noch nicht weiter darüber nachgedacht«, log Katherine. »Vielleicht sollten Sie Ihren Bruder fragen.«

Diese ausweichende Antwort ließ Anastasia kurz aufschauen und die Stirn runzeln. »Sie haben sich bewegt. Drehen Sie Ihren Kopf wieder auf die Seite, Kinn hoch – ja, so ist es gut.« Sie entspannte sich, als Katherines Pose wieder mit dem Bild auf der Leinwand übereinstimmte. »Mitja soll ich fragen? Was hat das mit ihm zu tun?« Und dann vergaß sie einen Augenblick das Bild, denn ein Gedanke schoß ihr durch den Kopf. »Sie hoffen doch nicht noch immer... Ich meine, es ist Ihnen doch klar... ach, herrje.«

»Was sollte mir klar sein, Prinzessin?«

Anastasia gab vor, wieder ganz mit dem Gemälde beschäftigt zu sein, um ihre Verlegenheit zu überspielen und keine Antwort geben zu müssen. Sie hatte nicht vorgehabt, Katherine Zuneigung entgegenzubringen. Gerne hätte sie ihren Mißmut an ihr ausgelassen, doch das gelang ihr nicht. Und sie war auch mit ihrer ursprünglichen Mal-Idee gescheitert. Dreimal hatte sie angesetzt und versucht, eine bäuerische, einfache, gewöhnliche Frau darzustellen, bis sie es schließlich aufgab und das malte, was sie sah, nicht was sie sehen wollte.

In Wirklichkeit war es so, daß Anastasia Katherine

gerne mochte. Sie schätzte ihre Aufrichtigkeit und ruhige Beherrschung – wie anders war doch das russische Temperament – die stille Würde und der trockene Humor. Selbst Katherines Dickköpfigkeit, die so unähnlich ihrer eigenen nicht war, konnte sie gut leiden. Am Anfang wäre es einige Male beinahe zu Auseinandersetzungen gekommen. Ihrer beider Vorstellungen über Katherines Pflichten hatten nicht übereingestimmt. Doch Katherines eindeutige Weigerung in bestimmten Punkten, die sie auch nicht bereit war zu diskutieren, und ihre Unnachgiebigkeit hatten Anastasia Respekt und schließlich Bewunderung abverlangt. Schließlich hatte sie aufgehört, Katherine als Untergebene zu betrachten, und jetzt war sie ihr so etwas wie eine Freundin geworden.

Mit einem Mal tat ihr die Engländerin richtig leid und das machte sie ganz verlegen. Für gewöhnlich zeigte sie kein großes Einfühlungsvermögen für Frauen, die über einen verlorenen Liebhaber jammerten und klagten. Viele ihrer Freundinnen hatten das schon zu spüren bekommen. Sie kannte den Schmerz einer Zurückweisung nicht, denn so etwas war ihr noch nie widerfahren. Auch hatte noch nie ein Mann das Interesse an ihr verloren. Sie war diejenige, die Liebesgeschichten beendete, von einem zum anderen flatterte, wie es ihr gerade einfiel. Darin war sie ihrem Bruder sehr ähnlich.

Nur war Dimitri nie wirklich betroffen. Er liebte Frauen ganz allgemein, nicht eine bestimmte, und er begehrte jede, die einen Reiz auf ihn ausübte. Anastasia war da anders. Sie brauchte das Gefühl der Verliebheit, und das recht häufig. Nur leider hielt es nie lange an. Doch das war nicht zu verwechseln mit der Melancholie von Frauen, die unter einer unerwiderten Liebe litten.

Anastasia hatte Katherine dieser Kategorie von Frauen nicht zugeordnet; sie wirkte immer so nüchtern und pragmatisch. Aber warum dachte sie, daß es Dimitri noch interessieren könnte, was sie in Rußland machte? Ihm war doch offensichtlich klar geworden, daß er einen Fehler gemacht hatte, sie mitzunehmen. Bereits nach einer knappen Woche hatte er sie Anastasia gebracht und sich seitdem nicht mehr mit ihr abgegeben. Verstand Katherine nicht, was das bedeutete?

»*Was* sollte mir klar sein, Prinzessin?«

Anastasia errötete bei der wiederholten Frage. Und die Röte vertiefte sich, als sie sah, daß Katherine ihr Unbehagen bemerkte. »Es war nichts. Ich weiß nicht, woran ich gedacht habe.«

»Das wissen Sie sehr wohl.« Katherine ließ nicht locker. »Wir sprachen über Ihren Bruder.«

»Oh, ja.« Sie bewunderte wieder einmal Katherines Hartnäckigkeit. »Ich habe gedacht, daß Sie anders sind als all die Frauen, die sich sofort in Mitja verlieben, wenn sie ihm begegnen. Sie schienen überhaupt nicht darunter zu leiden oder verärgert zu sein, daß er Ihnen keine Beachtung mehr schenkt. Aber gerade kam es mir so vor, daß Ihnen vielleicht nicht klar, daß er... also, daß er...« Es half nichts. Die ganze Angelegenheit war schon peinlich genug. Und für Katherine wäre es noch viel unangenehmer, wenn sie Anastasias Mitleid spürte. »Was ich denke? Ach, Sie wissen es doch selbst.«

»*Was* weiß ich?«

»Daß Mitja kein Mann für mehr als ein kurzes Abenteuer ist. Ich glaube, er ist gar nicht fähig, eine einzige Frau zu lieben. Kaum eine Frau schafft es, sein Interesse länger als vierzehn Tage zu halten. Seine paar Mätressen sind eine Ausnahme, aber er *liebt* sie nicht. Sie sind nur bequem für ihn, das ist alles. Nein, Moment... Prinzessin Tatjana ist auch eine Ausnahme. Aber sie wird er heiraten und deshalb zählt das eigentlich nicht.«

»Prinzessin –«

»Nein, nein, Sie brauchen gar nichts zu sagen. Ich wußte, daß Sie klug genug wären, sich nicht von ihm betören zu lassen. Es würde Sie sicher erstaunen zu erfahren, wie viele Frauen weniger klug sind. Aber es ist ja auch so leicht, sich in Mitja zu verlieben. Er schätzt Frauen sehr. Solange er eine Frau begehrt, gibt er sich ihr voll und ganz hin. Und niemals verspricht er etwas, das er nicht erfüllen kann. Keine kann behaupten, daß er sie getäuscht hätte.«

Katherine hörte kaum mehr hin, was Anastasia zuletzt sagte. In ihren Ohren hallte immer noch das Wort *heiraten* wider. Ihr Magen krampfte sich zusammen und ihr wurde plötzlich übel. Es war einfach lächerlich. Was ging es sie an, wenn Dimitri heiraten wollte. Irgendwann hatte sie doch auch Anastasia für seine Frau gehalten. Warum also sollte er keine Verlobte haben?

Ach, hätte doch Anastasia dieses Thema bloß nicht angeschnitten. Und jetzt saß sie da und erwartete eine Antwort. Sollte sie ihr die ganze Situation erklären, ihr sagen, was sie wirklich für Dimitri empfand? Damit würde sich das Gespräch nur in die Länge ziehen. Und als seine Schwester schenkte Anastasia ihr wahrscheinlich sowieso keinen Glauben.

»Sie hatten recht, Prinzessin«, lenkte Katherine geschickt ein. »Ich bin klug genug, mich weder in Ihren Bruder noch in irgendeinen anderen Mann zu verlieben. Es ist mir tatsächlich nur angenehm, daß er mich vollkommen vergessen hat.«

Anastasia glaubte ihr kein Wort. Zwar klang ihre Stimme gleichgültig, aber in den Worten schwang doch deutlich eine Art von Abwehr mit. Daraus schloß sie, daß Katherine immer noch in Dimitri verliebt war. Aber nachdem sie ihr jetzt die Hoffnungslosigkeit einer solchen Liebe vor Augen gehalten hatte, würde sie vielleicht anfangen, ihn zu vergessen. Anastasia fühlte sich besser, weil sie annahm, Katherine geholfen zu haben.

Es war ein Glück, daß Dimitri nicht gerade in diesem Augenblick eintrat. Als er eine Viertelstunde später kam, hatte Katherine ihren Ärger bereits hinuntergeschluckt. Sie hatte ihre widerstreitenden inneren Stimmen besänftigt und war zufrieden mit sich, weil zumindest Anastasias Enthüllungen sie nicht hatten verwirren können.

Doch Dimitris Anblick jetzt, nach all den Wochen, in denen sie ihn nicht gesehen hatte, war zuviel für sie.

Katherine hatte die verheerende Wirkung, die er auf sie haben konnte, vergessen – nein, nicht eigentlich vergessen. Eher war es so, daß sie ihrer Erinnerung mißtraut hatte. Doch damit hatte sie sich etwas vorgemacht. Immer noch war er der Märchenprinz – zu schön, um Wirklichkeit zu sein.

Er war in düsteres Grau und Schwarz gekleidet, doch es spielte überhaupt keine Rolle, was er trug. War sein Haar länger? Vielleicht ein bißchen. Lag in dem kurzen Blick, den er ihr zuwarf, mehr als nur Neugierde? Wahrscheinlich nicht einmal das.

Sie hatte wohl den Nagel auf den Kopf getroffen, als sie sagte, er hätte sie vollkommen vergessen. Seit jenem längst vergangenen, stürmischen Tag in ihrer Kabine, hatte er seine Absichten aufgegeben. Und sie war erfreut darüber, tatsächlich.

Es machte die Reise immerhin erträglicher... *Aber auch weniger spannend, Katherine. Sei ehrlich. Du vermißt die Herausforderung des Kräftemessens. Noch nie in deinem Leben hat dir etwas so geschmeichelt wie sein Interesse an dir. Auch das vermißt du... und noch anderes.*

Sie seufzte innerlich. Es spielte auch weiterhin keine Rolle, wie sie sich fühlte. Ihre Einstellung konnte sich nicht ändern. Lady Katherine St. John würde sich keinen Liebhaber nehmen, auch nicht, wenn er so aufregend war wie Dimitri. Doch das war so hart, daß sie sich wünschte, keine Dame zu sein.

»Was ist das?«

In seiner Stimme schwang eindeutig Neugierde mit. Natürlich – woher sollte er auch wissen, daß Anastasia sie malte. Anastasia verließ ihre Kabine kaum und er war nie zu Besuch gekommen. Außerdem war sie sehr nachtragend. Sie hatte ihrem Bruder noch nicht verziehen und war ihm absichtlich aus dem Weg gegangen, genau wie er eine Begegnung mit Katherine vermieden hatte.

»Ach, was mag das wohl sein, Mitja?«

Diese Frage, die keine war, drückte nur ihre Gereiztheit aus. Anastasia schätzte es nicht, unterbrochen zu werden, und schon gar nicht von ihm.

Doch ihr Spott wurde einfach ignoriert. Dimitri wandte sich an Katherine, unfähig seine Überraschung zu verbergen.

»Hast du dem da zugestimmt?«

»Ach, Alexandrow, was mag das wohl sein?«

Katherine hatte nicht widerstehen können, Anastasias fragende Bemerkung zu wiederholen.

Dimitri lachte herzlich. Dabei hatte sie wirklich nicht beabsichtigt, ihn zu amüsieren.

»Hat dein Besuch einen besonderen Grund, Mitja?« fragte Anastasia und funkelte ihn dabei zornig an.

Nein, das hatte er nicht. Doch, das hatte er schon, aber er konnte es seiner Schwester nicht erklären und schon gar nicht Katherine. Er hatte am Tag zuvor beschlossen, herauszufinden, wie seine neue Taktik gewirkt hatte. Dieses Wartespiel hatte seine Geduld über die Maßen strapaziert. Jedesmal wenn der Wunsch in ihm aufgestiegen war, Katherine aufzusuchen, war er standhaft geblieben. Aber jetzt war es genug. An diesem Morgen hatte er wieder warten müssen, aus dem einfachen Grund, weil sie sich hier mit Anastasia eingesperrt hatte und ihr Modell saß. Das war wirklich das letzte gewesen, was er erwartet hatte zu sehen.

In einem Winkel seines Herzens hatte er gehofft, daß seine Leidenschaft für Katherine vielleicht in der Zwischenzeit verflogen wäre. Doch ein Blick auf sie hatte diese Vorstellung zunichte gemacht. In Rußland, mit anderen Frauen, die ihn ablenkten, hätte es vielleicht funktioniert. Aber er zweifelte selbst daran. Immer noch war sie für ihn die sinnlichste und erotischste Frau, die ihm je begegnet war. Es genügte, daß er mit ihr im gleichen Raum war und schon spürte er, wie sich seine Männlichkeit mit aller Kraft regte. Er mußte erst genug von ihr haben, sie sooft nehmen, bis sie ihn nicht mehr interessierte. Langeweile, die er bei anderen Frauen so rasch empfand, war das einzige Heilmittel. Davon war er überzeugt.

Nie hatte er geglaubt, daß einmal der Tag kommen würde, an dem er sich die Langeweile herbeisehnte. Wie oft hatte er statt dessen seine Unfähigkeit beklagt, mit einer Frau eine längerandauernde Verbindung aufzubauen. Und immer war seine Langeweile die Ursache dafür gewesen. Die Frauen in seiner Bekanntschaft waren wirklich nichts weiter als Bekannte. Es gab tatsächlich nur eine Frau, die er als Freundin bezeichnen konnte. Das war Natalie, und die Freundschaft hatte sich auch erst entwikkelt, als er aufgehört hatte, mit ihr zu schlafen. Aber die Langeweile war ihm immer noch lieber als diese Leidenschaft, die ihn völlig beherrschte. Er konnte an nichts anderes mehr denken und noch nie hatte er so viele Enttäuschungen erlebt.

Dimitri hatte Anastasias Frage nicht beantwortet und beabsichtigte auch nicht es zu tun. Immer noch lächelnd wandte er sich ihr zu. Er gab vor, das Gemälde betrachten zu wollen. Doch das diente ihm nur als Ausrede, um unauffällig immer wieder Katherine anzublicken, als wollte er Original und Abbild miteinander vergleichen. Aber wie jedes Vorhaben, das mit Katherine zusammenhing, mißglückte ihm auch dieses. Er konnte seine Augen nicht mehr von dem Porträt abwenden.

Er hatte gewußt, daß seine Schwester ihr Hobby recht geschickt ausübte, aber eine derartige Begabung hatte er ihr nicht zugetraut. Doch das war es nicht einmal, was ihn derart erstarren ließ. Die Frau auf dem Bild war die gleiche, die er so sehr begehrte, und sie war es auch nicht. Die Ähnlichkeit stand außer Frage. Sie könnten Zwillinge sein. Aber dies war nicht die Frau, die ihm sein Geist widerspiegelte, sobald er die Augen schloß. In lebendigen Farben war hier das Porträt einer Aristokratin gezeichnet, vornehm, würdevoll, edel bis in die kleinste Nuance ihrer Pose, eine wahrhaft Adelige.

Mit dem goldschimmernden Gewand, die festgeflochtenen Haare über eine Schulter gelegt und dem Diadem, das wie eine Krone auf ihrem Kopf saß, sah sie aus wie eine junge Königin aus dem Mittelalter. Sie wirkte stolz, unbeugsam und schön – ja, Anastasia hatte eine Schönheit eingefangen, die nicht leicht zu erkennen war...

Lieber Gott, wohin gingen seine Gedanken? Sie war eine Schauspielerin! Alles war nur Darstellung, Pose, Schein.

Er berührte Anastasia an der Schulter. »Hat sie das schon gesehen?«

»Nein.«

»Sie läßt mich nicht«, warf Katherine ein, die die Frage gehört hatte. »Sie bewacht es wie die Kronjuwelen. Ist es so häßlich?«

»Nein, durchaus nicht.« Er spürte, wie sich Anastasia bei dieser oberflächlichen Beurteilung ihres Meisterwerks anspannte.

»Ach, Katherine, würdest du uns bitte ein paar Minuten alleine lassen? Ich möchte mit meiner Schwester etwas Vertrauliches besprechen.«

»Natürlich.«

Katherine fühlte sich auf den Schlips getreten. Er behandelte sie mit der gleichen nachlässigen Gleichgültigkeit, wie man sie für Lakeien übrig hat. Aber was hatte sie denn erwartet nach all der Zeit? Seine völlige Nichtbeachtung sprach für sich. Doch Anastasia war der Wahrheit gefährlich nahe gekommen. Ohne daß es ihr bewußt gewesen wäre, hatte Katherine gehofft – worauf? Sie war sich nicht sicher. Sie spürte nur, wie sich ein Abgrund von Leid in ihr auftat. Ihr Verstand sagte ihr, daß ihr seine Gleichgültigkeit nichts zu bedeuten hatte, aber all ihre Gefühle liefen dagegen Sturm.

Im Zimmer drehte sich Anastasia zu ihrem Bruder herum. Sein Blick lag unverwandt auf dem Bild. »Also?« Sie machte gar nicht erst den Versuch, ihren Unmut zu verbergen.

»Warum hast du es ihr nicht gezeigt?«

Anastasia verwirrte diese unerwartete Frage. »Warum?« Und dann, eine Spur nachdenklicher: »Warum? Weil ich einmal ein Modell hatte, die ungeduldig wurde, als sie nicht sofort eine Ähnlichkeit erkennen konnte und sich dann weigerte, mir noch länger zu sitzen.« Sie zuckte die Achseln. »Wahrscheinlich war diese Vorsichtsmaßnahme bei Katherine gar nicht nötig. Sie versteht viel von Malerei und würde ein unfertiges Bild nicht beurteilen. Und sie ist mir ein hervorragendes Modell gewesen. Nie hat sie sich beschwert, wenn ich sie stundenlang hintereinander sitzen ließ. Dadurch bin ich sehr gut vorangekommen. Wie du siehst ist es fast fertig.«

Dimitri, immer noch das Bild betrachtend, fragte sich, was Katherine wohl in den vielen Stunden geduldigen Sitzens gedacht hatte. Waren ihre Gedanken auch zu ihm gewandert? Hatte sie sich jemals an ihre einzige Nacht miteinander erinnert? Hatte seine letzte Taktik irgend etwas bewirkt? Wohl kaum, wie es ihm schien. Sie hatte ihn ja fast keines Blickes gewürdigt.

»Ich will das Porträt haben«, sagte er unvermittelt.

»*Was* willst du?«

Er schaute sie ungeduldig an. »Ich brauche mich wohl nicht zu wiederholen, Nadja.«

»Schön, aber du kannst es nicht haben.«

Sie griff nach einem Pinsel und tauchte ihn in das Ockergelb. Dimitri packte sie rasch am Ellbogen. Er wollte verhindern, daß sie aus ihrem momentanen Ärger heraus das Bild zerstörte.

»Wie viel?« fragte er gebieterisch.

»Du kannst es nicht kaufen, Mitja.« Es bereitete ihr Vergnügen, ihm das abzuschlagen. »Es ist unverkäuflich. Und außerdem wollte ich es Katherine schenken. Ich habe ihre Gesellschaft auf dieser öden Reise genossen und –«

»Was willst du dann dafür?«

»Nich –« Sie hielt inne. Er meinte es ernst. Und wenn

er so versessen auf das Bild war, konnte sie wahrscheinlich alles von ihm verlangen und würde es bekommen. »Warum willst du es?«

»Es ist das Beste, was du je gemalt hast«, sagte er einfach. Sie runzelte die Stirn. »Den Eindruck hatte ich nicht, als Katherine noch hier war. ›Ist es häßlich?‹ ›Nein, durchaus nicht‹«, äffte sie das Gespräch nach. Seine Antwort ärgerte sie immer noch.

»Nenne mir deinen Preis, Nadja.«

»Ich möchte zurück nach England.«

»Jetzt nicht.«

»Dann möchte ich mir meinen Ehemann selbst wählen.«

»Du bist zu jung für eine solche Entscheidung. Aber du kannst meine Wahl ablehnen, wenn deine Weigerung begründet ist. Das ist weit mehr, als Mischa dir zugestanden hätte, wenn er noch leben würde.«

Das stimmte. Ihr älterer Halbbruder hätte kaum so viele Umstände mit ihr gemacht, sondern die Hochzeit einfach arrangiert. Wahrscheinlich hätte sie den Mann nicht einmal gekannt, zweifellos irgendeinen seiner Freunde der Armee. Und Dimitris Angebot war mehr, als sie zu hoffen gewagt hatte. Selbst wenn es die Schwierigkeiten wegen ihrer Affäre nicht gegeben hätte.

»Aber was ist, wenn dir meine Gründe nicht einleuchten?«

»Und die wären zum Beispiel?«

»Zu alt oder zu häßlich oder zu unangenehm.«

Dimitri lächelte sie an. Zum ersten Mal seit langer Zeit strahle er wieder die alte Wärme aus, die er nur für sie reserviert hatte. »Alles Gründe, die ich anerkenne.«

»Versprichst du mir das, Mitja?«

»Ich verspreche dir, daß du einen Mann bekommen wirst, mit dem du einverstanden bist.«

Jetzt lächelte auch Anastasia, halb entschuldigend für ihr Benehmen, halb aus Freude. »Das Porträt gehört dir.«

»Gut, aber ich möchte, daß sie es nicht zu sehen bekommt, Nadja. Jetzt nicht und auch nicht, wenn es fertig ist.«

»Aber sie erwartet –«

»Erzähl ihr, daß es umgefallen ist und durch die verschmierte Farbe ruiniert wurde.«

»Aber warum?«

»Du hast sie nicht als die gemalt, die sie ist, sondern als die, die sie vorgibt zu sein. Und ich will nicht, daß sie weiß, wie hervorragend ihr Theater tatsächlich ist.«

»Theater?«

»Sie ist keine Dame, Nadja.«

»Unsinn«, protestierte Anastasia mit einem kleinen Lachen. »Ich habe viel Zeit mit ihr verbracht, Mitja. Glaubst du wirklich, daß ich nicht den Unterschied zwischen einer Dame und einem gewöhnlichen Dienstmädchen erkennen kann? Ihr Vater ist ein englischer Earl. Sie ist hochgebildet, mehr als irgendeine Frau, die ich kenne.«

»Nikolai und Konstantin sind auch sehr gebildet, genauso wie –«

»Glaubst du, sie ist ein Bastard?« Anastasia verschlug es den Atem vor Überraschung.

»Das würde sowohl ihre Bildung, als auch ihre mangelnde gesellschaftliche Stellung erklären.«

»Nun gut, aber was soll's?« Anastasia ergriff Partei für ihre Freundin und ihre Halbbrüder. »In Rußland werden uneheliche Kinder akzeptiert –«

»Nur wenn sie anerkannt sind. Du weißt genauso gut wie ich, daß auf jeden adeligen Bastard, der wie ein Prinz erzogen wird, zehn kommen, die wie Diener aufwachsen. Und in England ist es noch viel schlimmer. Immer sind sie mit dem Makel ihrer Geburt behaftet, werden vom Adel verachtet, egal wer für sie einsteht.«

»Aber sie hat von ihrer Familie erzählt, Mitja, daß sie mit dem Earl of Strafford zusammenlebt.«

»Vielleicht ist es nur ihr Wunschdenken.«

Anastasia runzelte die Stirn. »Warum magst du sie nicht?«

»Habe ich das je behauptet?«

»Aber du glaubst ihr nicht.«

»Nein. Aber sie interessiert mich. Sie lügt sehr hartnäkkig, das ist alles. Wirst du also tun, worum ich dich gebeten habe?«

Anastasia nickte, immer noch stirnrunzelnd.

20.

Auf dem Schiff herrschte wieder Schweigen. Doch diesmal weigerte sich Katherine, die Verantwortung dafür auf sich zu nehmen. Zwar sah sie die stumme Bitte in den Augen von Dimitris Dienern, aber was sollte sie denn gegen seine schlechte Laune machen? Sie hatte nichts weiter getan, als seine Einladung zum Abendessen auszuschlagen. Das konnte doch unmöglich der Grund für seine Verdrießlichkeit sein. Er hatte nicht einmal sehr interessiert gewirkt, als er sie einlud, und ihre Absage schien ihm nichts auszumachen. Nein, niemand hatte das Recht, ihr die Schuld daran zu geben.

Und wenn du dich irrst, Katherine? Wenn ein kleiner Schritt von deiner Seite dazu beitragen könnte, daß die Spannung sich etwas löst? Selbst Anastasia war still und niedergeschlagen. Und du hattest doch schon lange einmal vorgehabt, dich mit ihm über seine Bibliothek zu unterhalten.

Eine Stunde später klopfte sie an seine Tür. Maxim öffnete ihr und zog sich sogleich zurück, als sie den Raum betrat. Er war überrascht, sie zu sehen, der Prinz nicht weniger. Dimitri richtete sich auf und strich sich das Haar aus der Stirn. Dann, als er sich dabei ertappte, sank er in seinen Stuhl hinter den Schreibtisch zurück. Katherine bemerkte es gar nicht. Sie starrte auf die Papiere, die auf dem Tisch verstreut lagen und fragte sich, womit Dimitri wohl die ganze Reise über beschäftigt war. Sicher hätte es sie interessiert zu wissen, daß er die Angebote verschiedener Fabriken und Mühlen im Rheinland durcharbeitete, die er zu kaufen beabsichtigte. Katherine verstand sich sehr gut darauf, solche ermüdenden Berichte auszuwerten.

Schließlich hob sie ihren Blick und schaute ihn an. Sie war enttäuscht. Sein Gesichtsausdruck war unergründlich, schön, aber ohne jedes Gefühl. Es machte sie nervös und sie verwünschte ihre Idee, ihn mit einer Bitte, und wenn sie noch so gering war, aufzusuchen.

»Ich hoffe, ich störe nicht.« Schnell wandte sie ihren Blick zur Bücherwand. »Mir ist Ihre... damals... ich wollte sagen, damals, als ich hier war, ist mir Ihre umfangreiche Büchersammlung aufgefallen –« *Lieber Himmel, Katherine, warum stotterst du denn so?* »Könnte ich mir vielleicht ein oder zwei Bücher ausleihen?«

»Leihen? Nein. Nur hier drinnen sind sie vor der Seeluft geschützt. Aber du kannst gerne hier lesen, was du möchtest.«

Sie drehte sich ein bißchen zu schnell zu ihm um, als daß sie ihre Überraschung und Unsicherheit noch hätte verbergen können.

»Hier?«

»Ich habe nichts gegen Gesellschaft, auch nicht gegen eine schweigsame – außer, du hast Angst, mit mir in einem Zimmer zu sein.«

Katherine spannte sich an. »Nein, aber –«

»Ich werde dich nicht berühren, Katja, wenn es das ist, was du befürchtest.«

Sein gleichgültiger Gesichtsausdruck machte deutlich, daß er meinte, was er sagte. Er hatte ihre ein einfaches, vernünftiges Angebot gemacht, weiter nichts. An die Seeluft hatte sie nicht gedacht, die den Büchern in der Tat schaden konnte.

Katherine nickte zustimmend und wandte sich den Bücherregalen zu. Vergeblich versuchte sie so zu tun, als wäre sie allein. Nach ein paar Minuten hatte sie ihre Wahl getroffen und ließ sich auf dem weißen Satinsofa nieder.

Das Buch war eine kurze Abhandlung über Rußland, von einem französischen Grafen verfaßt, der fünf Jahre im Land gelebt hatte. Das Thema interessierte Katherine sehr. Sie wollte mehr über dieses Volk erfahren. Aber heute hätte sie genausogut blind sein können.

Nach mehr als einer Stunde hatte Katherine noch nicht einen einzigen Satz aufnehmen können. Es war ihr unmöglich sich zu konzentrieren, solange sie im gleichen Zimmer mit Dimitri war. Sie wollte wissen, ob er sie beobachtete, doch sie war zu nervös, um aufzuschauen. Selbst ohne ihn anzublicken, konnte sie spüren, wie seine Gegenwart sie völlig beherrschte, wie sie ihre Sinne in Aufruhr versetzte. Hitzewellen überliefen sie, obgleich es in dem Raum angenehm kühl war. Ihre Nerven waren aufs äußerste angespannt. Das kleinste Geräusch beunruhigte sie und ließ ihr Herz schneller schlagen.

»Es funktioniert nicht, Katja, nicht wahr?«

Lieber Gott, war sie erleichtert, daß er dieser Tortur ein Ende machte. Sie verstand die Bedeutung seiner Frage auch ohne Erklärung. War es für ihn genauso schwer gewesen, sich zu konzentrieren, wie für sie? Nein, was für ein dummer Gedanke. Wahrscheinlich hatte er nur gespürt, wie unwohl sie sich fühlte.

»Ja, das stimmt«, antwortete sie verlegen.

Sie schloß das Buch in ihrem Schoß, bevor sie ihn anblickte. Sie hatte sich geirrt. Seine Augen enthüllten, was seine Stimme verborgen hatte. Sie kannte diesen Ausdruck, kannte die Leidenschaft, die das samtige Braun fast Schwarz wirken ließ. Tief drang sein Blick in sie ein, schien sie auszuziehen, suchte in den Tiefen ihrer Seele nach Erwiderung seiner Gefühle, die sie nicht zu geben wagte.

»Du hast keine große Wahl im Moment«, sagte er ruhig, doch in seinen Augen loderte Begehren. »Entweder kommst du jetzt in mein Bett, oder du nimmst das Buch und gehst. Aber tu was, und zwar gleich.«

Sie konnte nicht anders, sie mußte einen kurzen Blick

auf das Bett werfen. Lieber Gott, dieser Mann war eine einzige, ständige Versuchung. Und sie hatte gedacht, es wäre vorüber. *Schon wieder hast du dich geirrt, Katherine.*

»Ich – ich glaube, es ist besser, ich gehe.«

»Wie... du... willst.«

Er quälte sich die Worte ab, zwang sich, sitzenzubleiben. Mit jeder Faser seines Seins wollte er aufspringen, sie davon abhalten, ihm wieder zu entfliehen. Was war er nur für ein Masochist, daß er sich immer wieder dieser Marter aussetzte. Es war hoffnungslos. Sie würde sich nicht ändern. Warum gab er es nicht auf?

Katherine lehnte sich gegen die Tür, die sie hinter sich geschlossen hatte. Ihr Herz klopfte immer noch wie verrückt und ihre Wangen brannten. Das Buch preßte sie so fest an die Brust, daß ihr die Finger schmerzten. Sie hatte ein Gefühl, als wäre sie gerade noch einmal ihrer Hinrichtung entgangen. Dimitri bedrohte ihre Weltanschauung, ihre Prinzipien, ihre Selbstachtung. Er konnte ihren Willen zerstören, und was blieb dann noch von ihr übrig?

Doch wie heftig hatte sie sich nach seinem Bett gesehnt. Und wenn er aufgestanden wäre, wenn er auch nur einen Schritt auf sie zu gemacht hätte... Der letzte verstohlene Blick, den sie ihm zugeworfen hatte, enthüllte ihr deutlich, was es ihn kosten mußte, sich nicht zu rühren: geballte Fäuste, angespannte Muskeln, das Gesicht zu einer Grimasse verzerrt.

Wie hatte sie nur so dumm sein können, ihn aufzusuchen. Sie wußte doch genau, daß sie mit ihm alleine nicht sicher war. Doch sie hatte geglaubt, daß sein Interesse an ihr erloschen wäre. Konnte sie sich denn auf gar nichts mehr verlassen, was ihn betraf?

Katherine entfernte sich, die Stirn in tiefe Falten gelegt. Doch die Melancholie, die sie in den letzten Tagen niedergedrückt hatte, war verflogen.

21.

Die Kutsche preschte gefährlich schnell dahin und man konnte von der vorbeiziehenden Landschaft kaum mehr als einen verschwommenen Eindruck erhaschen. Katherine hatte Kopfweh bekommen bei dem Versuch, etwas mit den Augen festzuhalten, und es schließlich aufgegeben. Sie hatte auch genug damit zu tun, nicht von ihrem Sitz zu fallen.

Anastasia lachte über ihr Stöhnen und ihre krampfhaften Anstrengungen, nicht zu sehr durchgeschüttelt zu werden. »Das ist für uns völlig normal, meine Liebe, durchaus nicht gefährlich. Warten Sie ab, wenn es Winter wird, und man die Räder mit Kufen vertauscht. Dann fliegt die *Troika* dahin wie der Wind.«

»Heißt das, die Kutschen werden in Schlitten verwandelt?«

»Ja, natürlich. Das ist hier nötig, denn die meiste Zeit im Jahr sind die Straßen mit Schnee und Eis bedeckt. Ich weiß schon, in England hat man eigene Schlitten für den Winter. Wir könnten das gleiche umgekehrt machen. Aber statt daß wir die *Troika* für die wenigen Monate, in denen sie zu benützen ist, bereit halten, bauen wir sie einfach um. Das ist doch viel ökonomischer, finden Sie nicht auch?«

Katherine mußte lächeln, denn sie war sicher, daß sich Anastasia nie mit irgendwelchen Fragen der Wirtschaftlichkeit abgegeben hatte. Doch gleich darauf verging ihr das Lächeln. Die Kutsche machte plötzlich eine Kurve und sie wurde an die Seitenwand geschleudert. Zum Glück war diese dick mit weichem goldenen Samt bespannt. Sie hatte sich nicht verletzt und mußte lachen, als sie bemerkte, daß Anastasia ebenfalls nicht mehr auf ihrem Platz saß. Das junge Mädchen fiel in ihr Lachen ein. Wahrscheinlich genossen die Russen solche Fahrten. Schließlich wuchsen sie damit auf. Ein Kind fand das alles sicher sehr aufregend.

Anastasia hatte sich wieder beruhigt und sagte: »Wir sind gleich da.«

»Wo?«

»Hat Mitja Ihnen nichts davon gesagt? Er hat beschlossen mich bei unserer älteren Halbschwester Warwara und ihrer Familie zu lassen. Sie verläßt die Stadt fast nie, außer im Herbst, wenn es hier zu feucht wird. Mir ist das ganz recht, auch wenn Petersburg im August ziemlich langweilig ist. Alle Leute sind auf ihren Sommersitzen am Schwarzen Meer oder auf Reisen. Aber es bewahrt mich wenigstens noch eine Weile vor Tante Sonjas Fuchtel und das ist mir sehr angenehm.«

»Und wohin begibt sich Dimitri?«

»Auf unseren Landsitz, nach Nowi Domik, und er hat es schrecklich eilig.« Sie runzelte die Stirn. »Er will nicht einmal anhalten, um Warwara zu begrüßen. Das ist nicht sehr nett von ihm. Aber sicher will er erst dafür sorgen, daß Sie gut untergebracht sind, vielleicht bei irgendwelchen Angehörigen der englischen Botschaft. Am liebsten wäre es ihm, Sie könnten bei mir bleiben. Warwara hätte bestimmt nichts dagegen. Aber Mitja sagt, daß das im Moment schlecht geht. Haben Sie eine Ahnung, warum?«

»Es tut mir leid, aber ich habe überhaupt nicht mit ihm gesprochen.«

»Oh – nun gut, machen Sie sich keine Sorgen. Mitja weiß schon, was er tut. Aber Sie müssen mir versprechen, mich so bald wie möglich zu besuchen. Ich möchte Ihnen alles zeigen.«

»Prinzessin, da gibt es etwas, das Sie wohl wissen sollten –«

»Oh, wir sind da! Da ist ja eine meiner Nichten, schauen Sie nur. Meine Güte, wie groß sie geworden ist!«

Die Kutsche hielt vor einem riesigen Haus, das man in England wohl als Palast bezeichnen würde. Doch Katharina kam es so vor, als hätte sie bei dieser wilden Fahrt durch Petersburg überhaupt nur Hütten und Paläste gesehen. Doch sie kannte sich ganz gut aus in der russischen

Geschichte, und es überraschte sie daher nicht. Sie wußte, daß Peter der Große, der dieses Juwel von einer Stadt bauen ließ, seine Adeligen gezwungen hatte, Steinhäuser zu errichten; andernfalls hätte ihnen das Exil oder die Hinrichtung gedroht.

Anastasia sprang sofort aus der Kutsche heraus, doch die vielen Lakaien in rot-silberner Livree, die die Treppe herabgeeilt kamen, sorgten dafür, daß sie nicht fiel. Katherine beobachtete, wie zwei von ihnen sie die Stufen fast hinauftrugen. Sie hielten sie untergefaßt, als wäre sie unfähig, ein paar Schritte alleine zu gehen. Und dann hing die kleine, goldblonde Nichte an ihrem Hals, verlangte stürmisch umarmt zu werden.

Eine Heimkehr. Katherine schnürte es die Kehle zusammen. Wann würde sie wieder nach Hause kommen? Sie hätte früher mit Anastasia sprechen sollen. Niemand außer dem Mädchen konnte ihr wirklich helfen. Sie war die einzige, die es wagen konnte, ihm die Stirn zu bieten. Noch war Zeit, wenn auch nur ein paar Minuten.

Katherine wollte gerade die Tür öffnen, als sie mit einem Ruck in ihren Sitz zurückgeworfen wurde. Die Kutsche war wieder angefahren. Verzweifelt lehnte sie sich aus dem Fenster hinaus, doch alles, was sie noch machen konnte, war Anastasias Winken zu erwidern. Selbst deren Abschiedsrufe konnte sie schon nicht mehr hören.

Zum ersten Mal fiel ihr jetzt auf, daß Dimitris Kosaken hinter der Kutsche herritten. Um sie zur Botschaft zu geleiten? Aus irgendeinem Grund erschien ihr das unwahrscheinlich. Verdammt! Warum hatte sie bloß so lange gewartet, Anastasia alles zu erzählen? *Weil du angefangen hast, dieses dumme Mädchen gern zu haben, deshalb. Und weil du sie nicht verletzen wolltest mit der Wahrheit über ihren Bruder. Was kannst du jetzt machen? Nichts, als abwarten, was geschehen wird. Er kann dich ganz abgesondert von anderen Menschen halten. Aber irgendwie wird es dir schon gelingen, mit jemandem zu sprechen, der dir helfen kann.*

Ermutigende Gedanken! Doch warum spornten sie sie

nicht an? Weil sie heute wieder in der Kabine eingesperrt worden war. Man hatte das jedesmal gemacht, wenn das Schiff auf dieser langen Reise einen Hafen anlief, um die Vorräte zu ergänzen. Stundenlang hatte sie gewartet und geglaubt, daß es nie mehr Nacht werden würde und man sie wieder freilassen würde. Und es wurde tatsächlich nicht Nacht. Schließlich war ihr klar geworden, daß Rußland, ebenso wie andere nördliche Länder, im Sommer weiße Nächte hatte. Petersburg zumindest lag in etwa auf einer Linie mit Dänemark, Schweden und Norwegen. Es war schon spät gewesen, als Wladimir sie vom Schiff in die Kutsche zu Anastasia gebracht hatte. Aber wohin brachte man sie jetzt?

Es dauerte nicht mehr lange und die Kutsche hielt erneut vor einem Palast. Dieser war noch beeindruckender als der von Warwara. Doch niemand kam, ihr die Tür zu öffnen. Daraus schloß sie, daß sie noch nicht am Ziel ihrer Reise angelangt war. Sie hatte recht. Etwa eine Minute später öffnete sich das Portal und Dimitri erschien. Er kam die breite Treppe herunter direkt auf die Kutsche zu.

Katherine war zu angespannt, als daß sie ihn hätte freundlich begrüßen können. Er setzte sich auf den Platz ihr gegenüber.

»Ich schätze es überhaupt nicht, mitten in der Nacht von einem verrückten Fahrer durch eine Stadt gekarrt zu werden, die ich nicht kenne, und überhaupt –«

»Was hat sie gesagt, als du es ihr erzählt hast?«

Sie warf ihm einen finsteren Blick zu, weil er sie unterbrochen hatte. »Wem soll ich was gesagt haben?«

»Tu nicht so, als ob du das nicht wüßtest, Katja«, seufzte er. »Nadja, natürlich. Hast du ihr deine traurige Geschichte nicht erzählt!«

»Oh – nein.«

Er zog seine Augenbrauen scharf in die Höhe. »Nein? Warum nicht?«

»Es war keine Zeit dafür«, erwiderte sie steif.

»Du hast wochenlang Zeit –«

»Ach, schweigen Sie doch, Dimitri. Glauben Sie nur nicht, daß ich es ihr nicht erzählen wollte. Ihre Schwester sollte wissen, was für ein Schurke Sie sind. Und ich war gerade dabei es ihr zu sagen, als wir am Haus Ihrer Schwester ankamen. Anastasia hat sich so gefreut und ist ganz schnell ausgestiegen... Unterstehen Sie sich zu lachen!«

Er konnte nicht anders. Seit dem Beginn der Reise hatte er sie nicht mehr so erlebt. Dieses Feuer in den wunderschönen blau-grünen Augen! Er hatte ganz vergessen, wie herrlich wütend sie sein konnte. Und seine Sorge hatte sich als unbegründet erwiesen. Anastasia hätte ein Problem werden können, falls sie sich entschlossen hätte, für Katharine einzutreten. Er war zu nachlässig geworden, hatte gedacht, daß Katharine jetzt auch nicht mehr reden würde. Doch dabei hatte er nicht bedacht, daß die letzten Minuten genau der richtige Zeitpunkt für eine Bitte um Hilfe waren. Hätte er früher daran gedacht, wären die beiden Frauen sicher nicht gemeinsam in einer Kutsche gefahren. Doch Katherine hatte geschwiegen, absichtlich? Lieber Gott, wie gerne würde er daran glauben.

»Es ist gut, daß du ihr nichts mehr sagen konntest, Katja«, bemerkte er und lehnte sich bequem in seinem Sitz zurück.

»Gut für Sie«, war die prompte Erwiderung.

»Ja, es macht die Dinge einfacher.«

»Und was geschieht jetzt?«

»Du wirst noch eine Weile bei mir bleiben.«

Am Nachmittag hatte er in der Stadt die dringendsten Angelegenheiten erledigt. Ein paar Diener hatte er vorausgeschickt, Tante Sonja von seiner Ankunft und baldigen Heimkehr zu informieren. Andere hatten den Auftrag bekommen, herauszufinden, wo sich Wasili gerade aufhielt, und natürlich Tatjana. Noch wollte er nicht daran denken, daß er bald seine Werbung um sie wieder aufnehmen mußte. Im Augenblick dachte er nur an Katherine und an die Woche, die vor ihm lag. Er würde sie endlich für sich haben, da er Anastasia in der Stadt zurückgelassen hatte. Und wer konnte sagen, was sich da für Möglichkeiten ergaben.

»Können Sie mich nicht jetzt gleich wieder nach Hause schicken?«

Sehnsucht schwang in Katherines Stimme. Das irritierte Dimitri, doch er wollte sich davon nicht beeindrucken lassen. »Nicht, solange ich nicht weiß, ob der Zar seinen Besuch in England beendet hat. Aber laß das jetzt. Sicher möchtest du etwas von Rußland sehen, so lange du hier bist. Die Fahrt nach Nowi Domik wird dir gefallen. Es liegt ungefähr zweihundertfünfzig Meilen östlich von hier in der Provinz Wologda.«

»Dimitri! Das ist eine Entfernung, fast so groß wie England lang ist! Wollen Sie mich nach Sibirien bringen?«

Er lächelte über ihre Unwissenheit. »Sibirien liegt hinter dem Ural, und der ist tausend Meilen entfernt. Hast du wirklich keine Vorstellung, wie groß meine Heimat ist?«

»Anscheinend nicht«, murmelte sie.

»Wahrscheinlich würde England hundert Mal in Rußland hineinpassen. Im Vergleich dazu ist es nach Nowi Domik wirklich nicht weit. Wir werden nicht mal eine Woche dorthin brauchen. Noch dazu, wo es jetzt so lange hell ist und man viele Stunden mehr fahren kann.«

»Muß ich mitkommen? Kann ich nicht hier bleiben?«

»Doch schon, wenn du lieber einen Monat oder mehr in einem Haus eingesperrt zubringen möchtest. Auf dem Land, Katja, gibt es keine Engländer.« Er mußte ihr die Bedeutung seiner Worte nicht erklären. »In Nowi Domik hast du viel mehr Freiheit und kannst dich ganz anders betätigen. Du hast erzählt, daß du gut rechnen kannst. Meine Buchhalter sind während meiner Abwesenheit sicher sehr nachlässig gewesen.«

»Sie würden mir Ihre Geschäftsbücher anvertrauen?«

»Warum nicht?«

»Nun, schließlich – ach, verdammt, Dimitri! Sie glauben immer noch, daß Sie aus der ganzen Geschichte ohne Folgen wieder herauskommen, nicht wahr? Sie halten mich für ein furchtsames Dummerchen, die keine Genugtuung verlangt, die nichts unternehmen wird, das Ihnen schaden könnte. Sie haben nie begriffen, was Sie mir *und* meiner Familie angetan haben, oder vielmehr, es interessiert Sie überhaupt nicht. Mein Ruf ist ruiniert, weil Sie mich ohne Anstandsdame hierher verschleppt haben. Wenn ich heiraten möchte, muß ich mir einen Ehemann buchstäblich kaufen. Ich kann es mit meiner Ehre nicht vereinbaren, zu verheimlichen, daß ich – dank Ihnen – keine Jungfrau mehr bin. Wahrscheinlich ist auch das Leben meiner Schwester zerstört. Und auch daran tragen Sie die Schuld, denn ich war nicht da, um zu verhindern, daß sie mit einem Mitgiftjäger durchbrennt. Mein Bruder ist noch gar nicht bereit gewesen für die Verantwortung, die er jetzt zweifellos durch meine Abwesenheit übernehmen mußte. Und mein Vater –«

Katherines Wortschwall wurde abrupt unterbrochen. Dimitri lehnte sich vor, faßte sie an den Schultern und zog sie hinüber auf seinen Schoß. »So, ich habe dir also Unrecht zugefügt. Ich gestehe das ohne weiteres zu. Aber deine Situation ist nicht so schlimm, wie du es darstellst, Katja. Ich werde dir eine Anstandsdame kaufen. Sie wird selbst unter Todesgefahr schwören und nicht davon abgehen, daß sie jede Minute bei dir gewesen ist. Und was deine verlorene Ehre angeht, werde ich dir die Möglichkeit geben, den Ehemann zu kaufen, der dir gefällt. Aber vielleicht bestehst du auch gar nicht auf einer Heirat. Ich kann dir ein vollkommen unabhängiges Leben ermöglichen, bei dem du keinem Mann verpflichtet bist, wenn dir das mehr zusagt. Deine Schwester kann ich ohne Probleme zur Witwe machen, wenn sie, wie du annimmst, diesen Kerl geheiratet hat. Und dein Bruder... wie alt ist er?«

»Dreiundzwanzig«, antwortete sie völlig überrumpelt, ohne nachzudenken.

»Dreiundzwanzig, und du traust ihm nicht ein bißchen Verantwortung zu? Gib dem Jungen eine Chance, Katja. Und über deinen Vater will ich gar nicht reden. Wenn er dich vermißt, wird er dich nach deiner Rückkehr noch viel mehr schätzen. Laß dir lieber erzählen, was ich alles für dich getan habe.«

»Nein, nicht!«

»O doch, darauf bestehe ich.« Er lachte leise, als sie erfolglos versuchte, von ihrem neuen Platz wieder wegzukommen. »Ich habe dich gezwungen, Ferien zu machen. Und wenn auch nur die Hälfte von dem stimmt, was du erzählst, dann hast du das dringend nötig gehabt. Ich habe dir ein Abenteuer verschafft, neue Freunde, neue Umgebungen, sogar eine neue Sprache – ja, Maruscha hat mir erhält, wie schnell du mit ihrer Hilfe das Russische erlernt hast.« Seine Stimme wurde um ein paar Nuancen tiefer. »Ich habe dich auch zu neuen, wunderbaren Empfindungen gebracht. Ich habe dir die Leidenschaft eröffnet.«

»Hören Sie auf!« Ihre Augen funkelten vor Wut und sie stemmte sich gegen seine Brust, damit er sie nicht noch näher an sich ziehen konnte. »Sie glauben, auf alles eine Erwiderung zu haben, aber das stimmt nicht. Außerdem hilft mir eine Anstandsdame überhaupt nicht, weil mein plötzliches Verschwinden Bände spricht. Und Ihr Geld werde ich sicher nicht annehmen, das habe ich Ihnen schon oft genug gesagt. Mein Vater ist reich, außerordentlich reich. Ich könnte allein von meiner Mitgift den Rest meines Lebens sehr gut auskommen. Wenn Sie jemand ein Vermögen vermachen wollen, dann geben Sie es Lord Seymour, er kann es brauchen – ich nicht. Und auf keinen Fall werde ich zulassen, daß Sie ihn töten, egal wieviel Elend er über meine Schwester bringt.«

Bevor sie noch ein weiteres Wort sagen konnte, küßte er sie. Es war kein brennend heißer Kuß, doch er hinderte sie am Weiterreden. Aber es war nur der Anfang. Die nächsten Küsse waren tiefer, leidenschaftlicher, sie waren wie eine Droge für Katherine, die sie dahinschmelzen ließ. Dimitri stöhnte auf.

»Lieber Gott!« Und dann senkten sich seine dunklen, hypnotischen Augen in die ihren. »Wir brauchen kein Bett. Sag doch, daß wir kein Bett brauchen, Katja.«

Seine Finger stahlen sich, während er sprach, unter ihren Rock. Sie hielt ihn mit ihrer Hand auf.

»Nein!«

»Katja –«

»Nein, Dimitri!«

Er lehnte sich zurück und schloß die Augen. »Das bekomme ich dafür, wenn ich frage.«

Katherine erwiderte nichts darauf. Sie war so aufgewühlt, daß sie es kaum schaffte, sich auf ihren Platz zurückzusetzen, als er sie losließ.

»Ich wäre gerne mit dir in einer Kutsche gefahren, aber das war wohl keine so gute Idee, nicht wahr?« fuhr er fort. »Es würde nur damit enden, daß ich über dich herfalle, bevor wir eine Meile gefahren sind.«

»Das würden Sie nicht.«

Er öffnete erst ein Auge, die Braue herausfordernd hochgezogen, dann mit einem Seufzer das andere. »Nein, aber für dich wäre jeder Annäherungsversuch ein Überfall, nicht wahr, Kleines? Und weil ich nicht dafür garantieren kann, daß ich meine Hände bei mir lasse, ist es wohl das beste, wenn ich gehe.« Er wartete einen Moment, in der Hoffnung, sie würde ihm widersprechen. Dann seufzte er noch einmal, lang und laut, als sie keine Anstalten dazu machte. »Nun gut. Aber ich warne dich, Katja. Irgendwann kommt der Augenblick, da kannst du nicht mehr so mit mir umspringen. Du kannst nur hoffen, daß du dann schon wieder auf dem Heimweg nach England bist.«

22.

Aus einem ganz anderen Grund war Katherine später, wenn sie sich an die Fahrt nach Nowi Domik erinnerte, froh, daß Dimitri nicht unmittelbar mit ihr gefahren war. Maruscha und Wladimir hatten ihr statt seiner Gesellschaft geleistet und sie hatte dabei viel Neues gelernt. In Dimitris Gegenwart hätte sie nur Augen für ihn gehabt und sonst nichts wahrgenommen. Aber mit Maruscha konnte sie sich entspannen und daran änderte auch die Anwesenheit des mürrischen Wladimir nichts. Und auch Maruscha ließ sich von seinem hartnäckigen Schweigen nicht beirren. Die ganze Fahrt über erklärte und erzählte sie viel und unterhielt Katherine.

So erfuhr Katherine mehr über Land und Leute – und auch über Dimitri. Auf manches hätte sie dabei ganz gut verzichten können. Doch Maruscha war nicht so leicht von einem Thema wieder abzubringen, wenn sie in Fahrt kam.

Die Landschaft war atemberaubend schön, leuchtete in den strahlenden Farben des Sommers: bunte Wiesenblumen, hohe, silberne Birken, goldene Weizenfelder und das intensive Grün der Nadelbäume. Am malerischsten aber waren die Dörfer mit ihren blau oder rosa gestrichenen Häuschen, die alle eine rote Veranda hatten. Katherine hielt das für eine Kuriosität, bis sie erfuhr, daß diese ordentlichen Dörfer in Wirklichkeit militärische Siedlungen waren. Einmal fuhr die Kutsche sehr nahe an einer vorbei und sie konnte sehen, daß selbst die Kinder Uniformen trugen.

Maruscha mißfielen diese militärischen Siedlungen sehr und sie berichtete Katherine ausführlich darüber. Zar Alexander hatte sie vor dreißig Jahren gegründet. Die Provinzen Nowgorod, Mogilew, Kherson, Ekaterinoslaw und Slobodsko-Ukrainski beherbergten bald darauf in diesen neuen Lagern ein Drittel der gesamten Armee. Der Vorgang war einfach. Man verlegte ein Regiment in einen

Distrikt und automatisch wurden dort alle Bewohner Soldaten der Reserve in der Einheit, die auf ihrem Boden stationiert war. Die alten Dörfer wurden niedergerissen und durch die neuen, geometrisch angeordneten Siedlungen ersetzt. Alle Angelegenheiten wurden militärisch geregelt, selbst die Felder mußten in Uniform zum Takt einer Trommel gepflügt werden.

»Was ist mit den Frauen?« wollte Katherine wissen.

»Die Idee des Zaren war, daß die Soldaten bei ihren Familien leben sollten, wenn er sie nicht zum Kriegführen brauchte. Außerdem aber wollte er sich ihre Arbeitskraft zunutze machen. Er machte die Menschen zu militärisch ausgebildeten Leibeigenen. Die Frauen spielen daher in diesen Kolonien eine bedeutende Rolle. Die Militärbehörden entscheiden, wer wen heiratet. Dabei wird keine Witwe und keine alte Jungfer übersehen und niemand kann sich dagegen wehren. Die Frauen müssen den Mann heiraten, der ihnen zugeordnet wird, und vor allem Kinder in die Welt setzen. Wenn sie nicht oft genug gebären, müssen sie eine Strafe zahlen.«

»Und die Kinder?«

»Sie werden mit sechs Jahren in die Armee aufgenommen und von klein auf gedrillt. Alle Lebensbereiche sind durch genaue Regeln festgelegt: die Versorgung des Viehs, das Schrubben der Böden, das Polieren der Kupferknöpfe, alles, sogar das Stillen der Kinder. Für den geringsten Verstoß gibt es die Peitsche.«

Katherine konnte es kaum glauben. »Und die Menschen machen da alle mit?«

»Die *Menschen* sind Leibeigene. Sie haben nur die Herrschaft gewechselt. Aber trotzdem haben sich viele aufgelehnt, Gesuche eingereicht, sind geflohen und haben sich in den Wäldern versteckt. In der Kolonie Tschugujew war der Aufstand so gewaltig, daß ein Militärgericht viele Todesurteile aussprach. Doch die Verurteilten wurden nicht erschossen, sondern man veranstaltete ein tödliches Spießrutenlaufen mit ihnen: Zwölfmal mußten sie durch die Reihen eines tausend Mann starken Bataillons laufen. Mehr als hundertfünfzig Männer starben unter den Schlägen.«

Katherine blickte Wladimir an, ob er diese entsetzliche Geschichte bestätigen könnte. Doch er ignorierte die beiden Frauen weiterhin geflissentlich und betrachtete den Gegenstand ihrer Unterhaltung wohl als denkbar ungeeignetes Thema für sie.

Seine Frau hingegen war in ihrem Element wenn sie schwatzen konnte, vor allem bei einer so begierigen Zuhörerin. Und sie hatte einen Hang zum Dramatischen. Er konnte es nicht übers Herz bringen, ihr einen Dämpfer aufzusetzen.

»Zar Alexander liebte seine Kolonien«, fuhr Maruscha fort. »Auch Zar Nikolaus liebt sie. Aber schließlich ist er ja auch noch mehr ein Mann des Militärs als sein Bruder. Er legt größten Wert auf Ordnung, Sauberkeit und Regelmäßigkeit und fühlt sich naturgemäß am wohlsten im Kreise seiner Offiziere. Der Prinz sagt, der Zar schläft sogar im Palast auf einem Feldbett und auch wenn er seine Truppen und Einrichtungen inspiziert. Prinz Dimitri hat ihn viele Male auf diesen Inspektionsreisen begleiten müssen, als er noch bei der Kaiserlichen Garde war.«

Katherine wußte nichts über diese Eliteeinheit, oder darüber, daß Dimitri ihr angehört hatte. Doch Maruscha beeilte sich, das zu ändern. So kam das Gespräch auf Dimitri, und Katherines Interesse wurde noch größer. Wladimir jedoch fand ihre Gesprächsthemen immer unpassender. Wenn seine Frau mit den anderen Dienern über den Prinzen sprach, so war das nicht schlimm, denn sie waren Dimitri alle treu ergeben. Doch daß sie so bereitwillig mit einer Fremden über ihn redete – und ausgerechnet noch mit dieser –, das war ihm überhaupt nicht recht.

Maruscha beschrieb Katherine Dimitris kurze, aber glänzende Militärkarriere in allen Einzelheiten. Dann schilderte sie stolz seine Ahnenreihe und schwor, daß sie bis auf Rurik, den verehrten Gründer des russischen Reiches, zurückgeführt werden könnte. »Rurik gehörte zu den schwedischen Warägern, die sich im neunten Jahrhundert am Ufer des Dnjepr ansiedelten. Diese übernahmen die Herrschaft über die bereits dort lebenden slawischen Räuberbanden.«

»Sie meinen die Wikinger?« Katherine stellte jetzt die Verbindung her und wunderte sich nur, daß sie nicht schon früher darauf gekommen war. Dimitri erinnerte tatsächlich an einen Wikinger. »Aber natürlich, daran hätte ich denken können. Die Größe, die Haarfarbe –«

»Wikinger, Waräger, ja, ja, die waren miteinander verwandt. Aber in Rußland gibt es nicht viele, die so groß sind wie unser Prinz. Ausgenommen die königliche Familie natürlich. Der Zar ist über einen Meter achtzig groß.«

In den folgenden Tagen, die sie miteinander in der Kutsche verbringen mußten, gab es kaum etwas, worüber sie nicht gesprochen hätten. Katherine erfuhr eine Menge über die restliche Familie: Da gab es den älteren Bruder Michail, der gestorben war, und zwei Schwestern mit ihren Familien, eine davon war Warwara. Maruscha erzählte ihr von den vielen illegitimen Kindern, die den legitimen völlig gleichgestellt waren. Und sie berichtete über Dimitris Tante Sonja, die sie als weiblichen Tyrannen schilderte. Kein Thema war tabu, nicht einmal die finanziellen Verhältnisse der Alexandrows. Die Familie besaß Webereien, eine Glasmanufaktur, Kupferminen, große Ländereien im Ural mit mehr als zwanzigtausend Leibeigenen, einen Sommersitz an der Schwarzmeerküste, einen Palast auf der Fontaka in Petersburg, einen weiteren in Moskau, Nowi Domik – und das war bei weitem nicht alles.

Zudem hatte Dimitri ein beträchtliches Vermögen von seiner Mutter geerbt und besaß viele Unternehmen in ganz Europa. Doch darüber wußte Maruscha nicht genau Bescheid. Wladimir hätte schon weiterhelfen können, doch er war zu keiner Auskunft bereit. So konnte Maruscha nur die wenigen Dinge aufzählen, die ihr bekannt waren: die Schiffe – nicht eins, sondern fünf –, ein Schloß in Florenz, eine Villa in Fiesole und ein großes Landhaus in England. Auch erwähnte sie, daß Dimitri nach Michails Tod mehr Zeit auf Reisen als in Rußland verbracht hatte.

Als sie über die Diener sprachen, stellte Katherine fest, daß die Züchtigung mit dem Stock durchaus nicht nur in den Militärkolonnen üblich war. Manche Landadelige verwendeten sogar eiserne Halsbänder mit Dornen, um ihre Leibeigenen zum Gehorsam zu zwingen. Außerdem begann sie zu verstehen, warum die Diener der Alexandrows der Familie so außerordentlich treu ergeben waren und gar nicht frei gelassen werden wollten: In den Städten mußten die Menschen unter erbärmlichen Bedingungen für einen Hungerlohn arbeiten.

»Wißt ihr denn, in welchem Jahr wir leben?«

Maruscha lachte. Sie verstand Katherines Spott auch ohne Erklärung. »Die Zaren haben davon geredet, die Leibeigenschaft abzuschaffen. Alexander wollte es, Nikolaus auch. Sie sehen schließlich auch, wie rückständig wir im Vergleich zu anderen Ländern leben. Aber immer haben sie Gründe, warum es noch nicht geht, warum nicht die richtige Zeit dafür ist – so viele Gründe.«

»Sie meinen, daß sie dem Druck der Großgrundbesitzer nachgeben, die sich weigern, von der Sklavenhalterei abzulassen«, warf Katherine voller Verachtung ein.

Maruscha zuckte mit den Achseln. »Die *Aristos*... So leben sie halt. Die Menschen haben Angst vor Veränderungen.«

»Aber Dimitri ist anders«, stellte Katherine nachdenklich fest. »Er ist kein typischer Russe, nicht wahr?«

»Nein, dafür hat seine Mutter gesorgt. Sie hatte in seiner Kindheit viel Einfluß auf ihn, wenigstens solange, bis die Schwester seines Vaters, Tante Sonja, sich bei ihnen einquartierte. Von da ab zog ihn seine sehr russische Tante in die eine Richtung und seine sehr englische Mutter in die andere. Und die beiden Frauen haßten sich, was die ganze Sache noch schlimmer machte. Der Prinz ist zwar in Rußland großgeworden, aber er hat die Lehren seiner Mutter nie vergessen, vor allem was die Unwürdigkeit der Leibeigenschaft betraf. Auf der einen Seite versucht Rußland den Anschluß an den Westen zu bekommen, aber auf der anderen Seite hält es an so alten Sitten wie der Sklaverei fest. Dabei war es gar nicht immer so. Zwar gab es von jeher Kleinbauern, aber erst Iwan der Schreckliche zwang sie zur unbedingten Seßhaftigkeit und nahm ihnen die Freiheit zu gehen, wohin sie wollten.«

Katherine hatte viel zu denken auf dieser Fahrt. Sie fand Rußland sehr schön, solange man nicht die Grausamkeiten und Ungerechtigkeiten hinter den Kulissen sah. Es war unfaßbar, daß in der Zeit, in der sie lebten, immer noch so viel Macht in den Händen so weniger lag, und daß die breite Mehrheit diese Unterjochung ertrug. Lieber Himmel, das wäre etwas für ihren Vater, er würde für Reformen kämpfen. So viel müßte geändert werden, zu viel für einen einzigen Menschen – doch nein, das stimmte nicht. Der Zar war der unumschränkte Herrscher. Wenn einer Tausende zu Sklaven machen konnte, konnte ein anderer sie auch wieder befreien.

Ihre Gedanken über Rußland bereiteten Katherine viel Kopfzerbrechen. Wenn dies ihr Land wäre, würde es sie verrückt machen, an den Zuständen nichts ändern zu können. Aber wenn es ihr Land wäre, hätte sie wahrscheinlich eine andere Einstellung dazu. Zum Glück würde sie nicht lange hier bleiben. Sie fragte sich ohnehin immer öfter, wozu ihr Aufenthalt hier nötig war. Nur weil Dimitri es so festgelegt hatte? Ha!

An der ersten Poststation, an der man zum Pferdewechsel hielt, wog Katherine ihre Chancen ab, unbemerkt davonzuschlüpfen. Doch sie merkte ziemlich schnell, daß es keine gab. Offenbar war Wladimir dafür verantwortlich, sie im Auge zu behalten und sie so wenig wie möglich in Kontakt mit anderen Menschen kommen zu lassen.

Und er nahm seine Aufgabe sehr ernst. Befand er sich mal nicht in der Nähe, waren Maruscha oder Lida oder irgendwelche andere Diener um sie herum.

Noch geringer waren ihre Fluchtmöglichkeiten, wenn sie für die Nacht auf einem Landsitz einkehrten, der jemandem aus Dimitris Bekanntenkreis gehörte. Dort mußte Katherine im Dienstbotentrakt mit einem halben Dutzend anderer Frauen auf einem harten Strohsack am Boden schlafen. Sie hätte auch ein bequemes Bett im Haupthaus haben können – aber wohl kaum allein. Dimitri hatte ihr ein entsprechendes Angebot gemacht. Aber nachdem sie erfahren hatte, wie miserabel die Stellung russischer Diener war, verspürte sie einen ganz neuen, ungezügelten Zorn auf Dimitri. Er setzte sie mit diesen Menschen gleich, und das machte sie erst recht starrsinnig. Warum sollte er mit ihr eine Ausnahme machen, wenn sie auch nichts Besseres als die anderen Diener war? Nein, das wollte sie nicht! Wenn er sie nicht so behandelte, wie es ihr gebührte, dann aber konsequent! Keine halben Sachen mehr. Sie war zu stolz, als daß sie die Brosamen seiner Großzügigkeit hätte annehmen können.

Es tat ihr gut, sich Dimitri entgegenzustellen und ihren Willen durchzusetzen. Dieser hochwohlgeborene Prinz konnte nicht *alles* bestimmen. Er mochte sie aus ihrer Heimat entführen und sie hier als Gefangene halten, aber über ihr Verhalten hatte er keine Macht. Immer noch war sie Katherine St. John, die ihren eigenen Kopf durchzusetzen verstand, und nicht irgendeine Untergebene, die Angst davor hatte, ihm zu mißfallen.

23.

Nowi Domik, was soviel hieß wie Neues Haus, war eine angenehme Überraschung für Katherine. Es ähnelte den Landhäusern, die sie während der Fahrt gesehen hatten, nur war es weitaus größer. Sie hatte eigentlich ein mächtiges Gebäude erwartet, nach all dem, was sie über den Reichtum der Alexandrows gehört hatte. Doch der Landsitz war überhaupt nicht protzig. Das ausladende, zweistöckige Haus mit den langgestreckten Seitenflügeln lag halb versteckt in einem Wäldchen. Die Veranda und der Balkon wurden von starken, weißen Säulen gestützt. Typisch russisch war das Gitterwerk am Dachgesims und an den Fensterläden, doch die Schnitzereien hier waren schöner als alles, was Katherine bis dahin gesehen hatte.

Als sie sich dem Haus näherten, entdeckte sie eine Lindenallee, die zu einem Obstgarten mit Apfel-, Birn- und Kirschbäumen führte. Näher am Haus lag der Blumengarten, der in der vollen Pracht der Spätsommerfarben stand. Auf der Rückseite, die sich ihrem Blick entzog, gab es einen Gemüsegarten, der das Haupthaus von einer Reihe von Nebengebäuden abtrennte. Bis zum Dorf war es nicht mal eine halbe Meile.

Dimitri war nicht vorausgeritten, obwohl er fast die ganze Reise zu Pferd zurückgelegt hatte und die Ankunft zu Hause ersehnte. Die letzten paar Meilen war er neben Katherines Kutsche hergeritten. Seit sie Petersburg verlassen hatten, war es das erste Mal, daß sie ihn mehr als nur für einen kurzen Augenblick sah. Sogar an den Poststationen hatte er es vermieden, ihr zu begegnen. Ihr machte das nichts aus. Auf dem Schiff hatte sie sich schon daran gewöhnt, ihn nicht zu Gesicht zu bekommen. Und außerdem konnte sie ganz gut auf das Herzklopfen verzichten, das ihr sein Anblick bereitete.

War er immer noch verärgert, weil sie vergangene Nacht im Haus seines Freundes Alexej wieder darauf bestanden hatte, bei der Dienerschaft zu schlafen? Ja, sicher war er das. Man konnte, wenn er verstimmt war, in seinem Gesicht lesen wie in einem Buch: Mit zusammengepreßten Zähnen blickte er finster vor sich hin, an seiner Wange zuckte ein Muskel, weil die Zähne aufeinandermahlten und wenn er zu ihr herüberschaute, sah er aus, als würde er ihr am liebsten den Hals umdrehen.

Kein Wunder, daß sich die Diener vor ihm fürchteten, wenn er solcher Stimmung war. Katherine hingegen hatte keine Angst, es amüsierte sie eher. Dimitri wirkte in seinem Mißmut wie ein kleiner Junge. Er erinnerte sie oft an ihren Bruder Warren, der als Kind sehr wütend werden konnte, wenn er seinen Willen nicht bekam. Warren hatte man dieses Verhalten durch Nichtbeachtung abgewöhnen können. Doch Dimitri nicht zu beachten, war ziemlich schwierig. Tatsächlich war es unmöglich, diesen Mann zu ignorieren. Immer war sie sich seiner Gegenwart bewußt, sehr lebendig bewußt. Selbst wenn sie ihn nicht sehen konnte, spürte sie seine Nähe.

Sie erreichten das Haus und Katherine wurde es sehr unbehaglich, als sie sah, wie viele Menschen da zum Empfang ihres Herrn warteten. Und von allen vier Kutschen mußte ausgerechnet die ihre direkt vor dem Portal halten. Und, was noch schlimmer war, Dimitri nahm von niemandem Notiz, nicht einmal von seiner Tante, die auf der Veranda stand. Er öffnete die Kutsche, zog sie heraus, die Stufen hoch bis ins Haus. Diese Demütigung mußte sie jetzt erdulden, weil sie seine Laune nicht ernstgenommen hatte.

In der großen Eingangshalle drehte Dimitri Katherine zu sich herum, bevor er ihr Handgelenk losließ. »Nicht einen Ton, Katja!« Er ließ sie nicht zu Wort kommen, als sie ansetzte, sich über sein merkwürdiges Benehmen zu beschweren. »Nicht einen Ton will ich von dir hören. Ich habe genug von deinem Starrsinn, genug von deiner Aufsässigkeit und vor allem genug von den Debatten mit dir. Hier wirst du schlafen, wo ich es bestimme, nicht wo du willst, nicht bei den Dienern, sondern wo ich es anordne. Wladimir!« rief er über die Schulter. »Das weiße Zimmer, und paß auf, daß sie dort bleibt!«

Katherine starrte ihn ungläubig an. Aber er drehte ihr einfach den Rücken zu und ging seine Tante begrüßen. Entlassen! Wieder hatte er sie wie ein Kind behandelt – ja, schlimmer noch!

»Wie können –«

»Lieber Himmel, nicht jetzt«, zischte ihr Wladimir ins Ohr.

»Seine Stimmung wird sich bessern jetzt, nachdem er sich Luft gemacht hat, aber nicht, wenn Sie ihn erneut herausfordern.«

»Alles, was ich tue, macht ihn immer wütend«, zischte Katherine zurück. »So kann er nicht mit mir umspringen.«

»Ach, warum nicht?«

Sie wollte ihm schon etwas erwidern, doch sie unterließ es. Natürlich konnte Dimitri sie herumkommandieren. Solange sie sich in seiner Gewalt befand, konnte er mit ihr machen, was er wollte. Und hier draußen auf dem Land, umgeben von seinen Leuten, war sie erst recht in seiner Gewalt. Es war unerträglich, zutiefst deprimierend. Aber was sollte sie machen?

Ignorier' ihn, Katherine. Sein Verhalten ist sowieso unter aller Kritik und keiner Reaktion wert. Geduld. Deine Zeit wird kommen und dann wird Dimitri Alexandrow den Tag verwünschen, an dem er dir begegnet ist.

Dimitri verwünschte den Tag schon jetzt, an dem er Katherine begegnet war. Noch nie hatte ihn eine Frau so auf die Palme gebracht und er konnte nichts dagegen unternehmen. Auch zweifelte er kaum daran, daß sie es mit Absicht machte, ein Vergnügen dabei empfand, ihn zu erzürnen und zu schikanieren. Und es gelang ihr hervorragend. Undankbares Frauenzimmer. Aber er war es müde, das hinzunehmen, war es müde, bei allem, was sie betraf, seinen gesunden Menschenverstand und seine Beherrschung zu verlieren. Er brauchte sich ja nur seine

Leute anzuschauen, um zu erkennen, was für einen Narren er aus sich machte.

Aber unabsichtlich hatte er noch weit mehr getan. Ein Blick auf Maruschas mißbilligendes Gesicht sagte ihm, daß er Katherine in den Augen der anderen herabgesetzt hatte. Im Moment war ihm das egal. Er fand das sogar gar nicht schlecht. Es war an der Zeit, mit dem ganzen Theater Schluß zu machen. Maruscha und die anderen behandelten sie zu respektvoll. Sie bestärkten sie nur in der Annahme, daß sie ihr Spiel ewig so weitertreiben könnte. Es hatte ja auch nichts genützt, daß er es geduldet hatte. Aber jetzt war es wirklich genug.

Der verwirrte Gesichtsausdruck seiner Tante erinnerte Dimitri daran, daß er ohne ein Wort zu sagen an ihr vorbeigegangen war. Er begrüßte sie jetzt angemessen. Doch Sonja Alexandrowna Rimski war dafür bekannt, daß sie sich kein Blatt vor den Mund nahm.

»Wer ist das, Mitja?«

Er folgte Sonjas Blick und sah Katherine hinter Wladimir die Treppe nach oben steigen. Sie ging hocherhobenen Hauptes, die Schultern gestrafft und die Röcke nur ganz leicht gehoben. Es irritierte ihn maßlos, daß selbst ihr Gang so ausgesprochen damenhaft war.

»Sie ist nicht wichtig, nur eine Engländerin, die mit uns zurückgekehrt ist.«

»Aber sie wohnt in deinen Privatgemächern –«

»Vorerst«, unterbrach er sie kurzangebunden. »Du brauchst dich nicht darum kümmern, Tante Sonja. Ich werde eine Aufgabe für sie finden, solange sie hier ist.«

Sonja lagen die Einwände schon auf der Zunge, aber sie hielt sie zurück. Sie war eine hagere, große Frau von fast einem Meter achtzig. Nach weniger als einem Jahr Ehe war sie bereits Witwe geworden, doch der Tod ihres herrischen Gatten hatte sie nicht sehr betrübt. Nie wieder wollte sie die Erniedrigungen des ehelichen Bettes ertragen und so hatte sie sich geweigert wieder zu heiraten. Ihr Leben war eine Enttäuschung nach der anderen gewesen und sie zeigte wenig Verständnis für die elementaren Triebe und Bedürfnisse der Menschen. Ihr eigener Bruder hatte sich dazu hinreißen lassen, eine Engländerin zu heiraten, nur weil er sie anders nicht bekommen konnte. Damit war die Blutlinie der Alexandrows für immer befleckt. Warum war Mischa bloß gestorben, warum hatte er nicht wenigstens einen Erben, einen legitimen Erben hinterlassen können...

Abscheu verdunkelte einen Augenblick lang Sonjas Gesichtsausdruck, als sie ihre eigenen Schlüsse bezüglich Dimitris Begleiterin zog. Jetzt brachte er die Huren also schon ins Haus. Konnte er nicht wenigstens so diskret sein wie sein Vater und sein Bruder, und sich ab und zu eine willige Dienerin nehmen? Nein, er mußte sich eine aus England mitbringen! Was dachte er sich eigentlich dabei? Aber sie fragte ihn nicht. Seine knappe Art ließ sie vermuten, daß seine Stimmung für eine solche Frage denkbar ungeeignet war. Und sie wollte keine weiteren peinlichen Szenen vor der Dienerschaft.

Sie wartete, während Dimitri freundliche Worte mit den Menschen wechselte, die ihn zu begrüßen gekommen waren. Es war einfach albern, mit wieviel Achtung er den Dienern begegnete. Diese merkwürdigen Angewohnheiten hatte er von seiner Mutter und jetzt war er zu alt, als daß man ihn noch ändern konnte. Aber Tatjana würde einen guten Einfluß auf ihn haben. Wenigstens gab es an Dimitris Brautwahl für Sonja nichts auszusetzen. Doch seine lange Abwesenheit war nicht günstig gewesen. Er dürfte jetzt keine Zeit mehr vergeuden, und schon gar nicht mit diesem englischen Weib.

Jetzt erst fiel Sonja die Abwesenheit ihrer Nichte auf. »Ist Nadja nicht mit dir zurückgekommen?«

»Doch, aber ich habe sie für eine Weile zu Warwara auf Besuch geschickt.« In Wahrheit hatte sie ihm zu viel Zuneigung zu Katherine gezeigt, was schließlich nur zu endlosen Problemen geführt hätte, die er überhaupt nicht brauchen konnte.

»Ist das klug, Mitja? Obwohl Petersburg um diese Jahreszeit recht verlassen ist, gibt es immer noch genügend gesellschaftliche Begegnungen. Oder habe ich deine Nachricht falsch verstanden, als du aufbrachst, um das Mädchen nach Hause zu holen?«

»Du hast ganz richtig verstanden. Aber du brauchst dir keine Sorgen mehr zu machen. Sie hat sich bereit erklärt zu heiraten, sobald wir einen passenden Mann für sie gefunden haben.«

Sonjas blaue Augen wurden groß vor Überraschung. »Du läßt sie selbst wählen?«

»Sie ist meine Schwester, Tante Sonja. Ich möchte, daß sie in ihrer Ehe glücklich wird. Du durftest nicht wählen, und schau, was dabei herausgekommen ist.«

Sonja richtete sich kerzengerade auf. »Darüber brauchen wir uns nicht zu unterhalten. Nadja kann von Glück reden, daß du so nachsichtig bist. Aber nur ein außergewöhnlicher Mann wird mit ihrem Eigensinn zurechtkommen. Sicher hat sie wieder die verrücktesten Ideen aus England mitgebracht. Doch man hätte ihr sowieso nie erlauben dürfen, dorthin zu reisen. Du weißt, wie ich darüber denke.«

»Ja, Tante«, seufzte er.

Er wußte es nur zu gut. Sie war heftigst dagegen gewesen, daß ihr einziger Bruder eine Ausländerin heiraten wollte und hatte ihre Widerstände nie aufgegeben. Niemals hatte sie Pjotr das vergeben können. Und als sie nach dem Tod ihres Mannes gezwungen war, wieder nach Hause zurückzukehren, war sofort ein heftiger Kampf zwischen den beiden Frauen ausgebrochen. Vor lauter Mißgunst hatte sie nichts Gutes an Anne finden können. In Sonjas Augen war alles, was Anne machte, falsch, ihre Ansichten fremdländisch. Nach Annes Tod übertrug sie diese Empfindungen auf alles, was Englisch war. Dimitri war überzeugt davon, daß sie den Briefwechsel mit der Herzogin nur aufrecht erhielt, um immer wieder Dimitris und Anastasias Fehler zu bemängeln.

Und natürlich war daran einzig und allein deren Mutter schuld, obwohl sie *das* der Herzogin gegenüber nie erwähnte.

»Nun gut, Gott sei Dank ist Nadjas jüngste Skandalgeschichte nicht bis nach Hause gedrungen, was auch immer es gewesen sein mag«, bemerkte Sonja, während sie in den Salon gingen. »Sie kann hier eine gute Partie machen. Ach, apropos heiraten, hast du Tatjana Iwanowa schon gesehen?«

Immer hatte sie dasselbe im Kopf. Dimitri war nur überrascht, daß sie nicht schon früher danach gefragt hatte.

»Wir sind gerade erst angekommen, Tante Sonja, und ich bin direkt vom Schiff hierher gefahren. Aber ich habe meine Leute beauftragt, herauszufinden, wo sie sich gerade aufhält.«

»Du hättest nur mich fragen brauchen. Zur Zeit ist sie bei ihrer verheirateten Schwester in Moskau zu Besuch. Aber sie ist während deiner Abwesenheit nicht gerade vor Gram vergangen, Mitja. Mir ist zu Ohren gekommen, daß sofort nach deiner Abreise Graf Gregori Lisenko begonnen hat, ihr den Hof zu machen. Und man sagt, daß sie ihm gewogen ist.«

Dimitri zuckte mit den Achseln, es berührte ihn nicht sehr. Er hatte Lisenko nie besonders leiden können. Vor allem nicht, seit sie in derselben Einheit im Kaukasus stationiert gewesen waren. Damals hatte ausgerechnet er dem Grafen das Leben gerettet und selbst eine kleinere Wunde davongetragen. Er hätte den Vorfall längst vergessen, wäre Lisenko nicht so voller Groll und Ablehnung gegen ihn gewesen. Von da an hatte der Graf alles daran gesetzt, ihm zu beweisen, daß er der bessere Schütze, der bessere Jäger, überhaupt in allem der Bessere war. Es überraschte ihn deshalb nicht, daß Lisenko ein Auge auf die schöne Tatjana geworfen hatte. Aber es beunruhigte ihn nicht weiter. Lisenko machte ja doch immer nur einen Narren aus sich.

»Ich werde ihr eine Nachricht schicken, daß ich wieder da bin.«

»Solltest du nicht besser selbst bei ihr vorsprechen, Mitja?«

»Um übereifrig zu wirken?«

»Sie wird sich geschmeichelt fühlen.«

»Es würde sie belustigen«, entgegnete er. Langsam begann ihn ihre Zielstrebigkeit zu ärgern. »Meine ständige Anwesenheit bevor ich weggefahren bin, hat sie nicht sehr geneigt gemacht. Es wird ihr nichts schaden, wenn sie sich eine Weile fragt, ob ich überhaupt noch Interesse an ihr habe.«

»Aber –«

»Kein Aber!« fuhr er sie an. »Wenn du mich für unfähig hältst, die hübsche Dame alleine zu gewinnen, dann sollte ich es wohl besser gleich lassen.«

Sonja verstand die einfache, knappe Warnung, und, die Lippen fest zusammengepreßt, drehte sie sich um und verließ das Zimmer.

Dimitri ging zur Hausbar und goß sich Wodka in ein Glas. Seine Tante war die letzte, die ihm erzählen mußte, daß er seine Werbung sofort wieder aufnehmen sollte. Doch er hatte jetzt nicht die Geduld dafür, würde sie auch nicht haben, solange ihn seine sexuelle Hochspannung so leicht aufbrausen ließ. Es gab eine Menge Frauen hier, mit denen er seine angestauten Bedürfnisse befriedigen konnte. Doch so sehr er auch litt, nach all den Wochen auf See, wollte er doch nicht irgendeine. Er wollte Katherine. Verdammt, immer wieder sie!

Wütend schleuderte er sein volles Glas in den Kamin und verließ mit großen Schritten den Raum. Er fand Katherine im weißen Zimmer. Sie starrte desinteressiert aus dem Fenster. Boris, der gerade ihre Truhe hereinbrachte, beeilte sich wieder hinauszukommen, als er sah, daß Dimitri mit ihr sprechen wollte.

»Ich frage dich gar nicht, ob dir das Zimmer genehm ist. Sag einfach nein, und dann –«

»Dann werden Sie wieder einen Ihrer Wutanfälle bekommen«, vollendete Katherine seinen Satz und drehte sich langsam zu ihm um. »Wissen Sie, Dimitri, das wird mit der Zeit auch langweilig.«

»Wutanfälle!«

»Ist das schon wieder der Anfang von einem?« fragte sie ihn mit unschuldig aufgerissenen Augen.

Er war sprachlos. Sie provozierte ihn tatsächlich absichtlich, so daß er nicht mehr denken konnte, nicht mehr wußte, warum er sie ursprünglich aufgesucht hatte. Aber dieses Mal würde ihm das nicht passieren. Was sie konnte, konnte er schon lange.

»Du hast vergessen, deine eigenen Wutausbrüche zu erwähnen.«

»Ich? Und Wutausbrüche?«

»Nein, natürlich nicht«, höhnte er. »Du schreist und tobst, weil das eine gute Übung für die Lungen ist.«

Einen Augenblick starrte sie ihn ungläubig an, dann fing sie an zu lachen. Es war ein warmes, offenes Lachen, das den Raum erfüllte und Dimitri bezauberte. Er hatte sie nie zuvor lachen gehört – nicht so jedenfalls. Er erkannte, daß es eine Seite an ihr gab, die er bisher übersehen hatte: Sie war humorvoll, oder vielmehr schelmisch. Wenn er zurückdachte, dann waren vielleicht viele Dinge, die sie zu ihm gesagt hatte und über die er sich so ärgerte, nichts anderes als ein sanftes Necken gewesen.

»O Gott«, stöhnte Katherine und wischte sich ein paar Tränen aus den Augen. »Sie sind unbezahlbar, Dimitri. Eine Übung für meine Lungen – ich werde mich daran erinnern, wenn sich mein Bruder mal wieder beschwert, was für ein Tyrann ich bin. Hin und wieder verliere ich nämlich mit ihm die Geduld.«

Er wollte ihre Laune nicht zerstören. »Mit mir auch.«

»Aber sicher.«

Doch sie lächelte bei diesen Worten und er spürte eine seltsame Freude. Warum war er gekommen? Um neue Anordnungen zu geben. Zum Teufel damit! Er wollte sie doch gar nicht ändern oder ihr ihr Spielchen wegnehmen, das sie offensichtlich so sehr genoß. Wenn er bloß nicht so empfindlich wäre gegenüber allem, was von ihr kam. Aber wenn auch nur die Hälfte davon Neckereien gewesen waren...

»Es muß doch einen Weg geben, wie wir unseren Streit beilegen«, sagte Dimitri und trat wie zufällig näher.

»Streit beilegen?«

»Ja! Du bist ungeduldig, ich bin ungeduldig und immer sind wir wütend aufeinander. Es heißt doch, daß Liebende nie Zeit für Diskussionen haben.«

»Sind wir wieder bei diesem Thema gelandet?«

»Wir sind nie weit davon entfernt.«

Argwöhnisch trat Katherine ein paar Schritte zurück, als er ihr zu nahe kam. »Also ich habe gehört, daß die Diskussionen unter Liebenden die schlimmsten sind.«

»Vielleicht ist das bei manchen so, aber sicher nicht oft. Und außerdem können sie sich auf wunderschöne Art wieder versöhnen. Soll ich dir sagen wie?«

»Ich kann es –« Weiter kam sie nicht bei ihrem Rückzug. Sie stieß an die Wand. »Mir denken«, seufzte sie.

»Warum versöhnen wir uns dann nicht, damit jetzt alles anders wird?« Sie mußte ihre Hände gegen seine Brust pressen, um ihn fern zu halten. *Konzentriere dich, Katherine. Du mußt ihn ablenken. Denk dir was aus!*

»Dimitri, wollten Sie irgend etwas Bestimmtes von mir?«

Er mußte lächeln über ihr Bemühen und umfaßte ihre Hände mit den seinen. »Wenn du mal einen Augenblick still bist, Kleines, kann ich zur Sache kommen.«

Sie ging ganz in seinem Lächeln auf und in dem Kuß, der folgte. Das war kein wilder Angriff, um sie zu überwältigen. Seine Leidenschaft hatte sich während ihres Gesprächs gemildert, war aber trotzdem vorhanden. Seine Lippen, seine Zunge berauschten sie wie noch nie. Er teilte sich ihr mit, gab sich ihr hin und einen wunderbaren Augenblick lang nahm Katherine alles, was er ihr anzubieten hatte – bis er deutlicher wurde und sie die harte Schwellung, die sich an ihren Bauch preßte, nicht länger ignorieren konnte.

Sie drehte ihren Mund weg, atemlos, nervös. »Dimitri –«

»Katja, du begehrst mich.« Seine Stimme klang so heiser, schien in ihr nachzuhallen. »Warum widerstehst du?«

»Weil – weil... Nein, ich begehre Sie nicht. Nein.«

Sein skeptischer Blick machte deutlich, daß er sie für eine Lügnerin hielt. Sie hielt ihn nicht zum Narren, auch nicht sich selbst. Oh, warum konnte er ihren Standpunkt nur nicht verstehen? Wie konnte er nur annehmen, daß sie sich ihm wieder hingeben würde, nur weil sie eine Nacht mitsammen verbracht hatten? Natürlich begehrte sie ihn – was sonst? Aber es war undenkbar, daß sie dieser Sehnsucht nachgab. Einer von ihnen mußte vernünftig bleiben, mußte die Konsequenzen bedenken. Er tat das ganz offensichtlich nicht, oder es war ihm egal.

»Dimitri, was kann ich nur machen, daß Sie mich verstehen? Ihr Kuß ist angenehm, aber für mich ist dann Schluß. Für Sie endet das Ganze im Bett.«

»Und was soll daran falsch sein?« verteidigte er sich.

»Ich bin keine Hure. Ich war noch Jungfrau, bis ich Ihnen begegnet bin. Und egal wie oft Sie mich küssen, egal wie sehr es mir vielleicht... gefällt, es darf nicht weitergehen. Für mich ist da Schluß. Deswegen –«

»Da Schluß!« unterbrach er sie heftig. »Ein Handkuß oder ein Kuß auf die Wange, ja, da mag dann schon Schluß sein. Aber wenn du deinen Körper so an mich preßt, mein Gott, das ist eine Einladung zur Liebe.«

Das Blut stieg Katherine in die Wangen, als ihr klar wurde, daß sie genau das getan hatte. »So lassen Sie mich doch zu Ende reden. Ich wollte Ihnen gerade vorschlagen, daß es nur vernünftig wäre, wenn Sie Abstand davon nähmen, mich zu küssen. Dann können wir uns diese unangenehmen Diskussionen sparen.«

»Ich *will* dich küssen!«

»Sie wollen mehr als das, Dimitri.«

»Ja! Im Gegensatz zu dir habe ich das nie abgeleugnet. Ich begehre dich, Katja. Ich möchte mit dir ins Bett gehen. Dein Vorschlag, dieses Verlangen zu unterdrücken, ist absurd.«

Sie blickte zur Seite. Sein Zorn war nur eine andere Form seiner Leidenschaft. Es war zu stark für sie, wo sie doch selbst so in Aufruhr war.

»Was ich dabei nicht verstehe, Dimitri, ist, daß Sie es sich so sehr wünschen. Ist Ihnen klar, daß wir uns nie unterhalten haben, einfach nur unterhalten, um uns und unsere Vorlieben und Abneigungen kennenzulernen? Alles, was ich über Sie weiß, habe ich von den Dienern oder von Ihrer Schwester erfahren. Und Sie wissen noch viel, viel weniger über mich. Warum können wir uns nicht einmal ohne diese Spannungen, die immer im Weg sind, unterhalten?«

»Sei nicht naiv, Katja«, sagte er bitter. »Unterhalten? Ich kann nicht einmal denken, wenn du bei mir bist. Du möchtest dich unterhalten? Verdammt noch mal, dann schreib mir doch einen Brief.«

Als sie aufblickte, war er gegangen. Das große Zimmer kam ihr plötzlich eng und klein vor. War sie im Unrecht? Konnte es für sie eine Zukunft mit so einem Mann geben? Würde sein Interesse nicht verschwinden, wenn sie nachgab? Seine Schwester hatte ihr das eindringlich prophezeit. Warum also sollte sie sich einem Verhältnis öffnen, mit all den gefühlsmäßigen Verwicklungen, wenn es doch nicht von Dauer sein konnte?

Warum machst du dir denn etwas vor, Katherine? Du steckst doch schon bis über beiden Ohren in der Sache drin. Du begehrst den Mann. Bei ihm hast du nie gekannte Empfindungen, glaubst an Dinge, die du immer verspottet hast. Weshalb hältst du deinen Widerstand aufrecht?

Sie wußte es selbst nicht mehr genau. Und nach jeder Begegnung mit Dimitri wußte sie es weniger.

24.

Der erste Tag auf Nowi Domik verlief quälend langsam für Katherine. Nachdem Dimitri gegangen war, fühlte sie sich sehr depressiv und sie konnte sich davon auch nicht befreien. Natürlich hätte sie auf Entdeckungsreise im Haus gehen können, um sich abzulenken. Niemand hatte ihr das verboten. Dimitris Anordnung Wladimir gegenüber: ›Das weiße Zimmer und paß auf, daß sie dort bleibt!‹ schreckte sie nicht ab. Aber sie ärgerte sich immer noch über die Szene bei der Ankunft. Am liebsten hätte sie sich irgendwo verkrochen und sie konnte nicht einfach so tun, als wäre nichts geschehen. Außerdem wollte sie auch nicht Gefahr laufen, Dimitri zu begegnen, jetzt, wo sie so nahe daran war, all ihre Vorsätze aufzugeben.

Lieber Gott, warum wurde denn alles immer schwieriger und nicht besser, die Versuchung immer verlockender?

Wenn sie innerlich Abstand nahm und versuchte, die ganze Angelegenheit objektiv zu betrachten, meinte sie, verrückt werden zu müssen. Hier war sie auf dem Land, in einem so überaus luxuriösen Zimmer, daß es jeder Beschreibung spottete und der wunderbarste Mann auf Erden begehrte sie. Es war einfach traumhaft. Welche Frau, die nur irgendwie bei Verstand war, würde ein Schicksal beklagen, das Phantasien Wirklichkeit werden läßt?

Aber Katherine konnte es einfach nicht hinnehmen. Und sie suchte danach, irgend jemandem die Schuld an ihrer mißlichen Lage zuschieben zu können, denn sie hatte genug von den Selbstvorwürfen. Da war ihre Schwester, die sie durch ihr heimlichtuerisches Verhalten gezwungen hatte, ihr zu folgen. Lord Seymour war schuld, weil er sein Erbe verloren hatte und deshalb eine ganz und gar unpassende Partie war. Selbst an ihrem Vater fand sie etwas auszusetzen. Er hätte Lord Seymour akzeptieren und ihm wieder auf die Beine helfen können.

Dann war da noch Anastasia, derer Skandalgeschichten wegen Dimitri nach England gereist war. Auch der Herzogwitwe von Albemarle konnte sie etwas am Zeug flikken. Schließlich hätte sie ja auch mit Anastasia alleine fertig werden können, ohne nach Dimitri zu schicken. Doch die meiste Schuld traf natürlich Wladimir, der sie einfach so entführt hatte. Jeder dieser Menschen hätte genausogut anders handeln können, dann wäre sie nie in diese fatale Situation gekommen.

Und es war so unerträglich wie noch nie. Katherines klares Weltbild geriet ins Wanken. Sie war schon nahe daran, ihre Prinzipien aufzugeben, den niedrigsten aller Motivationen zu erliegen. Sie wußte, daß es nur noch eine Frage der Zeit war, bis sie nachgab. Das war der Grund für ihre Niedergeschlagenheit. Sie wollte nicht nur eine weitere Eroberung Dimitris sein. Sie wollte nicht nur ein paar Wochen Zuneigung. Sie wollte mehr. Ihr Stolz verlangte mehr.

Katherine wußte, daß ihr Zustand kläglich war, als sie das Tablett mit dem Abendessen bemerkte. Sie konnte sich nicht erinnern, wann es hereingebracht worden war. Verärgert darüber, daß sie den halben Tag mit Selbstmitleid vergeudet hatte, schüttelte sie energisch die trüben Gedanken ab. Noch nicht einmal ausgepackt hatte sie. Das war allerdings nicht so schlimm, schließlich hatte sie die ganze Zeit aus dem Koffer gelebt. Aber sie hätte irgend etwas Sinnvolles machen können. Dimitri hatte seine Abrechnungen erwähnt. Wladimir hätte sie ihr bringen können. Sie hatte sich noch nicht einmal in ihrer neuen Wohnung umgesehen.

Nach dem Abendessen, während ihr Bad bereitet wurde, holte sie das nach. Viele Diener standen ihr zur Verfügung, stellte sie fest und wunderte sich darüber. Aber wahrscheinlich gab es genug hier auf Nowi Domik, daß man gut ein paar erübrigen konnte.

Sie verhielten sich ihr gegenüber zurückhaltend und wortkarg. Fast hatte es den Anschein, als hegten sie einen

Groll gegen sie. Doch vielleicht war das ihr normales Verhalten. Katherine war ihnen nicht böse. In England konnten die Diener kündigen, wenn ihnen ihre Herrschaft nicht paßte. Diesen Menschen hier war das verwehrt.

Das Zimmer war prachtvoll eingerichtet, seinen Namen trug es ganz zu recht: weiße Teppiche, weiße Vorhänge, weiße Tapeten. Die Tapeten hatten ein ganz feines, goldenes Muster, wodurch sich die schweren Brokatvorhänge gut davon abhoben. Weiß mit goldenem Filigran waren auch die Möbel: die Tische, das Bettgestell, Schrank und Toilettentisch; selbst der Kaminsims war aus weißem Marmor. In hübschem Kontrast dazu standen das Gold und Taubenblau des Sofas und der Sessel; auch der Bettüberwurf war in diesen Tönen gehalten.

Alles in allem war dieses Zimmer ganz auf die Bedürfnisse und die Bequemlichkeit einer Frau abgestimmt: der Toilettentisch, die niedlichen Nippesgegenstände, die Bilder an den Wänden, Öle und Parfüms in dem kleinen, anschließenden Badezimmer. Katherine war sehr froh, daß Dimitri darauf bestanden hatte, ihr dieses Zimmer zu geben. Bis sie eine Tür öffnete. Es war eine Verbindungstür und sie führte direkt in sein Zimmer.

Katherine warf die Tür wieder zu, als sie Maxim sah, der mit Dimitris Kleidung beschäftigt war. Flammende Röte stieg ihr ins Gesicht. Sie vertiefte sich noch mehr, als sie die blasierten Blicke der zwei Mädchen auffing, die gerade das Bett aufdeckten. Lieber Gott, und der ganze Haushalt wußte, daß er sie hier, direkt neben sich, einquartiert hatte. Es war ganz offensichtlich das Zimmer für die Frau des Hauses oder – wie in ihrem Fall – für die Mätresse! Selbst seine Tante wußte Bescheid. Was mußte die arme Frau denken? Wie sollte sie überhaupt etwas anderes denken?

»Es ist nicht wahr«, sagte Katherine auf russisch, damit die beiden Dienstmädchen sie verstehen konnten. Aber sie erntete nur ein Kichern von der Jüngeren und ein blödes Grinsen von der anderen, was sie noch mehr reizte. »Raus mit euch! Alle beide! Ich habe inzwischen gelernt, mir selbst zu helfen. Ich brauche euch nicht. Raus!«

Während sie einfach nur dumm und verdattert über ihren Zornesausbruch dastanden, stolzierte Katherine in das Badezimmer und warf noch eine Tür zu. Sie zog ihre Kleider aus, ungeachtet irgendwelcher Knöpfe, die nicht schnell genug aufgingen und betete, daß das Bad sie entspannen möge. Doch das war nicht der Fall.

Wie konnte er sich unterstehen, ihr das anzutun? Wie konnte er sich unterstehen, jedermann glauben zu machen, sie wäre seine Mätresse? Warum mußte er seine Anordnung, wo sie schlafen sollte, in einer Lautstärke treffen, daß selbst ein Tauber sie verstanden hätte? Er hätte Wladimir auch gleich sagen können, daß sie in seinem Zimmer wohnen werde!

Sie war zu aufgebracht, als daß sie es lange in der Porzellanwanne ausgehalten hätte. Ohne sich abzutrocknen warf sie sich das Seidengewand über, das ausgebreitet dalag, fragte sich nicht einmal, wessen Gewand es wohl war. Der aprikosenfarbene Stoff klebte ihr am Körper, aber sie achtete gar nicht darauf.

So ging das nicht weiter. Sie wollte sofort mit ihm reden. Und sie würde nicht *eine* Nacht in dem weißen Zimmer bleiben. Lieber schlief sie auf einem Haufen Stroh in einem Stall, oder auf einer Matratze am Boden, selbst eine Hängematte wäre ihr willkommener, wenn es nur nicht in der Nähe von Dimitris Schlafzimmer war.

Die Dienstmädchen waren gegangen, als sie das Badezimmer genauso lautstark verließ, wie sie es betreten hatte. Das Schlafzimmer war leer, das Tablett abgeräumt. Im Kamin brannte ein kleines Feuer. Eine kühle Brise, die zum Fenster hereinkam, ließ die Glut Funken sprühen und die schwachen Lampen flackern.

Katherine starrte einen Moment auf den dünnen Rauchfaden einer verloschenen Kerze. Sie versuchte sich zu konzentrieren, sich zu beruhigen. Doch ihre Anstrengungen führten zu nichts. Sie mußte das mit Dimitri austragen – jetzt gleich. Sie riß die Verbindungstür auf, in der Absicht Maxim zu bitten, Dimitri zu holen. Doch der Kammerdiener war gegangen. Statt dessen saß *er* an einem kleinen Tisch und beendete grade ein spätes Abendessen.

Einen Augenblick lang war Katherine verwirrt, lang genug, um automatisch »Verzeihung« zu sagen. Doch sogleich stieg die Empörung wieder in ihr hoch und sie verbesserte sich: »Nein, es tut mir nicht leid. Dieses Mal sind Sie zu weit gegangen, Alexandrow.« Sie deutete zurück. »Ich werde nicht in diesem Zimmer bleiben!«

»Warum nicht?«

»Weil es direkt neben Ihrem liegt!«

Dimitri senkte Messer und Gabel, lehnte sich zurück und schaute sie an. »Du denkst wohl, ich würde ungebeten in dein Zimmer kommen. Aber habe ich dazu nicht die ganze Zeit Gelegenheit gehabt?«

»Nein, das habe ich gar nicht gedacht. Ich will nur einfach dieses Zimmer nicht.«

»Du hast mir immer noch nicht gesagt warum.«

»Das habe ich wohl. Sie haben mir nur nicht zugehört.« Sie begann mit verschränkten Armen vor der Tür auf und ab zu gehen, bei jeder Kehrtwendung flogen ihre Haare schwungvoll herum. »Gut, wenn ich es noch deutlicher sagen muß. Dieses Zimmer gehört zur Suite des Hausherrn und damit habe ich nichts zu tun. Ich kann diesen Zusammenhang nicht dulden, und Sie wissen *genau*, was ich meine!«

»Ach, ja?«

Sie streifte ihn mit einem kurzen Blick bei dieser gleichmütigen Reaktion. »Ich bin nicht Ihre Mätresse! Ich werde auch nicht Ihre Mätresse sein und ich will nicht, daß die Leute etwas anderes denken!«

Anstatt ihr zu antworten schaute er sie einfach nur an. Er war zu gelassen. Wo war der Ärger, der ansonsten in ihm hochstieg, wenn sie sich seinen Wünschen widersetzte? Er hatte gewollt, daß sie in dem weißen Zimmer wohnte. Warum diskutierte er nicht mit ihr darüber? Und überhaupt, was hatte ihn seit ihrer letzten Begegnung so beruhigt? Für gewöhnlich war er nach ihren heftigeren Auseinandersetzungen noch tagelang schlechter Laune. Hier stand sie, wollte ihren Strauß mit ihm ausfechten, ihr Blut kochte und er tat ihr diesen Gefallen nicht.

»Nun?« forderte sie ihn gebieterisch auf.

»Für heute ist es zu spät, als daß ein Umzug noch in Betracht käme.«

»Unsinn –«

»Glaub mir, Katja, es ist zu spät.«

Er spielte auf irgend etwas an und sie mußte wissen, was das war. Sie hielt inne und richtete ihre Augen scharf auf ihn. Seine unklare Ausdrucksweise steigerte ihren Zorn nur noch mehr. Merkte er nicht, daß sie nicht in der Verfassung war, irgendwelche Spielchen mit ihm zu machen? Sie war so zornig, daß sie kaum mehr denken konnte, geschweige denn still stehen. Sie war so zornig, daß sie die Hitze spürte, die von ihr ausging. Ihr Herzschlag dröhnte in ihrem Kopf, das Blut pulsierte in ihren Adern. Und er saß einfach nur da, schaute sie an, wartete, als ob sie wie durch ein Wunder plötzlich etwas verstehen würde.

Und so war es auch. Als sie versuchte sich ruhig zu halten, merkte sie, daß es unmöglich war. Sie konnte nicht anders, sie mußte sich bewegen. Schon einmal hatte sie das gespürt, und Ärger war nicht die Ursache für dieses Verhalten gewesen – genausowenig wie jetzt.

Entsetzt machte Katherine einen Schritt auf Dimitri zu, nur um gleich darauf wieder zurückzuspringen. Sie wußte, sie durfte ihm jetzt nicht zu nahe kommen. O Gott, wie sehr wünschte sie sich, nichts zu ahnen, nicht zu wissen, was jetzt gleich geschehen mußte. Aber sie wußte es, wußte, daß sie nichts machen konnte gegen den Sturm, der sich in ihr zusammenbraute. Nicht mehr lange und sie würde nicht mehr Herr über sich selbst sein.

Katherine schauderte bei diesen Gedanken. Zorn brach aus ihr heraus. »Verflucht, Dimitri, das geht auf Ihr Konto, nicht wahr?«

»Es tut mir so leid, Kleines.«

Das stimmte. Sein Gesichtsausdruck zeigte Reue und Selbstvorwürfe. Doch das besänftigte sie keineswegs, machte sie eher noch wütender.

»Oh, Sie verdammter, gemeiner Kerl!« schrie sie ihn an. »Sie haben gesagt, daß ich nie wieder diese teuflische Droge bekommen würde! Sie haben gesagt, ich solle Ihnen vertrauen! So also soll ich Ihnen trauen? Wie konnten Sie mir das nur antun!

Jedes einzelne Wort traf Dimitri wie ein Dolchstoß. Er hatte sich schon das Hirn zermartert wegen der gleichen Frage. Solange er noch wütend auf sie gewesen war, hatte er genug Antworten gefunden. Dann hatte er sich betrunken, weil seine Antworten bei nüchterner Betrachtung nichts taugten.

»Ich habe die Anweisung im Zorn gegeben, Katja, und dann bin ich weggeritten, zu Alexej, wo wir die letzte Nacht verbracht haben. Ich habe mich betrunken, bis ich umgefallen bin. Hätte nicht ein Diener ein Tablett fallen lassen vor dem Zimmer, in dem ich meinen Rausch ausschlief, ich wäre jetzt noch nicht hier.«

»Mir ist es verdammt gleichgültig, ob Sie hier sind oder nicht!«

Ihre Verachtung ließ ihn zurückzucken. »Du willst das lieber alleine durchstehen? Ich werde niemanden zu dir lassen«, warnte er sie.

»Natürlich würden Sie das nicht. Das ginge ja auch völlig am Zweck der Sache vorbei, nicht wahr?«

»Ich habe versucht, rechtzeitig wieder da zu sein, um die Anordnung rückgängig zu machen. Aber als ich die Treppe heraufkam,wurde dein Tablett gerade abgetragen.«

»Ersparen Sie mir Ihre Entschuldigungen und Lügen. Es gibt nichts mehr für Sie zu sagen –«

Katherine hielt inne, als eine Hitzewelle in ihr hochstieg, ihre Nerven vibrieren ließ. Sie beugte sich nach vorne, drückte ihre Arme in den Bauch, als könnte sie damit den Aufruhr in ihrem Innern zurückhalten. Sie stöhnte, wußte, daß es keinen Sinn hatte.

Als sie hörte, daß Dimitri besorgt aufstand, hob sie ihren Kopf und durchbohrte ihn mit einem so verachtungsvollen Blick, daß er stehenblieb. »Ich hasse Sie dafür!«

»Dann haß mich«, erwiderte er ruhig, voller Kummer. »Aber heute nacht – heute nacht wirst du mich lieben.«

»Sie sind vollkommen verrückt«, keuchte sie, und ging langsam rückwärts zur Tür. »Ich werde alleine damit fertigwerden ... ohne ... Ihren ... Beistand.«

»Das schaffst du nicht, Katja. Das weißt du auch, und deswegen bist du so wütend.«

»Bleiben Sie mir bloß vom Leibe!«

Minutenlang starrte Dimitri auf die zugefallene Tür, dann löste sich die Wucht seiner zurückgehaltenen Gefühle und er stieß mit aller Kraft gegen den Tisch. Sein Abendessen flog durch das ganze Zimmer. Doch der Ausbruch verschaffte ihm keine Erleichterung.

Er wollte nicht wahrhaben, was er ihr angetan hatte. Nie würde sie es ihm verzeihen. Sollte ihm das nichts ausmachen – lieber Himmel, wie denn? Auspeitschen müßte man ihn dafür. Mit einem Fingerschnipsen konnte er eine Frau bekommen. Es gab keine Entschuldigung, daß er diese hatte zwingen wollen, auch wenn er sich so sicher war, daß sie ihn begehrte und daß sie nur mehr einen kleinen Anstoß brauchte. Und auch jetzt konnte er ihrer Bitte nicht folgen und sie alleine lassen. Wie könnte er? Es war undenkbar, sie unnötig leiden zu lassen. Aber er selbst würde sich kein Vergnügen gönnen. Genau das war es, was er verdient hatte. Er würde sie sehen, in ihrer ununterbrochenen Erregung, und nichts unternehmen, sein eigenes Verlangen zu stillen. Sie war willig und er würde entsagen.

Dimitri zog sich rasch aus und betrat ihr Zimmer, wild entschlossen, von seiner Entscheidung nicht abzulassen und wenn es ihn umbrächte. Sie lag bereits auf dem Bett, das Gewand abgestreift. In diesem Zustand der Erregung konnte sie nicht die geringste Berührung mehr ertragen, außer der einen, die ihr Erlösung brachte. Zuckende Wellen bebten durch ihren Körper. Nur die fehlenden grünen Satinlaken unterschieden diese Szene von jener ersten Nacht in London.

Seine Füße trugen ihn wie von selbst zum Bett, die Augen wie gebannt auf ihre Schenkel geheftet, auf die straffe Wölbung ihrer Brust, ihr Bauch wandte sich ihm entgegen jetzt, dann die sanfte Rundung ihres Rückens. Sie war die aufregendste, die sinnlichste Frau, die ihm je begegnet war, und er verlangte nach ihr mit jeder Faser seines Körpers. Seit er gesehen hatte, daß das leere Tablett aus ihrem Zimmer getragen wurde, hatte er sich in einem Zustand äußerster Erregung befunden. Zwar verachtete er sich für seine Handlungsweise, aber sein Körper reagierte vor allem mit Erwartung auf das Kommende. Und jetzt, jetzt mußte er durch diese Qual hindurch, ohne Hoffnung auf Erleichterung. Er brannte, noch nie hatte er eine Frau so sehr begehrt. Und er konnte sie nicht haben. Er hatte sich diese Strafe selbst auferlegt.

»Dimitri, bitte!«

Sie hatte ihn bemerkt. Sein Blick flog zu ihr hin, er stöhnte auf, als er ihre wilde Lust sah. Schon hatte sie ihren Stolz vergessen. Auch ihm blieb nichts anderes übrig.

»Schh, Kleines, bitte. Sag nichts. Es ist alles gut, ich schwör es dir. Du muß mich nicht mit dir schlafen lassen, heute nacht. Ich will dir nur helfen.«

Während er sprach, ließ er sich sachte auf dem Bett nieder, vorsichtig darauf bedacht, sie nicht zu berühren. Seine Augen ruhten fest auf den ihren und seine Hand glitt zwischen ihre Schenkel, dem Zentrum ihrer Qual. Sofort kam sie zum Höhepunkt: Ihre Hüften wölbten sich weit nach oben, der Kopf fiel zurück und von ihren Lippen drang ein durchdringender Schrei – halb Schmerz, halb Ekstase.

Dimitri schloß die Augen und öffnete sie erst wieder, als er spürte, wie die Spannung in ihr nachließ. Sie schaute ihn mit unergründlichen Augen an, ihre Gesichtszüge waren jetzt so entspannt, als würde sie schlafen. Er wußte, daß sie ganz klar und bei vollem Bewußtsein war. Im Moment war sie frei von der Gewalt der Droge. Sie war fähig zu reagieren, ganz normal zu reagieren, so wie es ihrem Charakter entsprach. Tatsächlich erwartete er einen weiteren verletzenden Wortschwall und nicht die ruhige Frage, die sie ihm schließlich stellte.

»Was hast du damit gemeint, daß ich dich nicht mit mir schlafen lassen muß?«

»Genau das.«

Er lehnte neben ihr und sie brauchte nur einen Blick nach unten zu werfen, um zu sehen, in was für einem Zustand der Erregung er sich befand. »Du willst das alles ungenutzt lassen?« Dimitri schnürte es die Kehle zu, als er sah, wo ihre Augen hängengeblieben waren. »Es wäre nicht zum ersten Mal.«

»Aber es ist dieses Mal nicht notwendig. Ich kämpfe nicht mehr dagegen.«

»Das macht die Droge. Ich will mir diesen Umstand nicht zunutze machen.«

»Dimitri –«

»Katja, bitte! Ich kann mich nur gerade so beherrschen und diese Diskussion führt zu gar nichts.«

Sie seufzte ärgerlich. Er hörte ihr nicht zu. Er war so darauf fixiert, ihr zu helfen, ohne daß es ihm Vergnügen bereitete, daß er überhaupt nicht hörte, was sie eigentlich sagte. Ihre Hingabe hatte nichts mit der Droge zu tun. Die Spanischen Fliegen waren ihr nur zuvorgekommen. Sie wollte, daß er es ausnutzte. *Sie* wollte es ausnutzen. Warum mußte er ausgerechnet *jetzt* seine edle Seite hervorkehren?

Es war keine Zeit mehr, ihn zu überzeugen, daß sie ihn begehrte – ob mit oder ohne Droge. Es fing wieder an. Das Feuer brannte in ihren Adern, die Qual in ihren Lenden.

»Dimitri, nimm mich«, weinte sie.

»O Gott.«

Er küßte sie, damit sie still war, küßte sie so wunderbar und voller Leidenschaft, aber er nahm sie nicht. Jedesmal, wenn sie versuchte, ihn näher an sich heranzuziehen, widerstand er ihren Bemühungen. Er berührte sie nur mit dem Mund und mit den Händen, seinen magischen Händen. Sie kam schnell und heftig, aber es fehlte etwas, es war keine echte Befriedigung.

Als sich ihr Herzschlag beruhigt hatte und ihr Atem wieder normal ging, faßte Katherine energisch den Entschluß, keine halben Sachen mehr zu machen. Es war verrückt, stundenlang diese Qual mitzumachen. Und noch schlimmer war Dimitris entschlossener Verzicht, zumal sein Bedürfnis doch so offensichtlich war. Es stimmte, sie war sehr wütend auf ihn gewesen. Sie konnte es nicht leiden, wenn man über sie bestimmte. Aber sie verstand seine Beweggründe. Daß er zu solchen Mitteln griff, um sie zu besitzen, tat ihr sogar gut.

»Dimitri?«

Er stöhnte. Sein Körper lag halb auf der Seite, die Stirn preßte er gegen seinen Arm, die Augen hatte er fest geschlossen. Es sah aus, als krümmte er sich unter schrecklichen Schmerzen. Katherine lächelte, schüttelte innerlich den Kopf.

»Dimitri, schau mich an.«

»Nein – warte einen Augenblick, bis ich –«

Er konnte nicht weitersprechen. Katherine sah, wie die Muskeln an seinem Nacken hervortraten, sich seine Hände zu Fäusten ballten. Sein vor Anstrengung glühender Körper war schweißgebadet. Mit aller Kraft kämpfte er gegen seine Sinne. Es würde ihr wohl kaum anders gehen, wenn die Droge nicht jeden Widerstand unmöglich machen würde.

Sie drehte sich ganz zu ihm hin und sagte bedächtig: »Wenn du mich nicht nimmst, Dimitri Alexandrow, dann, ich schwöre es dir, dann vergewaltige ich dich.«

Sein Kopf schnellte hoch. »*Was* wirst du?«

»Du hast mich schon richtig verstanden.«

»Sei nicht albern, Katja. Das ist unmöglich.«

»Wirklich?«

Sie berührte seine Schulter, ließ ihre Finger an seinem Arm entlang gleiten. Er packte sie augenblicklich fest am Handgelenk, damit sie ihn nicht mehr anfassen konnte.

»Laß daß!«

Sein scharfer Tonfall beeindruckte sie nicht. »Meine Hand kannst du festhalten, aber meinen Körper?«

Katherine legte ein Bein über seine Hüften. Dimitri sprang aus dem Bett. Einen Augenblick war Katherine völlig verwirrt beim Anblick seines herrlichen ebenmäßigen und muskulösen, nackten Körpers.

»Hör auf damit.« Er blickte finster drein, wie sie so jeden Zentimeter seines Körpers mit den Augen verschlang.

Sie blickte auf, in ihren Augen blitzte der Schalk. »Willst du mir auch die Augen verbinden? Und mich vielleicht noch fesseln? Wie willst du denn dein Versprechen halten, daß du mir hilfst, wenn du mir nicht mehr nahekommen willst? Und ich verspreche dir nicht, dich nicht zu berühren.«

»Verdammt, Frau. Ich will nicht, daß du mich wieder haßt.«

»Aber das tue ich doch gar nicht«, sagte sie überrascht. »Ich könnte es nicht.«

»Du weißt nicht, was du jetzt redest«, beharrte er. »Morgen –«

»Vergiß morgen! Lieber Gott, ich glaube nicht, daß ich darüber mit dir streiten werde. Du mußt keine Bedenken haben, Dimitri, nicht im geringsten. Oder willst du mich bestrafen, weil ich so lange –«

»Lieber Gott, nein!«

»Dann laß mich doch nicht bet... O Gott, es geht wieder los. Dimitri, hör auf damit! Du mußt mich nehmen. Du mußt!«

Er kam zu ihr ins Bett und nahm sie fest in seine Arme. »O Gott, Katja, vergib mir. Ich dachte –«

»Du denkst viel«, flüsterte sie und schlang ihre Arme um seinen Hals, sich mit jeder Faser ihres Körpers nach ihm sehnend.

Seine Lippen bestürmten sie, er küßte sie. Tief versank seine erbarmunglos fordernde Zunge in ihrem Mund. Die ganze Kraft seiner Leidenschaft explodierte in wildem Begehren. Es war Wonne, die reine Wonne, als er Sekunden später in sie eindrang, ihr Brennen löschte. Ja, das brauchte sie, das wollte sie, daß er sie vollkommen besaß. Und das wunderbare Pulsieren, das gleich darauf folgte, war um so schöner, weil er gleichzeitig mit ihr kam.

Doch das war erst der Anfang. Dimitris Phantasien, von denen er solange geträumt hatte, waren Wirklichkeit geworden: Sie wollte ihn, begehrte ihn mit der gleichen Leidenschaft wie er sie. Und er war nicht mehr zu bremsen, jetzt, nachdem die Mauer seiner Selbstkasteiung durchbrochen war. Während er noch benommen von der Wucht ihres Höhepunkts dalag, glitten sein Mund und seine Hände zärtlich über sie hin. Nicht einen Augenblick konnte er aufhören, sie zu lieben.

Katherine lächelte. Sie spürte das warme, sanfte Ziehen an ihren Brüsten, die starken Finger, die ihre Haut zärtlich liebkosten. Wohl war sie im Moment erschöpft, aber ihr Verstand arbeitete klar.

Und in diesem Augenblick begriff Katherine, daß sie ihn liebte.

25.

Die Morgensonne tauchte das weiße Zimmer in strahlendes Licht. Durch das offene Fenster fiel die Sonne auf den Teppich, doch das Bett erreichte sie noch nicht ganz. Kleine Staubkörnchen tanzten bei jedem Luftzug im hellen Licht auf und ab.

Wohlig räkelte sich Katherine in dem großen Bett, wurde langsam immer munterer. Irgend etwas war geschehen – ach, ja, die Nacht! Sie lächelte, die Erinnerung stieg in ihr hoch. Mit einem glücklichen Seufzer öffnete sie die Augen.

Sie war alleine. Ein kurzer Blick durchs Zimmer. Ja, sie war alleine. Mit einem Achselzucken sank sie zurück in die Kissen.

Was erwartest du denn, du Dummerchen? Nur weil er damals bei dir war, als du aufgewacht bist, heißt das doch nicht, daß er immer da sein wird. Er hat viel zu tun, muß sich um seine Leute kümmern. Schließlich sind wir gestern erst angekommen und er war den ganzen Tag nicht da, wie er erzählt hat. Sicher gibt es eine Unmenge für ihn zu erledigen.

Doch zweifellos wäre es sehr schön gewesen neben Dimitri aufzuwachen. Sie brannte darauf, ihm zu sagen, daß sie sich an alles erinnerte, was sie vergangene Nacht zu ihm gesagt hatte, und daß alles der Wahrheit entspräche. Und wenn er jetzt hier wäre, könnte sie ihm sagen – ja, es gab keinen Grund es geheimzuhalten – könnte sie ihm sagen, daß sie ihn liebte.

Beim bloßen Gedanken daran stieg ein warmes Gefühl in ihr hoch und sie lächelte. Sie konnte es immer noch nicht ganz glauben. Sie war diesem albernen Gefühl zum Opfer gefallen. Sie? Unglaublich. Aber Liebe war überhaupt nicht albern. Sie war sehr wirklich, machtvoll, herrlich. Wie gerne gab sie zu, daß sie sich immer geirrt hatte.

Mehr als eine Stunde lag sie im Bett und sann über dieses neue Gefühl nach. Doch dann sprang sie plötzlich auf, konnte nicht länger liegen bleiben. Sie mußte Dimitri finden und ihm ihre Gedanken anvertrauen. Insgeheim wollte sie vor allem auch hören, ob er ihre Gefühle erwiderte.

Hastig zog sie sich an und warf nur einen kurzen Blick in den Spiegel des Toilettentisches, um sich zu versichern, daß alle Knöpfe richtig zu waren. Lange schon hatte sie es aufgegeben, irgend etwas mit ihrem Haar zu unternehmen. Nie hatte sie gelernt, sich darum zu kümmern und selbst als es notwendig wurde, schaffte sie das nicht. Solange es ordentlich von einem Band zurückgehalten wurde, so wie sie es auf dem Schiff getragen hatte, war sie zufrieden.

Der wahrscheinlichste Ort, Dimitri zu finden, war sein Zimmer. Sie klopfte an die Verbindungstür und als sie keine Antwort bekam, öffnete sie sie einfach. Sie dachte gar nicht daran, daß sie gestern noch ein solches Vorgehen als sehr frech empfunden hatte. Dimitri war ihr Liebhaber und das gab ihr Vorrechte, die sie ansonsten nicht im Traum in Anspruch genommen hätte. Leider saß er nicht an seinem Schreibtisch, wie sie gehofft hatte. Er war gar nicht im Zimmer. Und auch Maxim, der ihr hätte weiterhelfen können, war nicht da.

Anstatt durch ihr eigenes zu gehen, durchquerte Katherine ungeduldig Dimitris Zimmer, um auf den Korridor zu gelangen. Überrascht stand sie vor Dimitris Tante, als sie die Tür öffnete.

Sonja hatte gerade klopfen wollen. Sie erschrak darüber, daß Katherine aus Dimitris Zimmer kam. Dimitris Stimme klang ihr noch in den Ohren, wie er befohlen hatte, daß sie in dem weißen Zimmer zu bleiben hatte. Wenn sie noch irgendeinen Beweis gebraucht hatte, warum die Frau hier war, dann hatte sie ihn jetzt. Und ihr unziemliches Aussehen verwies nur zu deutlich auf ihren liederlichen Beruf. Eine Frau trug ihr Haar niemals offen, außer im Schlafgemach. Daß diese hier mit wallendem Haar nach draußen gehen wollte, bestärkte Sonja nur in ihrer moralischen Entrüstung.

Katherine fing sich als erste wieder. Sie trat einen

Schritt zurück, um die imposante Frau besser anschauen zu können. Das Lächeln, zu dem sie angesetzt hatte, gefror ihr. Statt dessen stieg ihr eine heiße Röte ins Gesicht, als sie den Tadel in den kalten, blauen Augen der Älteren wahrnahm. Lieber Gott, *das* hatte sie in ihrem jungen Glück nicht bedacht, aber jetzt stand es ihr deutlich vor Augen: Ihre neue Beziehung zu Dimitri war ein Skandal.

Sie wäre die erste, die das so sehen würde, wäre sie nicht selbst daran beteiligt. Für jeden anderen konnte es keinen Zweifel geben. Und doch, sie hatte ihre Entscheidung gefällt, oder vielmehr, sie war für sie getroffen worden. Sie liebte den Mann. Und sie war sich sicher, daß er genauso für sie empfand. Gut, sie trug keinen Ring am Finger – noch nicht. Aber sie machte sich große Hoffnungen, daß die Angelegenheit in Ordnung kommen würde. Schließlich war das keine Schulmädchen-Verliebtheit, der sie erlegen war. Für sie war es eine Bindung für immer. Sie hatte zu lange dagegen angekämpft, als daß sie jetzt nicht alles dafür einsetzen würde.

Unbewußt richtete sich Katherine sehr gerade auf, nahm damit die ihr innewohnende vornehme Haltung ein. Sonja hielt das für Arroganz und es brachte sie sehr auf.

»Ich suche meinen Neffen.«

»Ich auch«, erwiderte Katherine höflich. »Wenn Sie mich also bitte entschuldigen wollen...«

»Einen Augenblick, Fräulein«, sagte Sonja mit befehlender Stimme. Das ›Fräulein‹ klang sehr abfällig. »Was machen Sie denn in Dimitris Zimmer alleine, wenn er gar nicht da ist?«

»Wie ich schon sagte, ich suche ihn.«

»Oder Sie wollten vielleicht die günstige Gelegenheit wahrnehmen und ihn bestehlen.«

Diese Anschuldigung war so widersinnig, daß Katherine sie gar nicht ernst nehmen konnte. "Bei allem Respekt, Madame, ich stehle nicht.«

»Ich soll mich auf Ihr Wort verlassen? Seien Sie nicht albern. Die Engländer mögen so leichtgläubig sein, wir Russen nicht. Man wird Sie durchsuchen.«

»Ich bitte um Verzeihung –«

»Dazu werden Sie auch allen Grund haben, wenn wir irgendwelche Wertsachen bei Ihnen finden.«

»Was zum –«, keuchte Katherine, als Sonja begann, sie in die Halle zu ziehen.

Sie versuchte, den Griff der Frau abzuschütteln, aber es war, als hätte sie sich mit Klauen in ihren Arm gekrallt. Sonja war fast dreißig Zentimeter größer als sie und in der hageren Gestalt steckten ungeahnte Kräfte. Katherine mußte sich die Treppe hinunterziehen lassen. In der Halle liefen die Diener zusammen, um zu sehen, was für ein Theater es jetzt wieder mit ihr gab.

Verlier nicht die Beherrschung, Katherine. Dimitri wird das in Ordnung bringen. Schließlich hast du nichts Verbotenes getan. Seine Tante ist einfach gehässig. Hat Maruscha dich nicht vorgewarnt, daß sie ein Drachen ist? Hat sie dir nicht erzählt, daß Dimitris persönliche Diener ihr aus dem Weg gehen, wo es nur möglich ist?

In der großen Eingangshalle wurde Katherine grob dem nächsten Diener übergeben. Er war älter als die anderen und von dicklicher Statur. Verlegen rätselte er, was er denn mit ihr anfangen sollte.

Sonja stellte das sehr schnell klar. »Untersuch sie nach Wertsachen, aber gründlich. Sie wurde unbeaufsichtigt im Zimmer des Prinzen angetroffen.«

»Moment mal«, sagte Katherine betont ruhig. »Dimitri wird das gar nicht schätzen, Madame, und ich glaube, Sie wissen das. Ich verlange, daß man nach ihm schickt.«

»Verlange? Verlange!«

»Sie hören außerordentlich gut«, fuhr Katherine sarkastisch dazwischen.

Wahrscheinlich hätte sie sich diese höhnische Bemerkung sparen sollen, aber sie wurde jetzt wirklich zornig und stellte jegliche Diplomatie beiseite. Die Hexe hatte kein Recht, sie so zu beschuldigen. Und es ging eindeutig zu weit, daß sie sich erdreistete, sie wie eine Dienerin zu behandeln.

Für Sonja war Katherines Sarkasmus der Tropfen, der das Faß zum Überlaufen brachte. Noch nie hatte jemand so respektlos mit ihr geredet, und noch dazu vor der Dienerschaft. Das konnte sie nicht dulden.

»Ich werde Sie –«, begann Sonja zu schreien. Doch dann schien sie sich wieder zu fassen, obwohl ihr Gesicht rot vor Zorn war. »Nein, ich werde das Dimitri erledigen lassen, dann werden Sie schon sehen, daß Sie ihm nichts bedeuten. Wo ist der Prinz? Sie blickte in den Kreis der Diener, die die Szene gespannt beobachteten. »Also, was ist denn, irgend jemand muß ihn doch heute morgen schon gesehen haben. Wo ist er?

»Er ist nicht hier, Prinzessin.«

»Wer hat das gesagt?«

Das Mädchen wagte sich kaum vor. Es war nicht sehr klug, die Aufmerksamkeit der Herrin auf sich zu lenken, wenn sie in dieser Stimmung war. Aber nun hatte sie schon was gesagt, hatte sich bereits zu weit vorgewagt. Schlimmer konnte es nicht mehr kommen, wenn sie alles sagte.

Auf den ersten Blick hielt Katherine das Mädchen für Lida.

Aber sie war jünger und hatte auch nicht Lidas Dreistigkeit, im Gegenteil, sie schien sich zu fürchten. Wovor hatte *sie* denn Angst? Katherine war es doch, die in der Patsche saß. »Meine Schwester hat mich vor dem Morgengrauen geweckt, um mir auf Wiedersehen zu sagen, Prinzessin«, erklärte das Mädchen mit gesenktem Blick. »Sie war sehr in Eile, denn der Prinz war bereits abgereist, und sie und der Rest seines Gefolges mußten sich beeilen, ihn einzuholen.«

»Das ganze Drumherum interessiert mich nicht!« fuhr Sonja sie an. »Wohin ist er gefahren?«

»Nach Moskau.«

Einen Moment herrschte Schweigen, dann verzog sich langsam Sonjas Mund, während sie ihren kalten Blick auf Katherine heftete. »Er nimmt also seine Pflichten trotz allem ernst. Ich hätte nicht an ihm zweifeln sollen. Ich hätte wissen müssen, daß er sich beeilen würde, seine Werbung um Prinzessin Tatjana wieder aufzunehmen. Aber ich muß mich jetzt mit Ihnen rumschlagen. Ich sollte Sie einfach vor die Tür setzen.«

»Eine hervorragende Idee«, sagte Katherine scharf.

Sie war so verärgert, daß es ihr selbst bei dieser überraschenden Nachricht die Sprache nicht verschlug. Dimitri abgereist? Einfach so? Um sich zu verloben? Nein, das waren Vermutungen seiner Tante, aber keine Tatsachen. *Zieh keine falschen Schlüsse, Katherine. Wahrscheinlich gibt es einen ganz einfachen Grund, warum er ohne ein Wort abgereist ist. Und er wird zurückkommen. Dann wirst du Antworten bekommen, wahre Antworten, und du wirst lachen, wie du auch nur einen Augenblick an ihm hast zweifeln können.*

»Also, Sie wollen Ihrer Wege gehen?« brach Sonja unvermittelt in ihre Gedanken ein. Ihre bessere Stimmung war schon wieder verflogen. »Dann, meine ich, ist es wohl besser, Sie hier zu behalten. Ja, es mag schon sein, daß Dimitri Ihre Anwesenheit bereits vergessen hat. Aber Wladimir ist nicht so nachlässig. Er war heute morgen wahrscheinlich nur so in Eile, daß er übersehen hat, Anweisungen zu hinterlassen, was mit Ihnen geschehen soll. Doch irgendeinen Grund muß es dafür geben, daß Sie zurückgelassen wurden. Ich muß mich deshalb wohl darum kümmern, daß Sie noch hier sind, wenn sie zurückkommen. Obwohl es mir anders viel lieber wäre.«

»Ich kann Ihnen genau sagen, warum ich hier bin«, gab Katherine empört zurück.

»Bemühen Sie sich nicht. Was eine wie Sie sagt, kann man sowieso nicht glauben.«

»Eine wie ich?« Katherine schrie beinahe.

Sonja ging überhaupt nicht darauf ein. Der Ausdruck, mit dem sie Katherine von oben bis unten musterte, sagte alles. Sie war wieder ganz die Herrscherin, hatte ihren Ärger unter Kontrolle, war mit jeder Faser die Tyrannin, die Maruscha beschrieben hatte.

»Da Sie hier auf Nowi Domik bleiben werden, ist es an der Zeit, Ihnen gebührliches Verhalten beizubringen. Respektlosigkeit wird hier nicht geduldet.«

»Dann würden Ihnen ein paar Lektionen in Höflichkeit auch nicht schaden, Madame. Denn wenn ich mich recht erinnere, habe ich mich Ihnen gegenüber durchaus höflich verhalten, bis Sie Ihre unbegründeten Anschuldigungen machten. Sie hingegen haben mich von Anfang an beleidigt.«

»Das reicht!« schrie Sonja. »Wir werden sehen, ob sich Ihre Anmaßung nicht durch einen Besuch im Holzhaus zügeln läßt. Semen, bring sie sofort dorthin!«

Katherine mußte fast lachen. Wenn die Hexe glaubte, daß sie irgend etwas erreichen konnte, indem sie sie im Holzhaus einsperrte, hatte sie sich aber gründlich getäuscht. Endlose Wochen hatte sie auf dem Schiff in Gefangenschaft zugebracht. Ein paar Tage mehr, bis Dimitri zurück kam, machten ihr überhaupt nichts aus. Und sie konnte sich die Zeit damit vertreiben, sich auszumalen, wie wütend Dimitri auf die Tyrannei seiner Tante sein würde.

Selbst die Diener konnten sich das vorstellen, dachte Katherine ziemlich selbstgefällig. Der Kerl, der sie festhielt – Semen hieß er wohl –, hatte ganze fünf Sekunden gezögert, bevor er sie zur Rückseite des Hauses schleppte. Die anderen, die der ganzen Szene beigewohnt hatten, zeigten Erstaunen, Schrecken oder richtiggehend Angst.

Katherine wurde nach draußen gebracht zu einem der Nebengebäude, die sie bei ihrer Ankunft wahrgenommen hatte. Von dort aus sah sie zum ersten Mal das Dorf in einiger Entfernung liegen, umgeben von endlosen Weizenfeldern, die im Morgenlicht golden leuchteten. Erstaunlich, daß sie die herrliche Landschaft genießen konnte, wo sie doch gleich eingesperrt werden sollte. Aber es war so. Denn all das Neue, das ihr begegnete, befriedigte eine tiefe Sehnsucht, die Abenteuerlust, in ihr.

Das Holzhaus war eine kleine Hütte, in der die Holzscheite gestapelt wurden. Ein erster Blick in den fensterlosen Schuppen, ohne festen Boden, ließ Katherines Selbstgefälligkeit etwas brüchig werden.

Kopf hoch, Katherine. Es wird also nicht sehr angenehm werden. Um so ausgiebiger wird Dimitris Wiedergutmachung sein, wenn alles vorüber ist. Er wird alles wettmachen, du wirst schon sehen.

Auf einen Wink von Sonja waren außer Semen noch ein paar muskulöse Diener mit ihnen gekommen. Sonja selbst war auch da. Vier der Männer waren jetzt in der Hütte. Es fiel genügend Sonnenlicht durch die offene Tür, um den stickigen Raum zu erhellen. Katherine hatte erwartet, daß man sie jetzt hier alleine ließ. Statt dessen wurde sie einem jüngeren, muskulöseren Mann übergeben, der ihre Handgelenke packte und festhielt.

»Soll ich auch noch gefesselt werden?« höhnte Katherine. »Wie komisch.«

»Stricke sind nicht nötig«, sagte Sonja herablassend. »Rodian ist durchaus fähig, Sie festzuhalten, solange es dauern wird.«

»Was wird wie lange dauern?«

»Sie werden solange mit dem Stock gezüchtigt werden, bis Sie bereit sind, sich für Ihre Unverschämtheit bei mir zu entschuldigen.«

Katherine wich alles Blut aus dem Gesicht. Das also bedeutete ein Gang zum Holzhaus! Lieber Gott, das war ja wie im tiefsten Mittelalter!

»Sie sind verrückt«, sagte Katherine langsam, jedes Wort betonend. Dabei drehte sie ihren Kopf um zu der älteren Frau, die jetzt hinter ihr stand. »Das können Sie sich nicht erlauben. Ich gehöre dem englischen Hochadel an, ich bin Lady Katherine St. John.«

Sonja stutzte einen Augenblick, aber auch nicht länger. Sie hatte sich ihre Meinung über Katherine bereits gebildet. Und die Diener waren nicht die einzigen, die hartnäkkig an ihrem ersten Eindruck festhielten. Die Frau war ohne jede Bedeutung. Dimitris Behandlung hatte das ja bewiesen. Es war Sonjas Pflicht, diese Anmaßung zu brechen, bevor sie sich auf die anderen Diener übertrug.

»Egal, wer Sie sind«, sagte Sonja kalt, »Sie müssen erst einmal Manieren lernen. Sie können selbst bestimmen, wie lange die Behandlung dauern wird. Wenn Sie sich jetzt entschuldigen –«

»Niemals!« fauchte Katherine. »Achtung zeige ich nur vor jemand, der es verdient. Für Sie, Madame, habe ich nur Mitleid.«

»Fang an!« kreischte Sonja, rot vor Wut.

Katherines Kopf fuhr herum, ihr Blick durchbohrte den Diener, dessen Griff sich bei dem Befehl noch verstärkt hatte. »Lassen Sie mich augenblicklich los.«

In ihrer Stimme lag soviel Autorität, daß Rodian tatsächlich den Griff lockerte. Aber die Prinzessin stand direkt daneben. Katherine erkannte das Dilemma des Mannes. Unentschlossenheit und Angst spiegelten sich auf seinem zerfurchten Gesicht. Da wußte sie, daß Sonja für den Augenblick gewonnen hatte.

»Sie sollten darum beten, nicht in der Nähe zu sein, wenn Dimitri herausfindet, was –«

Katherine redete nicht weiter. Sie wappnete sich, hörte das schreckliche Sausen des Stocks, bevor er sie traf. Der Schmerz war schlimmer als alles, was sie sich bis dahin hatte vorstellen können. Der Atem pfiff ihr durch die Zähne, sie schrie innerlich auf. Der erste Schlag zwang sie in die Knie.

»Sagen Sie ihr, was sie hören will, Fräulein«, flüsterte Rodian flehentlich.

Er war der einzige, der ihr Gesicht sehen konnte, als der Stock sie traf. Dann kam der zweite Schlag, schlimmer noch als der erste, traf er sie an derselben Stelle. Und dann der dritte, auf den unteren Rücken. Ihre Hände zuckten. Blut perlte von den Lippen, in die sich ihre Zähne fest hineinbissen. Sie war so dünn, so zart, keine kräftige Bäuerin, deren Körper durch schwere Arbeit gegen solche Strafen abgehärtet war. Ein paar Stockschläge waren für einen Diener nicht weiter schlimm. Aber die hier war keine Dienerin. Und egal was oder wer sie war, diese Art der Züchtigung konnte sie nicht aushalten.

»Laß mich frei«, war alles, was Katherine auf sein Flehen erwiderte.

»Heilige Maria, ich kann nicht, Fräulein«, sagte er kläglich, während Semen schon zum nächsten Schlag ausholte.

»Dann laß... mich... nicht... fallen.«

»Ach, sagen Sie ihr doch –«

»Ich kann nicht«, keuchte sie, taumelte unter dem nächsten Schlag nach vorne. »Der Stolz der St. Johns... verstehen Sie.« Rodian hörte ihre Worte ungläubig. Stolz? Und es war ihr ernst damit! Nur die Adeligen wurden in ihren Handlungen vom Stolz bestimmt. Heilige Maria, was mußte er hier mitmachen? Hatte sie die Wahrheit über ihre Herkunft gesagt?

Er war sehr erleichtert, als er einen Augenblick später sagen konnte: »Sie ist ohnmächtig geworden, Prinzessin.«

»Soll ich sie wiederbeleben?« fragte Semen.

»Nein«, sagte Sonja gereizt. »Törichtes Weib. Es hat wohl keinen Sinn, noch länger auf eine Entschuldigung von ihr zu warten. Aber verabreiche ihr noch ein paar tüchtige Schläge zusätzlich, Semen.«

Semen selbst war es, der gegen diesen Befehl protestierte.

»Aber sie ist bewußtlos, Prinzessin.«

»So? Nun, sie wird es jetzt nicht spüren, erst wenn sie aufwacht.«

Rodian zuckte bei jedem der nun folgenden, abscheulichen Stockschläge zusammen, wünschte, er könnte die Züchtigung für sie erdulden. Aber wenigstens hielt er sie, unter den Armen gefaßt aufrecht. Sie fiel nicht, wie sie es gewollt hatte, auch wenn er den Sinn dieses Wunsches nicht verstand.

»Durchsuch sie«, war Sonjas letzter Befehl.

Semen beugte sich vor, nur um sich einige Augenblicke später kopfschüttelnd wieder aufzurichten. »Nichts, Prinzessin.«

»Nun gut, es kann nicht schaden, sich zu vergewissern.«

Rodian und Semen wechselten bei diesen Worten einen Blick. Rodian war sehr verschlossen, als er die Frau aus dem Holzhaus trug. In ihm brannte all die Machtlosigkeit und Wut, die nur jemand kannte, der unter dem Joch der Leibeigenschaft litt. ›Kann nicht schaden‹! Die Engländerin dachte sicher anders darüber.

26.

Katherine schnellte hoch, als ihr klar wurde, wo sie sich befand. Die Anstrengung ließ sie lauf aufstöhnen. Sie krümmte sich, außer Atem, starrte entsetzt auf ihre Unterlage.

»Ein Ofen! Sie haben dich auf einen Ofen gelegt, Katherine! Sie sind verrückt. Jeder einzelne von ihnen ist verrückt!«

»*Sdrawstwui, Gosboscha.*«

»Verdammt noch mal, das ist alles andere als ein guter Morgen!« fuhr Katherine die Frau an, die lautlos hinter sie getreten war. »Habt ihr vor, mich zum Abendessen zu servieren?«

Die Frau fing an zu lächeln, als ihr die Bedeutung von Katherines Worten aufging. »Im Ofen brennt kein Feuer«, versicherte sie ihr. »Im Winter ist er ein schönes, warmes Bett für die Kinder und die Alten. Deswegen ist er auch so groß. Aber im Sommer ist es zu heiß und wir backen draußen.«

Katherine betrachtete den Ofen immer noch furchtsam. Er war riesig, man konnte sich tatsächlich vorstellen, daß mehrere Menschen darauf schliefen. Doch wenn er gar nicht an war, wieso hatte sie dann das Gefühl zu verbrennen?«

»Sie sollten sich nicht so viel bewegen, Fräulein«, sagte die Frau jetzt ernster.

»Sollte ich?«

»Außer Sie fühlen sich in der Lage dazu, natürlich.«

»Natürlich.«

Katherine wiederholte gereizt diese Worte, weil sie auf eine ausführlichere Erklärung wartete. Dabei zuckte sie ungeduldig mit den Achseln. Ein jäher Schmerz durchfuhr sie. Die Augen weit aufgerissen holte sie tief Luft, dann drückte sie sie zu, während sie pfeifend ausatmete. Dummerweise spannte sie dabei ihren Rücken an, der wie Feuer brannte. Sie stöhnte erbärmlich, konnte gar nicht anders. Es war ihr völlig egal, ob jemand sie hörte.

»Diese... verdammte... Hexe!« zischte sie zwischen den Zähnen hindurch. Sie wand sich vor Schmerzen. »Sie hat tatsächlich... unglaublich! Wie kann sie so etwas wagen?«

»Wenn Sie die Tante des Prinzen meinen, die herrscht hier in seiner Abwesenheit, und –«

»Was soll das für eine Entschuldigung sein?« fuhr Katherine auf?

»Jeder weiß, was Sie gemacht haben, Fräulein. Der Fehler lag bei Ihnen. Wir haben schon vor langer Zeit gelernt, welche Haltung wir ihr gegenüber einzunehmen haben. Sie ist noch vom alten Schlag, müssen Sie wissen, und verlangt vollkommene Unterwürfigkeit. Zeigt man ein bißchen Angst und äußersten Respekt, dann ist sie mehr als wohlwollend. Hier wird niemand mehr mit Stockschlägen gezüchtigt – Sie waren eine Ausnahme. Sie müssen nur wissen, wie man sie behandelt.«

Katherine konnte sich durchaus die ihrer Meinung nach richtige Behandlung vorstellen. Aber sie sagte nichts. Sie mußte ihre ganze Willenskraft aufbieten, sich nicht von den Schmerzen übermannen zu lassen. Am geringsten war die Qual, wenn sie sich absolut still hielt.

»Wie schlimm ist es?« fragte sie zögernd.

Sie trug nicht ihre eigenen Kleider, irgend jemand mußte sie umgezogen haben, wahrscheinlich diese Frau. Das Gewand, das sie trug, war aus grober Baumwolle, kühl aber sehr kratzig. Es war wohl eine Gabe dieses weiblichen Tyrannen, der sich Prinzessin nannte. Dieser Frau hier konnte es jedenfalls nicht gehören, denn sie war recht beleibt, und das Kleid war zwar unangenehm, aber es paßte wenigstens.

»Bekommen Sie leicht blaue Flecken?«

»Ja«, erwiderte Katherine.

»Dann ist es, glaube ich, nicht so schlimm. Sie haben viele Striemen und Quetschungen, aber wenigstens ist die Haut nicht aufgerissen und keine Rippen gebrochen.«

»Sind Sie sicher?«

»Bei den Rippen nicht. Das können Sie selbst besser beurteilen. Man hat keinen Arzt kommen lassen, selbst als Sie hohes Fieber hatten nicht.«

»Ich hatte Fieber?«

»Ja, eineinhalb Tage. Deswegen sind Sie auch hier. Ich kenne mich mit Fieber aus.«

»Wo bin ich hier? Ach, und ich weiß Ihren Namen gar nicht. Ich heiße übrigens Katherine.«

»Jekaterina?« Die Frau lächelte. »Das ist ein schöner Name, ein königlicher Name –«

»Ja, das wurde mir schon gesagt«, unterbrach Katherine sie, »und wie heißen Sie?«

»Parascha. Sie sind hier im Dorf, in meinem Haus. Rodian hat Sie gestern hierher gebracht. Er war sehr besorgt. Anscheinend hat die Prinzessin angeordnet, daß niemand nach Ihnen schauen sollte, obwohl sie wußte, daß Sie Fieber haben. Nachdem sich die Prinzessin so offensichtlich nicht kümmerte, traute sich auch kein anderer, etwas für Sie zu tun. Sie stehen in Ungnade bei ihr und jeder hat Angst, damit in Verbindung gebracht zu werden.«

»Ich verstehe«, sagte Katherine knapp. »Ich hätte also sterben können?«

»Um Himmels willen, nein!« erwiderte Parascha. »Ihr Fieber kam von den Schlägen. Das ist kein gefährliches Fieber. Rodian wußte das jedoch nicht. Wie ich schon sagte, er war sehr besorgt. Er scheint zu glauben, daß der Prinz sehr ungehalten sein wird, wenn er das erfährt.«

Wenigstens hatte irgend etwas von dem, was sie gesagt hatte, einen Eindruck bei dem Mann hinterlassen. Aber sie hatte Dimitris Zorn vor allem deswegen prophezeit, um die drohenden Schläge noch abzuwehren. Und sie nahm nur an, daß er außer sich sein würde. Und wenn nicht? Wenn es ihn viel weniger kümmerte?

Bei dem Gedanken an diese Möglichkeit spürte sie einen dicken Knoten im Hals. Sie mußte ihre ganze Kraft zusammennehmen, an etwas anderes zu denken. »Leben Sie alleine hier, Parascha?« Die Frage schien die Frau zu überraschen. »In so einem großen Haus? Nein, nein, hier wohnen noch mein Mann Sawa, seine Eltern, unsere drei Kinder und es wäre noch Platz für mehr.«

Es war ein großes Haus, ganz aus Holz gebaut, das es ja hier im Überfluß gab. Zwar hatte es nur ein Stockwerk, schien aber dennoch größer zu sein als die Häuser, die Katherine unterwegs in den Dörfern gesehen hatte. Sie hatte angenommen, daß die Blockhäuser nur aus einem Raum bestanden, doch dieses hier hatte mehrere Zimmer. Durch die offene Küchentür konnte sie in einen weiteren Raum blicken. Die Küche selbst war geräumig, nichts Überflüssiges befand sich darin. Ein großer Tisch war der Mittelpunkt und auch der mächtige Ofen nahm viel Platz ein. In einem wunderschön geschnitzten Regal – hübscher als alles, was Katherine bis dahin gesehen hatte – wurden eine Reihe hölzerner Küchengegenstände aufbewahrt.

Im Haus war es still, nichts wies darauf hin, daß noch jemand da war. »Arbeiten die anderen alle auf dem Feld?«

Parascha lächelte nachsichtig. »Bis zur Ernte, die bald sein wird, ist kaum etwas zu tun auf den Feldern. Es gibt schon auch jetzt Arbeit, natürlich. Die Gemüsebeete müssen gejätet und die Schafe geschoren werden. Es wird geschlachtet und wir treffen Vorbereitungen für den Winter. Aber das ist alles nichts im Vergleich zum Frühjahr und zum Herbst, wo gesät und geerntet wird. Dann sind wir schon froh, wenn wir nur sechzehn Stunden am Tag arbeiten müssen. Aber heute ist Samstag.«

Sie sagte das so, als müsse Katherine wissen, was das zu bedeuten hatte. Und dank der langen Unterhaltungen mit Maruscha auf der Fahrt nach Nowi Domik, wußte sie es tatsächlich. Samstags versammelte man sich in allen russischen Dörfern im Badehaus zum Dampfbad. Der Dampf wurde erzeugt, indem man Wasser über einen großen Backsteinofen leitete. Die Menschen ließen sich auf Bänken nieder, die übereinander an den Wänden angebracht waren. Je höher man lag, um so heißer war es. Manche schlugen sich gegenseitig mit Birkenzweigen, um die Wirkung noch zu steigern, und zum Schluß sprang man in einen kalten Fluß oder rollte sich im Winter nackt im Schnee. Maruscha hatte ihr versichert, daß das Ganze sehr belebend sei, und sie sollte nicht vorschnell darüber urteilen, bevor sie es nicht selbst versucht hatte.

»Sie verpassen jetzt das Dampfbad, nicht wahr?« bemerkte Katherine.

»Ach, ja, aber ich konnte Sie doch nicht alleine hier lassen. Heute nacht ist das Fieber heruntergegangen und ich wußte, daß Sie irgendwann aufwachen würden. Gerne hätte ich gehabt, daß Sawa Sie ins Badehaus trägt, denn der Dampf würde Ihnen guttun. Aber vergangene Nacht wurde Nikolai, der Bruder des Prinzen, gesehen, der seine Mutter hier im Dorf besuchte. Er hat die Nacht bei ihr verbracht und ist wahrscheinlich auch im Bad. Ich habe mir gedacht, daß es Ihnen sicher unangenehm ist, gleich von ihm belästigt zu werden, wenn Sie wieder zu sich kommen.«

»Warum sollte er mich belästigen?«

»Weil er das mit allen Frauen macht.« Parascha lachte in sich hinein. »Was Frauen anbelangt tritt er ganz in die Fußstapfen seines Bruders. Aber er ist nicht so wählerisch wie der Prinz. Jede und alle ist sein Motto.«

Katherine wußte nicht, ob sie sich beleidigt fühlen sollte oder nicht. Schließlich erwiderte sie aber nichts. Sie wußte wer Nikolai war; Nikolai Baranow, der illegitime Sohn Pjotr Alexandrows und einer Leibeigenen aus dem Dorf. Bei der Geburt Nikolais wurde seiner Mutter die Freiheit gegeben, doch sie machte nie davon Gebrauch, sondern blieb in Nowi Domik und heiratete schließlich einen Mann aus dem Dorf. Nikolai aber wuchs, wie alle illegitimen Kinder der Alexandrows, im Schoß der Familie auf, mit einer ganzen Schar Diener, die ihn bedienten und verwöhnten.

Katherine konnte nicht verstehen, wie Lady Anne, eine stolze Engländerin, einen so offensichtlichen Beweis der Untreue ihres Mannes hatte dulden können. Nikolai war schließlich sieben Monate jünger als Dimitri. Und doch schien sich Lady Anne, was Maruscha erzählte, nie beklagt zu haben. Sie hatte Pjotr bis zu seinem Tod treu geliebt.

Sie würde nicht so verständnisvoll sein, das wußte Katherine. Doch sie betrachtete die Dinge auch realistisch. Sie wußte, daß Männer von den Bedürfnissen ihres Körpers bestimmt wurden, daß selbst die hingebungsvollsten Ehemänner hin und wieder einen Seitensprung brauchten. So war das nun mal im Leben. Sie hatte zuviel gesehen und gehört, als daß sie sich noch Illusionen gemacht hätte. Ihre Maxime war: ›Was man nicht weiß, macht einen nicht heiß.‹ Und wenn sie einmal heiratete, würde sie die kleinen Abenteuer ihres Gatten gerne übersehen, solange sie ihr nicht zu Ohren kamen.

So hatte sie sich das jedenfalls immer vorgestellt. Jetzt war sie sich nicht mehr so sicher. Sie hatte nicht damit gerechnet, daß sie wirklich einen Mann lieben würde. Sie war sich gar nicht sicher, daß sie über irgend etwas hinwegsehen konnte, was Dimitri tat. Und sie mußte annehmen, daß er ihr untreu wurde, wenn sie nicht bei ihm war. Diese Aussicht tat ihr weh. Die Gewißheit würde alles zerstören. Wie sollte sie damit fertigwerden, wenn sie verheiratet waren? Wie sollte sie jetzt damit umgehen?

Er war weggefahren, angeblich, um einer anderen Frau den Hof zu machen. Sie glaubte das nicht einen Augenblick, aber er war immerhin in Moskau, wo es viele begehrenswerte Frauen gab. Natürlich nahm sie an, daß er noch an sie dachte. Sie nahm sehr viel an.

Ach, warum mußte Parascha sie bloß an die Vorliebe der männlichen Alexandrows erinnern, hinter den Frauen her zu sein und Bastarde zu zeugen? Maruscha hat nie von illegitimen Kindern Dimitris erzählt, aber das hieß nicht, daß es keine gab oder in Zukunft geben könnte. Man mußte nur Mischa anschauen. Er war fünfunddreißig, als er starb, und sein ältestes illegitimes Kind war jetzt achtzehn.

Sie sollte Dimitri vergessen. Er war zu attraktiv, zu schnell von Frauen gefesselt, was Anastasia erzählt hatte. Er konnte einer einzigen Frau gar nicht treu sein, selbst wenn er sie liebte. Mußte sie sich das antun? Sicher nicht! Sie mußte von ihm weggehen, bevor ihre Gefühle für ihn so mächtig wurden, daß ihr alles egal war, solange er ihr ein bißchen Zuneigung zeigte. Und wenn sie schon ging, dann war jetzt sicher der beste Zeitpunkt, da er nicht in der Nähe war und Wladimir sie nicht überwachen konnte.

27.

Katherine hockte sich in den Schatten neben dem Haus und verschnaufte einen Augenblick, um den Schmerz zu bewältigen, den ihr jede Bewegung verursachte. Sie hatte einen Sack mit Essen bei sich, das sie in aller Eile zusammengerafft hatte. Ganz sicher würde sie sich nicht von etwas so Nebensächlichem wie ihrem schmerzenden Körper aufhalten lassen.

Ungeduldig hatte sie an diesem Morgen gewartet, während sich Parascha und ihre Familie für den Kirchgang fertig machten. Einen Moment lang war sie in Panik geraten, als die freundliche Frau darauf bestehen wollte, daß Sawa sie in die Kirche trüge. Für diese Menschen war es unvorstellbar, den Gottesdienst zu versäumen. Aber Katherine hatte so laut gestöhnt und geächzt, als Parascha ihr von dem Ofen helfen wollte, der immer noch ihr Bett war, daß sie es schließlich aufgaben.

Am vergangenen Abend hatte Katherine noch den Rest der Familie kennengelernt. Bis in die Nacht hinein hatten sie in den höchsten Tönen den Prinzen und die ganze Familie gelobt, die sie als Teil ihrer selbst empfanden. Katherine war dabei klar geworden, wie vollkommen Glück und Wohlergehen der Untergebenen von dem Charakter und Vermögen des Herren abhingen. Unter einem guten Herrn hatten sie ein Zuhause und waren gegen allerlei Unbill geschützt, noch genauso wie in feudalistischen Zeiten. Unter einem schlechten Herrn war das Leben die Hölle auf Erden: Schläge, Zwangsarbeit und die beständige Drohung (oder auch Hoffnung) verkauft oder beim Spiel verloren zu werden, oder, was das schlimmste war, für die nächsten fünfundzwanzig Jahre in die Militärkolonie zu müssen.

Dimitris Untergebene waren alle sehr zufrieden und sich voll und ganz bewußt, wieviel Glück sie hatten. Der Gedanke an Freiheit war ihnen zuwider, denn sie würden dann den Schutz und die Großzügigkeit verlieren, die es ihnen erlaubte, im Wohlstand auf ihrem eigenen Grund und Boden zu leben. Dimitri verkaufte in ihrem Namen die Gegenstände, die sie in den langen Wintermonaten anfertigten. In Europa waren dafür viel bessere Preise zu erzielen als in Rußland. Das spiegelte sich in dem hohen Lebensstandard hier in Nowi Domik wider.

Am Sonntag, zum Kirchgang, zog man feine Kleider an. Die Männer trugen farbige Hemden, am liebsten rote, statt der weiten, nur durch einen Gürtel zusammengehaltenen Kittel, die die Alltagskleidung waren. Die Hosen waren aus besserem Tuch, aber genauso weit wie sonst auch. Dieser Stil war ein Relikt aus der Zeit der Tartaren. Man trug hohe Stiefel von guter Qualität. Unter der Woche liefen die Bauern barfuß herum oder trugen Schuhe aus Birkenrinde. Hohe Filzhüte vervollständigten den feinen Aufzug; manche trugen noch ein langes Übergewand, den Kaftan.

Auch die Frauen machten sich schön. Statt dem für die *Kokoschniks* allgemein üblichen Kopftuch trugen sie einen reich geschmückten Kopfputz, dessen Verzierungen ganz individuelle Bedeutungen hatten. Parascha hatte Perlen und goldene Ornamente auf ihrem. Das Festtagskleid, der *Sarafan*, war ein ärmelloses Gewand aus weichem, buntem Stoff. Katherine sah viele verschiedene Farben, als die Frauen vor dem Fenster vorbeigingen.

Ein Sonntag hier unterschied sich kaum von einem Sonntag in England. Es war ein Tag der Geruhsamkeit nach einem langen Gottesdienst. Katherine rechnete damit, daß die Messe mindestens zwei Stunden dauern würde, wie ihr jemand erzählt hatte. Danach kamen die jungen Menschen zu Spielen zusammen, das hatte sie von den Kindern gehört. Die älteren machten Besuche und tauschten die neuesten Geschichten aus. Aber Katherine hatte nicht die Absicht, die Festlichkeiten zu beobachten oder daran teilzunehmen. Sie hoffte, schon weit weg zu sein, bevor man ihr Verschwinden entdeckte.

Es wäre viel einfacher und weniger schmerzhaft gewesen, wenn sie noch ein paar Tage zur Erholung gehabt hätte vor ihrer Flucht. Aber als sie eines der Dorfpferde im Stall neben dem Haus entdeckte, wußte sie, wie sie fliehen konnte. Sonntag war der einzig mögliche Tag zur Flucht, denn sie hatte erfahren, daß außer den Kranken keine Menschenseele den Gottesdienst versäumte. Und sie wollte auf keinen Fall eine ganze Woche bis zum nächsten Sonntag warten, da es möglich war, daß Dimitri in der Zwischenzeit heimkehrte.

Parascha hatte ihr erzählt, daß es nach Moskau genauso weit war wie nach Petersburg, obwohl Nowi Domik weit im Osten lag. Dimitri war schon drei Tage weg, den heutigen Tag nicht gerechnet. Und er hatte auch nicht auf die Kutschen mit den Dienern gewartet, die für eine Fahrt sicherlich fünf Tage brauchten. Er war vorausgeritten und wenn er wirklich in Eile war, konnte er die Reisedauer beträchtlich abkürzen. Sie wollte keine Gefahr eingehen.

Auch war es möglich, daß sich Sonja daran erinnerte, versprochen zu haben, Katherine bis zu Dimitris Rückkehr festzuhalten. In Anbetracht ihres Zustandes hielt man wohl im Moment eine Flucht für ausgeschlossen. Zweifellos hatte sie deswegen auch keinen Bewacher. Wenn sie sich erst einmal ein paar Tage erholt hatte, konnte es gut sein, daß man jemanden schickte, auf sie aufzupassen. Oder, was noch schlimmer wäre, man brachte sie zurück ins Herrenhaus, sperrte sie womöglich sogar ein. Dann wäre jede Möglichkeit vertan.

Jetzt war ihre Chance, möglicherweise die einzige überhaupt. Das Dorf lag verlassen, alle hatten sich in der kleinen Kirche versammelt und niemand kannte die wahren Umstände, wußte, daß Dimitri sie den Sommer über als Gefangene auf Nowi Domik festhalten wollte. Das war ihre Trumpfkarte: Bis jetzt hatte niemand eine Ahnung, warum sie hier war. Und seine Tante war wahrscheinlich froh, sie los zu sein, wenn sie ihr Verschwinden erfuhr.

Vorsichtig, immer mit einem Auge die Kirche am Ende der Straße im Auge behaltend, schlich sie sich zu dem kleinen Stall. Von den anderen Häusern des Dorfes unterschied sich die Kirche nur durch den Glockenturm mit der großen, blauen, zwiebelförmigen Kuppel. Dieses Aussehen war sehr charakteristisch für russische Kirchen, nur daß größere sieben oder sogar neun Zwiebeltürme hatten, in leuchtenden Farben gestrichen, oder mit Schnitzwerk und Schindeln verziert.

Das gleichmäßige Murmeln der Gebete würde, so hoffte Katherine, jedes mögliche Geräusch des Pferdes übertönen. Von jetzt ab war alles Glückssache: ohne gesehen zu werden mußte sie von hier fort kommen, den Weg zurück nach Petersburg finden, niemand durfte ihr folgen, und es mußte ihr gelingen, sich in der englischen Gemeinde von Petersburg zu verstecken, bevor Dimitri etwas merkte.

Es würde ihr nichts ausmachen, ihn wiederzusehen, wenn sie nur erst einmal nicht mehr in seiner Gewalt war und ihm endlich ebenbürtig begegnen konnte. Aber im Moment hatte sie nur eine Sehnsucht: nach Hause zu kommen und anzufangen, ihn zu vergessen. Das war sicher das Beste. Das war es doch, oder? Ja, natürlich war es das.

Lügnerin! Was du in Wirklichkeit willst, ist, daß er dir nachkommt, daß er dich bittet hierzubleiben, daß er dir seine Liebe schwört und dich heiraten will. Und du würdest sofort ja sagen, du Dummerchen, egal wie viele gute, vernünftige Gründe dagegensprächen.

Katherine war direkt dankbar für die quälenden Schmerzen, während sie das Pferd sattelte und bestieg, denn sie lenkten sie von ihren Gedanken ab. Im Moment war nichts wichtig, außer hier wegzukommen. Sie wollte, daß Dimitri sie als seinesgleichen anerkannte, und dazu mußte sie beweisen können, wer sie war. Hier aber war das unmöglich. Später würde sie sich Gedanken über seine Reaktion auf ihre Flucht machen.

Als sie langsam mit dem Pferd davontrabte, bekam sie einen Vorgeschmack davon, was dieser Ritt bedeuten würde. Am liebsten hätte sie nur geschrieen, so furchtbar waren die Schmerzen. Noch nie hatte sie etwas Derartiges erlitten. Hätte sie ein Gewehr, würde sie nicht von Nowi Domik wegreiten, sondern geradeaus dorthin. Denn im Augenblick wollte sie nichts lieber, als diesen Hund von

Semen finden und ihn niederschießen. Er hätte auch weniger hart zuschlagen, seine Kraft zurücknehmen können, statt jeden Schlag mit voller Wucht auszuführen. Aber nein, er hatte gut dastehen wollen vor der Prinzessin, ihre Anordnungen aufs Wort erfüllen. Katherine wunderte sich, daß er ihr nicht jeden Knochen einzeln gebrochen hatte.

Sie mußte einen Bogen um das Herrenhaus schlagen, wenn sie die Straße erreichen wollte. Sie ritt in großem Abstand daran vorbei und versuchte, die Strecke so rasch wie möglich hinter sich zu bringen. Einmal auf der Straße, ließ sie das Pferd in Galopp fallen, was ihr viel weniger Schmerzen bereitete als die bisherige langsamere Gangart. Ihr Stöhnen und Zucken hielt sie jetzt nicht mehr zurück, da kein Grund mehr bestand, leise zu sein. Sie behielt die einmal eingeschlagene Geschwindigkeit bei. Es mochten wohl vier Stunden vergangen sein – genau konnte sie es nicht wissen, da sie keine Uhr hatte – als sie an dem Haus vorbei kam, das ihre letzte Station vor Nowi Domik gewesen war. Hierher war Dimitri am nächsten Tag zurückgekehrt und hatte sich betrunken.

Sie hatte vor, an den anderen Stationen ihrer Herfahrt haltzumachen, denn sie hatte kein Geld und würde Nahrung brauchen. Die Diener kannten sie und würden ihr wohl kaum eine Mahlzeit verweigern, auch wenn es merkwürdig war, daß sie alleine unterwegs war. Irgendeine glaubwürdige Geschichte fiel ihr sicher ein. Doch keinesfalls würde sie in einem der Güter übernachten. Zu leicht säße sie in der Falle, wenn ihr jemand folgen sollte. Doch es gab ja genügend Wälder, wo sie sich abseits von der Straße und sicher vor Verfolgern ein paar Stunden schlafen legen konnte.

Doch im Moment dachte sie noch nicht daran anzuhalten. Sie hatte genug Essen für einen ganzen Tag und sie wollte soviel Meilen wie nur möglich zwischen sich und Nowi Domik bringen. Außerdem hatte sie Angst abzusteigen, Angst davor, nicht mehr den Willen zum Weiterreiten aufzubringen, Angst, gar nicht mehr auf das Pferd hinauf zu kommen. Sie wollte warten, bis es dunkel würde und sich dann ein bißchen ausruhen und erholen, bevor sie einem weiteren Tag endloser Qualen ins Auge blicken mußte.

Doch plötzlich dämmerte Katherine, was sie bei ihrem perfekten Plan übersehen hatte. Nacht! Sie hatte völlig vergessen, daß es hier um diese Jahreszeit so gut wie keine Nacht gab. Aber sie kam nicht darum herum: Irgendwann würde sie nicht mehr weiterreiten können, auch ohne einen verletzten Rücken. Ohne den Schutz der Dunkelheit würde sie wesentlich weiter in den Wald hinein müssen, weg von der Straße, um ein sicheres Versteck zu finden. Eine große Zeitverschwendung, aber was blieb ihr anderes übrig?

Viele Stunden später verließ sie schließlich die Straße. Sie fand ein geschütztes Fleckchen, wo sie niedersinken konnte. Und in der Tat hatte sie nicht mehr die Kraft abzusteigen, sondern fiel einfach vom Pferd. Sie blieb liegen, wie sie gefallen war, unfähig auch nur mehr einen Muskel zu rühren, um ihre gequälten Glieder bequemer zu betten. Nur die Zügel behielt sie fest in der Hand, festbinden konnte sie das Tier nicht mehr. Dann schwanden ihr die Sinne.

28.

»So, so, hier haben wir ja das entflogene Täubchen.«

Diese Worte wurden von einem Stoß gegen Katherines Fuß begleitet, damit sie sie auch hörte. Sie öffnete die Augen, wußte nicht gleich, wo sie war. Da stand er zu ihren Füßen, die Hände arrogant in die Hüften gestemmt: ihr goldener Hüne. Hier? So bald schon? Ihr Herz fing heftig zu schlagen an.

»Dimitri?«

»Ah, du bist es also wirklich.« Er grinste auf sie herab. »Ich war mir nicht ganz sicher. Du siehst nicht so aus, wie ich es von einer – Bekanntschaft Dimitris erwartet hätte.« Ihr Herzschlag beruhigte sich. Das war nicht Dimitri, obgleich er ein Zwillingsbruder hätte sein können. Nun, vielleicht nicht ganz. Sie hatten die gleiche Statur und Größe, das schon, und das gleiche goldblonde Haar, das gleiche gute Aussehen. Aber die Stirn dieses Mannes hier war etwas breiter, das Kinn ein bißchen eckiger, doch das Entscheidende waren die Augen. Sie hätte es sofort bemerken sollen: Diese hier waren blau, leuchtend blau und zwinkerten fröhlich, hatten nicht das dunkle Samtbraun, das ihr so vertraut war.

»Nikolai?«

»Stets zu Euren Diensten!«

Seine gute Laune war entnervend unter diesen Umständen. »Was machen Sie hier?«

»Diese Frage sollte ich besser dir stellen, oder?«

»Nein. Ich habe meine Gründe hier zu sein. Sie nicht, außer – man hat Sie mir hinterhergeschickt.«

»Genau so ist es.«

Ihre Augen schlossen sich zu schmalen Schlitzen. »Sie verschwenden nur Ihre Zeit. Ich werde nicht zurückgehen.«

Katherine begann sich aufzurichten. Zu seinen Füßen am Boden liegend war nicht die geeignete Position für einen Streit. Und sie war bereit, für ihren Willen zu kämpfen. Doch sie hatte ihren Zustand vergessen. Kaum daß sie die Schultern aufgerichtet hatte, stöhnte sie laut, Tränen sprangen ihr aus den Augen.

»Das hast du nun davon, wenn du unbedingt auf dem harten Boden schlafen willst, statt in einem weichen Bett«, tadelte Nikolai sie sanft. Dabei faßte er sie am Handgelenk und zog sie auf die Beine. Ihr qualvoller Schrei erschreckte ihn zutiefst und er ließ sie auf der Stelle los. »Lieber Himmel, was ist los mit dir? Bist du vom Pferd gefallen?«

»Sie Idiot!« keuchte Katherine. Sie war gleichzeitig wütend und versuchte sich ganz ruhigzuhalten. »Tun Sie doch nicht so, als ob Sie nichts wüßten. Jeder in Nowi Domik weiß Bescheid, und Sie waren doch dort.«

»Wenn es alle wissen, dann haben sie geschafft, es von mir fernzuhalten, was auch immer es sein mag.«

Ihre Augen funkelten jetzt mehr grün als blau und sie schaute ihn durchdringend an. Er sah blaß aus, wirkte betroffen. Er log nicht.

»Es tut mir leid«, sagte sie seufzend, »daß ich Sie einen Idioten genannt habe. Ich bin ein bißchen empfindlich und verletzt, im Moment« – sie mußte über sich selbst lächeln, was für Worte sie wählte. »Es ist nur, weil ich mit dem Stock gezüchtigt worden bin.«

»Mitja würde das nie machen!« Nikolai war offensichtlich entsetzt und wollte ihren Worten kaum glauben.

»Nein, natürlich würde er das nicht, Sie –« Beinahe hätte sie ihn schon wieder einen Idioten geheißen, aber sie hatte einfach keine Geduld mehr. »Er weiß überhaupt nichts davon, aber wenn er es erfährt, wird der Teufel los sein. Ihre verfluchte Tante hat mir das angetan.«

»Das kann ich nicht glauben«, schnaubte Nikolai. »Sonja? Die liebe, nette Sonja?«

»Ich will Ihnen mal was sagen. Mir reicht es für den Rest meines Lebens, daß seit Monaten alles, was ich sage, angezweifelt wird. Aber dieses Mal sind die Wunden auf meinem Rücken wohl Beweis genug für meine Worte. Und Ihre *liebe, nette* Tante wird mir für jeden blauen Fleck bezahlen müssen, wenn ich erst einmal in der Englischen Botschaft bin. Der Botschafter ist ein guter Freund meines Vaters, dem Earl of Strafford. Dimitri hat mich entführt, aber diese letzte Ungeheuerlichkeit hat das Faß zum Überlaufen gebracht. Ich habe nicht übel Lust, Ihre Tante nach Sibirien verbannen zu lassen! Und hören Sie endlich auf, mich anzustarren, als wäre ich ein weißes Kaninchen«, fügte sie noch gereizt hinzu. »Ich bin nicht verrückt.«

Nikolai hatte es die Sprache verschlagen und sein Gesicht rötete sich leicht. Noch nie hatte jemand gewagt, so mit ihm zu reden, zumindest keine Frau. Dimitri war ihm gelegentlich schon so gekommen – lieber Himmel, die paßten zusammen, die beiden. Was für ein Temperament! Ob sie wohl mit seinem Bruder auch so umging? Dann konnte er verstehen, was Dimitri an ihr so reizte, denn ansonsten war sie überhaupt nicht sein Typ. Nikolai war fasziniert.

Er grinste jungenhaft. »Du kannst vielleicht reden, Täubchen. Und was für ein Feuer in so einem kleinen Persönchen.« Ihr vernichtender Blick ließ ihn nur noch mehr lachen. »Aber so klein auch wieder nicht, was? Ganz ausgewachsen und sehr hübsch gebaut, wirklich sehr hübsch.« Seine warmen, blauen Augen musterten sie anerkennend. »Wie günstig, daß du dieses heimelige, abgeschiedene Plätzchen hier gefunden hast. Wir könnten –»

»Nein, können wir nicht«, unterbrach sie ihn scharf, unschwer seine Gedanken erratend.

Er blieb unbeeindruckt. »Aber natürlich können wir.«

»Nein, wir können nicht!«

Parascha hatte recht gehabt. Sie schaute furchtbar aus, trug ein unmögliches Gewand, schlimmer noch als Lucys schwarzes Kleid. Ihr Haar hing in Strähnen herab, war voller Kiefernnadeln. Das Kopftuch, das sie sich von Parascha geborgt hatte, um in ihrem bäuerischen Aufzug nicht verdächtig zu wirken (wieder einmal wollte sie die Verkleidung perfekt machen), war ihr während des Schlafens in den Nacken gerutscht. Was sie nicht wußte war, daß auf ihrem Gesicht eine feine Staubschicht lag, durchzogen von Bahnen aus Schweiß und Tränen. Und dieser Mann, dieser Kerl begehrte sie, wollte sie hier im Wald, mitten am Tag nehmen. Dabei waren sie sich vollkommen fremd. Unvorstellbar.

»Bist du dir sicher, kleine Taube?«

»Ganz sicher.«

»Und du wirst es mir sagen, wenn du deine Meinung änderst?«

»Zweifellos.«

»Ganz schön keß!« Er grinste.

Katherine war erleichtert, daß er offensichtlich nicht im mindesten böse war über ihre Weigerung, sich mit ihm ins Gras zu legen. Wie anders war doch sein Bruder!

»Ich nehme an, du bist in Mitja verliebt«, fuhr er seufzend fort. »Es ist immer das gleiche, mußt du wissen. Sie sehen ihn, und ich« – er schnipste mit den Fingern – »bin Luft für sie. Du kannst dir sicher vorstellen, wie deprimierend es ist, gemeinsam mit ihm auf einer Einladung oder einem Ball zu sein. Die Frauen haben nur Augen für ihn und liegen ihm schon zu Füßen. Wenn sie mich anschauen ist es immer, als wollten sie mir lächelnd über den Kopf streichen. Niemand nimmt mich ernst.«

»Vielleicht, weil Sie gar nicht wollen, daß man Sie ernst nimmt?«

Er grinste noch breiter, seine Augen blitzten vor Vergnügen. »Wie klug du bist, mein Täubchen. Normalerweise gereicht mir dieses kleine Bekenntnis zum Vorteil.«

»Was nur beweist, was für ein unverbesserlicher Schurke Sie sind.«

»Ja, das bin ich. Und wenn du mich schon durchschaut hast, dann können wir ja jetzt auch losreiten.«

»Wir werden nirgendwohin zusammen reiten!«

»Mach keine Schwierigkeiten, Täubchen. Zum einen würde ich dich hier niemals alleine lassen und zum andern hab' ich meine Anweisungen von der alten Dame. Normalerweise ist es ja nicht schwer, ihre Anordnungen zu umgehen, aber wenn Mitja nicht da ist, hat sie die Finanzen unter sich, und dann möchte ich mich lieber gut stellen mit ihr. Und sie war sehr aufgebracht über dein Verschwinden.«

»Zweifellos«, erwiderte Katherine. »Aber wegen mir kann sie sich grün und blau ärgern. Ich werde nicht zurückgehen und mich ihrer Tyrannei aufs neue aussetzen. Dimitri hat mich nicht zurückgelassen, damit ich mißhandelt werde.«

»Natürlich nicht. Und es wird dir auch nichts mehr geschehen und wenn ich dich eigenhändig schützen muß. Wirklich, Täubchen, du hast nichts zu befürchten auf Nowi Domik.«

Er konnte es immer noch nicht glauben, daß die gute alte Sonja jemanden hatte züchtigen lassen. Es war unvorstellbar. Die Frau war wahrscheinlich gefallen und hatte sich verletzt. Aus irgendeinem Grund wollte sie Sonja die Schuld an ihren Schmerzen geben und war intelligent genug, sich eine passende Geschichte auszudenken. Jedenfalls war er losgeschickt worden, sie zurückzubringen. Er hatte sie gefunden und es gab in seinen Augen keinen Grund, den Auftrag nicht zu Ende zu bringen. Außerdem hatte sie Sawas Pferd. Was sollte der Mann denken, wenn er ihm sagte, daß er sie damit habe weiterziehen lassen? Sicher würde er nicht glauben, daß Nikolai sie nicht hatte finden können. Und Sonja genausowenig. Die ganze Geschichte würde damit enden, daß er das Pferd ersetzen mußte und die alte Dame böse mit ihm war.

»Weißt du, Jekaterina – du heißt doch Jekate –«

»Nein, bei Gott, ich heiße Katherine, schön englisch Katherine, oder auch Kate oder Kit – oh, mein Gott, ich möchte mal wieder hören, daß mich jemand Kit nennt.«

»Also gut, Kit.« Er lächelte nachsichtig, aber mit seinem französisch-russischen Akzent klang der Name ganz fremd. »Mitja wird dieses Mißverständnis klären, wenn er wieder da ist. Und du möchtest doch hier sein, wenn er kommt, oder nicht?«

»Würde ich dann nach Petersburg wollen? Außerdem kann es Wochen dauern, bis Dimitri zurückkommt. Nein, es kommt nicht in Frage. Aber —«, sagte sie nachdenklich und spielte in Gedanken ihre Chancen durch, da es schwierig war, ihn zu überzeugen. »Da Dimitri tatsächlich als einziger das Mißverständnis klären kann, wie Sie es nennen, warum bringen Sie mich dann nicht gleich nach Moskau zu ihm? Da hätte ich nichts dagegen.«

Nikolai lachte vergnügt. »Eine glänzende Idee, Kittylein, solange du dir überlegst, was es bedeutet, eine so weite Reise mir mir alleine zu machen.«

»Ich versichere Ihnen, mein Ansehen kann gar nicht noch mehr ruiniert werden.«

»Und ich versichere dir, daß ich unmöglich die ganze Reise nach Moskau mit dir machen kann, ohne dich in mein Bett zu holen, ich kann gar nicht anders. *Das* habe ich vorhin gemeint. Bis Nowi Domik kann ich mich beherrschen, das ist nicht weit.«

»Und ob es das ist«, erwiderte sie wütend, weil er mit ihr spielte. »Ich bin gestern mindestens fünfzig Meilen geritten.« – »Nicht mehr als zwanzig, Täubchen, und es war nicht gestern, sondern heute morgen.«

»Heißt das –«

»Es geht erst auf den Abend zu. Wir können bis zum Essen zurück sein, wenn du endlich aufhörst, soviel Wirbel zu machen.«

»In Ordnung!« tobte sie. »Gut! Aber wenn diese Hexe mich noch umbringt, dann ist das ganz alleine *Ihre* Schuld, Sie – Sie lüsterner Frauenheld, Sie! Und ich werde Ihnen noch als Geist keine Ruhe lassen, das heißt, wenn ich überhaupt dazu komme. Denn Dimitri wird Sie auf der Stelle töten, wenn er erfährt, was Sie damit zu tun haben!«

Sie hatte noch viel zu sagen, doch sie drehte ihm jetzt den Rücken zu, um aufzusitzen. Sie hätte ihm die Augen ausgekratzt, wenn er ihr Hilfe angeboten hätte. Und es war alles andere als leicht. Himmel, jede Bewegung war eine Qual! Aber mit Hilfe eines großen Felsens schaffte sie es alleine. Und er stand nur da und sah sie erstaunt an. Er fühlte sich ein bißchen schuldig, nein, sogar mehr als nur ein bißchen, als er hie und da ein Wort aufschnappte.

»Sie können sich nicht wie ein Gentleman verhalten, nein, das wäre ja schon zuviel verlangt, nicht wahr? Das ist in dieser Familie schlichtweg nicht üblich, wie ich zu meinem Leidwesen hab' feststellen müssen. Entführt bin ich worden, man hat mir Drogen gegeben, mich mißbraucht und eingesperrt, aber das sind nur gewöhnliche Nettigkeiten bei den Alexandrows. Gott bewahre, daß sich bei einem von ihnen mal das Gewissen regt!«

Einen Augenblick schloß sie gequält die Augen. Sie würde sich nicht unterkriegen lassen von den Schmerzen. Nein, sie nicht.

»Warum? Warum ich?« Nikolai hörte das deutlich. »Warum mußte er mich den weiten Weg bis nach Rußland mitschleppen? Warum mußte er solange hinter mir her sein, bis... bis... Lieber Gott, wenn ich eine atemberaubende Schönheit wäre, aber mein Äußeres ist ganz durchschnittlich. Warum war es für ihn so wichtig –«

Nikolai hätte viel darum gegeben, den Rest auch noch zu hören, aber sie vollendete den Satz nicht. Stöhnend, offensichtlich unter großen Schmerzen, trieb sie das Pferd an. Nikolai war sich sehr unschlüssig, doch nicht darüber, ob sie den Ritt aushalten würde, sondern was sie Dimitri eigentlich bedeutete.

»Kit, Täubchen, vielleicht –«

»Kein Wort mehr will ich von Ihresgleichen hören«, sagte sie mit einer solchen Verachtung, daß Nikolai zusammenzuckte. »Ich gehe zurück und werde dieser Hexe gegenübertreten. Aber Ihr Geschwätz bin ich nicht gewillt noch länger zu ertragen.«

Sie ritt von dannen und er mußte sich beeilen hinterherzukommen. Er holte sie erst an den niedergetretenen Büschen an der Straße ein, die ihm zuvor den Weg zu ihr gewiesen hatten. Er befand sich in einem Dilemma, was er tun sollte. Auf der einen Seite wollte er Tante Sonja nicht verärgern, andererseits aber wollte er auch Dimitris Zorn nicht auf sich laden. Und mit dieser streitbaren Frau war auch nicht mehr zu reden. Aber letztlich kam er zu dem Schluß, daß es das Beste war, sie wieder nach Nowi Domik mitzunehmen. Wenn sie Dimitri wirklich etwas bedeutete, dann wollte er sie sicher da vorfinden, wo er sie zurückgelassen hatte und sie nicht in Petersburg suchen müssen. Das heißt, wenn er sie überhaupt finden wollte. Lieber Himmel, er hätte viel darum gegeben zu wissen, was hier vor sich ging.

29.

Dimitri schaute sich in dem leeren Zimmer um: Das Bett war ordentlich gemacht, alles stand an seinem Platz, unberührt, wie ein weißes Grab. Er hatte das Gefühl, daß es schon seit Tagen hier so aussah, eilte zum Kleiderschrank und riß die Türen auf. Alle ihre Kleidungsstücke waren da, selbst das schwarze Stofftäschchen, mit dem sie den aufdringlichen Kerl hatte verjagen wollen, damals, als er sie zum ersten Mal sah.

Er stieß den Atem aus, hatte gar nicht gemerkt, daß er ihn angehalten hatte. Katherine würde nicht ohne das Täschchen verschwinden, oder doch? Das war das einzige, was tatsächlich ihr gehörte. Aber wo war sie?

Verwirrung machte sich in ihm breit. Er hatte sich gewappnet für die Begegnung mit ihr. Die letzten Stunden, als er in rasendem Galopp nach Nowi Domik geeilt war, hatte er sich in einem Zustand geistiger Betäubung gefühlt. Er würde alles akzeptieren, was sie zu ihm sagte und er war auf das Schlimmste gefaßt. Jetzt kam er sich vor wie ein Verurteilter, dem man einen kurzen Aufschub gewährt hatte, wo er doch nichts anderes wollte, als die Hinrichtung hinter sich zu bringen.

Er hatte erwartet, sie in dem weißen Zimmer vorzufinden, vielleicht mit einem Buch oder vor dem Toilettentisch oder auch zusammengerollt auf dem Bett mit einer Schachtel Pralinen. *So* hatte er Natalia immer vorgefunden, wenn er sich herabgelassen hatte, sie zu besuchen. Er hätte sich auch vorstellen können, daß Katherine von Langeweile getrieben im Zimmer auf und ab ging. So vieles hatte er erwartet.

Es war früher Abend gewesen, als er ins Haus geeilt und ohne ein Wort zu sagen die Treppe nach oben gestürmt war. Die zwei Lakaien in der Eingangshalle hatten ihm verwundert nachgeblickt. Eine Zofe, die ihm im oberen Korridor begegnete, hatte nur nach Luft geschnappt, als sie ihn sah. Normalerweise hatte Dimitri seine Ankunft immer angekündigt. Doch in der letzten Zeit hatte er mit vielen Gewohnheiten gebrochen. Er war sogar ohne Diener zurückgekehrt. Er hatte sie weit hinter sich gelassen bei seinem verrückten Ritt nach Moskau. Und als er anderthalb Tage vor der Stadt umgedreht war, weil er mit Katherine sprechen mußte, war er ihnen auf halbem Weg begegnet. Aber da Moskau trotz allem auf der Tagesordnung bei ihm stand, hatte er sie dorthin weiter geschickt. Er mußte schließlich seinen Besuch bei Tatjana absolvieren. Selbst die beiden Kosaken, die er als einzige bei sich hatte, konnten heute mit seinem Tempo nicht mehr Schritt halten und waren zurückgefallen.

Eigentlich war diese Hetze ganz untypisch für Dimitri. Seine wilde Jagd Richtung Moskau entsprang sicher nicht dem Verlangen, seine zukünftige Braut zu sehen. Die Gedanken an sie lagen ihm sehr fern. Sie diente ihm nur als Vorwand. Er hätte genausogut ganz woanders hinreiten können bei seiner feigen Flucht. Denn genau dafür hielt er seinen überstürzten Aufbruch, nachdem er wieder klar denken konnte. Er hatte weg sein wollen, weit weg sein wollen, bevor Katherine nach ihrer gemeinsamen Nacht aufwachte. Er hatte ihrer Verachtung und ihrem Ekel entgehen wollen, die sie zweifellos empfand, auch wenn sie in der Nacht etwas anderes gesagt hatte. Aber da war sie unter dem Einfluß der Droge gestanden.

Auf halbem Weg nach Moskau war er zur Besinnung gekommen. Er hatte einen Fehler gemacht. Das war nicht das erste Mal, aber diesmal war es ein schlimmer Fehler gewesen. Es würde länger dauern als sonst, Katherines Zorn zu besänftigen. Sie war schon öfter wütend auf ihn gewesen, und immer noch hatte er sie wieder beruhigen können, oder vielmehr hatte sie sich selbst wieder beruhigt. Sie war eine vernünftige Frau und nicht nachtragend. Das gefiel ihm auch so gut an ihr, neben ihrem Geist, ihrem Trotz, ihrer Leidenschaft und einem Dutzend anderer Eigenschaften.

Sein Gemütszustand hatte sich wesentlich verbessert, befriedigt durch die Vorstellung, daß alles halb so schlimm wäre. Dann hatte er angefangen sich zu fragen, ob er es nicht schaffen könnte, Katherine zu überreden in Rußland zu bleiben. Er würde ihr ein Haus kaufen und sie sollte viele Diener haben, er würde sie mit Juwelen überschütten und ihr die teuersten Kleider schenken. Tatjana war für den Erben, Katherine für die Liebe. Er malte sich dieses Bild in seiner Phantasie so glühend aus, daß er fast schon sicher war, alles würde sich so entwickeln.

Und dann war ihm wieder eingefallen, daß er ohne ein Wort von ihr weggegangen war. Er hatte sich nicht einmal darum gekümmert, daß sie auch sicher noch da war, wenn er zurückkehrte. Denn er war überzeugt gewesen, daß sie es nicht wagen würde, in einem fremden Land auf eigene Faust unterwegs zu sein. Aber wenn sie wütend genug war, war ihr alles zuzutrauen. Und wenn sie sich langweilte, war das Öl auf die Flammen ihres Ärgers.

Als er mit seinen Überlegungen an diesem Punkt angekommen war, hatte er auf der Stelle kehrt gemacht. Tatjana konnte warten. Er mußte erst zu Hause die Dinge in Ordnung bringen. Selbst wenn das bedeutete, daß er Katherine gegenübertreten mußte, ohne daß sie sich bereits beruhigt hatte.

Er wollte jetzt das Schlimmste hinter sich bringen, damit er wußte, woran er war. Außerdem brannte er darauf, sie einfach nur zu sehen, zu wissen, ob seine Leidenschaft für sie endlich abgekühlt war. Fünf Tage war er weg gewesen. Wenn das erste, was er bei ihrem Anblick empfand der Wunsch war, mit ihr ins Bett zu gehen, dann war er wieder ganz am Anfang. Dann hätte er sich die dumme Sache mit dem Aphrodisiakum sparen können.

Dimitri verließ das weiße Zimmer und ging mit großen Schritten zurück in die Halle. Die Zofe, die ihm zuvor begegnet war, konnte er nicht mehr sehen, aber eine andere kam gerade die Stufen hoch. Sie trug ein Tablett voller Speisen, die ohne Zweifel für ihn bestimmt waren. Die Neuigkeit seiner unerwarteten Heimkehr hatte sich schnell herumgesprochen.

»Wo ist sie?« fragte er das Mädchen barsch.

»Wer, Herr?«

»Die Engländerin«, erwiderte er ungeduldig. Sie wirkte sehr eingeschüchtert. »Ich – ich weiß es nicht.«

Er ging an ihr vorbei, weiter die Treppe hinunter und rief einem Lakaien zu: »Wo ist die Engländerin?«

»Ich habe sie nicht gesehen, mein Prinz.«

»Und du?«

Semen, der Dimitri von klein auf kannte und wußte, daß die meisten seiner Wutanfälle nur Strohfeuer waren, konnte plötzlich vor Angst keinen Ton hervorbringen. Nicht, weil der Prinz als erstes ins weiße Zimmer gestürmt war, wie Ludmilla, die herumeilte, die Nachricht seiner Heimkehr zu verbreiten, ihm zugeflüstert hatte. Und auch nicht, weil er die Frau suchte, da er sie dort nicht vorfand, wo er sie vermutete. Sondern die große Sorge im Gesicht des Prinzen machte ihm angst und er erinnerte sich an die leisen Worte zu Rodian, die er gehört hatte: »Sie sollten darum beten, nicht in der Nähe zu sein, wenn Dimitri herausfindet, was –« Sie hatte den Satz nicht mehr beenden können. Er hatte ihr das Wort mit dem ersten Stockschlag abgeschnitten. *Er* hatte das gemacht.

»Bist du stumm geworden, Semen?« unterbrach Dimitris scharfe Stimme seine Gedanken.

»Ich – glaube, sie wurde in der Küche gesehen – vor einiger Zeit!« Dimitri stand Semen jetzt in der Halle direkt gegenüber und der Diener schien in den Boden versinken zu wollen. »Im Moment –« Er mußte sich erst zweimal räuspern. »Im Moment weiß ich nicht, wo sie ist, Herr.«

»Wer weiß es denn?« Als Antwort erhielt Dimitri nur

ein Achselzucken. Er stellte sich dumm? Seit wann stellten sich seine Leute dumm ihm gegenüber? Was zum Teufel ging hier vor sich?

Er blickte die Männer finster an, dann ging er in Richtung der Wirtschaftsräume, brüllte: »Katherine!«

»Warum schreist du denn so, Mitja?« Es war Sonja, die ihn das fragte. Sie kam aus dem Salon, gerade als er daran vorbeistürmte. »Du mußt wirklich nicht so laut sein, um uns wissen zu lassen, daß du wieder da bist, auch wenn wir noch gar nicht damit gerechnet –«

Er drehte sich zu seiner Tante um. »Wo ist sie? Und wenn dir was an Ruhe und Frieden liegt, dann frag nicht, *wen* ich meine. Du weißt das ganz genau.«

»Die Engländerin natürlich«, erwiderte Sonja ruhig. »Wir haben sie nicht weggejagt, obwohl sie einmal weggelaufen ist und das Pferd eines Dörflers gestohlen hat. Gott sei Dank war Nikolai gerade da und hat sie zurückgeholt.«

Die unterschiedlichsten Gefühle überfluteten Dimitri, als er das hörte. Überraschung, daß Katherine tatsächlich versucht hatte zu fliehen, was seine schlimmste Befürchtung gewesen war. Erleichterung, weil sie irgendwo hier sein mußte, auch wenn es schwierig zu sein schien, ihren Aufenthaltsort herauszufinden. Und Eifersucht, deutlich brannte dieses absurde Gefühl in ihm, weil einer seiner gutaussehenden, verführerischen Halbbrüder – und ausgerechnet Nikolai – seiner Katherine begegnet war.

»Wo ist er?« fragte er scharf.

»Ich wünschte, du würdest dich ein bißchen klarer ausdrücken, mein Lieber. Wenn du Nikolai meinst, der ist nicht lange geblieben. Er wollte dich willkommen heißen, als er von deiner Heimkehr hörte, und mit der gleichen Absicht ist er nach Moskau weitergereist. Offensichtlich habt ihr euch auf der Straße verfehlt.«

Dimitri ging an ihr vorbei in den Salon, direkt auf die Hausbar zu. Besitzdenken war eine neue Erfahrung für ihn. Es mißfiel ihm sehr. Einen Moment lang hätte er seinen Bruder am liebsten geohrfeigt dafür, daß er ihm

Katherine zurückgeholt hat – nein, nicht dafür. Sondern dafür, daß er alleine mit ihr unterwegs gewesen war, und dabei Gelegenheit hatte, genau das zu tun, was er am besten konnte. Wenn Nikolai auch nur den leisesten Versuch gemacht hatte, sie zu berühren...

»Ich nehme an, du bist müde, Mitja, und benimmst dich deswegen so ungehobelt. Warum schläfst du dich nicht so richtig aus, und wir unterhalten uns morgen darüber, warum du so bald wieder nach Hause gekommen bist?«

Er kippte einen kleinen Wodka und blickte sie dann durchdringend aus seinen dunklen Augen an. »Tante Sonja, wenn ich nicht auf der Stelle ein paar Antworten bekomme, dann wirst du bald mein augenblickliches Benehmen für das eines Heiligen halten. Ich bin zurückgekommen, um Katherine zu sehen, aus keinem anderen Grund. Also, wo zum Teufel ist sie?«

Sonja hatte sich hinsetzen müssen nach diesen harten Worten. Doch ihre Stimme klang ganz ruhig, man merkte ihr nicht an, wie aufgewühlt sie innerlich war. »Ich nehme an, sie hat sich schon schlafen gelegt.«

»Ich war in ihrem Zimmer. Wo schläft sie?«

»Bei den Dienern.«

Dimitri schloß die Augen. Also *diese* Taktik wieder. Er sollte sich also wieder schuldig fühlen für alles, war er ihr angetan hatte. Und noch etwas wollte sie ihm wohl klar zu verstehen geben: Das schäbigste Bett war ihr lieber als das seine. »Verdammt, ich hätte es mir denken können, daß sie wieder so etwas aufziehen wird, sobald ich weg bin!«

Sonja blinzelte überrascht. Auf die Frau also war er wütend, nicht auf sie? Das war mehr, als sie zu hoffen gewagt hatte, denn in dem Moment, als sie ihn nach ihr rufen hörte, war ihr aufgegangen, daß sie sich geirrt hatte. Vielleicht könnte sie diesen Ärger noch schüren.

»Sie ist die arroganteste, beleidigendste Frau, die mir je begegnet ist, Mitja. Ich habe sie den Boden schrubben lassen, um sie ein bißchen von ihrem hohen Roß zu holen, aber mir scheint, es ist alles umsonst.«

»Sie hat eingewilligt?« fragte Dimitri überrascht.

Sonja spürte, wie ihr die Röte ins Gesicht stieg. Eingewilligt? Eingewilligt! Er hätte eine Weigerung geduldet? Hat er ihr denn nicht zugehört? Sie war beleidigt worden. Was dachte er sich dabei, diese Person so zu verwöhnen?

»Sie hatte nichts dagegen einzuwenden.«

»Dann habe ich wohl nur meine Zeit verschwendet, hierher zurückzukommen«, sagte Dimitri bitter und schaute seine Tante nicht einmal an. »Also will sie jetzt Böden schrubben! Nun gut, wenn sie meint, daß ich mich wegen dem bißchen Arbeit noch schuldiger fühle, dann hat sie sich aber getäuscht.«

Er schnappte sich noch eine Flasche Wodka, bevor er wütend das Zimmer verließ. Semen und der andere Lakai stoben schnell von der Tür weg, wo sie gelauscht hatten, als er aus dem Zimmer heraus und die Treppe hinauf stürmte.

Sonja hatte sich ein Glas Sherry eingeschenkt und nahm lächelnd einen Schluck. Dimitris letzte Bemerkung hatte sie nicht verstanden, aber das spielte keine Rolle. Er würde nach Moskau und zu Tatjana zurückkehren und wahrscheinlich monatelang wegbleiben und in der Zwischenzeit die Engländerin vergessen.

30.

Natascha Federowna beobachtete die Engländerin heimlich. In ihren schmalen, blauen Augen glommen Groll und Abscheu. Und je länger sie sie beobachtete, wie sie mit ihrer Bürste den Küchenboden bearbeitete, desto größer wurde ihr Groll. Die Fremde sprach mit niemandem ein Wort, als ob sie sich zu fein wäre, sich mit den Dienern abzugeben.

Wer war sie denn? Ein Niemand. Sie war so dünn, daß man sie gut und gern für ein Kind halten könnte. Natascha mit ihrer üppigen Figur hingegen sah jeder an, daß sie eine Frau war. Das Haar dieser Frau hatte eine langweilige, braune Farbe, Nataschas dagegen war feuerrot, glänzend und dicht, es war bei weitem das attraktivste an ihr. Das einzig Besondere an der Engländerin waren ihre Augen. Aber ansonsten hatte sie nichts aufzuweisen, was auf einen Mann wie Dimitri Alexandrow anziehend wirken konnte. Was also fand er bloß an ihr, was niemand anders bemerkte?

Es waren nicht nur Nataschas Vorurteile, die ihr diese Gedanken eingaben. Alle schon hatten sich die gleiche Frage gestellt. Aber bei Natascha war noch mehr im Spiel, denn nach einer einzigen herrlichen Nacht mit dem Prinzen vor vielen Jahren, hatte sie ihn nicht wieder bezaubern können.

Darüber war sie nie hinweggekommen. Dabei hatte sie so wunderbare Pläne geschmiedet: Sie würde dem Prinzen einen Sohn gebären, dadurch ihren Status enorm verbessern und ein bequemes Leben führen können.

Sie hatte in dieser einen Nacht kein Kind von ihm empfangen. Man munkelte damals, der Prinz wäre zeugungsunfähig, was sie durchaus für möglich hielt. Doch sie war raffiniert genug zu erkennen, daß sie ein Kind für seines ausgeben konnte, wenn sie nur schnell genug schwanger würde. Mit ein bißchen Hilfe einiger lüsterner Lakaien gelang ihr das auch. Sie war so glücklich und stolz darauf, daß sie vor ihrer Schwester damit prahlte. Diese jedoch verriet es dem Vater und der schlug sie so heftig, weil sie den Prinzen hatte hintergehen wollen, daß sie das Kind verlor. Seit dem Mißlingen ihres Plans war sie daher voller Bitterkeit.

Und jetzt war diese Fremde hier, dieser häßliche Eindringling, die mit Dimitri gekommen war und die er im weißen Zimmer untergebracht hatte. Im weißen Zimmer! Und sie wollte allen vormachen, daß Dimitri mehr für sie übrig hatte, daß er sie nicht nur ab und zu im Bett haben wollte.

Natascha hatte gelacht, als sie hörte, daß Prinzessin Sonja sie für ihre Überheblichkeit züchtigen ließ. Es hatte sie gefreut, daß man sie in die Küche steckte und die niedrigsten Arbeiten verrichten ließ. Jetzt war sie nicht mehr so arrogant. Und der Prinz war auch nicht gekommen, sie von der Schinderei zu erlösen. Obwohl die Hälfte der Leute so dumm gewesen war zu glauben, daß er mit dem Vorgehen seiner Tante nicht einverstanden sein würde. Dennoch, er *hatte* sie hierher gebracht. Und er schickte sie auch nicht fort, nachdem er kein Interesse mehr an ihr hatte. Und vergangene Nacht war er direkt ins weiße Zimmer geeilt, nach ihr zu sehen. Wütend hatte Natascha diese Neuigkeit gehört. Später wurde dann erzählt, daß er jetzt zornig auf die Frau sei, zweifellos, weil sie seine Tante so respektlos behandelt hatte.

Niemand hatte der Engländerin erzählt, daß der Prinz zurückgekehrt war. Die anderen Diener hielten diese Nachricht sogar absichtlich von ihr fern, weil sie ihre Gefühle schonen wollten. Wie lächerlich! Sie bemerkte das Flüstern und die mitleidigen Blicke ja gar nicht, beachtete überhaupt nicht, was um sie herum vorging. Es würde ihr recht geschehen, wenn sie von der Anwesenheit des Prinzen erst dann erführe, nachdem er wieder weg war. Aber Natascha hielt es nicht aus, so lange zu warten. Niemand hatte ihr verboten, darüber zu reden. Und die Frau sollte ruhig wissen, daß sie niemanden hatte täuschen können mit ihren Lügengeschichten über den Prinzen.

Natascha war nur erstaunt, daß Prinzessin Sonja nicht diejenige war, die es ihr sagte. Gestern morgen wäre es der Prinzessin offensichtlich lieber gewesen – und Natascha auch – wenn sich die Frau geweigert hätte, den Boden zu schrubben. Das wäre ein willkommener Grund gewesen, sie wieder zu züchtigen.

Wenigstens hatte Natascha die gestrige Demütigung

miterlebt. Und sie hatte es sich auch nicht nehmen lassen, die Frau darüber aufzuklären, daß sie noch einmal mit einem blauen Auge davongekommen wäre. Schließlich war sie weggelaufen, hatte ein Pferd gestohlen und Nikolai die Mühe gemacht, sie wieder zurückzubringen. Darauf stand eigentlich der Stock. Doch dieses Weib hatte auf ihre hilfreichen Aufklärungen nichts anderes zu erwidern gehabt als:

»Ich bin keine Dienerin, du Dummkopf. Ich bin eine Gefangene. Für einen Gefangenen ist es ganz normal, daß er versucht zu entfliehen. Man kann gar nichts anderes erwarten.«

Wie unverschämt! Wie undankbar! Wie eingebildet! Sie hielt sich wohl für etwas Besseres als die anderen, glaubte, daß sie weder durch Worte, noch durch Taten gedemütigt werden könnte. Aber Natascha wußte schon, wie sie ihr einen Dämpfer aufsetzen konnte. Und wenn niemand sonst den Schneid dazu hatte, würde sie es eben machen.

Nataschas gehässige Blicke hätten Katherine warnen sollen, daß sie etwas im Schilde führte. Aber sie hatte nicht erwartet, daß das Mädchen so bösartig sein würde, an ihr vorbeizugehen und mit Absicht eine volle Schüssel feuchter Frühstücksabfälle fallen zu lassen. Dabei tat sie so, als wäre sie gestolpert. Wenn Katherine nicht blitzschnell ausgewichen wäre, hätte sie den Abfall nicht nur über Arme und Beine, sondern direkt in den Schoß bekommen.

»Wie ungeschickt von mir!« rief Natascha laut aus. Dann ließ sie sich auf die Knie nieder, damit es so aussah, als wolle sie den Haufen aus Mehl, verrotteten Tomaten, saurer Sahne mit Eiresten, Zwiebeln, Pilzen und Kaviar zusammenkehren. (Die Russen liebten Kaviar zu ihren *Blinis*, den kleinen Pfannkuchen, die es jeden Morgen auf Nowi Domik gab.)

Katherine setzte sich zurück und wartete ab, ob das Mädchen den Dreck wirklich selbst wieder wegräumen würde. Doch sie tat nichts anderes, als Katherine die leere Schüssel hinzuschieben.

»Es ist dumm, daß du dauernd den Boden schrubben mußt, wo er doch schon so sauber ist«, murmelte Natascha höhnisch. »Ich habe mir gedacht, ich verschaffe dir eine sinnvollere Arbeit.«

Sie tat nicht weiter so, als wäre es ein Mißgeschick gewesen. »Wie gütig von dir«, erwiderte Katherine ausdruckslos.

»Gütig?«

»Verzeih mir. Manchmal beachte ich meine Worte nicht, wenn ich mit Ignoranten spreche.«

Natascha wußte genausowenig, was *Ignoranten* bedeutete, aber sie merkte sehr wohl die feine Spitze. »Du hältst dich wohl für besonders klug mit deinen komischen Wörtern, hä? Also gut, Fräulein Siebengescheit, was hältst du denn von Prinzen Dimitris Rückkehr und daß er dich meidet?«

Katherine stand die Überraschung deutlich im Gesicht geschrieben. »Dimitri ist zurück? Seit wann?«

»Gestern am frühen Abend ist er gekommen.«

Gestern am frühen Abend war Katherine todmüde gewesen nach den zwölf Stunden Plackerei. Das Haus hätte über ihr zusammenfallen können, sie hätte nichts gehört und auch nicht wenn Dimitri Himmel und Hölle in Bewegung gesetzt hätte, um sie zu beschützen. Aber warum hatte er sie nicht aufgesucht? Es war bereits heller Tag. Warum mußte sie immer noch hier sein?

»Du lügst.«

Natascha verzog den Mund spöttisch. »Ich habe keinen Grund zu lügen. Frag Ludmilla. Alle wollten sie es vor dir geheimhalten, weil du doch so überzeugt warst, daß er über das Geschehene sehr wütend sein würde. Nun, er war schon wütend, du kleines Dummerchen, aber auf dich.«

»Dann hat ihm seine Tante nicht die Wahrheit gesagt.«

»Glaub' was du willst, ich weiß was anderes. Jemand

hat das Gespräch gehört. Sonja hat ihm alles erzählt. Er weiß, daß du hier den Boden schrubbst, und es interessiert ihn gar nicht. Törichtes Weibsbild«, fauchte Natascha. »Hast du wirklich geglaubt, daß er sich für dich einsetzen und sich gegen seine Tante stellen würde? Er ist schon seit Stunden wach und trifft Vorbereitungen für seine erneute Abreise noch heute. Das zeigt dir doch, wie begierig er ist, dich zu sehen.«

Katherine glaubte ihr nicht. Sie konnte es nicht. Natascha war ein bösartiges, gehässiges Mädchen, obwohl Katherine gar nicht wußte, aus welchem Grund sie so feindselig war. In dem Moment trat Rodian in die Küche und umriß die Situation mit einem Blick. Mit einem heftigen Ruck zog er Natascha in die Höhe. Er würde Katherine nicht anlügen. Seit Nikolai sie zurückgebracht hatte, war er sehr freundlich zu ihr gewesen.

»Was hast du getan, Natascha«, fragte er streng.

Das Mädchen lachte nur, riß ihre Hand los und ging hüftschwenkend in ihre Ecke der Küche zurück. Rodian beugte sich sofort hinunter und half Katherine, den Abfallhaufen in die Schüssel zurückzuschaufeln. Sie sagte nichts, bis sie damit fertig waren. Dann fragte sie ihn schlicht: »Rodian, ist Dimitri wirklich da?«

Er schaute nicht auf. »Ja.«

Es verging eine ganze Minute. »Und er weiß, wo er mich finden kann?«

»Ja.«

Jetzt schaute er sie an, doch er bereute es sogleich. Heilige Jungfrau Maria, noch nie hatte er Augen so voll trostlosen Schmerzes gesehen. Die Schläge hatten nicht bewirkt, was Natascha mit ein paar häßlichen Worten geschafft hatte.

»Es tut mir leid«, sagte er.

Sie schien ihn gar nicht zu hören. Ihr Kopf hing herab und sie begann mechanisch die Bürste auf dem Boden hin und her zu schieben. Rodian stand auf und blickte sich in dem Raum um. Aber jeder schien plötzlich ungewöhnlich beschäftigt, niemand wagte auch nur einen Blick zu ihnen herüber – außer Natascha. Sie grinste hämisch. Rodian drehte sich um und ging steif hinaus.

Katherine schrubbte weiter und immer weiter an einer Stelle herum. Sonja würde sich sicher sehr ärgern, wenn sie wüßte, wie gut ihr diese Arbeit tat. Zunächst war Katherine sehr wütend gewesen, daß ihr keine Wahl gelassen wurde, sondern sie sich den Anordnungen dieser Hexe hatte fügen müssen. Sie hatte sofort erkannt, daß Sonja nur auf ihre Weigerung wartete. Doch diese Freude hatte sie ihr nicht gegönnt. Sie würde den Boden schrubben, ohne daß ein Ton der Klage über ihre Lippen drang, und wenn es sie umbringen würde.

Aber statt daß die körperliche Arbeit ihrem wunden Rücken noch mehr zusetzte, verbesserte sich ihr Zustand. Die gleichmäßigen, langsamen Bewegungen massierten ihre Muskeln, verringerten die Spannungen und ließen die Schwellungen zurückgehen. Und nachdem sie gestern den ganzen Tag den Boden bearbeitet hatte, war sie einfach nur erschöpft gewesen von der Arbeit. Sie hatte wohl ihren unteren Rücken gespürt und die Arme und Hände taten ihr weh, doch das war nichts. Inzwischen fielen ihr alle Bewegungen leichter, nur ab und zu fühlte sie ein schwaches Stechen irgendwo. Sie spürte die Folgen der Schläge nur noch, wenn sie an ihren Rücken kam.

Doch jetzt konnte sie die Tränen nicht mehr zurückhalten. *Du bist verrückt gewesen, dir so den Kopf zu zermartern. Wann hast du das letzte Mal geweint, ohne daß Schmerzen dir die Tränen in die Augen getrieben haben? Jetzt hast du keine Schmerzen, also auch keinen Grund, du dummes Ding. Hör auf damit! Du wußtest doch die ganze Zeit, daß du ihm egal bist. Schau nur, wie er ohne einen Ton weggeritten ist, ohne daß er sich um deine Sicherheit gekümmert hätte. Ein paar Worte zu seiner Tante hätten dich vor dieser mittelalterlichen Züchtigung bewahrt.*

O Gott, es tat so weh, sie konnte kaum atmen, so schnürte es ihr die Kehle zusammen. Wie konnte er sie einfach hierlassen? Er war nicht einmal gekommen, um zu schauen, ob ihr nichts Ernstliches fehlte, nach diesen brutalen Schlägen. Es war ihm egal. Das war das Schlimmste.

Er hatte die Nacht hier verbracht, war zu Bett gegangen, obwohl er wußte, daß seine Tante sie zu Sklavenarbeit in der Küche verdammt hatte. Er hatte nichts unternommen, diesen Zustand zu ändern. Keine Entschuldigungen. Keine Fürsprache. Und er war schon wieder dabei abzureisen. Stellte er sich so ihren Aufenthalt hier vor? Oh, dieser widerliche Kerl.

Und du nichtswürdige Närrin, du hast dich in ihn verliebt, dabei wußtest du genau, was für eine Eselei das war. Nun gut, du hast bekommen, was du verdienst. Immer schon hast du gewußt, daß Liebe ein Wahnsinn ist. Das ist nur die Bestätigung.

Es war sinnlos. Für Ärger war kein Platz in ihr. Alles war ausgefüllt von diesem lähmenden Schmerz, bis schließlich nichts mehr übrig blieb als eine dumpfe Leere.

31.

»Die Stiefel, Mann!« knurrte Dimitri ungeduldig. »Ich will nicht zum Tanzen gehen und am Ende des Tages werden sie wieder voller Staub sein.«

Semen eilte mit den halbpolierten Stiefeln herbei. Warum nur hatte ausgerechnet er an der Treppe stehen müssen, als der Prinz einen Kammerdiener brauchte, der den abwesenden Maxim ersetzte? Er war nur mehr ein Nervenbündel, denn jeden Augenblick erwartete er, daß die Engländerin erschien und Dimitri alles erzählte, was die Prinzessin mit ihren Halbwahrheiten ausgelassen hatte. Aber eigentlich wußte sie ja gar nicht, daß der Prinz zurück war. Warum sollte sie die Küche verlassen? Doch darauf konnte er sich nicht verlassen. Erst wenn Dimitri weg war, würde er sich wieder entspannen können. Gott sei Dank schien es bald soweit zu sein.

Dimitri warf zufällig einen Blick in den Spiegel und war erstaunt über das drohende Gesicht, das ihm entgegenstarrte. Kein Wunder, daß Semen so nervös war. Hatte er den ganzen Morgen schon diesen zornigen Blick gehabt? Wie sollte er das wissen? Er war immer noch zu betrunken, um die Wahrheit zu sagen. Zwei Flaschen Wodka hatten nicht bewirken können, daß er in Schlaf fiel. Seine Gedanken waren im Laufe der Nacht nur immer wirrer geworden. Und doch war er nicht müde nach dieser schlaflosen Nacht. Lieber Gott, was würde er für ein bißchen Schlaf geben, damit er wenigstens für kurze Zeit nicht mehr an die ganze Sache denken mußte.

»Wollen Sie das große Schwert, Herr?«

»Wahrscheinlich soll ich auch noch meine Orden tragen auf der Straße«, fuhr Dimitri den Diener an, doch gleich darauf entschuldigte er sich für seine Gereiztheit.

Er trug eine seiner alten Uniformen, einfach deswegen, weil er dazu Lust hatte. Aber all das Zubehör, das dazugehörte, wollte er nicht haben. Die scharlachrote Jacke befand sich immer noch in bestem Zustand, die enge Hose war makellos weiß, die kniehohen Stiefel steif, als hätte er sie noch nie getragen. Wenn es nach dem Zaren ging, würden alle Menschen in seinem Land Uniform tragen, sowohl das Militär, als auch die Zivilisten. Im Gegensatz zu anderen Ländern wurden in Rußland die Uniformen nicht ausrangiert, wenn man nicht mehr im aktiven Militärdienst war. Bei Hofe sah man kaum andere Kleider.

Auf das Klopfen an der Tür ertönte ein scharfes »Herein«, bevor Semen noch dazu kam zu öffnen.

Rodian trat ein und fühlte sich sehr unbehaglich, als er Dimitris finsteren Gesichtsausdruck bemerkte. Er hatte sich vorgenommen, der Frau zu helfen und die Vorgänge klarzustellen. Doch bei Dimitris Anblick mußte er all seinen Mut zusammennehmen.

Semen wurde aschfahl, denn er erriet Rodians Absicht.

In der Nacht, als die Frau nach den Schlägen im Fieber lag, hatte Rodian sich betrunken. Er war es gewesen, der sie zu Parascha gebracht hatte. Er hatte dem Küchenpersonal nahegelegt, sie in Ruhe zu lassen. Und doch war er genau wie Semen an der Tortur beteiligt gewesen, selbst wenn sie beide gar keine Wahl gehabt hatten. Wie konnte er das vergessen?

»Nun?« bellte Dimitri.

»Ich – ich glaube, da gibt es noch etwas – was Sie über die Engländerin wissen sollten, – bevor Sie abreisen, Herr.«

»Katherine, sie heißt Katherine«, stieß Dimitri wütend hervor. »Und es gibt nichts mehr zu sagen über sie, was mich noch überraschen könnte. Also halt mich nicht auf. Kein Wort mehr will ich über sie hören!«

»Ja, Herr.« Rodian wandte sich zum Gehen, gleichzeitig erleichtert und enttäuscht.

Semen atmete gerade auf und sein Gesicht bekam wieder etwas Farbe, als der Prinz Rodian zurückrief.

»Es tut mir leid, Rodian«, seufzte Dimitri. »Ich mein' das alles gar nicht so. Was wolltest du mir über Katherine erzählen?«

»Nur, daß –« Rodian wechselte einen Blick mit Semen, dann gab er sich einen Ruck und platzte heraus. »Ihre Tante hat sie mit dem Stock schlagen lassen, Herr, so schlimm, daß sie fast zwei Tage bewußtlos war. Sie arbeitet jetzt in der Küche, aber nicht freiwillig. Wenn sie sich geweigert hätte, wäre sie wieder geschlagen worden.«

Dimitri sagte kein Wort. Ein paar Sekunden stand er nur da und starrte Rodian an. Dann stürmte er so rasch aus dem Zimmer, daß Rodian beiseitespringen mußte, um nicht umgerannt zu werden.

»Warum hast du das machen müssen, du Narr?« fragte Semen herausfordernd. »Hast du seinen Blick gesehen?«

Rodian tat es nicht im geringsten leid. »Sie hatte recht, Semen. Und es wäre alles nur viel schlimmer geworden, wenn er es später irgendwann herausgefunden hätte, und niemand ihm etwas gesagt hätte, solange er hier war. Aber er ist gerecht. Er wird uns nicht dafür verantwortlich machen, daß wir die Anordnungen der Prinzessin ausgeführt haben. Es wird ihn nicht interessieren, wer den Stock geführt hat, sondern warum es überhaupt geschehen ist. Und das muß ihm seine Tante erklären, wenn sie kann.«

Von unten konnte man das Krachen der Küchentür durch das ganze Haus hören. Gleich darauf folgten drei weitere, nicht ganz so laute Geräusche, weil ein paar Frauen in der Küche so erschraken, daß sie fallenließen, was sie gerade in den Händen hielten.

Alle Augen waren auf den Prinzen gerichtet, der im Türrahmen stand. Die Tür war aus den Angeln gerissen. Alle Augen, bis auf Katherines. Sie bemühte sich, nicht aufzublicken, als er so dramatisch erschien, auch nicht, als er die Küche durchquerte und vor ihr stand, auch nicht, als er sich neben ihr auf die Knie ließ. Sie wußte, er war da. Seine Anwesenheit war für sie immer unmißverständlich spürbar gewesen, selbst wenn sie ihn nicht sah. Aber jetzt war es ihr egal. Wenn er vergangene Nacht gekommen wäre, hätte sie sich wohl an seiner Schulter ausgeweint. Jetzt konnte er von ihr aus zum Teufel gehen. Zu spät war zu spät.

»Katja?«

»Geh weg, Alexandrow.«

»Katja, bitte – ich wußte es nicht.«

»Was wußtest du nicht? Daß ich hier bin? Da hat man mir was anderes erzählt. Und man hat mir auch gesagt, daß diese Hexe von Tante dir alles berichtet hat.«

Immer noch schaute sie ihn nicht an. Ihr loses Haar fiel unter dem Kopftuch hervor über ihre Schultern und verbarg zum Teil ihr Gesicht. Sie hörte nicht auf, den Boden zu bearbeiten. Das Kleid, das sie am Leibe hatte, gehörte ihr nicht und es starrte vor Dreck. Dimitri tobte innerlich, er hätte seine Tante umbringen können dafür, aber zuerst mußte er sich um Katherine kümmern.

»Sie hat mir erzählt, daß du bei den Dienern schläfst, und *nicht*, daß sie selbst das angeordnet hat. Ich dachte, du hättest das von dir aus so gewollt, wie schon früher einmal. Ich glaubte, du wolltest wieder jede Annehmlichkeit zurückweisen, die ich dir anbiete. Sie sagte mir, du seist weggelaufen und sie hätte dir Arbeit hier gegeben, die du nach ihren Worten nicht verweigert hast. Und wieder habe ich geglaubt, es sei deine Entscheidung gewesen.«

»Das zeigt nur, daß Denken totale Zeitverschwendung für dich ist.«

»Schau mich wenigstens an, wenn du mich beleidigst.«

»Zum Teufel mit dir.«

»Katja, ich habe nichts von den Schlägen gewußt!« sagt er aufgebracht.

»Schon vergessen.«

»Muß ich dich ausziehen, um mich selbst zu überzeugen?«

»Na gut, ich habe ein paar blaue Flecken. Es tut schon nicht mehr weh. Dein Mitgefühl kommt etwas spät und erscheint mir ohnehin fragwürdig.«

»Glaubst du, daß ich das alles gewollt habe?«

»Ich denke, daß es genug aussagt, daß du dich nicht einmal bemüßigt gefühlt hast, deiner Tante ein paar erklärende Worte zu sagen. *Das* war deutlich, Alexandrow.«

»Schau mich an!«

Sie warf ihren Kopf zurück, blickte ihn mit hellen, glasigen Augen, die sie beinahe verrieten, durchdringend an. »Bist du nun glücklich? Laß es mich wissen, wenn du genug gesehen hast. Ich habe zu tun.«

»Du wirst mit mir kommen, Katja.«

»Nein, um nichts auf der Welt.« Aber Katherine drehte sich nicht schnell genug von ihm weg. Dimitri zog sie hoch und hatte sie auch schon auf dem Arm. »Mein Rücken, du Grobian. Faß mich bloß nicht am Rücken an!«

»Dann halt' dich an meinem Nacken fest, Kleines, denn ich werde dich nicht mehr herunterlassen.«

Sie funkelte ihn an, aber es half nichts. Zuviel Leid hatte sie durchgemacht, als daß sie jetzt ohne Grund noch mehr hätte ertragen können. Sie schlang die Arme um seinen Nacken und sofort glitt sein Arm hinunter zu ihren Hüften, hielt sie fest und sicher.

»Glaub nur ja nicht, daß das etwas zu bedeuten hat«, zischte sie, während er sie durch die Küche trug. »Wenn ich nicht Angst hätte, mir weh zu tun, würdest du meine Fäuste schon zu spüren bekommen.«

»Wenn es dir wieder besser geht, werde ich dich daran erinnern. Ich werde dir eine Peitsche bringen lassen und ganz still halten. Das ist das mindeste, was ich verdiene.«

»Ach, sei still, sei doch still –«

Katherine redete nicht weiter. Die Tränen kamen ihr wieder hoch und sie preßte ihr Gesicht fest an Dimitris Hals. An der kaputten Tür machte er halt. Seine Stimme klang völlig anders, als er polternd zwei Mädchen befahl: »Badewasser und Brandy in mein Zimmer, und zwar sofort.«

Katherine war noch beteiligt genug, dagegen zu protestieren. »Nur über meine Leiche bringst du mich in dein Zimmer. Wenn diese Sachen für mich sein sollen, dann –«

»Ins weiße Zimmer«, korrigierte sich Dimitri scharf. »Und einen Arzt, aber schnell. Du und du« – sagte er mit hartem Blick zu zwei Mädchen – »ihr kommt mit und helft ihr.«

»Ich komme alleine zurecht, Dimitri. Das mache ich jetzt schon so lange, daß ich mich daran gewöhnt habe, danke.«

Er beachtete ihre Widerrede gar nicht und die Mädchen sprangen davon, seine Anordnungen zu befolgen. In der Küche gab es ein allgemeines Aufseufzen, als der Prinz gegangen war. Vielen Gesichtern sah man das ›Ich hab's ja immer gesagt‹ deutlich an. Das waren jene, die geneigt gewesen waren, der Engländerin zu glauben. Natascha gehörte nicht zu ihnen. Sie ruinierte den Teig, den sie gerade geknetet hatte, doch das brachte ihr nur eine Rüge vom Koch ein. Die Szene, der sie eben beigewohnt hatte, brannte tief in ihr. Sie gab dem Koch eine patzige Antwort, worauf er sie ohrfeigte. Die meisten anderen waren im stillen damit einverstanden, denn keiner hatte Mitleid mit der mürrischen Natascha.

Oben im weißen Zimmer setzte Dimitri Katherine vorsichtig auf dem Bett ab. Er erwartete keinen Dank dafür. Die Mädchen eilten hin und her und bereiteten das Bad. Katherine hatte nichts dagegen, denn seit jenem Morgen, als Dimitri weggeritten war, hatte sie sich nicht mehr richtig waschen können. Den Brandy aber verweigerte sie, schob das Glas zornig beiseite.

»Ich weiß nicht, was du mit all dieser Aufmerksamkeit erreichen willst, Alexandrow. Lieber wäre mir, du hättest mich gelassen, wo ich war. Küchenarbeit ist schließlich nur eine weitere neue Erfahrung für mich. Und du hast ja einmal sehr schön darauf hingewiesen, daß ich dir all die neuen Erfahrungen zu verdanken habe. Ich weiß es wirklich sehr zu schätzen.«

Dimitri zuckte zusammen. Es war ihm klar, daß es keinen Sinn hatte, mit ihr reden zu wollen, solange sie in dieser sarkastischen Stimmung war. Er hätte ihr sagen können, daß er aus Feigheit geflohen war, weil er ihr nach dieser Nacht nicht hatte begegnen wollen. Aber diese Nacht war das letzte, woran er sich jetzt erinnern wollte. Das würde ihren Zorn nur noch mehr schüren.

»Das Bad ist fertig, Herr«, bot Ludmilla zögernd an.

»Gut, dann kümmere dich darum, daß sie diesen Lumpen loswird, den sie trägt und –«

»Nicht, solange du hier bist!« unterbrach ihn Katherine hitzig.

»Schon gut, ich gehe. Aber du wirst zulassen, daß der Doktor dich untersucht, sobald er da ist.«

»Das ist nicht nötig.«

»Katja!«

»Schön, dann soll er halt kommen. Aber du brauchst

dich nicht noch einmal herbemühen. Ich habe dir nichts mehr zu sagen.«

Dimitri ging durch die Verbindungstür in sein Zimmer. Gerade als er sie zumachen wollte, ließ ihn ein unterdrückter Aufschrei von einem der Mädchen noch einmal zurückblicken. Katherines Kleid war bis zur Taille herabgeglitten. Er schmeckte Galle in seiner Kehle. Ihr Rücken war über und über blau, braun und gelb, durchzogen von dicken roten Striemen, wo der Stock sie getroffen hatte.

Er schloß die Tür und lehnte seine Stirn dagegen, die Augen fest zusammengepreßt. Kein Wunder, daß sie sich geweigert hatte, mit ihm zu reden. Was für Leiden hatte sie erdulden müssen, nur wegen seiner Nachlässigkeit! Und sie ließ ihn einfach so gehen, hatte ihn nicht einmal angeschrien. O Gott, er wünschte, sie hätte ihn angeschrien. Dann hätte er wenigstens eine Chance gehabt, ihr wieder nahezukommen, ihr zu zeigen, daß er das Ganze ungeschehen machen wollte. Nie im Leben hatte er sie verletzen wollen. Herr im Himmel, er liebte sie doch. Nun war er in ihren Augen so tief gesunken, daß sie nicht einmal mehr Haß für ihn übrig hatte.

Dimitri fand seine Tante in der Bibliothek. Sie stand am Fenster und schaute in den Obstgarten. Ihr Rücken war gestrafft, die Hände hielt sie fest ineinander verschränkt. Sie hatte ihn erwartet. In diesem Haus entging nichts ihrer Aufmerksamkeit und er wußte, daß man ihr wahrscheinlich Wort für Wort seine Begegnung mit Katherine in der Küche geschildert hatte. Sie war auf das Schlimmste gefaßt. Aber Dimitris Ärger ging tief, war gegen sich selbst gerichtet. Nur ein Bruchteil davon galt seiner Tante.

Leise trat er neben sie und starrte auf den gleichen Ausblick, doch ohne etwas wahrzunehmen. Die Müdigkeit, auf die er zuvor vergeblich gehofft hatte, fiel jetzt über ihn her, drückte seine Schultern nach unten.

»Ich lasse eine Frau in der Sicherheit meines Heims zurück. Und wenn ich wiederkomme, muß ich feststellen, daß sie durch die Hölle gegangen ist. Warum, Tante

Sonja? Katherine kann nichts getan haben, was eine solche Behandlung rechtfertigen würde.«

Sonja entspannte sich etwas, als er so sanft mit ihr sprach. Wahrscheinlich war er gar nicht so wütend, wie man ihr berichtet hatte. »Du hast mir selbst gesagt, Mitja, daß sie nicht so wichtig ist«, erinnerte sie ihn.

Er seufzte. »Ja, ich habe das gesagt, aus meinem Ärger heraus. Aber gibt dir das ein Recht, sie zu mißhandeln? Ich habe dir auch gesagt, daß du dich nicht um sie zu kümmern brauchst. Warum in Gottes Namen hast du dich eingemischt?«

»Ich bin ihr begegnet, wie sie gerade aus deinem Zimmer kam. Da habe ich vermutet, daß sie dich bestohlen hat.«

Er wandte sich ihr ungläubig zu. »Bestohlen? Mich? Lieber Gott! Mich bestohlen! Sie hat nichts von dem angenommen, was ich ihr schenken wollte. Sie pfeift auf meinen Reichtum.«

»Woher sollte ich das wissen? Ich wollte nur, daß man sie durchsucht. Damit wäre die Sache erledigt gewesen, wenn sie nicht so aggressiv geworden wäre. Wie hätte ich vor den Dienern diese Unverschämtheit übergehen können?«

»Sie ist eine freie Frau, eine Engländerin. Sie hat nichts zu tun mit den mittelalterlichen Sitten und Gebräuchen dieses Landes.«

»Wer ist sie, Mitja?« wollte Sonja wissen. »Was ist sie, außer daß sie deine Mätresse ist?«

»Sie ist nicht meine Mätresse. Ich wünschte, sie wäre es, aber dem ist nicht so. Ich weiß selbst nicht genau, wer sie ist, wahrscheinlich das uneheliche Kind von irgendeinem englischen Lord. Aber das spielt auch keine Rolle. Sie gibt sich als Dame aus und ich toleriere das. Deswegen hatte sie auch keinen Grund anzunehmen, daß sie ihr Verhalten hier ändern müßte, auch dir gegenüber nicht. Aber das Entscheidende ist, daß sie unter meinem Schutz steht. Lieber Gott, Tante Sonja, sie ist eine so schmale, zarte Frau. Ist dir denn nie der Gedanke gekommen, daß solche Schläge sie für immer hätten schädigen, sie zum Krüppel hätten machen können?«

»Vielleicht wäre er mir schon gekommen, wenn man ihr auch nur einen Funken Zartheit angemerkt hätte. Aber schon drei Tage nach den Schlägen ist sie auf einem Pferd durch die Gegend geritten.«

»Das war eine Verzweiflungstat.«

»Unsinn, Mitja. Die Schläge waren nicht schlimm. Wenn sie wirklich verletzt gewesen wäre, hätte sie gar nicht in der Lage sein können –«

»Nicht verletzt!« explodierte Dimitri und zeigte damit Sonja einen Schimmer seiner wirklichen Gefühle. »Komm mit mir!«

Er packte sie an der Hand und zog sie hinter sich her die Treppe hoch und ins weiße Zimmer. Dort riß er die Badezimmertür auf. Katherine schrie auf und sank tiefer ins Wasser. Dimitri jedoch ging direkt auf die Wanne zu, hob Katherine fast heraus und präsentierte Sonja ihren Rücken. Er bekam einen seifigen Waschlappen um die Ohren und vor die Brust für diese Störung.

»Verflucht, Alexandrow –«

»Es tut mir leid, Kleines, aber meine Tante hat sich eingebildet, du seist gar nicht verletzt worden.«

Er ließ sie zurück ins Wasser gleiten und schloß schnell die Tür hinter sich, konnte aber dennoch Katherines wütendes Dementi hören. »Es geht mir schon wieder gut, du Grobian! Das hab' ich dir doch schon gesagt! Glaubst du, eine St. John könnte nicht ein bißchen Schmerz ertragen?«

Es war überflüssig, noch ein Wort in dieser Angelegenheit mit Sonja zu wechseln. Sie war erbleicht, als sie das Ergebnis ihres Befehls erblickte. Er faßte sie unter den Ellbogen und führte sie aus dem Zimmer. Oben an der Treppe hielt er inne. »Ich hatte vor, Katherine ein paar Wochen auf Nowi Domik zu lassen, bis – nun, der Grund spielt keine Rolle. Aber ich möchte das immer noch.

Unter den gegebenen Umständen denke ich, es ist das Beste, wenn du für eine Weile eine deiner Nichten besuchst.«

»Ja, ich werde noch heute abreisen... Mitja, mir war nicht klar... Sie wirkte so robust, trotz... Ich weiß, das ist keine Entschuldigung –« Sie eilte davon, unfähig den Satz zu vollenden, unfähig, Dimitris Mißbill noch länger zu ertragen.

Sie war wie viele Aristokraten der alten Schule: Sie begingen in einem Anfall von Jähzorn irgendeine Untat und bereuten es dann hinterher, wenn es zu spät war.

»Nein, das ist keine Entschuldigung, Tante Sonja«, murmelte Dimitri bitter vor sich hin. »Es gibt keine Entschuldigung.«

32.

Montag

Euer Gnaden, erlauchter Prinz!
Gleich nachdem Sie in Richtung Moskau abgereist sind, hat das Fräulein das Bett verlassen und wollte unter keinen Umständen wieder hineingehen (ihre Worte, Herr). Den Rest des Tages hat sie im Garten verbracht mit Sträucher ausschneiden, Unkraut jäten und Blumen pflücken. In jedem Zimmer stehen jetzt Blumen und im Garten sind keine mehr übrig.

Ihr Verhalten hat sich nicht geändert. Sie weigert sich, mit mir zu sprechen. Mit den Mädchen redet sie nur, um ihnen zu sagen, daß sie sie alleine lassen sollen. Auch Maruscha ist es noch nicht gelungen, sie in ein Gespräch zu ziehen. Sie ist überhaupt nicht in die Nähe der Rechnungsbücher gegangen, die Sie für sie bereitgelegt haben.

Euer Diener, Wladimir Kirow

Dienstag

Euer Gnaden, erlauchter Prinz!
Noch keine Veränderung, außer, daß sie heute das ganze Haus besichtigt hat. Dabei hat sie keine Fragen gestellt, nicht einmal als sie die Familienporträts in der Bibliothek entdeckte. Am Nachmittag machte sie einen Spaziergang ins Dorf, doch es war verlassen, denn die Ernte hat begonnen. Sie weigerte sich, eines unserer Pferde für den Ausflug zu nehmen. Rodian hat sie begleitet und es scheint so, als wäre sie ihm gegenüber weniger feindselig als zu uns anderen. Der Grund ihres Besuches war, daß sie sich bei Sawa und Parascha entschuldigen wollte, daß sie ihr Pferd genommen hatte.

Euer Diener, Wladimir Kirow

Mittwoch

Euer Gnaden, erlauchter Prinz!
Heute morgen hat sich das Fräulein zwei Bücher aus der Bibliothek geholt und den Rest des Tages lesend in ihrem Zimmer verbracht. Maruscha kann sie immer noch nicht zum Reden bewegen und durch mich schaut sie einfach hindurch.

Euer Diener, Wladimir Kirow

Donnerstag

Euer Gnaden, erlauchter Prinz!
Sie ist den ganzen Tag in ihrem Zimmer geblieben und hat gelesen. Nicht einmal zum Essen ist sie herausgekommen. Maruscha, die ihr die Mahlzeiten brachte, berichtete, daß sie weniger aufgewühlt wirkte als die anderen Tage.

Euer Diener, Wladimir Kirow

Freitag

Euer Gnaden, erlauchter Prinz!
Heute hat das Fräulein den ganzen Haushalt durcheinandergebracht mit ihren Fragen. Jeder Diener mußte ihr vorgeführt werden und ihr erklären, was seine Aufgaben seien. Als sie fertig war, erklärte sie mir, daß auf Nowi Domik zu viel überflüssiges Personal beschäftigt wird und ich solle für einige andere, sinnvolle Aufgaben finden.

Ihr Verhalten hat sich deutlich verbessert, wenn man die Rückkehr zu ihrem Naturell als Besserung bezeichnen will. Maruscha schwört, daß ihre Depressionen endgültig vorüber sind. Selbst die Eigenart Selbstgespräche zu führen, hat sie wieder aufgenommen.

Euer Diener, Wladimir Kirow

Samstag

Euer Gnaden, erlauchter Prinz!
Das Fräulein hat fast den ganzen Tag auf dem Feld verbracht und den Bauern bei der Arbeit zugesehen. Sie wollte sogar mithelfen, unterließ es aber, als sie merkte, daß sie nur im Weg war. Paraschas Einladung ins Badehaus nahm sie nicht an. Doch zu Hause benutzte sie unser Dampfbad und ließ sich sogar hinterher mit kaltem Wasser überschütten. Ihr Gelächter über diese neue Erfahrung wirkte sehr ansteckend auf alle anderen und die Stimmung im Haus war fröhlich.

Euer Diener, Wladimir Kirow

Sonntag

Euer Gnaden, erlauchter Prinz!
Nach der Kirche bat das Fräulein um die Rechnungsbücher. Sie wurden in ihr Zimmer gebracht. Sie hatten recht, Herr. Dieser Herausforderung hatte sie nicht lange widerstehen können.

Euer Diener, Wladimir Kirow

Montag

Euer Gnaden, erlauchter Prinz!
Es tut mir leid, Ihnen mitteilen zu müssen, daß meine Frau die irrige Vorstellung hatte, das Fräulein würde sich freuen, über meine täglichen Berichte an Sie zu hören. Das war nicht der Fall. Sie hat mir deutlich zu verstehen gegeben, was sie von meiner ›Spionagetätigkeit‹ hält. Und mehr noch. Da sie weiß, daß ich mit dem Schreiben nicht aufhören werde, läßt sie durch mich eine Botschaft übermitteln. Sie sagte, wenn ich Ihnen heute abend schreibe, sollte ich Ihnen ihre ersten Ergebnisse mitteilen. Sie hat zwar noch keine genauen Zahlen, meint aber, beim ersten Durchsehen der Rechnungsbücher entdeckt zu haben, daß von Ihren Geschäften vier völlig unrentabel seien, daß sie nur Kapital schluckten, aber nichts erwirtschafteten. Das sind ihre Worte, Herr, nicht meine. Wenn Sie mich fragen, dann ist es unmöglich, daß sie in dieser kurzen Zeit zu derartigen Schlußfolgerungen kommen kann, wenn sie überhaupt weiß, wovon sie spricht.

Euer Diener, Wladimir Kirow

Dimitri mußte kurz auflachen, als er diesen Brief zu Ende gelesen hatte. Zwei der schlechtgehenden Projekte, die Katherine herausgefunden hatte, waren zweifellos die Fabriken, die er als Wohlfahrtseinrichtung betrachtete. Jedes Jahr standen sie kurz vor dem völligen Zusammenbruch. Doch in beiden wurden sehr viele Menschen beschäftigt und er konnte sich nie dazu durchringen, sie zu schließen und die Leute arbeitslos zu machen. Er hatte immer vorgehabt, die notwendigen Veränderungen vorzunehmen, so daß die Werke wieder ohne Subventionen laufen konnten und auch noch Profit abwarfen. Dazu mußte er auch die Produkte wechseln, die hergestellt wurden. Doch er hatte nie die Zeit gefunden, die ein derartiges Unterfangen kostete.

Es war ihm klar gewesen, daß Katherine diese Verlustgeschäfte rasch herausfinden würde, wenn sie so geschickt war, wie sie sagte. Aber die anderen beiden? Er fragte sich, ob er ihr schreiben sollte, ihm Näheres mitzuteilen. Würde sie einen Brief von ihm überhaupt lesen? Nur weil sie sich nach anfänglicher Weigerung bereit gefunden hatte, die Rechnungsbücher durchzugehen, hieß das noch lange nicht, daß sie auch willens war, ihm zu vergeben. Sie hatte ihm vor seiner Abreise deutlich genug zu verstehen gegeben, daß sie ein für alle Mal genug von ihm hatte.

»Also hier spüre ich dich auf. Ich bin in jedem Klub gewesen, in jedem Restaurant, auf jeder Gesellschaft, die gerade im Gange ist. Aber daß ich dich zu Hause finde, hätte ich nie gedacht –«

»Wasja!«

»–, und über der Korrespondenz noch dazu«, redete Wasili grinsend zu Ende. Dabei kam er heran und umarmte Dimitri herzlich. Dimitri war erfreut über diese Überraschung. Seit Anfang März hatte er seinen Freund nicht mehr gesehen. Bevor er nach England abgereist war, hatte ihn die Werbung um Tatjana so in Anspruch genommen, daß er kaum Zeit für Wasili gehabt hatte. Das war ein Fehler gewesen, der ihm nicht wieder unterlaufen würde. Von allen seinen Freunden stand ihm Wasili am nächsten, verstand er sich mit ihm am besten. Er war nicht ganz so groß wie Dimitri, hatte kohlschwarzes Haar und strahlend blaue Augen – eine umwerfende Kombination, fanden die Damen. Wasili Daschkow war ein Charmeur, ein Luftikus, das genaue Gegenteil von Dimitri. Doch sie paßten gut zusammen und es gab nur selten Mißverständnisse zwischen ihnen.

»Warum hast du dich so lange nicht gerührt? Ich bin schon fast einen Monat wieder zurück.«

»Dein Mann hatte etwas Probleme, mich ausfindig zu machen. Ich war mit einer gewissen Komteß auf deren Landsitz und wollte nicht, daß jemand weiß, wo ich bin. Ihrem Mann sollte schließlich nichts zu Ohren kommen!«

»Ja, klar«, sagte Dimitri ernsthaft und setzte sich wieder auf seinen Stuhl.

Wasili schmunzelte und machte es sich auf einer Ecke von Dimitris Schreibtisch bequem. »Jedenfalls machte ich zuerst auf Nowi Domik Station, weil ich dich dort vermutete. Sag mal, was zum Teufel ist mit Wladimir los? Er hat mich nicht einmal ins Haus gelassen, mir nur gesagt, daß ich dich hier finden würde und mich dann weitergeschickt. Und was macht er denn überhaupt dort, wenn du hier bist? Er ist doch sonst immer in deiner Nähe.«

»Er hat ein Auge auf etwas, das ich nicht unbewacht wissen will.«

»Ach, jetzt werde ich aber neugierig. Wer ist sie?«

»Keine, die du kennst, Wasja.«

»Immerhin ein Schatz, den du von deinem zuverlässigsten Mann bewachen läßt.« Wasilis Augen weiteten sich. »Erzähl mir bloß nicht, daß du einem anderen seine Frau geraubt hast.«

»Ich denke, das ist eher deine Spezialität.«

»Ja, stimmt. Also gut, erzähl' schon. Du weißt doch genau, daß ich nicht lockerlassen werde.«

Dimitri wollte gar nicht ausweichen. Er wollte mit Wasili über Katherine sprechen. Er wußte nur nicht, wo er anfangen sollte, wieviel er erklären mußte.

»Es ist nicht das, was du denkst, Wasja ... Nun, eigentlich schon, aber ... Nein, die ganze Geschichte ist zu verrückt.«

»Laß es mich wissen, wenn es dir wieder einfällt.«

Dimitri lehnte sich zurück und sah seinen Freund ergeben an.

»Ich bin voller Leidenschaft für diese Frau, und sie will nichts mit mir zu tun haben. Mehr noch, sie haßt mich.«

»Das ist tatsächlich verrückt und kaum zu glauben«, spottete Wasili. »Die Frauen hassen dich nicht, Mitja. Vielleicht werden sie mal wütend auf dich, aber sie hassen dich nicht. Was hast du denn falsch gemacht bei ihr?«

»Du hörst mir nicht zu. Zwar habe ich wirklich alles

getan, um mir ihre Feindschaft zuzuziehen, aber sie wollte schon von Anfang an nichts von mir wissen.«

»Sprichst du im Ernst?«

»Man könnte sagen, daß wir uns unter den denkbar ungünstigsten Umständen begegnet sind«, erwiderte Dimitri.

Wasili wartete darauf, daß er fortfahre, aber Dimitri war in Gedanken versunken, gab sich seinen Erinnerungen hin, so daß Wasili explodierte: »Sag mal, soll ich dir jedes Wort einzeln aus der Nase ziehen?«

Dimitri schaute beiseite. Die Rolle, die er in der ganzen Angelegenheit spielte, war nicht gerade rühmlich. »Also, kurz gesagt, ich sah sie in London auf der Straße und wollte sie haben. Ich dachte, sie wäre ein käufliches Mädchen und schickte ihr Wladimir hinterher. Von da an lief alles falsch. Sie war nicht um Geld zu haben.«

»Himmel, ich sehe es direkt vor mir. Der findige Wladimir hat sie dir trotzdem beschafft, nicht wahr?«

»Ja, und er gab ihr ein Aphrodisiakum ins Essen. Zu guter Letzt hielt ich die erotischste, sinnlichste Jungfrau in den Armen, die Gott je erschaffen hat. Ich werde diese Liebesnacht nie vergessen. Aber am nächsten Morgen, als sie wieder im Vollbesitz ihrer Kräfte war, wollte sie Wladimirs Kopf dafür, daß er sie entführt hatte.«

»Sie gab nicht dir die Schuld?«

»Nein, sie konnte es gar nicht erwarten, so schnell wie möglich von mir wegzukommen. Das Unangenehme war nur, daß sie drohte, Wladimir anzuzeigen. Aber der Zar hatte doch die Absicht, nach England zu kommen und so hielt ich es für vernünftiger, sie für eine Weile von dort zu entfernen.«

Wasili sah ihn mit einem schiefen Lächeln an. »Ich nehme an, daß sie von diesem Plan nicht sehr begeistert war.«

»Sie hat ein unglaubliches Temperament, das ich schon etliche Male zu spüren bekommen habe.«

»Dann hältst du also das hübsche Kind immer noch

verborgen und sie will immer noch nichts mit dir zu tun haben. Ist das schon alles?«

»Nicht ganz«, erwiderte Dimitri still. »Ich habe den Fehler gemacht, Katherine auf Nowi Domik zurückzulassen und als ich wiederkam, mußte ich feststellen, daß meine Tante sie mißhandelt hatte. Wenn sie mich zuvor nicht gehaßt hatte, dann tat sie es jetzt.«

»Aber dieses Mal gab sie dir die Schuld?«

»Mit gutem Grund. Ich habe mich nicht um ihre Sicherheit gekümmert, was ich hätte tun sollen. Ich war sehr übereilt abgereist, aus Gründen, die ich mich schäme zu erzählen.«

»Sag nicht, daß du... Nein, vergewaltigt hast du sie nicht. Das ist nicht deine Art. Dann mußt du ihr wieder eine Droge gegeben haben.«

Dimitri sah seinen Freund voller Selbstekel an, daß er ihn so durchschaute. »Ich war wütend.«

»Natürlich.« Wasili schmunzelte. »Noch nie ist dir eine Frau begegnet, die du nicht hättest verführen können. Das ist sicher eine große Versuchung.«

»Spar dir deinen Sarkasmus, Wasja. Ich möchte nicht wissen, wie du in einer ähnlichen Situation handeln würdest. Keine Frau ist so hartnäckig, so anmaßend, so wortschnell wie Katherine. Und doch kann ich nicht im gleichen Zimmer mit ihr sein, ohne sie sofort ins nächste Bett ziehen zu wollen. Und das verwirrendste, das frustrierendste daran ist, ich weiß, daß sie nicht völlig immun gegen mich ist. Es gab ein paar kurze Momente, da hat sie meine Leidenschaft erwidert. Aber jedesmal hat sie ganz schnell wieder ihre gewohnte Haltung eingenommen, bevor ich mich weiter vorwagen konnte.«

»Also, du machst ganz offensichtlich etwas falsch. Glaubst du, daß sie auf eine Heirat spekuliert?«

»Heirat? Nein, natürlich nicht. Sie muß wissen, daß das unmöglich ist –« Dimitri hielt einen Augenblick stirnrunzelnd inne. »Andererseits, bei ihrer Einbildungskraft wäre es vielleicht schon möglich.«

»Was bildet sie sich ein?«

»Hab' ich noch nicht erwähnt, daß sie standhaft behauptet, Lady Katherine St. John zu sein, die Tochter des Earl of Strafford?«

»Nein, aber wieso meinst du, daß es nicht stimmt?«

»Sie lief in ganz gewöhnlichen Kleidern die Straße entlang, ohne Begleitung. Was würdest du daraus schließen, Wasja?«

»Ja, jetzt verstehe ich«, sagte Wasili nachdenklich. »Aber warum behauptet sie dann so etwas?«

»Weil sie genügend Bescheid weiß über die Familie, daß sie damit durchkommen könnte. Wahrscheinlich ist sie eine uneheliche Tochter des Earl, aber deswegen kann ich sie immer noch nicht heiraten.«

»Also, wenn eine Heirat nicht in Frage kommt, was kann sie dann wollen?«

»Nichts. Sie will absolut nichts von mir annehmen.«

»Ach geh', Mitja, jede Frau will *irgend etwas*. Und mir scheint es so, als wolle diese hier eben, wie eine Dame behandelt werden. Wahrscheinlich würde sie dann nachgeben.«

»Du meinst, ich sollte so tun, als würde ich ihr glauben?«

»So weit würde ich nicht gehen, aber –«

»Du hast recht! Ich werde sie hierher in die Stadt holen, mit ihr auf Gesellschaften gehen, ihr Begleiter sein –«

»Mitja! Habe ich dich falsch verstanden, oder bist du hier in Moskau, weil Tatjana Iwanowa in Moskau ist?«

»Verdammt!« Dimitri ließ sich wieder auf seinen Stuhl fallen.

»Das habe ich mir schon gedacht. Solltest du dich nicht erst um das Ja-Wort der Prinzessin Tatjana bemühen, bevor du eine andere Frau umwirbst? Man erwartet zwar, daß du dir Mätressen halten wirst, aber doch nicht solange du deiner zukünftigen Braut den Hof machst. Ich kann mir nicht vorstellen, daß Tatjana sehr freundlich darauf reagieren wird. Was machst du überhaupt zu Hause, wenn sie heute abend auf der Gesellschaft der Andrejews ist – mit deinem alten Freund Lisenko? Was will sie denn noch von ihm, jetzt, wo du wieder da bist?«

»Ich muß gestehen, ich habe mich noch gar nicht darum bemüht, sie zu sehen«, erwiderte Dimitri.

»Wie lange bist du schon da?«

»Acht Tage.«

Wasili verdrehte die Augen zur Decke. »Er zählt die Tage einzeln! Um Himmels willen, Mitja, wenn du deine Katherine so sehr vermißt, dann laß sie herbringen, halte sie verborgen, bis dir Tatjanas Antwort sicher ist.«

Dimitri schüttelte den Kopf. »Nein, wenn Katherine in der Nähe ist, kann ich nur an sie denken.«

»Mir scheint so, du kannst sowieso nur an sie denken, ob sie nun da ist oder nicht. Aber du verschleppst alles nur, Mitja.«

»Ich bin keine sehr angenehme Gesellschaft im Moment, ich weiß, Wasja. Aber du hast schon recht. Zuerst muß ich diese Heiratsangelegenheit in Ordnung bringen, bevor ich mich mit Katja irgendwie einige.«

33.

»Gregori, ist das nicht Prinz Dimitri, der da eben hereinkommt ?« fragte Tatjana, während eines Walzers.

Gregori Lisenko erstarrte und drehte Tatjana herum, so daß er den Eingang sehen konnte. »Tatsächlich, er ist es«, erwiderte er angespannt. »Ich nehme an, jetzt wo Alexandrow wieder da ist, werden Sie bald nicht mehr frei sein ?«

»Wieso sagen Sie das so?« Sie lächelte ihn unschuldig an.

»Sie haben meinen Heiratsantrag nicht angenommen, meine Liebe. Und man sagt, daß Sie nur auf Alexandrows Rückkehr gewartet hätten«.

»Ach, ja?« Ohne es zu bemerken runzelte sie die Stirn.

»Aber es ist gar nicht aufmerksam von ihm, daß er Sie noch nicht einmal besucht hat, wo doch alle Welt weiß, daß er schon eine Woche in Moskau weilt«, fügte Gregori boshaft hinzu.

Tatjana ergrimmte innerlich. Sie brauchte keine Hinweise von anderen, wußte selbst gut genug Bescheid. Ihre eigene Schwester hatte ihr klar gemacht, daß Dimitris offensichtliches Desinteresse eine grobe Beleidigung war. Tatjana war äußerst wütend gewesen. Und jetzt fing Gregori auch noch davon an.

»Man fragt sich schon, ob er seine Werbung wohl aufgegeben hat.«

»Nun, und wenn schon. Glauben Sie, daß mir das wirklich etwas ausmacht?«

Aber es machte ihr sehr viel aus. Viel zuviel. Sie hatte Dimitri eine Zeitlang ganz für sich alleine haben wollen, und damit konnte sie nur rechnen, solange er um sie warb. Waren sie erst einmal verheiratet, würde er schnell das Interesse an ihr verlieren und wie alle Ehemänner seine eigenen Wege gehen.

Es würde andere Frauen geben, mit denen er viel mehr Zeit verbrächte als mit ihr. Denn sie war dann die Frau, die er bereits gewonnen hatte, die zu Hause saß und darauf wartete, ob er käme oder nicht. Den Jagdtrieb aber würde er woanders ausleben.

Es kam ihr gar nicht in den Sinn, daß sie ja das Leben zu Hause so reizvoll gestalten könnte, daß er gar keine Lust mehr auf andere Abenteuer verspürte. Tatjana war der Meinung, daß alle Männer gleich seien, eine Ansicht, die sie im übrigen mit vielen Frauen teilte. Außerdem war sie sehr egozentrisch, wenn es um ihre Interessen ging. Sie hatte sich nie Gedanken darüber gemacht, wie enttäuschend es für Dimitri sein mußte, daß sie ihn so lange hinhielt und mit ihm spielte.

Doch jetzt war sie sich nicht mehr so sicher, ob ihre Taktik die richtige gewesen war. War es zuviel verlangt, Dimitris Aufmerksamkeit ein paar Monate lang ungeteilt genießen zu wollen? Hatte sie ihn zu lange warten lassen? Sie würde wie eine Närrin dastehen, wenn er tatsächlich das Interesse an ihr verloren hatte. Um so mehr, als sie von allen Frauen beneidet worden war.

Soweit durfte es nicht kommen. Die Menschen würden hinter ihrem Rücken tuscheln, Mitleid mit ihr haben oder, was am schlimmsten wäre, schadenfroh denken, daß ihr schon recht geschähe. Es war allgemein bekannt, daß Dimitri um ihre Hand angehalten hatte, dafür hatte sie gesorgt. Jeder wußte, daß sie ihn mit ihrer Antwort hinhielt. Ihm würden sie die Schuld nicht daran geben, wenn er seinen Antrag zurückzöge. Monatelang hatte sie sich umwerben lassen. Es würde ihr Fehler sein, ganz allein ihr Fehler.

Natürlich gab es noch Gregori und ein halbes Dutzend andere Verehrer, die ihr zu Füßen lagen. Doch sie waren kein Trost, wenn Dimitri sie nicht mehr begehrte.

Tatjana wartete, wartete, daß Dimitri sie bemerkte, wartete, daß er den Tanz mit Gregori unterbrechen würde. Er machte keine Anstalten. Zwar hatte er sie gesehen und ihr zugenickt, doch er unterhielt sich weiter mit Daschkow und einigen anderen Männern, die ihn bei seinem Erscheinen begrüßt hatten.

Sobald der Tanz zu Ende war neigte sich Tatjana näher zu ihrem Partner und flüsterte ihm zu: »Gregori, würden Sie mich hinübergeleiten zu ihm?«

»Sie verlangen zu viel, Prinzessin.« Gregori konnte seine Enttäuschung nicht mehr verbergen. »Ich bin kein großzügiger Verlierer.«

»Bitte, Gregori, glauben Sie mir, es wird Sie freuen, was ich ihm zu sagen habe.«

Er starrte sie einen Augenblick an, bemerkte ihre Ängstlichkeit, ihre zarte Röte im Gesicht, das entschlossene Funkeln ihrer Augen. Sie war hinreißend schön und anmutig. Eigentlich hatte er sie nur gewinnen wollen, damit Alexandrow sie nicht bekäme, doch dabei hatte er sich unversehens in sie verliebt. Was konnte sie seinem

Rivalen sagen, das ihm gefallen würde? Oder benutzte sie ihn bloß? Er mußte es wissen, so oder so.

Er nickte knapp, faßte sie unter den Arm und führte sie zu der Gruppe von Männern. Diese verstreuten sich nach allen Seiten, als sie sahen, wer da auf sie zukam. Nur Daschkow, Alexandrows bester Freund blieb grinsend stehen. Er machte nicht die leisesten Anstalten, sein Interesse an dieser Begegnung zu verbergen.

»Mitja, wie schön Sie wiederzusehen.« Tatjana blickte lächelnd zu Dimitri auf.

»Tatjana, bezaubernd wie immer«, erwiderte Dimitri und küßte die ihm dargebotene Hand.

Sie wartete, wartete wieder, daß er irgendein Zeichen gab, irgendeine Bemerkung machte, die erkennen ließ, daß er sie immer noch heiraten wollte. Er sagte nichts. Keine Entschuldigung, daß er sie noch nicht aufgesucht hatte, nicht, daß er sie vermißt hatte. Nicht, daß er sich freute, sie wiederzusehen. Er ließ ihr keine Wahl.

»Ich glaube, Sie kennen Graf Gregori, meinen Verlobten?«

»Verlobten?« wiederholte Dimitri und zog dabei eine Augenbraue ganz leicht in die Höhe.

Tatjana rückte näher zu Gregori, der schnell reagierte und bestätigend den Arm um ihre Taille legte. »Ja, ich hoffe, Sie sind nicht allzu sehr enttäuscht, Mitja. Aber nachdem Sie so plötzlich abgereist waren und mir nur eine kurze Nachricht übermittelt hatten, daß Sie nicht wüßten, wann Sie wiederkämen, war ich ganz verunsichert. Man kann von einer Dame nicht erwarten, daß sie ewig wartet.«

Dimitri konnte kaum ernst bleiben bei diesen Worten, aber er wollte die Dame nicht beleidigen. »Dann bleibt mir wohl nichts anderes übrig, als Ihnen beiden zu gratulieren.«

Er bot Gregori die Hand, so etwas war unter diesen Umständen Ehrensache, doch der Graf konnte nicht widerstehen zu sagen: »Pech gehabt, Alexandrow. Der bessere Mann gewinnt eben, hä?«

»Wie Sie meinen, Lisenko.«

Das war alles, mußte Tatjana feststellen. Kein Zorn. Keine Eifersucht. Sie hatte richtig gehandelt. Er hätte nicht mehr um ihre Hand angehalten. Sie hatte ihn schon verloren, bevor er nach Rußland zurückgekehrt war. Aber auf diese Art hatte sie wenigstens ihr Gesicht gewahrt, obwohl sie sich damit einem Mann versprochen hatte, den sie nicht liebte. Aber schließlich konnte sie ja dieses Versprechen später wieder lösen.

»Ich bin froh, daß Sie Verständnis haben, Mitja«, waren Tatjanas letzte Worte, bevor sie Gregori wegzog.

»Du weißt, daß du das hättest verhindern können, nicht wahr?« sagte Wasili empört neben Dimitri.

»Meinst du?«

»Mitja, bitte! Sie stand da und wartete nur auf irgendeine Gefühlsäußerung von dir. Du weißt verdammt gut, daß sie bis zu diesem Augenblick Gregoris Antrag nicht angenommen hatte. Du hast selbst gesehen, wie überrascht er war. Es war für ihn genauso eine Neuigkeit, wie für dich.«

»Mag schon sein.«

Wasili packte Dimitri an den Schultern und drehte ihn zu sich herum. »Ich kann es nicht glauben. Bist du erleichtert?«

»Und wie!« Dimitri grinste.

»Ich kann es nicht glauben«, wiederholte Wasili. »Vor sechs Monaten hast du mir noch erzählt, daß du diese Frau noch vor Ende des Jahres heiraten würdest und nächstes Jahr bereits einen Erben hättest. Nichts würde dich davon abhalten können, sagtest du. Du hast Himmel und Hölle in Bewegung gesetzt, sie zu gewinnen und bist furchtbar wütend gewesen, weil du keine eindeutige Antwort von ihr bekamst. Ihr Wankelmut hat dich ganz wild gemacht. Hab' ich recht oder nicht?«

»Du mußt mir das nicht auseinandersetzen, Wasja.«

»Könntest du mir dann vielleicht erklären, warum du so erfreut bist, daß sie deine Absichten durchkreuzt hat?

Und erzähl' mir bloß nicht, daß es etwas mit dem Frauenzimmer zu tun hat, nach dem du verschmachtest. Heiraten hat nichts mit Liebe zu tun. Tatjana war eine äußerst passende Partie für dich. Du brauchtest sie ja nicht zu lieben. Lieber Himmel, sie ist die schönste Frau in Rußland! Selbst mit einem Spatzengehirn wäre sie noch begehrenswert. Und ihre Blutlinie ist tadellos. Sie war wie für dich gemacht. Deine Tante war der gleichen Ansicht.«

»Genug, Wasja. Du benimmst dich, als hättest *du* sie verloren.«

»Ach, verdammt, wenn du schon heiraten mußt, dann sollst du auch die Beste bekommen. Das wolltest du doch auch, dachte ich. Oder ist es nicht mehr so dringend, daß du heiratest und einen Erben zeugst? Hast du vielleicht etwas von Mischa gehört, daß –«

»Erzähl mir nicht, daß du immer noch auf das Unmögliche hoffst. Mischa ist tot, Wasja. Nach so langer Zeit ist es gar nicht mehr anders denkbar. Nein, nichts hat sich geändert. Ich brauche nach wie vor eine Frau. Nur muß es nicht unbedingt diese sein. Um die Wahrheit zu sagen, ich habe mich aus dieser Werbung zurückgezogen, weil ich keine Lust hatte, alles wieder von vorne anzufangen. Monatelang wieder nur Ausflüchte und Verzögerungen, einer einfachen Antwort wegen. Dauernd um die Dame herumtanzen zu müssen, während sie mich warten läßt, nein. Ich habe Wichtigeres zu tun, als meine Zeit derart zu verschwenden.«

»Aber –«

»Wasja, wenn sie dir so kostbar erscheint, dann heirate sie doch selbst. Ich persönlich möchte nicht an eine Frau gebunden sein, die nicht weiß, was sie will. Ich habe entdeckt, wie erfrischend Offenheit sein kann.«

»Schon wieder deine Engländerin?« spottete Wasili. Doch im nächsten Atemzug stöhnte er: »Du denkst doch nicht etwa daran –«

»Nein, ich bin durchaus nicht unvernünftig, obwohl ich zugeben muß, daß es mir gar nichts ausmachen würde, an sie gebunden zu sein.« Dimitri grinste, dann seufzte er: »Aber es gibt genug passende Frauen, die noch frei sind. Solche, die ohne ein Zögern ja sagen, damit ich die Angelegenheit hinter mich bringen kann. Hast du irgendwelche Vorschläge?«

»Ich weiß keine, an der du nicht irgendeinen Fehler finden würdest, da bin ich sicher.«

»Vielleicht hat Natalia eine Idee. Sie ist eine unverbesserliche Kupplerin und immer auf dem laufenden.«

»Hervorragend. Die Mätresse sucht die Ehefrau aus«, sagte Wasili trocken.

»Ich glaube, dieser Gedanke ist sogar genial«, meinte Dimitri schmunzelnd. »Schließlich kennt Natalia meine Vorlieben und Abneigungen sehr gut. Sie würde mir keine vorschlagen, mit der ich nicht auskommen könnte. Sie wird mir diese Aufgabe sehr erleichtern.«

»Du weißt ja nicht einmal, wo sie sich im Moment aufhält«, warf Wasili ein.

»Nun, ich werde sie aufspüren lassen. Wirklich, Wasja, ich möchte die Geschichte erledigt wissen, aber *so* eilig habe ich es nun auch wieder nicht. Ich habe genügend zu tun, was mich in der Zwischenzeit beschäftigt.«

Als Dimitri nach Hause kam, fand er einen Brief von seiner Schwester vor, der ihm gar nicht willkommen war.

Mitja!
Du mußt sofort kommen und dein Versprechen halten. Ich habe den Mann getroffen, den ich heiraten möchte.
Anastasia

Welches Versprechen? Er hatte nie versprochen, auf der Stelle ihre Wahl gutzuheißen. Aber wenn er das nicht tat, würde das kleine Biest sicher Mittel und Wege finden, ohne seine Erlaubnis zu heiraten. Warum diese Eile?

Verdammt! Gerade hatte er geglaubt, alles so geregelt zu haben, daß ihm mehr Zeit für Katherine blieb, bevor er sie nach Hause schicken, oder ihr das zumindest anbieten mußte. Je mehr er darüber nachdachte, um so mehr wünschte er sich, einen einleuchtenden Grund zu finden, sie noch länger hier zu behalten. Er hatte sich doch schon Gründe zurechtgelegt, warum er nicht gleich wieder auf Freiersfüßen gehen konnte. Konnte ihm nicht auch etwas einfallen, das Katherine davon abhielt, aus seinem Leben zu segeln?

34.

»Gnädige Frau?« Maruscha steckte ihren Kopf zur Tür herein. »Endlich ist ein Bote vom Prinzen gekommen. Wir sollen sofort aufbrechen und zu ihm in die Stadt kommen.«

»Nach Moskau?«

»Nein, nach Petersburg.«

»Komm herein, Maruscha, und schließ die Tür. Es zieht«, sagte Katherine und zog sich den Schal enger um die Schultern. »Aber warum Petersburg? Ich dachte, Dimitri wäre immer noch in Moskau?«

»Nein, da ist er schon eine Weile nicht mehr. Er war geschäftlich in Österreich und ist gerade erst zurückgekommen.«

Typisch, dachte Katherine. Warum sollte man es ihr auch sagen, wenn er außer Landes ist? Warum sollte man ihr überhaupt etwas sagen? Er hatte sie hier auf dem Land untergebracht und dann einfach vergessen.

»Hat der Zar seinen Englandbesuch beendet? Ist das der Grund, warum wir nach Petersburg fahren?«

»Ich weiß es nicht, gnädige Frau. Der Bote sagte nur, wir sollten uns beeilen.«

»Warum? Maruscha, ich rühr' mich nicht von der Stelle, solange ich nicht weiß, was das bedeuten soll«, sagte Katherine gereizt.

»Ich nehme an, wenn der Zar zurück ist und der Prinz vorhat, Sie nach Hause zu schicken, daß es bald geschehen muß. Sonst friert die Newa zu und der Hafen wird dann geschlossen.«

»Oh.« Katherine ließ sich wieder in ihren Sessel am Feuer fallen. »Ja, das würde die Eile erklären«, fügte sie leise hinzu. Was sollte sie nur machen? Zu Hause ankommen, mit einem Baby im Bauch und keinen Ehemann dafür? Nein, ohne Erklärung ging das nicht. Das konnte sie ihrem Vater nicht antun. Sie konnte nicht ein halbes Jahr spurlos verschwunden sein und dann mit einem noch schlimmeren Skandal heimkehren. Nein, nein und nochmals nein.

Sie hatte vorgehabt, Dimitri von ihrem Zustand zu erzählen, wenn er nach Nowi Domik zurückkehrte. Sie hatte vorgehabt, von ihm zu verlangen, daß er sie heiratete. Aber jetzt war es schon fast drei Monate her, seit sie ihn zum letzten Mal gesehen hatte. Der Sommer war schnell vorüber gewesen. Auch der Herbst. Sie hatte nicht beabsichtigt, den Winter in Rußland zu verbringen, aber ohne Ehemann würde sie auf keinen Fall nach Hause fahren. Wenn Dimitri sich einbildete, er könnte sie einfach auf ein Schiff verfrachten und damit wäre die Sache erledigt, hatte er sich getäuscht.

»Gut, Maruscha, ich bin bis morgen soweit, daß wir fahren können«, willigte Katherine ein. »Aber das mit der Eile könnt ihr vergessen. Ich mache die Raserei nicht noch einmal mit, nein danke. Sag das auch deinem Mann.«

»Wir würden sowieso mehr Zeit brauchen als auf der Herfahrt, denn die Nächte sind jetzt länger.«

»Das ist nicht zu ändern. Was ich meine, bezieht sich auf die Geschwindigkeit bei Tage. Nicht mehr als zwanzig oder fünfundzwanzig Meilen pro Tag! Ich möchte sicher sein, daß die Reise einigermaßen bequem ist.«

»Aber dann brauchen wir doppelt so lange.«

»Ich werde mich darüber auf keine Diskussion einlassen, Maruscha. Der Fluß kann auch noch ein paar Tage warten, bevor er zufriert.« Sie hoffte genau das Gegenteil, denn das war schließlich der Grund, warum sie die Ankunft in Petersburg zu verzögern trachtete. Außerdem wollte sie nicht, daß ihr Kind von den verrückten russischen Kutschern durchgeschüttelt wurde.

Dimitri bekam einen Anfall, als er Wladimirs Nachricht erhielt. Katherine bestand darauf, im Schneckentempo zu reisen. Vor einer Woche waren sie kaum zu erwarten. Verdammt, damit hatte er nicht gerechnet.

Seine Idee, das Wetter als Vorwand zu benutzen und sie in Rußland festzuhalten, hatte von Anfang an ihre Schattenseiten gehabt. Vor allem hatte es bedeutet, daß er sie monatelang, bis zum Winteranfang nicht sehen konnte. Doch es war ihm klar gewesen, daß sie, wenn der Sommer erst einmal vorüber war, darauf pochen würde, endlich nach Hause zu können. Deswegen hatte er ihr und ihren Fragen aus dem Weg gehen müssen, bis der Herbst vorüber war. Er hatte darum gebetet, daß der Wintereinbruch in diesem Jahr sehr zeitig käme.

Es war eine lange, deprimierende Wartezeit für ihn gewesen, vor allem während des feuchtkalten Herbstes. Und er hatte sich nicht einmal mit den Hochzeitsvorbereitungen für seine Schwester beschäftigen können. Sobald er angekommen war, hatte sie ihm mitgeteilt, daß *dieser* bestimmte junge Mann auf keinen Fall der Richtige für sie wäre. Dimitri blieb nichts anderes übrig, als sich um seine normalen Geschäfte zu kümmern, die er einige Zeit vernachlässigt hatte. Die Geschäftsbücher, die Katherine ihm hatte schicken lassen, bewiesen das deutlich: nicht vier, sondern fünf Unternehmen standen kurz vor dem Ruin. Ein paar Freunde gab es auch, die er besuchen konnte, aber die meisten vermieden den Herbst in der Stadt genauso wie den Sommer und kamen erst jetzt zur Wintersaison zurück. Natalie hatte sich vergangene Woche endlich blicken lassen und ihm versprochen, sofort darüber nachzudenken, welche Frau für ihn in Frage käme. Er selbst verschwendete keinen Gedanken daran.

Was ihn am meisten irritierte, deprimierte und wütend

machte war die Tatsache, daß er zu keiner Frau ging während der ganzen Zeit in der er sich absichtlich von Katherine fernhielt. Ausgerechnet er, der ohne Grund keine drei Nächte ohne eine Frau verbrachte. Und es gab keinen Grund. Wo immer er hinkam, gab es Frauen, die ihm deutlich zu verstehen gaben, daß er sie haben könnte. Aber sie alle waren nicht Katherine und in ihm brannte immer noch heftig die Leidenschaft für seine kleine englische Rose. Und solange das der Fall war, interessierte er sich für niemanden sonst.

In dem Moment, als das Eis auf der Newa anfing zu gefrieren, schickte er nach ihr. Nach dieser langen Zeit brannte er darauf, sie endlich zu sehen. Und was machte sie? Verzögerte die Ankunft mit Absicht. Das sah ihr ähnlich. Immer mußte sie sich ihm widersetzen und ihn verärgern. Wladimir hatte recht gehabt. Sie war voll und ganz zu ihrer normalen Widerspenstigkeit zurückgekehrt. Doch das war immer noch besser als die schweigende Verachtung, mit der sie ihn behandelt hatte, bevor er von Nowi Domik abgereist war. Alles war besser als das.

Also wartete Dimitri weiter, aber er nutzte die Zeit, sich die Ausreden noch besser zurechtzulegen, warum sie jetzt Rußland nicht mehr verlassen konnte. Sie würde wütend sein, aber er hoffte, daß es nicht zu lange dauern würde, bis sie sich in das Unvermeidliche schickte.

Katherine dachte genau das gleiche, als die Kutschen sechs Tage später durch die Prachtstraßen Petersburgs rollten. Dimitri würde mit Recht wütend auf sie sein, weil sie das Schiff verpaßt hatte. Angriff war die beste Verteidigung bei ihm, das hatte sie schon herausgefunden. Sie hatte genügend Argumente parat, die ihr zwar alle nichts mehr bedeuteten, sich aber gut als Angriffswaffen eigneten.

Das großzügig angelegte Petersburg war beeindrukkend für jemanden, der die engen Straßen Londons gewohnt war. Katherine genoß ihren ersten wirklichen Eindruck von Rußlands Fenster zum Westen. Auf der wilden

Fahrt vor ein paar Monaten hatte sie ja kaum etwas wahrgenommen.

Alles wirkte so gewaltig in dieser Prachtstadt. Das Eindrucksvollste war vielleicht der Winterpalast, ein Gebäude im russischen Barock mit mehreren hundert Zimmern. Aber es gab noch weit mehr Paläste und mächtige Häuser und viele öffentliche Plätze. Der nahezu drei Meilen lange Newski-Prospekt war die Hauptstraße der Stadt, mit vielen Geschäften und Restaurants. Einen kurzen Blick konnte sie auch auf die Peter-Pauls-Festung werfen, auf der anderen Seite des Flusses. Es war das Gefängnis, in dem Peter der Große seinen eigenen Sohn zum Tode verurteilt hatte.

Als sie an dem Marktplatz vorbeikamen, gab es für Katherine so viel zu sehen, daß sie für einen Augenblick alles andere vergaß. Auf großen Schlitten wurden Berge von gefrorenen Tieren aus dem ganzen Land hierher transportiert. Man benutzte alle möglichen gefrorenen Gegenstände dazu, um Kühe, Schafe, Schweine, Geflügel, Butter, Eier und Fisch frischzuhalten.

Am meisten aber begeisterten sie die vielen, ganz unterschiedlichen Menschen. Da gab es Kaufleute in weiten, erdfarbenen Kaftanen mit ihren Frauen in farbenfrohen Brokatkitteln und langen bunten Kopfbedeckungen, die fast bis auf den Boden reichten. Pelzgekleidete Baschkiren. Tartaren mit Turbanen. Heilige Männer in knöchellangen Tunikas und langwallenden Bärten. Einige der vielen verschiedenen russischen Volksgruppen konnte Katherine unterscheiden.

Hausfrauen zogen ihre Einkäufe auf kleinen Schlitten und Straßenmusikanten in langen Mänteln und Pelzhüten spielten *Gusli* oder *Dudka*. Fliegende Händler boten um ein paar Kopeken *Kalachis*, gebogene Brotlaibe aus feinstem Mehl, an.

Von diesem Rußland hatte sie bisher kaum etwas gesehen: Die Menschen, die Unterschiede, die Schönheit verschiedenartiger Kulturen, die sich hier vermischten. Katherine nahm sich vor, Dimitri zu bitten, mit ihr hierher zu gehen, damit sie sich alles genauer anschauen konnte, als es von der Kutsche aus möglich war. Doch das erinnerte sie auch wieder daran, daß sie gleich am Ziel ihrer Reise sein würde.

Wahrscheinlich hätte sie Dimitris Palast wiedererkannt, als sie näherkamen. Doch das war überflüssig. Er stand draußen auf den Treppenstufen, von denen der Schnee sauber weggefegt war. Im gleichen Augenblick, als die Kutsche anhielt, war er auch schon da, öffnete die Tür und reichte ihr die Hand während der letzten Reiseetappe, als sie sich der Stadt näherten, war Katherine außerordentlich nervös geworden. Schließlich war sie bei ihrer letzten Begegnung sehr unfreundlich gewesen, nicht willens ihm zu vergeben, und hatte jedes Gespräch mit Dimitri verweigert. Aus ihrer Verletztheit heraus hatte sie eine so nachtragende Haltung eingenommen, wie noch nie zuvor in ihrem Leben. Ihre Nervosität ließ sie von vornherein in Abwehrhaltung gehen. Zwar war sie von seinem Anblick überwältigt, so blendend sah er in seiner prächtigen, russischen Uniform aus, und ihr Herz schlug gleich doppelt so schnell. Aber schließlich durfte sie nicht mehr nur an sich selbst denken. Ihre Sinne waren wie berauscht, aber ihr Verstand arbeitete klar und war bereit zum Kampf.

Er hob sie aus der Kutsche und stellte sie auf den Boden. »Willkommen in Petersburg.«

»Ich war schon einmal hier, Dimitri.«

»Ja, aber nur ganz kurz.«

»Du hast recht. Wenn man gezwungen wird, in Hast und Eile durch die Stadt zu rasen, wird man sie kaum kennenlernen. Meine langsame, beschauliche Ankunft war viel angenehmer als meine Abreise.«

»Soll ich mich dafür auch entschuldigen, wo du mir doch so viel zu vergeben hast?«

»Oh? Willst du damit sagen, *du* hättest irgend etwas getan, wofür du dich entschuldigen müßtest? Nein, du doch nicht!«

»Katja, bitte, wenn du mich schon vierteilen willst, warte doch, bis wir im Haus sind. Wenn du es nicht bemerkt haben solltest, es schneit.«

Wie sollte sie es nicht bemerken, wo ihre Augen doch fasziniert jede Flocke beobachteten, die auf seinem Gesicht schmolz? Und warum war er nicht böse mit ihr, daß sie sich so viel Zeit gelassen hatte, hierher zu kommen? Er schien sich große Mühe zu geben, freundlich zu sein. Zu freundlich, fand sie, wo sie doch mit dem Schlimmsten gerechnet hatte. War der Fluß noch nicht zugefroren? War sie trotz allem zu früh?

»Natürlich, Dimitri, geh doch voran. Ich stehe dir wie gewöhnlich zur Verfügung.«

Dimitri zuckte zusammen. Katherines Stimmung war schlechter, als er erwartet hatte und sie wußte doch noch gar nicht, daß sie nicht heimreisen konnte. Was erwartete ihn wohl, wenn sie das erfuhr?

Er faßte sie unter und führte sie die Treppe hinauf. Die großen Doppeltüren öffneten sich, als sie sie erreichten und schloßen sich augenblicklich wieder hinter ihnen. Das gleiche geschah einen Augenblick später erneut, als Wladimir mit dem Gepäck kam. Dieses Öffnen und Schließen der Türen, als ob man selbst keine Hände hätte, hatte Katherine am Anfang geärgert. Doch als der Winter kam, hatte sie es schätzen gelernt, denn die schnellen Lakaien hielten die kalte Zugluft weitgehend draußen.

Katherine, die sich an die stille Eleganz von Nowi Domik gewöhnt hatte, blickte sich einen Augenblick erstaunt um. Dimitris Stadtpalast war üppig und reich ausgestattet: Glänzendes Parkett, weiße Marmortreppen mit dicken Teppichen darauf, Gemälde in vergoldeten Rahmen, in der Mitte dieses großartigen Zimmers hing ein riesiger Kristallüster. Und dabei war das nur die Eingangshalle.

Katherine sagte nichts, sondern wartete, bis Dimitri sie in ein anderes Zimmer von gleichfalls gewaltigen Ausmaßen führte. Es war der Salon. Er war mit Möbeln aus

Marmor, Rosenholz und Mahagoni eingerichtet, die Sessel und Sofas mit Samt und Seide in verschiedenen Rosé- und Goldtönen gepolstert, was ausgezeichnet zu den Perserteppichen paßte.

Im Kamin brannte ein großes Feuer, das den ganzen Raum erwärmte. Katherine setzte sich in einen Sessel, der nur groß genug für eine Person war. Dimitri registrierte das sofort als Schutzmaßnahme. Im Sitzen öffnete sie das schwere Cape, das Maruscha ihr geliehen hatte, und ließ es über die Sessellehne fallen. Unter den Sachen, die Dimitri in England für sie hatte kaufen lassen, war nichts Geeignetes für einen russischen Winter gewesen. Doch das würde sich bald ändern. Ihre Wintergarderobe war schon bestellt und demnächst fertig. Eine Dienerin war auch schon beauftragt worden, eines ihrer Kleider zum Schneider zu bringen, sobald das Gepäck da war, damit die Maße genau stimmten.

»Möchtest du einen Brandy zum Aufwärmen?« fragte Dimitri und setzte sich ihr gegenüber.

»Ist das ein russisches Allheilmittel?«

»Im allgemeinen wird Wodka bevorzugt.«

»Ich habe euren Wodka probiert, danke, ich verspüre keine besondere Lust darauf. Ich hätte gerne Tee, wenn es dir nichts ausmacht.«

Dimitri machte eine Handbewegung und als Katherine aufschaute sah sie, daß einer der beiden Lakaien an der Tür sich umdrehte und das Zimmer verließ.

»Wie nett«, sagte sie steif, »daß du auf einmal die Anstandsregeln beachtest. Ein bißchen spät, meinst du nicht auch?«

Dimitri winkte noch einmal und die Tür schloß sich. Sie waren alleine. »Die Diener sind immer überall, nach einer Weile bemerkt man sie überhaupt nicht mehr.«

»Offensichtlich bin ich dafür noch nicht lange genug hier.«

Damit lenkte Katherine das Gespräch in die Richtung, die ihnen beiden am Herzen lag. Aber dann verließ sie doch der Mut und sie fragte belanglos: »Also, Dimitri, wie ist es dir ergangen?«

»Ich habe dich vermißt, Katja.«

In *diese* Richtung sollte das Gespräch eigentlich nicht gehen. »Soll ich das wirklich glauben, nachdem du drei Monate wie vom Erdboden verschluckt warst?«

»Ich hatte Geschäfte –«

»Ja, in Österreich«, unterbrach sie ihn knapp. »Man hat es mir erzählt, aber erst als du nach mir schicken ließest. Davor wußte ich nichts über dich. Du hättest genausogut tot sein können.«

O Gott, ihre Verstimmung über seine Vernachlässigung war offenkundig. Sie hatte ihm nicht zeigen wollen, wie sehr auch sie ihn vermißt hatte.

Der Tee wurde gebracht. Ganz offensichtlich war er schon vorbereitet gewesen. Katherine wurde davor bewahrt, sich noch weiter zu verraten und gewann Zeit, ihre Gedanken wieder zu ordnen. Sie schenkte sich selbst ein und ließ sich Zeit bei diesem Ritual. Für Dimitri war Brandy gebracht worden, doch er rührte ihn nicht an.

Katherine nippte schweigend an ihrem Tee und Dimitri nahm das für ein Zeichen, daß sie ihn im Moment nicht weiter ins Gebet nehmen wollte. Aber er wollte das Schlimmste hinter sich bringen.

»Du hast recht«, sagte er sanft. Sie wandte ihm ihren Blick zu. »Ich hätte dir ein paar Zeilen schreiben sollen, bevor ich nach Österreich aufbrach. Aber wie ich schon sagte, ich habe für vieles Abbitte zu leisten. Auch hätte ich früher zurückkommen sollen, doch die Geschäfte dauerten leider länger als erwartet... Katja, es tut mir leid, aber der Hafen ist bereits geschlossen. Vor dem Frühjahr ist an eine Seereise von hier aus nicht zu denken.«

»Dann kann ich nicht nach Hause?«

Er wartete auf ihren Einwurf, daß unmöglich das ganze Land von der Außenwelt abgeschlossen sein konnte. Und so war es ja auch nicht. Dimitri hatte sich schon passende Ausreden zurechtgelegt, warum die offenen Häfen für sie nicht in Betracht kämen. Ihre einfache Frage brachte ihn jedoch aus dem Konzept.

»Warum bist du nicht wütend?« wollte er wissen.

Katherine erkannte ihren Fehler. »Natürlich bin ich wütend, aber als es auf dem Weg hierher anfing zu schneien, habe ich das bereits befürchtet. Ich hatte schon ein paar Tage Zeit, mich damit abzufinden.«

Dimitri war so erfreut über ihre Reaktion, daß er beinahe gelächelt hätte. Seine Zerknirschung wäre dann natürlich nicht sehr glaubhaft gewesen. »Natürlich sind die südlichen Häfen offen, aber sie liegen tausend Meilen entfernt und das ist um diese Jahreszeit selbst für einen Russen, der an das Wetter gewöhnt ist, eine sehr strapaziöse Reise.«

»Nun, das kommt für mich überhaupt nicht in Frage«, erwiderte Katherine rasch. »Ich bin schon auf der Fahrt hierher fast erfroren.«

»Ich würde es dir auch nicht empfehlen«, versicherte Dimitri. »Es gibt noch den Landweg nach Frankreich.« Die vielen offenen Häfen zwischen Rußland und Frankreich erwähnte er nicht, rechnete aber damit, daß Katherine auch nicht daran denken würde. »Aber diese Reiseroute ist für den Winter denkbar ungeeignet.«

»Das meine ich auch«, stimmte Katherine zu. »Wenn sogar Napoleons unschlagbare Truppen vor dem russischen Winter kapitulieren mußten, welche Chance hätte dann ich? Was bleibt mir also übrig?«

»Obwohl es meine Schuld ist – schließlich habe ich dir versprochen, daß du auf einem Schiff nach England zurückkehren könntest, bevor der Fluß zufriert –, kann ich nur hoffen, daß du meine Gastfreundschaft annimmst, bis das Eis im Frühjahr wieder schmilzt.«

»Mit dem gleichen Status?« erkundigte sie sich. »Als Gefangene?«

»Nein, Kleines. Du bist frei zu kommen und zu gehen, wie es dir gefällt, und kannst machen, was du willst. Du wärst mein Gast, nichts anderes.«

»Dann habe ich wohl keine andere Wahl als zu akzeptieren«, sagte sie seufzend. »Aber hast du keine Angst, wenn ich nicht mehr bewacht und beobachtet werde, daß ich dem Erstbesten von meiner Entführung erzähle?«

Dimitri war verblüfft. Es ging ihm alles zu einfach. Stundenlang hatte er sich seinen Plan zurechtgelegt und dabei alle ihre möglichen Reaktionen miteinkalkuliert, aber diese schnelle Einwilligung hätte er nie erwartet. Doch warum sollte er sein Glück beklagen?

Er grinste sie an. »Das gibt eine sehr romantische Geschichte, findest du nicht auch?«

Katherine errötete. Als Dimitri die Wärme in ihrem Gesicht sah, erinnerte er sich an andere Situationen als sie so ausgesehen hatte und in einer empfänglichen Stimmung gewesen war. Es berührte ihn so, daß er seinen Vorsatz, dieses Mal nichts zu übereilen, völlig vergaß. Er erhob sich und ging zu ihr hin. Katherines Rückzug in den kleinen Sessel ignorierte er einfach. Er hob sie hoch, setzte sich selbst hin und zog sie sanft auf seinen Schoß.

»Dimitri!«

»Schhh. Du weißt doch noch gar nicht, was ich vorhabe.«

»Deine Absichten sind noch immer ungehörig gewesen«, erwiderte sie.

»Siehst du, wie gut wir zusammenpassen, Kleines? Du kennst mich schon so gut.«

Er neckte sie und sie wußte nicht genau, wie sie reagieren sollte. Doch seine Umarmung war alles andere als ein Necken. Sie war fest und vertraut, mit einem Arm preßte er sie an seine Brust, der andere lag über ihrem Schoß und die Hand streichelte kühn ihre Hüften. Ein warmer Schauer durchrieselte sie. Seit Monaten hatte sie sich nicht so lebendig gefühlt. Immer schon hatte er diese Gefühle in ihr wachgerufen, ihre Sinne entfacht...

»Du solltest mich besser wieder loslassen, Dimitri.«

»Warum?«

»Die Diener könnten kommen«, meinte sie lahm.

»Wenn das der einzige Grund ist, dann laß' ich dich sicher nicht los. Nur unter Todesgefahr wird jemand diese Tür öffnen.«

»Sei doch ernst.«

»Ich meine das ernst, mein Herz, ganz ernst. Wir werden sicher nicht gestört werden, du mußt dir schon einen anderen Grund einfallen lassen, oder lieber nicht. Laß mich dich einfach ein bißchen halten – Himmel!« keuchte er. »Wackel doch nicht so viel herum, Katja!«

»Tut mir leid, hab' ich dir wehgetan?«

Er stöhnte und sie setzte sich auf eine weniger empfindliche Stelle. »Es ist nichts, das du nicht ändern könntest, wenn du nur wolltest.«

»Dimitri!«

»Verzeih mir.« Er grinste, als ihre Wangen sich wieder röteten. »Das war plump von mir, nicht wahr? Aber ich habe noch nie sehr klar denken können, wenn du in meiner Nähe warst, und jetzt geht es mir auch nicht anders. Warum schaust du so überrascht? Hast du wirklich geglaubt, ich würde dich nicht mehr begehren, nur weil ich drei Monate weg war?«

»Um die Wahrheit zu sagen –«

Dimitri konnte sich nicht mehr zurückhalten. Solange saß sie jetzt schon auf seinem Schoß, das ermutigte ihn ungeheuer. Er war nahe daran, ihr die Kleider vom Leib zu reißen. Er küßte sie so innig, so intensiv, daß abzusehen war, wohin das führte. Seine Hand rutschte höher, um ihre Brust zu streicheln. Er stöhnte, als er die kleine, harte Spitze unter dem Stoff spürte.

Ihr Stöhnen ging in seinem Mund unter. O Gott, wie sehr hatte sie ihn vermißt, und seine Küsse. Sie hatte seine Hände vermißt, die sie in Brand setzten und die Art wie er sie mit einem Blick erschauern ließ. Und erst seinen wunderbaren, festen, aufregenden Körper. Es gab keinen Grund mehr, das abzuleugnen. Sie sehnte sich danach, daß er sie nahm. Jetzt.

»Dim–Dim–Dimitri! Laß mich Luft holen.«

»Nein, dieses Mal nicht.«

Er fuhr fort, sie wie wild zu küssen. Und Katherine spürte eine Wärme, die ihr durch und durch ging. Dieser kraftvolle, starke Mann hatte Angst, hatte Angst, daß sie ihn aufhalten wollte. Sie nahm sein Gesicht sanft in ihre Hände, ihre Augen lächelten ihn an.

»Trag mich zum Sofa, Dimitri.«

»Zum Sofa?«

»Der Sessel ist nicht sehr passend im Moment, findest du nicht auch?«

Als ihm langsam dämmerte, was sie meinte, erstrahlte sein Gesicht derart vor Erstaunen und Freude, daß sie beinahe geweint hätte. Er stand so schnell auf, daß sie fürchtete zu Boden zu fallen. Doch er hielt sie fest im Arm und einen Augenblick später lag sie auf dem Samtsofa, das so bequem wie ein Bett war.

Er kniete vor ihr, kämpfte bereits mit den Knöpfen seiner Jacke. Einen Moment hielt er inne. »Bist du sicher, Katja – nein, nein, sag nichts.«

Er küßte sie, bevor sie etwas sagen konnte, und Katherine schlang als Antwort die Arme um seinen Nacken und erwiderte hingebungsvoll. Sie wußte genau, was sie tat, brauchte keine Drogen, um ihrer Leidenschaft freien Lauf zu lassen. Dimitri allein genügte. Er war der Mann, den sie liebte, trotz aller Zweifel. Er war der Vater ihres ungeborenen Kindes, der Mann, den sie heiraten würde. Die Einzelheiten waren jetzt nicht wichtig. So viel lag noch vor ihnen. Jetzt zählte nur, daß sie wieder beisammen waren.

35.

Vor den Fenstern wirbelten die Schneeflocken. Das Feuer in dem mächtigen Kamin gab seine Wärme direkt auf das Sofa ab. In dem großen Salon herrschte eine gemütliche

Atmosphäre. Die Uhr auf dem Kamin zeigte an, daß es schon später Nachmittag war. In der Ferne hörte man eine Katze miauen, irgendwo im Haus schlug eine Tür, auf der Straße fuhr eine Kutsche vorbei. Doch drinnen, in dem behaglichen Zimmer waren das Prasseln der Scheite und Dimitris Herzschlag die einzigen Geräusche.

Katherine wollte die Intimität des Augenblicks solange wie möglich auskosten. Sie lag halb auf der Sofakante, halb auf Dimitri. Es war nicht viel Platz, aber sie hatte keine Angst zu fallen. Dimitris Arm hielt sie warm und fest umfangen, drückte sie nahe an sich heran.

Verspielt ließ Katherine ihre Finger durch die weiche Matte goldblonden Haars auf Dimitris Brust gleiten. Er nahm ihre Hand und küßte jeden Finger einzeln, knabberte und saugte an ihnen. Katherine beobachtete ihn mit halbgeschlossenen Augen, fasziniert davon, was für Empfindungen seine Zunge und Lippen in ihren sensiblen Fingerspitzen erweckten.

»Wenn du nicht aufhörst, Kleines, will ich dich gleich wieder haben«, flüsterte Dimitri mit heiserer Stimme.

»Ich? Was mach' ich denn?«

»Du schaust mich mit deinen sinnlichen Augen an. Mehr braucht es gar nicht, weißt du.«

»Unsinn«, spottete Katherine, mußte aber dabei lächeln. »Und was ist mit dir, was machst du? Wenn du nicht aufhörst –« sagte sie warnend, »– muß ich dich –«

»Versprochen?«

Katherine lachte. »Du bist unverbesserlich.«

»Hast du etwas anderes erwartet, wo ich monatelang kein Vergnügen gehabt habe?«

»Und das soll ich dir glauben?« fragte Katherine überrascht.

»Ja, es ist die Wahrheit... habe ich dir in den letzten Stunden nicht bewiesen, wie ausgehungert ich war? Hab' ich das oder brauchst du noch mehr Beweise?«

»Dimitri!« Sie kicherte, als er sich über sie rollte. Doch als er schnell und tief in sie eindrang, spürte sie, daß das kein Necken mehr war. »Dimitri«, seufzte sie nun, dann kam sie seinem Kuß entgegen.

Eine Weile später, als Katerine wieder ruhiger atmen konnte, wollte sie ihn gerade wegen seiner Unersättlichkeit hochnehmen, aber er kam ihr zuvor.

»Du bringst mich noch um, Frau.«

»Du übertreibst schon wieder«, erwiderte sie lachend. »Ich kann mich aber sehr gut an zwei Ereignisse erinnern, bei denen du wirklich von bemerkenswerter Vitalität warst.«

Erstaunt blickte er sie an. »Und es hat dir gefallen?«

»In der Situation sicher. Aber das heißt nicht, daß ich diese Erlebnisse unbedingt gebraucht hätte. Ich ziehe es schon vor, selbst zu entscheiden, wann ich Lust habe.«

Er traute seinen Ohren kaum. *Sie* hatte von den Drogen angefangen und zeigte nicht den geringsten Ärger darüber. Sie hatte ihm verziehen. Und sie gab zu, daß es dieses Mal freiwillig gewesen war. Sie gab zu, daß sie ihn begehrte.

Lieber Gott, wie oft hatte er sich in seiner Phantasie ein solches Bekenntnis von ihr ausgemalt. »Katja, weißt du, wie glücklich du mich damit machst?«

Jetzt war Katherine an der Reihe, überrascht zu sein, er klang so ernst. »Ja?«

»So lange schon habe ich mir gewünscht, dich in meinen Armen zu halten, dich zu küssen.« Er küßte sie. »Ich habe mich so schmerzlich danach gesehnt, dich zu berühren, Katja, dich zu lieben. Hierher gehörst du, Katja, hier in meine Arme. Und ich werde alles tun, was in meiner Macht steht, daß du hier in Rußland bleibst. Du gehörst zu mir, das mußt du mir glauben.«

»Ist – ist das ein Antrag?« flüsterte Katherine zögernd, ungläubig.

»Ich will, daß du immer bei mir bleibst.«

»Aber, ist das ein Antrag, Dimitri?« fragte sie jetzt bestimmter.

Verdammt! »Katja, du weißt, daß ich dich nicht heiraten kann. Du weißt, worum ich dich bitte.«

Katherine verkrampfte sich, ihr war, als würde ihr der Boden entzogen. Doch in dieser intimen Stellung, in der sie lagen, konnte sie ihrem Unmut keinen Ausdruck geben.

»Laß mich los, Dimitri.«

»Katja, bitte –«

»Himmel, laß mich los!«

Sie drückte so fest gegen ihn, daß es ihr gelang, unter ihm durchzuschlüpfen und sich hinzusetzen. Ihr Haar fegte ihm über das Gesicht, als sie herumwirbelte um ihn anzublicken. Ihre Nacktheit und Verwundbarkeit berührten sie nicht im geringsten.

»Dimitri, ich will, daß meine Kinder einen Vater haben«, sagte sie ohne Einleitung.

»Ich werde für deine Kinder sorgen.«

»Das ist nicht das gleiche, und du weißt das genau. Als Mätresse bin ich dir gut genug, aber nicht als Ehefrau, habe ich recht? Ist dir klar, wie beleidigend das für mich ist?«

»Beleidigend? Wenn mich die Ehefrau überhaupt nicht interessiert, außer daß sie mir einen Erben gebiert und ich meine Verpflichtungen erfüllen kann? Du hingegen bist die Frau, die Teil meines Lebens ist.«

Sie starrte ihn an, doch ihr Ärger löste sich auf. Lieber Gott, er wußte, was sie im Innersten berührte. Sie liebte ihn. Sie wollte das gleiche wie er: Ihrer beiden Leben gehörten zusammen. Seine Gefühllosigkeit, was eine Ehefrau betraf, war... nun gut, ihr würde diese Frau sehr leid tun – wenn sie es nicht selbst werden würde. Sie gab nicht auf. Fünf Monate hatte sie jetzt, bis zum Frühling. In dieser Zeit würde sie ihm so wichtig werden, würde er sie so sehr lieben, daß er sogar mit den Gesellschaftsregeln brach, die eine Ehe zwischen einem Adeligen und einer gewöhnlichen Frau nicht duldeten. Wie überrascht würde er später sein, wenn er feststellen mußte, daß sie ihm ebenbürtig war.

Sie streckte ihre Hand aus, um seine Wange zu berühren. Er küßte ihre Handfläche. »Es tut mir leid«, kam sie ihm sanft entgegen. »Ich habe deine Verpflichtungen vergessen. Aber wenn mein erstes Kind unterwegs ist, bestehe ich darauf zu heiraten. Wenn nicht dich, dann einen anderen.«

»Nein.«

»Nein?«

»Nein!« sagte er mit Entschiedenheit und zog sie näher zu sich heran. »Du wirst überhaupt nie heiraten.«

Katherine sagte gar nichts zu seinen heftigen Besitzansprüchen. Sie lächelte nur und war froh, daß sie ihm von dem Kind noch nichts gesagt hatte. Doch er würde es ohnehin bald selbst bemerken. Aber dann würde sie ihn an ihre Worte erinnern. So oder so wollte sie einen Ehemann. Ein hübscher Bluff, aber er würde das nicht wissen.

36.

Das Ballkleid war so erlesen, wie Katherine selbst es niemals für sich ausgesucht hätte. Glänzender, dunkeltürkiser Satin mit einem Spitzeneinsatz am Mieder und Hunderten von Perlen, die in Bahnen über den weiten, glockenförmigen Rock verliefen. Es war wirklich ein extravagantes Kleid. Der tiefe Ausschnitt ließ die Schultern frei und die Spitze fiel über kleine Puffärmel. Katherine fühlte sich darin wie eine Märchenprinzessin.

Ihr Haar war in der Mitte gescheitelt und zurückgesteckt. Es war mit Perlen geschmückt und fiel – ganz so wie man es gerade trug – zu beiden Seiten in Locken herab. Jedes Accessoire stimmte: die langen weißen Handschuhe, die Satinschuhe in dem gleichen schimmernden Türkis, und das weiße Spitzentäschchen an ihrem Handgelenk. Dimitri war zuvor dagewesen und hatte ihr einen Schmuckkasten überreicht. Sie trug das Halsband aus Perlen und Diamanten, Ohrringe und einen Ring. Die andere Kollektion aus Saphiren und Smaragden zur Auswahl, hatte er gemeint. Er nannte das Kleinigkeiten. Genauso bezeichnete er auch ihre Wintergarderobe. Mit dem Ballkleid waren heute noch etliche andere Gewänder gekommen und der Rest sollte demnächst geliefert werden.

Er behandelte sie bereits wie eine Mätresse, bemerkte sie, aber es störte sie nicht. Nicht mehr lange, und keines der bestellten Kleider würde mehr passen. Der Gedanke, wie er sie dann behandeln würde, amüsierte sie schon jetzt. Sie drehte sich vor dem Spiegel, in dem sie sich in voller Größe betrachten konnte, und achtete besonders auf ihre Taille. Noch war sie schlank wie immer und Katherine war ganz froh, erst im dritten Monat zu sein. Nur ihre Brüste waren etwas voller geworden. Doch das war noch kaum zu bemerken. Nichts hätte Dimitri jetzt schon alarmieren können, daß das erste der Kinder, für die er sorgen wollte, bereits unterwegs war.

Oh, auf dich wartet eine Überraschung, mein lieber Prinz. Bald wirst du wissen, warum sich meine Haltung so drastisch geändert hat.

Zu Hause in England hätte sie ihre Situation sicher nicht so gleichmütig betrachtet. Aber das wäre sowieso eine ganz andere Geschichte. Doch warum sollte sie nicht alles genießen, solange sie hier war? Schließlich mußte sie jetzt auch nicht mehr befürchten, schwanger zu werden.

Katherine lächelte sich zu. Bevor sie hinausging ließ sie ihren Blick noch einmal durch das neue Schlafzimmer schweifen.

Auch hier hatte sie wieder das Zimmer bekommen, das normalerweise für die Frau des Hauses gedacht war. Es war luxuriös bis ins Detail. Doch vergangene Nacht hatte sie nicht darin geschlafen. Ihr Lächeln wurde stärker. Sie zweifelte daran, daß sie die kommende Nacht hier verbringen würde.

Ach, es war der Himmel auf Erden gewesen, die ganze Nacht mit Dimitri zu verbringen. Sie war in seinen Armen eingeschlafen und als sie aufwachte, lag er immer noch neben ihr. Und begrüßt zu werden mit seinem hinreißenden Lächeln und einem Kuß, der zu weiterem geführt hatte... Sie zweifelte nicht daran, die richtige Wahl getroffen zu haben. Sie war glücklich. Alles andere interessierte sie im Moment nicht.

Unten an der Treppe erwartete er sie. Er hielt einen wunderbaren weißen Hermelinumhang mit einem Futter aus weißem Satin für sie bereit und legte ihn ihr um die Schultern. Dazu reichte er ihr den passenden Muff.

»Du verwöhnst mich, Dimitri.«

»Das will ich auch, Kleines«, erwiderte er ernsthaft mit einem warmen Lächeln. In seinen Augen spiegelte sich Bewunderung für ihre Erscheinung.

Er selbst glänzte wieder in Uniform. Er trug eine weiße Jacke mit schweren, goldenen Epauletten auf den Schultern und einen goldbestickten Kragen; an einem blauen Ordensband quer über seine Brust hing der St.-Andreas-Orden. Diese Auszeichnung hatte er allerdings nur umgebunden, um Katherine zu beeindrucken. Und doch war er es vor allem, der beeindruckt war. Er konnte kein Auge von ihr wenden, während er ihr in die Kutsche half und sie eine kurze Strecke fuhren. Der Ball, zu dem er sie heute abend ausführen wollte, fand nur ein paar Häuser entfernt statt.

Sie wirkte sehr elegant und erinnerte Dimitri lebhaft an das Porträt, das Anastasia damals von ihr gemalt hatte. Es hing jetzt in seinem Arbeitszimmer und verursachte ihm jedesmal Unbehagen, wenn er es betrachtete. Kein Mensch würde diese Frau für eine Dienerin, Schauspielerin, oder was auch immer sie war, halten – nicht in diesem Aufzug. Er selbst wäre nie auf einen derartigen Gedanken verfallen, wenn sie ihm zum ersten Mal so begegnet wäre, wie sie jetzt aussah. Das verdeutlichte ihm aber nur, wie sehr ihn Kleidung und Umstände in seiner Überzeugung beeinflußt hatten, daß sie nicht war, was sie vorgab. Und wenn er sich getäuscht hatte? In seinem Magen ballten sich die Befürchtungen zu einem dicken Kloß. Nein, das konnte nicht sein. Aber vielleicht war es gar keine so gute Idee gewesen, Katherine für ihren ersten Auftritt in Gesellschaft gleich auf einen so großen Ball mitzunehmen.

Er hatte ihr einen Gefallen tun und sie, Wasilis Vorschlag entsprechend, wie eine Dame behandeln wollen. Sie sollte nicht länger verborgen hinter verschlossenen Türen leben. Doch plötzlich hatte er Angst, sie mit anderen teilen zu müssen. Niemand sollte ihr nahekommen, er wollte sie nur für sich haben.

»Ich nehme an, Dimitri, du wirst mich den Leuten vorstellen. Sag mir doch, wer ich bin.«

Konnte sie Gedanken lesen? »Die, die du vorgibst zu sein – Katherine St. John.«

»So würde ich es zwar nicht ganz ausdrücken, aber wenn du mich auf diese Art vorstellen möchtest, fände ich es doch recht unhöflich, dich zu verbessern.«

Sie neckte ihn. Warum neckte sie ihn, und vor allen Dingen mit ihrer Herkunft? »Katja, bis du sicher, daß du dorthin gehen möchtest?«

»Ich soll mich nicht in diesem himmlischen Gewand zeigen wollen? Warum? Es ist Monate her, seit ich zum letzten Mal auf einem Ball war. Natürlich will ich hingehen.«

Da war es wieder. Immer wieder warf sie ihm so kleine Brocken aus ihrem Leben hin, die unmöglich wahr sein konnten. Doch sie sagte diese Dinge spontan, unabsichtlich, ohne nachzudenken. Die Kutsche hielt an. Immer noch war er unentschlossen, ob er sie enttäuschen und wieder mit ihr nach Hause fahren, oder den Dingen ihren Lauf lassen sollte. Er kannte Katherines Freimütigkeit und befürchtete, daß sie im Laufe des Abends in einige Fettnäpfchen treten würde. Düstere Vorahnungen stiegen in ihm hoch. Was wäre, wenn sie die Beherrschung verlöre?

»Weißt du wie... ich meine, du würdest nicht –«

»Worum machst du dir Sorgen, Dimitri?« fragte ihn Katherine schelmisch lächelnd. Sie konnte sich gut vorstellen, was in ihm vorging.

»Ach, ist schon gut«, erwiderte er ausweichend und hob sie aus der Kutsche. »Komm, wir gehen hinein, ich will nicht, daß du dich hier draußen erkältest.«

Er geleitete sie in das große Haus. Sie übergaben ihre Pelze wartenden Lakaien und stiegen die breite Prachttreppe nach oben zum Ballsaal. Die Empfangszeremonien waren um diese Zeit bereits vorüber. Ihre Gastgeber waren die ersten, die sie begrüßten, kaum daß sie den Saal betreten hatten. Und Dimitri machte seine Ankündigung wahr und stellte sie als Katherine St. John vor.

Katherine war beeindruckt von dem, was sie um sich herum sah. Der Raum war sehr groß, ein richtiger Ballsaal, nicht nur mehrere Zimmer, die ineinandergingen. Ein halbes Dutzend Kronleuchter verbreiteten strahlendes Licht. Überall glitzerten Juwelen, sicher im Wert von ein paar Millionen Rubeln. Von den rund zweihundert Gästen tanzte ungefähr die Hälfte, die anderen standen in kleinen Gruppen oder paarweise zusammen, spazierten auf und ab oder erfrischten sich am kalten Buffet am Ende des Raumes.

Ein livrierter Diener kam mit einem Tablett vorbei, bot ihnen etwas zu trinken an, doch Katherine lehnte ab. Dimitri nahm einen Drink, stürzte ihn in einem Zug hinunter und stellte das leere Glas zurück. Katherine mußte darüber lächeln.

»Bist du nervös, Dimitri?«

»Warum sollte ich denn nervös sein?«

»Ach, ich weiß nicht. Vielleicht hast du Angst, daß ich dich hier vor deinen Freunden blamiere? Woher soll schließlich ein einfaches Mädchen wissen, wie sie sich in solch einer illustren Gesellschaft benehmen soll? Auch wenn man sie in ein hübsches Kleid steckt, bleibt sie doch trotzdem ein einfaches Mädchen, nicht wahr?«

Er wußte nicht, was er von diesen Worten halten sollte. Sie war nicht ärgerlich und in ihren Augen blitzte der Schalk. Aber ihre Neckerei reizte ihn trotzdem.

»Mitja, warum hast du mir nicht erzählt, daß du heute abend hier sein wirst? Ich hätte – oh, störe ich?«

»Aber nein, Wasja, gar nicht«, erwiderte Dimitri erleichtert. »Katherine, darf ich dir Prinz Wasili Daschkow vorstellen?«

»Katherine?« Wasili warf ihr einen kurzen Blick zu, dann wandte er sich erstaunt Dimitri zu. »Doch nicht *die* Katherine? Aber ich habe erwartet... ich meine...« Dimitris Stirnrunzeln unterbrach sein Gestammel und er errötete.

»Was wollten Sie denn sagen, Prinz Daschkow?« fragte Katherine anzüglich. »Lassen Sie mich raten. Dimitri hat Ihnen ganz offensichtlich von mir erzählt und nun haben Sie vielleicht eine glanzvollere Erscheinung erwartet, oder? Aber leider, lieber Prinz, können nicht alle Frauen atemberaubende Schönheiten sein. Aber ich versichere Ihnen, daß Ihr Erstaunen über Dimitris Interesse an mir kaum größer sein kann, als mein eigenes.«

»Katja, bitte, wenn du so weitermachst, wird mein Freund sich gleich die Zunge aus dem Mund reißen, um dir Genugtuung zu verschaffen. Er merkt nicht, daß du ihn nur neckst.«

»Unsinn, Dimitri, er versteht mich schon. Er ist nur verlegen, weil er mich gar nicht richtig angeschaut hat.«

»Ein Fehler, der mir nie wieder unterlaufen wird, daß schwöre ich bei Gott, Verehrteste«, versicherte Wasili nachdrücklich. Katherine konnte nicht mehr anders, sie lachte vergnügt. Wasili war bezaubert. Und auch Dimitri wurde warm berührt von diesem Klang. Er liebte ihr Lachen, doch die Gefühle, die es in ihm weckte, waren jetzt völlig fehl am Platze. Er legte ihr den Arm fest um die Taille und zog sie nahe an sich heran, dabei flüsterte er ihr heiser ins Ohr: »Wenn du so weitermachst, Geliebte, dann bringst du mich in meine übliche Zwangslage – ich begehre dich und kein Bett ist in der Nähe.«

Sie schaute auf und stellte überrascht fest, daß es ihm ernst war mit dem, was er sagte. Das trieb ihr das Blut ins Gesicht und Dimitri beugte sich über sie, um sie zu küssen, ungeachtet dessen, wo sie sich befanden und wer sie beobachtete. Wasilis trockener Humor hielt ihn davon ab.

»Ich werde jetzt mit deiner Dame tanzen, Mitja, und dich davor bewahren, einen liebstollen Narren aus dir zu machen. Das heißt, wenn du nichts dagegen hast.«

»Und ob ich das habe«, sagte Dimitri kurzangebunden.

»Aber ich nicht«, fügte Katherine hinzu, befreite sich aus Dimitris Umarmung und lächelte Wasili warm an. »Ich muß Sie jedoch warnen. Bestimmte Menschen könnten Ihnen sagen, daß ich wahrscheinlich überhaupt nicht tanzen kann, Prinz Daschkow. Sind Sie bereit, Ihre Füße dem auszusetzen, um die Wahrheit zu erfahren?«

»Mit dem allergrößten Vergnügen.«

Wasili führte sie auf die Tanzfläche, bevor Dimitri noch dagegen protestieren konnte. Er starrte ihnen stirnrunzelnd nach und mußte sich mit aller Kraft beherrschen, nicht hinterherzugehen und Katherine an seine Seite zurückzuholen. Dabei war es doch nur Wasili. Und der würde Katherine nicht zu nahe treten, wo er doch wußte, wie Dimitri für sie empfand. Aber es gefiel ihm überhaupt nicht, wenn ein anderer Mann – und wenn es auch nur sein Freund Wasili war – sie berührte.

Als Wasili zehn Minuten später alleine zurückkehrte, explodierte Dimitri. »Was zum Teufel soll das bedeuten, du hast sie an Alexander weitergegeben?«

»Ganz einfach, Mitja«, sagte Wasili verblüfft. »Er kam uns entgegen, als wir gerade die Tanzfläche verlassen wollten, aber das hast du doch gesehen. Was sollte ich machen, als sie einem weiteren Tanz zustimmte?«

»Du hättest ihn, verdammt noch mal, abweisen können.«

»Er ist harmlos –« Wasili mußte Dimitri mit einer raschen Bewegung davon abhalten, auf die Tanzfläche zu stürzen. Er zog ihn auf die Seite, weg von neugierigen Ohren. »Bist du verrückt? Du willst eine Szene machen, nur weil sie tanzt und es genießt? Um Himmels willen, Mitja, was ist denn los mit dir?«

Dimitri blickte Wasili hart an, dann atmete er langsam aus. »Du hast recht. Ich – oh, liebestoll war noch milde ausgedrückt.« Er lächelte entschuldigend.

»Hast du sie noch nicht gewinnen können?«

»Warum? Glaubst du, das würde meine Leidenschaft verringern? Ich kann dir versichern, daß das nicht der Fall ist.«

»Dann brauchst du dringend eine Ablenkung, lieber Freund. Natalia ist hier, falls du das noch nicht bemerkt haben solltest.«

»Ich habe kein Interesse an ihr.«

»Das weiß ich, du Dummkopf«, sagt Wasili. »Aber sie hat sich umgehört und mir vorhin erzählt, daß sie die vollkommene Braut für dich gefunden hat. Erinnerst du dich, du hattest sie gebeten –«

»Vergiß es«, unterbrach ihn Dimitri scharf. »Ich habe mich entschlossen, nicht zu heiraten.«

»Was?«

»Du hast richtig gehört. Wenn ich Katherine nicht heiraten kann, werde ich überhaupt nicht heiraten.«

»Das kann doch nicht dein Ernst sein!« protestierte Wasili. »Was ist mit dem Erben, den du brauchst?«

»Ohne eine Ehefrau kann ich alle Kinder adoptieren, die Katherine mir schenkt.«

»Du meinst das wirklich im Ernst?«

»Still«, zischte Dimitri. »Alexander bringt sie zurück.«

Während der nächsten Stunde ließ Dimitri Katherine nicht aus den Augen und sie genoß jede einzelne Minute. Wieder und wieder tanzten sie, und Dimitri neckte sie unbarmherzig damit, daß sie ihm doch nicht dauernd auf die Füße treten sollte, was sie natürlich kein einziges Mal tat. Er war in hervorragender Stimmung und Katherine konnte sich nicht erinnern, sich jemals so wunderbar gefühlt zu haben – bis er ging, ihnen ein paar kühlende Getränke zu holen und sie in Wasilis Gesellschaft zurückließ. Dieser jedoch wurde auf der Stelle von einer Komteß mit Beschlag belegt, die kein Nein gelten ließ und ihn auf die Tanzfläche zog. Wäre Wasili nur bei ihr geblieben, er hätte sie aus der Hörweite der Klatschbasen gebracht, die hinter ihr standen. Sie schienen sich hingegen nicht im geringsten darum zukümmern, daß Katherine alles vernehmen konnte, worüber sie sich unterhielten. Sie hätte gleich weggehen sollen, doch die ersten Worte amüsierten sie noch.

»Aber ich habe dir doch gesagt, Anna, sie ist eine Engländerin, eine seiner Verwandten mütterlicherseits. Aus welchem Grund sollte sich Mitja ansonsten so um sie bemühen?«

»Um Tatjana eifersüchtig zu machen, natürlich. Hast du sie nicht mit ihrem Verlobten hereinkommen sehen?«

»Unsinn. Wenn er Tatjana eifersüchtig machen wollte, würde er mit Natalia zusammensein, sie ist ja schließlich auch da. Tatjana weiß, daß sie seine Mätresse ist. Und zweifelsohne ist ihr auch zu Ohren gekommen, daß er sie wieder besucht hat, seit Tatjana Graf Lisenko den Vorzug gegeben hat. Hast du gehört, wie wütend er darüber gewesen ist?«

»Nicht wütend, Anna. Der arme Junge war so enttäuscht, daß er auf der Stelle nach Petersburg gekommen ist und in den letzten drei Monaten fast die ganze Zeit hier gewesen ist.«

»Nun, heute abend hat es aber den Anschein, als hätte er seine Enttäuschung überwunden.«

»Sicher, oder glaubst du, er will, daß Tatjana merkt, wie elend es ihm ging? Es war wirklich nicht nett von ihr, seine Werbung dadurch zu beenden, daß sie ihm ihren Verlobten vorstellte. Wo Mitja doch nur wegen ihr nach Moskau gekommen war.«

»Du meinst, er liebt sie immer noch?«

»Du nicht? Schau sie nur an, wie sie da drüben beim Orchester steht. Sei ehrlich, jeder Mann muß sie lieben.«

Katherine konnte nicht anders und schaute auch hinüber zu Tatjana. Schnell wandte sie sich wieder ab und ging weg, denn sie konnte das Gerede nicht länger überhören. Aber das Unglück war schon passiert. Eine schönere Frau als Prinzessin Tatjana hatte Katherine noch nie gesehen. Liebte Dimitri sie immer noch? Warum sollte es anders sein?

Er hat dich benutzt, Katherine, und dir vorgelogen, er wäre im Ausland gewesen. Warum? War er so wütend auf seine Prinzessin, daß er einfach vergessen hat, dich nach Hause zu schicken? Warum gibt er sich überhaupt mit dir ab? Warum erweckt er den Anschein, daß er dich begehrt, wenn du doch einer Erscheinung wie Tatjana Iwanowa nicht das Wasser reichen kannst?

»Lady Katherine?«

Beinahe hätte sie gar nicht reagiert; es war schon so lange her, daß jemand sie so angesprochen hatte. Doch sie erkannte die Stimme und drehte sich um, dabei stöhnte sie innerlich. Dann sah sie aus einem Augenwinkel, daß Dimitri zurückgekommen war. Doch er hielt mitten im Gehen, nur ein paar Schritte entfernt, inne. Sein Gesicht war totenbleich geworden, als er hörte, wie der Mann sie ansprach. Sie konnte sich jetzt keine Gedanken um ihn machen, sondern mußte sich um den Botschafter, den guten Freund ihres Vaters, kümmern. Lieber Gott, wie hatte sie nur vergessen können, daß sie ihm hier wahrscheinlich begegnen würde?

»Was für eine Überraschung, Lord –«

»*Sie* sind überrascht. Ich konnte meinen Augen kaum trauen, als ich Sie vorhin tanzen sah. Ich sagte zu mir, nein, das kann unmöglich Klein-Katherine sein. Aber, bei Gott, Sie sind es. Was um Himmels willen machen Sie in Rußland?«

»Das ist eine lange Geschichte«, erwiderte sie ausweichend und wechselte sogleich das Thema. »Haben Sie zufällig in letzter Zeit etwas von meinem Vater gehört?«

»Ja, das habe ich, und ich erzähle Ihnen gerne –«

»Hat er irgend etwas über meine Schwester erwähnt – ist sie vielleicht verheiratet?«

Dieses Mal gelang es Katherine ihn abzulenken. »Um die Wahrheit zu sagen, Lady Elisabeth hat heimlich Lord Seymour geheiratet. Erinnern Sie sich an ihn. Netter Kerl, an sich. Aber der Earl war außer sich, natürlich, bis er herausfand, daß er völlig falsche Informationen über den jungen Seymour bekommen hatte.«

»Was?« Katherine schrie vor Überraschung beinahe auf. »Sie meinen, alles war umsonst?«

»Was war? Weiß nichts davon«, sagte er barsch. »Ihr Vater erwähnte die Heirat Ihrer Schwester nur im Zusammenhang mit Ihrem Verschwinden, denn er dachte zunächst, daß da ein Zusammenhang bestünde. George hatte die heimliche Hochzeit wohl geahnt und nahm an, daß Sie bei den jungen Menschen geblieben wären. Doch als die Frischvermählten nach gut zwei Wochen zurückkehrten, wurde er eines Besseren belehrt. Man nimmt an, daß Sie tot sind, Lady Katherine.«

Katherine seufzte kläglich. »Mein – ach, mein Brief, der alles erklärt, muß verlorengegangen sein. Oh, wie schrecklich.«

»Vielleicht solltest du deinem Vater noch einen Brief schreiben«, sagte Dimitri, der hinzugetreten war, gepreßt.

Katherine drehte sich um und sah, daß er sich von dem Schock vollkommen erholt hatte. Sein momentaner Gesichtsausdruck wirkte vielmehr so, als wollte er jeden Augenblick explodieren. Was zum Teufel hatte *er* für einen Grund, wütend zu sein?

»Dimitri, mein Junge. Das ist schön, daß Sie Lady Katherine St. John kennen. Ich habe Sie beide vorhin tanzen gesehen.«

»Ja, Lady Katherine und ich sind miteinander bekannt.

Wenn Sie uns jetzt bitte entschuldigen, Herr Botschafter, ich möchte ein paar Worte mit ihr sprechen.«

Er gab niemandem Zeit zu widersprechen, am wenigsten Katherine, die er buchstäblich aus dem Ballsaal und nach draußen zog. Auf der Treppe vor dem Haus holte sie erst mal tief Luft, doch als sie gerade ansetzen wollte, ihm Vorwürfe zu machen, schob er sie in die Kutsche. Dimitri ließ sie nicht zu Wort kommen, sondern fing sogleich an zu reden.

»Also es ist alles wahr! Jede Einzelheit ist wahr! Weißt du, was du da getan hast, *Lady* Katherine? Hast du überhaupt eine Vorstellung von den Auswirkungen, den –«

»Was *ich* getan habe?« keuchte sie ungläubig. »Warum zum Teufel tobst du eigentlich so? Ich habe dir gesagt, wer ich bin. Du warst der verdammte Besserwisser, der mir nicht glauben wollte.«

»Du hättest es mir beweisen können! Du hättest mir erzählen können, was die Tochter eines Earl alleine und in Lumpen gekleidet auf der Straße zu suchen hatte.«

»Aber ich habe es dir erzählt. Und ich habe keine Lumpen getragen, sondern das Kleid meiner Zofe. Das habe ich dir doch gesagt!«

»Hast du nicht!«

»Natürlich habe ich das. Ich habe dir gesagt, daß ich mich verkleidet habe, um meiner Schwester zu folgen, die mit einem Mann durchgehen wollte. Und wie du siehst, hat sie es ja auch gemacht! Und wenn du nicht gewesen wärst, hätte ich das verhüten können!«

»Katja, kein Wort hast du mir davon erzählt.«

»Und ich sag' dir, daß ich das wohl getan habe.«

Und als er weiter finster vor sich hin blickte, fuhr sie ihn an: »Was macht das auch für einen Unterschied? Ich habe dir meinen Namen und meinen Titel genannt. Ich habe dir sogar meine Bildung und meine Fähigkeiten aufgezählt, die ich ja inzwischen zum Teil bereits unter Beweis gestellt habe. Aber bis heute hast du dich eigensinnig geweigert zu glauben, was so offensichtlich war. Lieber Gott, Maruscha hat recht gehabt. Ihr Russen haltet euch etwas darauf zugute, bloß nicht von eurem ersten Eindruck abzurükken.«

»Bist du fertig?«

»Ja, ich glaube schon«, erwiderte sie steif.

»Gut. Morgen werden wir heiraten.«

»Nein.«

»Nein?« Er schrie schon wieder. »Gestern noch wolltest du mich heiraten. Du warst sogar sehr wütend, als ich dir erklärt habe, es ginge nicht.«

»Genau«, gab sie zurück. Ihre Augen glitzerten verdächtig feucht. »Gestern bin ich noch nicht gut genug für dich gewesen. Und heute bin ich es auf einmal? Nein, danke schön. Ich werde dich unter keinen Umständen heiraten.«

Er wandte sich ab und starrte wild aus dem Kutschenfenster. Katherine tat das gleiche. Wenn sie Dimitri nur ein bißchen besser gekannt hätte, wäre ihr klar gewesen, daß sich sein Zorn weniger gegen sie als vielmehr gegen sich selbst richtete. Aber sie wußte das nicht. Und sie nahm sich seine Kritik zu Herzen. Wie konnte er es wagen, ihr die Schuld zu geben? Wie konnte er es wagen, ihr jetzt einen Heiratsantrag zu machen, wo er sie doch gar nicht liebte, nur aus einem merkwürdigen Gefühl der Wiedergutmachung heraus? Sie wollte das nicht. Sie konnte auf sein Mitleid gut verzichten. Sie brauchte keinen Ehemann, der sie aus Pflichtgefühl heiratete. Nein, bei Gott, das hatte sie nicht nötig.

37.

Soweit das Auge reichte, dehnte sich eine weiche, unberührte Schneedecke aus. Sie ließ erahnen, wie leblos und verlassen oder auch wie unverwüstet von der Zivilisation dieses Land aussehen konnte. Die Szenerie war von blendender Schönheit – Büsche hatten sich in kleine Hügel mit schweren, weißen Mänteln verwandelt, nackte Birken streckten ihre kahlen, dunklen Finger dem tiefhängenden Himmel entgegen – so ruhig und friedvoll wirkte sie beruhigend auf einen aufgewühlten Geist.

Dimitri hielt auf der Straße, oder besser auf dem, was er für die Straße hielt. Der Schneesturm, der durch diese Gegend gefegt war, hatte sie zugeweht. Er hatte auch keine Orientierungspunkte mehr, die ihm einen Hinweis darauf hätten geben können, daß seine Richtung noch stimmte. Sein Gastgeber, Graf Berdijew, hatte ihn davor gewarnt, so bald schon aufzubrechen. Er hatte ihm geraten, doch noch eine Nacht länger zu verweilen, bis der Sturm sich endgültig gelegt hätte. Dimitri hatte abgelehnt.

Das Ganze hatte damit begonnen, daß er eine Weile mit seinen Gedanken allein sein wollte, ohne daß ihn Katherines Gegenwart ablenkte. Doch mittlerweile war bereits fast eine Woche vergangen, seit er Petersburg verlassen hatte. Drei Tage war er ziellos umhergeritten. Dann, als er sich bereits auf dem Rückweg befand, hatte ihn der Sturm überrascht und gezwungen, ein paar weitere Tage bei dem Grafen zu verbringen. Nun drängte alles in ihm, endlich nach Hause zu kommen. Katherine war schon zu lange alleine und sein Weglaufen in der Nacht ihres Streits hatte auch keinen Sinn gehabt. Noch aus einem anderen Grund hatte er Berdijews Haus so schnell wie möglich wieder verlassen wollen. Tatjana Iwanowa war mit einer Gruppe von zehn Leuten, unter ihnen Lisenko, aufgetaucht. Genau wie Dimitri hatten sie Zuflucht vor dem Sturm gesucht. Die Situation war unerträglich gewesen und hatte sich noch verschlimmert, als er Zeuge von Tatjanas Bruch mit Lisenko geworden war. Aus Lisenkos Blicken war deutlich geworden, daß er Dimitri die Schuld an dem Gang der Ereignisse gab.

Durch die Stille hallte betäubend laut der Schuß eines Gewehres. Dimitri war auf so etwas überhaupt nicht gefaßt gewesen und taumelte nach hinten, als sein Pferd scheute. Seine Landung wurde zwar durch den weichen Schnee aufgefangen, doch einen Moment blieb ihm die Luft weg. Als er aufblickte, sah er sein erschrecktes Pferd weit weg davongaloppieren. Doch das beunruhigte ihn weniger.

Er rollte sich in eine kauernde Stellung und suchte den Waldrand hinter sich mit den Augen ab. Er entdeckte Lisenko sofort, denn der Mann gab sich keine Mühe, sich zu verbergen. Dimitri stand das Herz still. Lisenko legte gerade das Gewehr zu einem weiteren Schuß an – doch er zögerte. Ihre Blicke trafen sich über die Entfernung. Die Qual, die Dimitri in den Augen des anderen wahrnahm, gab ihm zu denken. Dann senkte Lisenko die Waffe, riß sein Pferd herum und ritt wie wild in die Richtung zurück, aus der er gekommen war.

Was zum Teufel trieb einen Mann zu einer derartigen Handlung? Dimitri befürchtete, er wußte, was dahintersteckte. Tatjana. Lisenko glaubte offensichtlich, daß Dimitri an der gelösten Verlobung schuld war.

»Was ist los mit dir, Mitja? Der Mann hat gerade versucht, dich umzubringen, und du stehst hier und suchst nach Entschuldigungen für ihn.« Er seufzte voller Abscheu. »Himmel, ich rede schon genau wie sie mit mir selbst.«

Er drehte sich um und schaute, ob sein Pferd nicht inzwischen angehalten hatte. Es war indes nirgendwo zu sehen, doch die Spur war deutlich zu erkennen. Dimitri seufzte erneut. Das hatte ihm gerade noch gefehlt: Ein langer Marsch durch die Schneewehen. Aber wenigstens war er dazu in der Lage. Dieser Dummkopf hatte ein unverfehlbares Ziel vor sich gehabt und nicht getroffen. Er nahm an, daß Lisenko schließlich doch Gewissensbisse bekommen hatte.

Als Dimitri eine Stunde später sein Pferd fand, änderte

er seine Ansicht. Das Tier hatte einen gebrochenen Fuß und er mußte es töten. In ihm stieg die unangenehme Ahnung hoch, daß Graf Lisenko genau gewußt hatte, was er tat. Die Gegend war ihm fremd, er war Stunden von Berdijew entfernt, weit und breit waren weder Häuser noch ein Dorf zu sehen und der Himmel zog sich von Minute zu Minute bedrohlicher zusammen. Dimitri mußte befürchten, zu allem auch noch in einen Schneesturm zu geraten, ohne vorher einen Unterschlupf ausfindig gemacht zu haben. In diesem Fall waren seine Chancen gleich Null.

Er machte sich sogleich auf den Weg und marschierte los. Zu weit war er schon von Berdijew entfernt, als daß er noch hätte umkehren können. Er mußte weitergehen. Das war seine einzige Hoffnung, wenn er vor Einbruch der Nacht einen Zufluchtsort finden wollte.

Es dauerte nicht lange und die Kälte kroch ihm durch das Leder seiner Handschuhe und Stiefel und ließ seine Glieder taub werden. Sein pelzgefütterter Mantel bot ihm jetzt noch einigen Schutz, doch gegen die Kälte der Nacht reichte er nicht aus. Aber wenigstens wurde der Schnee abgehalten. Bei heraufziehender Dämmerung kam er endlich zu einer kleinen Hütte. Sie mußte jemandem gehören und das bedeutete, daß er sich in der Nähe von Menschen befand. So gerne er die Besitzer noch gefunden hätte, wagte er es doch nicht weiterzugehen, denn weit und breit war kein Haus zu sehen. Auch waren seine Kräfte erschöpft, von der mühsamen Wanderung durch den Schnee. Und mittlerweile war die Nacht vollends hereingebrochen.

Die Hütte war offensichtlich unbenutzt, vielleicht wurde noch hin und wieder etwas darin gelagert. Aber jetzt war sie völlig leer. Es gab überhaupt nichts außer den Brettern der Wände, was Dimitri für ein Feuer hätte verwenden können. Doch er wollte sie nicht herunterreißen, denn sie boten ihm wenigstens einen gewissen Schutz. Viel war es sowieso nicht. Durch die Ritzen kam die Kälte hindurch, aber wenigstens wurde der Wind weitgehend abgehalten. Und es war besser als nichts. Am nächsten Morgen würde er wohl das Haus finden, das in der Nähe sein mußte.

Fest eingewickelt in seinen Mantel rollte sich Dimitri in einer Ecke auf dem kalten, schmutzigen Boden zusammen, um zu schlafen. Er sehnte sich nach Katherines warmem Körper neben sich. Doch jetzt ging es erst einmal darum, die Nacht zu überleben. Schon mancher war in Rußlands eiskalten Winternächten eingeschlafen, ohne jemals wieder aufzuwachen.

38.

Katherine kam warm und begehrlich aus dem Nebel auf ihn zu. Sie schien überhaupt nicht mehr ärgerlich. Sie gab ihm auch nicht die Schuld daran, daß er ihr Leben zerstört hatte. Sie liebte ihn, ihn allein. Aber dann fing der Schnee wieder an zu fallen und sie verblaßte. Er konnte sie in dem Schneegestöber nicht mehr sehen, konnte sie nirgendwo finden, wie weit er auch rannte, wie laut er auch nach ihr rief. Sie blieb verschwunden.

Als Dimitri die Augen aufschlug, war er überzeugt, tot zu sein. Bei dem Anblick, der sich ihm bot, wollte ihm einen Augenblick lang das Herz stehenbleiben. Aber dann sah er auch Anastasia und Nikolai. Seine Augen wanderten zurück zu der Erscheinung.

»Mischa?«

»Siehst du, Nadja«, Michail schmunzelte, »ich habe dir ja gesagt, daß wir nicht noch länger zu warten brauchen, bis er sich ganz erholt hat.«

»Du konntest nicht sicher sein«, protestierte Anastasia. »Er hätte einen Rückfall haben können. Ich hätte bestimmt so reagiert, wenn plötzlich ein Geist vor mir stehen würde.«

»Ich, ein Geist? Ich werd' dir gleich zeigen –«

»Lieber Himmel!« Dimitri atmete hörbar aus. »Bist du es wirklich, Mischa?«

»Ja, ich bin es, dein Bruder Mischa, wie er leibt und lebt.«

»Wie das?«

»Wie das?« Michail grinste. »Also, ich könnte dir erzählen, wie mich meine feigen Kameraden mit Säbelwunden haben liegen lassen und mein Blut die Erde tränkte. Oder, daß mich die Armenier in ihr Lager verschleppten, um vor meinem Tod noch ihren Spaß mit mir zu haben.« Er machte eine Pause und ließ seine Worte wirken. Um seine blauen Augen zogen sich die Lachfältchen zusammen. »Oder soll ich dir sagen, daß die Tochter des Häuptlings einen Blick auf mein Alexandrow-Gesicht geworfen hatte und ihrem Vater so lange zusetzte, bis er mich ihr übergab?«

»Was willst du mir denn jetzt weismachen?«

»Laß dich nicht durcheinanderbringen Mitja«, mischte sich Nikolai ein.

»Es stimmt alles, was er sagt, und wir müssen ihm wohl glauben, denn er hat die armenische Prinzessin mit nach Hause gebracht.«

»Darf ich mir die Hoffnung machen, daß du sie geheiratet hast, Mischa?« fragte Dimitri vorsichtig.

»Die Hoffnung machen?«

Nikolai lachte. »Für *ihn* ist das von großem Interesse, denn Tante Sonja hat ihm keine Ruhe mehr gelassen, seit du für tot erklärt warst, Mischa. Da half überhaupt nichts. Der arme Mitja sollte heiraten und endlich einen Erben zeugen, bevor von den Alexandrows keiner mehr übrig wäre.«

Dimitri sah seinen Bruder mit einem Stirnrunzeln an. »Du findest das vielleicht komisch. Glaub mir, ich fand das gar nicht.«

»Nun, dann kannst du dich jetzt entspannen, Mitja«, sagte Michail stolz. »Ich habe sie nicht nur geheiratet, sondern sie hat mir auch schon einen Sohn geschenkt. Das ist auch der Grund, warum sich meine Heimkehr so verzögert hat. Wir konnten erst reisen, als das Kind geboren war.«

Dimitri entspannte sich, aber einfach aus Schwäche. »Gut, für deine geisterhafte Erscheinung habe ich jetzt eine Erklärung, aber könnt ihr mir sagen, warum ihr drei um mein Bett herumsteht und wie zum Teufel ich hierher komme? Oder habe ich das nur geträumt, den Marsch durch den Schnee –«

»Das war kein Traum, Mitja.« Anastasia setzte sich an sein Bett und reichte ihm Wasser. »Du bist so krank gewesen, daß wir eine Weile gar nicht wußten, ob du dich wieder erholen würdest.«

»Hänselt ihr mich schon wieder?« Aber in keinem der drei Gesichter stand ein Lächeln. »Wie lange?«

»Drei Wochen.«

»Nicht möglich!« platzte Dimitri heraus.

Er versuchte sich aufzurichten, doch ihm wurde schwindelig und er sank in die Kissen zurück, schloß die Augen. Drei Wochen seines Lebens waren vergangen, an die er sich nicht erinnern konnte. Das war zuviel für ihn.

»Mitja, bitte, reg dich nicht auf«, versuchte ihn Anastasia besorgt zu beruhigen. »Der Doktor sagt, daß du ganz ruhig liegen mußt, wenn du wieder bei vollem Bewußtsein bist, und daß du dich langsam erholen sollst.«

»Du hast eine schlimme Zeit hinter dir«, fügte Nikolai hinzu.

»Du hast fast die ganze Zeit hohes Fieber gehabt, auch wenn du zwischendurch immer wieder daraus erwacht bist und ganz normal wirktest. Wir haben schon ein paarmal geglaubt, du wärst über den Berg, aber das Fieber kam immer wieder zurück.«

»Ja, ich selbst habe dir dann dreimal erzählt, wie du hierher gekommen bist und was mit dir los ist«, sagte Anastasia.

»Du warst soweit bei Bewußtsein, daß du Fragen stellen und Befehle erteilen konntest. Du warst eine richtige Plage. Erinnerst du dich nicht?«

»Nein«, seufzte Dimitri. »Sagt mir doch, wie ich hierher gekommen bin, wenn es euch nichts ausmacht das Ganze nochmal zu erzählen.«

»Ein paar Soldaten haben dich gefunden, als sie auf der Suche nach einem entlaufenen Leibeigenen waren«, erklärte Anastasia. »Sie glaubten, sie hätten ihn, als sie deine Spuren sahen, die zu der Hütte führten, in der du warst. Keiner wußte, wie lange du schon da gelegen hattest, denn du befandest dich bereits im Delirium und konntest nicht mehr reden. Du warst nicht mal mehr in der Lage, ihnen zu sagen, wer du bist.«

»Sie nahmen dich in ihre Kaserne mit und dort erkannte dich Gott sei Dank jemand und wir wurden benachrichtigt«, fuhr Nikolai fort. »Als Wladimir dort ankam, warst du soweit bei klarem Bewußtsein, daß du verlangtest, nach Hause gebracht zu werden.«

»Was ein Fehler war«, fügte Anastasia hinzu. »Ihr kamt in einen Schneesturm, der die Gegend zuvor schon heimgesucht hatte und es dauerte Tage, bis ihr hier ankamt. Da ging es dir bereits so schlecht, daß wir um dein Leben fürchteten.«

»Frauen«, brummte Michail. »Als ob ein Mann wegen einer kleinen Erkältung gleich sterben würde, wo es hier doch soviel aufregendere Arten gibt, sein Leben zu beschließen –«

»Erspar mit jetzt deine blutigen Abenteuer, Mischa«, sagte Dimitri müde. »Wann bist du denn hier angekommen?«

»Ungefähr vor einer Woche. Ich habe mir eine ruhmreiche Heimkehr erwartet, und dabei saßen sie alle mit langen Gesichtern und voller Sorge um dein Bett herum.«

»Alle?« In ihn kam wieder Bewegung. »Katherine auch? Hat sie sich Sorgen gemacht?«

»Katherine? Wer ist Katherine?«

Nikolai schmunzelte. »Er meint das kleine Frauenzimmer –«

»Lady Katherine St. John.« Dimitri funkelte ihn an.

»Wirklich? Heißt das, daß sie die Wahrheit gesagt hat, auch über die Sache mit Sonja?«

»Ja, und dabei fällt mir ein! Was ist passiert, als du sie gefunden hast?«

Dimitris Tonfall klang so bedrohlich, daß Nikolai einen Schritt zurückwich. Dabei hatte er bei Dimitris augenblicklicher Schwäche gar nichts zu befürchten. »Nichts. Ich versichere dir, daß ich ihr nicht zu nahe getreten bin.«

»Möchte mich vielleicht irgend jemand darüber aufklären, wer Katherine ist?« fragte Michail noch einmal. Doch er bekam wieder keine Antwort.

»Wo ist sie?« fragte Dimitri gebieterisch und wandte sich zuerst an Nikolai. Als dieser ihn nur unwissend anschaute, richtete er seinen Blick auf seine Schwester. »Nadja, sie ist doch hier, oder?«

»Tatsächlich –«

Weiter kam sie nicht. Ihr unbehaglicher Gesichtsausdruck alarmierte ihn, daß sie womöglich schlechte Nachrichten zurückhielt. »Wladimir!« Wild forderte er Nikolai auf! »Wo ist er? Bring ihn her zu mir!« Und gleich darauf: »Wladimir!«

Anastasia drückte ihn ins Bett zurück und Nikolai verließ das Zimmer. »Mitja, das geht so nicht. Du wirst einen Rückfall bekommen –«

»Weißt du wo sie ist?«

»Nein, aber Wladimir sicher. Bitte, beruhige dich, er wird gleich hier sein –«

»Herr?« Wladimir erschien und eilte zum Bett. Nikolai hatte ihn schon in Kenntnis gesetzt, was Dimitri quälte. »Sie hat sich in die Britische Botschaft begeben, Herr.«

»Wann?«

»Am Tag nachdem Sie weggeritten sind. Sie ist immer noch dort.«

»Bist du sicher?«

»Ich habe einen Mann postiert, der aufpaßt. Er würde es sehen, wenn sie die Botschaft verläßt.«

Dimitris Anspannung ließ nach und er fühlte sich so schwach, daß er kaum mehr die Augen offenhalten konnte. Solange er wußte, wo sie sich befand...

»Möchte mir jetzt vielleicht endlich jemand sagen, wer Katherine ist?« verlangte Michail gebieterisch.

»Sie wird deine Schwägerin werden, Mischa, sobald ich wieder auf den Beinen bin. Und überhaupt, gut, daß du wieder da bist«, fügte Dimitri hinzu, bevor er erneut in tiefen Schlaf fiel.

»Ich hatte den Eindruck, daß er sich nicht viel aus einer Ehe machte.« Michail schaute seine Geschwister fragend an.

Nikolai und Anastasia lächelten, als sie leise das Zimmer verließen. Und Nikolai meinte nur: »Es scheint, als hätte jemand seine Meinung geändert.«

39.

»Lady Katherine, empfangen Sie heute morgen?«

Katherine schaute mit einem Seufzer von ihren Rechnungsbüchern auf. »Wer ist es diesmal, Fiona?« Wann würde sich die Neugier der Nachbarn endlich legen?

»Sie sagt, sie sei die Herzogin von Albemarle.«

Katherine saß einfach nur da, starrte das Mädchen an, während alle Farbe aus ihrem Gesicht wich. Dimitris Großmutter? Hier? Bedeutete das... Nein, wenn Dimitri in England wäre, würde er selbst kommen. Oder nicht?

»Gnädigste?«

Katherine schaute wieder auf das Mädchen. »Ja, ich bin zu sprechen. Führe sie in den – Warte, ist sie alleine?« Auf Fionas Nicken meinte sie: »Gut, mir ist doch lieber, du führst die Dame hierher. Mein Arbeitszimmer ist nicht so förmlich. Und bring uns auch ein paar Erfrischungen, Fiona.«

Katherine kam nicht hinter ihrem Schreibtisch hervor. Sie saß da, kaute auf ihrem Federkiel und wurde von Sekunde zu Sekunde nervöser. Warum wollte Dimitris Großmutter sie besuchen? Sie konnte doch gar nichts wissen. Niemand kannte die Wahrheit. Nicht einmal ihr Vater.

Sie hatte in Rußland einen Brief von dem Earl erhalten, der sehr verständnisvoll gewesen war. Ihr eigener Brief, der dem seinen vorausgegangen war, hatte aus vielen, kunstvoll zusammengesetzten Lügen bestanden. Sie hatte ihn beruhigen wollen und ihm versichert, daß es ihr gut ginge, damit er sich nicht zu große Sorgen machte. Gleichzeitig hatte sie aber auch geschrieben, daß sie noch nicht bereit sei, Rußland wieder zu verlassen. Sie mußte ihm die Wahrheit vorenthalten, denn Vaterpflicht war es, die Ehre der Tochter zu rächen. Davon hielt sie aber gar nichts.

Die Geschichte, daß sie irrtümlicherweise nach Rußland entführt worden war, kam der Wahrheit sehr nahe. Sie gebrauchte ihrem Vater gegenüber die gleiche Ausrede, wie schon bei dem Botschafter, nämlich daß ihr Brief, den sie sofort nach ihrer Ankunft in Rußland geschrieben hatte, verlorengegangen sein müßte. Und sie hätte gerade erst erfahren, daß niemand über ihr Schicksal Bescheid wüßte. Zum Schluß hatte sie ihn in ihrer entschiedenen Art darüber informiert, daß sie noch eine Weile in Rußland reisen wollte, wenn sie nun schon einmal gezwungenermaßen hier war. Er war nicht sehr erbaut davon gewesen. Doch schließlich hatte er ihr alles Gute gewünscht und ihr eine beträchtliche Summe für ihre Ausgaben beigelegt.

Ja, er hatte alles verstanden, bis sie dann vor drei Wochen mit Alex angekommen war. Alex verstand er überhaupt nicht. Sie entschuldigte sich nicht dafür, gab keine Erklärungen ab, meinte nur, sie hätte sich verliebt und Kinder seien eben das Ergebnis von so etwas. Doch der größte Streitpunkt zwischen ihnen war, daß sie den

Namen des Vaters nicht preisgeben wollte. Sie wäre ihm auf ihren Reisen durch Rußland begegnet und wollte ihn aber nicht heiraten. Was sollte man den Leuten sagen? Einfach nichts.

Katherine war nicht die erste, die mit einem Kind von einer Reise zurückkehrte. Doch sie war nicht bereit, es als Findelkind auszugeben. Diese Ausrede hatten hochgestellte Damen schon zu oft gebraucht, als daß sie noch glaubwürdig war. Sie ging davon aus, daß sich das Gerede und die Spekulationen bald legen würden, da man Katherine St. John normalerweise nicht mit Liebesaffären in Verbindung brachte. Damit hatte sie recht. Die allgemeine Meinung war – wobei sie nicht wußte, daß Lucy dieses Gerücht in die Welt gesetzt hatte – daß sie Witwe sei und zutiefst erschüttert über den Tod des Mannes. Deswegen, so hieß es, weigerte sie sich, ihn auch nur zu erwähnen.

Das amüsierte sie. Es erlaubte ihr, allen Fragen über den Vater ihres Sohnes aus dem Weg zu gehen, ohne in Verlegenheit zu kommen. Nicht daß sie sich geschämt hätte. Ganz im Gegenteil, sie war so stolz auf ihren Sohn, daß sie ihn allen und jedem zeigte, der nach ihm fragte. Dimitris Großmutter war natürlich davon ausgeschlossen.

Alex hatte unglücklicherweise das typische Alexandrow-Gesicht und die Haarfarbe seines Vaters. Sein Aussehen gefiel Katherine zwar sehr, aber es war nicht zu leugnen, daß er Dimitris Sohn war. Die Herzogin mußte nur einen Blick auf ihn werfen, um die Ähnlichkeit zu bemerken. Und bei einer zukünftigen Begegnung zwischen Dimitri und seiner Großmutter würde sie sicher Katherines Sohn erwähnen, der den Alexandrows so verblüffend ähnlich sah. Dimitri würde dann erfahren, daß sie ihn verlassen hatte, obwohl sie ein Kind von ihm erwartete. Sicher würde es ihm gar nicht gefallen, daß sie sich geweigert hatte ihn zu heiraten und ihm dadurch seinen Erben vorenthielt. Vielleicht würde er sogar versuchen, ihr Alex zu entreißen. Sie durfte kein Risiko eingehen.

Sie sprang nervös auf, als sie ein leichtes Räuspern

vernahm. »Bitte, gnädige Frau, kommen Sie herein.« Sie wies auf den Sessel vor ihrem Schreibtisch. »Sie sind mit meinem Vater bekannt, soviel ich weiß. Er ist gerade in der Stadt. Wenn Sie ihn sprechen möchten –«

»Ich bin zu Ihnen gekommen, meine Liebe, und lassen wir doch die Förmlichkeiten beiseite. Es würde mich freuen, wenn Sie mich einfach Leonore nennen.«

Leonore Cudworth war ganz anders, als Katherine erwartet hatte, obgleich sie gar nicht sagen könnte, wie sie sich die Herzogin vorgestellt hatte. Sie kannte einige Damen in ihrem Alter, die sehr an der Vergangenheit hingen, altmodische Kleider trugen und sich sogar noch die Haare puderten. Leonore dagegen trug ein elegantes, farbenfrohes Reisekostüm, nur bei ihrem Haar machte sie eine Konzession an ihr Alter. Es war so gelegt, wie es wohl vor vielen Jahren modern gewesen war, doch es stand ihr ausgezeichnet. Ihr Gesicht zeigte noch kaum Falten und sie war immer noch eine sehr attraktive Frau, fand Katherine. Es deprimierte sie zu sehen, von wem Dimitri seine dunklen, braunen Augen hatte. Doch die der Herzogin wirkten ein bißchen wärmer, hatten mehr Lachfalten.

»Sie brauchen nicht nervös zu sein.«

»Oh, das bin ich gar nicht«, versicherte Katherine rasch. Das war ein schlechter Anfang, ärgerte sie sich. »Und, nennen Sie mich bitte Kate, wie meine Familie.«

»Und wie hat Dimitri Sie genannt?«

Katherines Augen flatterten und verrieten sie, bevor sie fragen konnte: »Wer ist Dimitri?« Statt dessen fragte sie: »Warum sind Sie gekommen?« Dabei errötete sie ängstlich.

»Um Ihnen zu begegnen. Um meine Neugier zu befriedigen. Ich habe gerade erst gehört, daß Sie nach England zurückgekehrt sind, ansonsten wäre ich sicher schon früher gekommen.«

»Ich hätte Sie nicht zu den Menschen gerechnet, die an Skandalgeschichten interessiert sind, gnädige Frau.«

Leonore mußte lächeln. »Ach, meine liebe Kate, wie

angenehm erfrischend ist es doch, jemandem zu begegnen, der nicht geziert spricht. Aber trotzdem versichere ich Ihnen, daß ich keine Klatschbase bin. Wissen Sie, ich habe letztes Jahr einen ziemlich langen Brief von Dimitris Tante väterlicherseits erhalten – wir stimmen doch überein, daß Sie meinen Enkel kennen?«

Als Katherine daraufhin heftig mit den Augen zwinkerte, lächelte Leonore unbeeindruckt. »Nun, jedenfalls liebt Sonja, Dimitris Tante, es, sich bei mir über seine vielen amourösen Kavaliersdelikte zu beklagen. Seit Jahren hat sie mir solche Briefe geschrieben, wahrscheinlich in der Hoffnung, mich darüber aufzuklären, daß der Junge rettungslos verloren sei. Etwas, woran ich nie auch nur einen Moment geglaubt habe. Ich habe ihre Briefe nur nicht abgewehrt, weil ich sie so amüsant fand. Aber dieser eine bestimmte Brief hat mich überhaupt nicht amüsiert. Sie schrieb darin, daß Dimitri jetzt seine... Frauen, sagen wir so? Ja, also daß er jetzt seine Frauen schon aus England mitbringt und daß er so weit gegangen ist, eine in seinem Haus unterzubringen.«

Katherine war schneeweiß geworden. »Hat sie einen Namen genannt?«

»Ja, tut mir leid, das tat sie.«

»Ich verstehe.« Katherine seufzte. »Sie müssen wissen, daß sie nie verstanden hat, warum ich da war. Jedenfalls war es gewiß nicht das, was sie dachte. Und ich zweifle, daß Dimitri jemals zugegeben hat – ach, das hat jetzt nichts damit zu tun. Haben Sie – haben Sie meinem Vater das erzählt?«

»Warum sollte ich?«

»Um ihn zu beruhigen. Er hielt mich für tot, als ich verschwunden war.«

»Sie meinen... Verzeihen Sie, meine Liebe, ich hatte keine Ahnung. Über Ihre Abwesenheit aus England wußte ich Bescheid, aber nicht, daß George keine Ahnung hatte, wo Sie sich befanden. Ich hatte angenommen, daß Sie auf einer Europareise wären. Aber war das nicht sehr gedankenlos von Ihnen? Ich weiß, daß Dimitri ein Frauenheld ist, aber einfach so mit ihm fortzulaufen –«

»Verzeihen Sie«, unterbracht Katherine scharf, »aber mir wurde in dieser Angelegenheit keine Wahl gelassen.«

Die Herzogin errötete tatsächlich. »Dann tut es mir um so mehr leid, meine Liebe. Mir scheint, ich bin mit meinem Erscheinen hier von falschen Voraussetzungen ausgegangen. Ich dachte – nein, ich nahm an, daß Sie ein Verhältnis mit meinem Enkel gehabt hätten und daß das Kind, mit dem Sie nach Hause kamen, sein Sohn sei. Sie sehen, ich habe von dem Kind gehört und gehofft, das tue ich auch immer noch... Was ich sagen will –«

»Alex ist nicht Dimitris Sohn!«

Leonore setzte sich zurück, überrascht von dieser entschiedenen Ableugnung. »Ich wollte damit nicht sagen... Nun, ich gebe zu, ich habe es angedeutet. Verzeihen Sie mir. Aber wenn man bedenkt, daß die meisten Frauen meinen Enkel unwiderstehlich finden, war es für mich nur natürlich, anzunehmen... Oh, das ist alles Unsinn, Kate, ich würde den Jungen gerne sehen.«

»Nein. Ich meine, er schläft und –«

»Es macht mir nichts aus zu warten.«

»Aber er war ein bißchen unwohl. Ich halte es wirklich für keine gute Idee, ihn zu stören.«

»Warum weisen Sie mich ab? Wir sprechen über meinen Urenkel.«

»Das ist er nicht«, beharrte Katherine ärgerlich, denn sie fühlte sich in der Rolle, die sie spielte, alles andere als wohl. Doch in ihrer Angst war sie unfähig, klar zu denken. »Ich habe Ihnen doch gesagt, daß Dimitri nicht der Vater ist. Schließlich hat er mich monatelang auf Nowi Domik gelassen. Wissen Sie, wie viele Männer es in Nowi Domik gibt? Hunderte. Muß ich deutlicher werden?«

Leonore lächelte. »Sie hätten nur zu sagen brauchen, daß Sie nie mit Dimitri intim geworden sind, aber das haben Sie nicht gesagt. Nein, Sie können mich nicht davon überzeugen, daß Sie eine Frau sind, die von einem

Mann zum nächsten fliegt. Bemühen Sie sich nicht weiter, das zu versuchen. Er weiß nichts von dem Kind, habe ich recht? Haben Sie deswegen Angst?«

»Gnädige Frau, ich muß Sie bitten, jetzt zu gehen«, erwiderte Katherine eisig.

»Nun gut, meine Liebe, diese Runde haben Sie gewonnen.« Leonores Stimme klang nach wie vor freundlich. Sie gab ihren Gefühlen keinen freien Lauf, wie es die junge Frau so oft tat. Doch von ihrem Vorsatz ließ sie nicht ab. »Ich werde Ihren Alex schon noch zu Gesicht bekommen. Ich lasse mir doch meinen ersten Urenkel nicht vorenthalten. Und wenn es nötig sein sollte, werde ich den Vater holen, damit die Angelegenheit in Ordnung kommt.«

»Das würde ich Ihnen nicht empfehlen«, sagte Katherine, die jetzt nicht mehr verhehlen konnte, wie aufgebracht sie war. »Ist Ihnen klar, daß er sehr wütend werden wird, wenn Sie ihn umsonst hierher holen? Und es wäre umsonst.«

»Irgendwie bezweifle ich das.«

40.

»Nun?« fragte Dimitri.

Wladimir betrat mit erheblichem Widerwillen das Speisezimmer. »Sie hat weder die Blumen noch den Brief angenommen, Herr. Beides wurde mir zurückgegeben, der Brief ungeöffnet.«

Dimitri schlug mit der Faust so fest auf den Tisch, daß der Wein verschüttet wurde und der Kerzenleuchter umfiel. Ein Lakai eilte herbei und stellte ihn wieder auf. Dimitri bemerkte es nicht einmal.

»Warum will sie mich nicht sehen? Was habe ich denn so Schreckliches getan? Ich habe sie gebeten, mich zu heiraten, das ist alles.«

Wladimir sagte kein Wort. Er wußte, daß die Fragen

nicht an ihn gerichtet waren. Er hatte sie schon Hunderte Male gehört ohne eine Antwort darauf gefunden zu haben. Er wußte nicht, was der Prinz getan hatte. Es war wohl derselbe Fehler, den er auch begangen hatte. Heilige Maria, wie oft hatte er sich mittlerweile gefragt, wie er nur so blind und so dumm hatte sein können, die Wahrheit nicht zu erkennen. Maruscha hatte es ihm deutlich und schadenfroh unter die Nase gerieben, daß es ihr schon die ganze Zeit klar gewesen war, während er verbissen an seinen falschen Vorstellungen über Lady Katherine festgehalten hatte.

»Wenn Sie vielleicht –«

Wladimir kam nicht weiter. Er wurde durch den Lakaien an der Tür unterbrochen, der verkündete: »Die Herzogwitwe –«

Doch auch dieser Mann konnte nicht aussprechen, denn Dimitris Großmutter schob ihn einfach beiseite und betrat das Zimmer. Zwar war sie offensichtlich ziemlich durcheinander, doch das bemerkte Dimitri in seiner Überraschung nicht.

»Babuschka!«

»Nenn' mich nicht so, du nachlässiger, verantwortungsloser Mensch«, sagte Leonore scharf und wehrte seine Umarmung ab. »Weißt du eigentlich, in was für eine Verlegenheit du mich gebracht hat? Man hat mich gefragt, was dich denn schon wieder nach London führte, wo du doch erst vor ein paar Monaten hier gewesen wärst. Und ich hatte weder damals noch jetzt eine Ahnung von deiner Anwesenheit. Was hat das zu bedeuten? Du kommst nach England und stattest mir keinen Besuch ab, läßt mir nicht einmal eine Nachricht zukommen? Und das Ganze machst du gleich zweimal hintereinander.«

Dimitri errötete. »Ich muß dich um Verzeihung bitten.«

»Mehr als das. Du schuldest mir eine Erklärung.«

»Gewiß, aber setz dich doch bitte. Trink ein Glas Wein mit mir.«

»Ich setze mich, doch Wein möchte ich keinen.«

Sie nahm Platz und trommelte ärgerlich und ungeduldig wartend mit den Fingern auf den Tisch. Dimitri winkte die Diener fort und setzte sich wieder. Er war ausgesprochen verlegen. Was sollte er ihr sagen? Doch nicht die Wahrheit.

»Ich wollte dich besuchen kommen, *Babuschka*«, begann er.

»Nach drei Wochen erst?«

Sie wußte also, daß er schon so lange hier war. Er fragte sich, was sie noch alles wußte, als sie hinzufügte: »Vor nicht mal einem Monat habe ich dir geschrieben und diesen Brief kannst du noch gar nicht erhalten haben. Deswegen also bist du sicher nicht hier. Jetzt aber heraus mit der Sprache. Was machst du hier und warum bin ich die letzte, die es erfährt?«

»Du hast mir geschrieben? War es etwas Wichtiges?«

»Du kannst mich nicht hinhalten, Dimitri. Ich verlange zu erfahren, was los ist. Wie kommst du dazu, meinen eigenen Sohn dazu zu bringen, Geheimnisse vor mir zu haben. Denn er muß wissen, daß du da bist, ansonsten könntest du nicht im Stadthaus wohnen.«

Dimitri seufzte. »Sei nicht mit Onkel Thomas böse. Ich bat ihn, dir im Augenblick nichts zu sagen, denn ich wußte, du würdest darauf bestehen, daß ich dich auf dem Land besuchen käme. Aber meine Angelegenheiten hier sind einfach zu wichtig... Ich muß in London bleiben, *Babuschka*. Ich muß sichergehen, daß sie nicht wieder verschwindet.«

»Wer?«

»Die Frau, die ich heiraten möchte.«

Leonores Augenbrauen schossen in die Höhe. »Ach? Wenn ich mich recht erinnere, wolltest du bereits Ende letzten Jahres verheiratet sein. Als daraus nichts wurde und ich zudem deinen Brief erhielt, in dem du mir die Heimkehr deines Halbbruders mitteiltest, nahm ich an, daß du es nun nicht mehr so eilig hättest, dich an eine Frau zu binden.«

»Das war bevor ich Katherine begegnete.«

»Doch nicht Katherine St. John!« entgegnete Leonore entsetzt.

»Woher weißt du das? Nein, nein, erzähl es mir nicht. Ich glaube, ich habe einen vollkommenen Narren aus mir gemacht. So oft, wie ich schon vor ihrer Tür wieder kehrtgemacht habe, muß es bereits die ganze Stadt wissen. Wie ein Verrückter bin ich ihr bis zum Piccadilly gefolgt, aber sie hat es geschafft, sich mir wieder zu entziehen.«

»Nun gut, ich nehme also an, du bist Lady Katherine hierher gefolgt und das ist auch der Grund für deine jetzige Anwesenheit. Doch du warst dieses Jahr schon einmal da.«

»Auch da habe ich Katherine gesucht. Ich hatte fälschlicherweise angenommen, daß sie schon zurückgekehrt wäre. Als ich Katherine hier nicht fand, war ich völlig durcheinander, denn ich wußte nicht, wo ich sie als nächstes suchen sollte.«

»Du warst verzweifelt?« Leonore lächelte zum ersten Mal. »Wenn ich es nicht besser wüßte, könnte man meinen, du würdest sie lieben.«

Dimitri runzelte die Stirn. »Was ist daran so unmöglich?«

»Nichts natürlich. Ich bin nur gerade erst vor kurzem Lady Katherine begegnet. Sie ist ein kleines Persönchen, aber eine sehr eindrucksvolle Frau. Ich glaube kaum, daß sie so ohne weiteres tun wird, was du willst, mein Junge. Sie wird auch sicher nicht immer deiner Meinung sein. Zu lange hat sie Entscheidungen selbständig getroffen, als daß sie sich so ohne weiteres in eine untergeordnete Rolle einfügen würde. Überhaupt zweifle ich daran, daß sie besonders anpassungsfähig ist. Sie ist eine Frau, die weiß, was sie will, nicht gerade das, was ich mir als geeignete Gattin für einen Mann von deinem Temperament vorgestellt habe.«

»Du erzählst mir nichts, was ich nicht schon weiß.«

»Ach, wirklich?« Sie schmunzelte.

Sie hätte ihm noch das eine oder andere erzählen können, doch sie unterließ es. Warum sollte sie dem Jungen Schützenhilfe leisten, die er gar nicht brauchte? Bis jetzt war ihm im Leben immer alles in den Schoß gefallen. Es konnte ihm nicht schaden, wenn er sich dieses Mal ein bißchen anstrengen mußte, um zu bekommen, was er wollte. Und wenn Katherine es ihm nicht leicht machte, war das nur um so besser. Sollte es ihm allerdings schließlich doch nicht gelingen, sie zu gewinnen, war das eine ganz andere Geschichte. Leonore jedenfalls war nicht bereit, auf ihren ersten Urenkel zu verzichten.

»Du sagtest, Katherine weigere sich, dich zu sehen?« fragte Leonore jetzt. »Wieso eigentlich?«

»Wenn ich das nur wüßte. Als wir das letzte Mal zusammen waren hatten wir einen Streit. Aber das war schon öfter vorgekommen und an sich nichts Außergewöhnliches. Sie war gerade erst meine – aber das tut jetzt nichts zur Sache. Das Entscheidende ist, daß sie einfach weglief und spurlos verschwunden war. Jetzt, wo ich sie endlich wiedergefunden habe, weigert sie sich, mit mir zu sprechen. Sicher, ich habe ihr für vieles Abbitte zu leisten, aber sie gibt mir ja nicht einmal die Gelegenheit dazu. Es ist als ob sie Angst davor hätte mich zu sehen.«

»Nun, wie dem auch sei, das spielt jetzt keine Rolle. Wenn du sie wirklich haben willst, mußt du einen Weg zu ihr finden, oder nicht? Und ich glaube, ich bleibe noch ein Weilchen in London und werde schauen, wie du zurechtkommst. Du wirst mich natürlich zur Hochzeit einladen, falls es eine gibt.«

Leonore ging in bester Laune fort. Dimitri hingegen blieb in trüber Stimmung sitzen. Wenn er nur nicht das untrügliche Gefühl hätte, daß sie ihm etwas verheimlichte.

41.

»Kit? Bist du schon aufgestanden?« Elisabeth klopfte an die Tür und war überrascht, als sie sich sogleich öffnete. »Oh, du bist also schon auf.«

»Natürlich. Die Frage ist doch vielmehr, was du in aller Frühe schon hier machst.«

»Ich habe mir gedacht, wir könnten heute morgen etwas zusammen unternehmen. Reiten oder Einkaufen, weißt du, so wie früher.«

Katherine ging gemeinsam mit ihrer Schwester in Richtung Treppe. »Das wäre schon hübsch, aber ich habe wirklich zu viel –«

»Ach, bitte, Kit. Ich habe doch nur diese zwei Tage, solange William geschäftlich unterwegs ist. Er fand es sowieso recht verrückt, daß ich das Wochenende hier verbringen wollte, wo doch unser Stadthaus nur ein paar Blocks entfernt liegt.«

»Das ist es ja auch«, meinte Katherine lächelnd.

»Unsinn. Ich wollte es nur noch einmal so wie früher haben, bevor du... das heißt...«

»Bevor ich was?«

»Ach, du weißt schon.«

»Beth«, sagte Katherine warnend.

»Ach, bevor du auch heiratest oder irgend so etwas, und –«

»Ich werde nicht heiraten, Beth. Wie zum Teufel kommst du denn darauf?«

»Sei doch nicht gleich verstimmt. Warum ich das annehme? Weißt du, es ist kein Geheimnis, was hier vorgeht. Eure Diener sind ganz begeistert, weil es so romantisch ist. Und sie erzählen meiner Zofe natürlich alles bis ins Detail. Der attraktivste Mann der ganzen Welt klopft zweimal täglich an deine Tür, schickt dir Geschenke und Blumen und Briefe –«

»Wer sagt, daß er attraktiv ist?«

Elisabeth lachte. »Mal ehrlich Kit, warum bist du so

abweisend? Natürlich habe ich ihn gesehen. Ein russischer Prinz ist schließlich etwas Besonderes.« Bei diesen Worten erreichten sie das Speisezimmer, in dem der Earl gerade sein Frühstück einnahm. Für Elisabeth war das jedoch kein Anlaß, ihre Unterhaltung zu beenden. »Vor ein paar Wochen machte mich jemand auf ihn aufmerksam und ich konnte gar nicht glauben, daß du ihn tatsächlich kennst. Und dann erfuhr ich, wie hartnäckig er versucht, dich zu sehen. Meine Güte, ist das aufregend! Wie hast du ihn kennengelernt? Bitte, Kit, du mußt mir alles erzählen.«

Katherine setzte sich, den Blick ihres Vaters ignorierend. Auch er wartete gespannt auf ihre Antwort, aber sie behielt die Wahrheit beharrlich für sich.

»Es gibt nichts zu erzählen«, meinte sie ungezwungen. »Ich bin ihm einfach in Rußland begegnet.«

»Nichts zu erzählen!« schnaubte George St. John. »Er ist doch derjenige, welcher, stimmt's?«

»Nein, das ist er nicht«, wiederholte Katherine. Sie hatte die gleiche Frage in den letzten drei Wochen schon mindestens ein halbes Dutzendmal beantwortet.

»Meinst du, er ist Alex' Vater?« keuchte Elisabeth.

»Ach, sei still, Beth. Es spielt keine Rolle, wer er ist. Ich möchte jedenfalls nichts mit ihm zu tun haben.«

»Aber warum?«

Katherine erhob sich und warf ihrer Schwester und ihrem Vater einen Blick zu, der deutlich besagte, daß sie nun genug hatte. »Ich gehe mit Alex in den Park. Wenn ich zurückkomme, möchte ich kein Wort mehr über diesen Mann hören. Ich bin alt genug, meine eigenen Entscheidungen zu fällen und dazu gehört, daß ich diesen Mann nie wieder sehen will. Das ist alles, was es darüber zu sagen gibt.«

Als sie gegangen war, warf Elisabeth ihrem Vater einen Blick zu. George St. John hatte heftig mit seinem Verdruß zu kämpfen.

»Warum, glaubst du, ist sie so zornig auf ihn?«

»Zornig? Meinst du wirklich, das ist alles?«

»Natürlich. Warum sollte sie ansonsten nicht einmal mit ihm sprechen wollen? Hast *du* mal mit ihm geredet?«

»Ich bin nie da, wenn er vorbeikommt«, bekannte George. »Aber ich sollte ihm wohl einen Besuch abstatten. Wenn er Alex' Vater ist –«

»O nein, du würdest sie doch nicht zwingen zu heiraten? Sie würde dir das nie verzeihen, außer, sie verträgt sich wieder mit ihm. Aber wie soll das geschehen, wenn sie ihn nicht einmal sehen will?«

Katherine schlenderte im Schatten der Bäume dahin. Dabei behielt sie Alex, der auf einer Decke in der Sonne herumspielte, im Auge, obwohl Alice, sein Kindermädchen, bei ihm saß. Es war Mitte September, aber nach dem langen Winter in Rußland vertrug Katherine selbst die Herbstsonne schlecht. Aber Alex genoß sie, und er jauchzte über die bunten Blätter, die von den Bäumen segelten.

Mit seinen viereinhalb Monaten wurde er jetzt schon recht aktiv, war nicht mehr nur das kleine Bündel im Kinderwagen. Vor kurzem erst hatte er entdeckt, daß er auf Händen und Knien vor- und zurückschaukeln konnte; immer wieder probierte er es mit größtem Vergnügen. Als nächstes würde er anfangen zu krabbeln, meinte das Kindermädchen. Katherine wünschte, sie verstünde mehr von kleinen Kindern. Doch sie lernte sozusagen mit Alex und genoß entzückt jede neue Entwicklungsphase, die er durchmachte.

»Katja?«

Katherine wirbelte herum. Sofort kochte sie vor Wut, ihre Augen blitzten, aber nach einem Blick auf Dimitri blieben ihr die hitzigen Worte in der Kehle stecken. Das war auch besser. Er brauchte nicht zu bemerken, wie sehr er ihre Emotionen aufwühlte. Er starrte sie an, kein Blick wanderte zu Alex. Noch hatte sie nichts zu befürchten.

Sie war stolz, wie ruhig ihre Stimme klang, als sie sagte: »Ich nehme an, das ist kein Zufall.«

»Ich überlasse solche Dinge nie dem Zufall.«

»Das stimmt. Nun gut, Dimitri, da du anscheinend nicht gewillt bist, mich in Ruhe zu lassen und nach Hause zu fahren, sag mir, was so wichtig ist, daß du –«

»Ich liebe dich.«

O Gott, da waren sie wieder, die Phantasien, so lebendig und klar. Sie mußte sich setzen, schnell, und weit und breit war keine Bank (nein, sie würde *nicht* vor seinen Füßen ohnmächtig werden.) Schwankend ging sie auf den nächsten Baumstamm zu und lehnte sich dagegen. Vielleicht würde er sich in Luft auflösen, wie das bei Phantasien so üblich ist.

»Hast du mich gehört, Katja?«

»Ja, aber es ist nicht wahr.«

»Was?«

»Daß du mich liebst.«

»Noch mehr Zweifel.« Seine Stimme wurde scharf, aber sie schaute ihn nicht an. »Erst meine Großmutter und jetzt du. Lieber Himmel, ist es denn so schwer zu glauben, daß ich –«

»Du hast deine Großmutter gesehen? ... Oh, was für eine dumme Frage. Natürlich hast du sie gesehen. Hat sie dir erzählt, daß sie mich vor kurzem besuchen kam?«

Dimitri schaute Katherine intensiv an. Sie wich seinem Blick aus, schaute rechts und links an ihm vorbei, überall hin, nur nicht in seine Augen. Was war bloß los mit ihr? Fast ein Jahr hatten sie sich nicht gesehen. Ein Jahr! Er mußte heftig gegen den Drang ankämpfen, sie einfach in seine Arme zu ziehen. Und sie! Sie wechselte das Thema, wenn er ihr eine Liebeserklärung machte. Es war ihr gleichgültig, vollkommen gleichgültig. Das traf ihn wie Messerstiche, doch statt Blut quoll Wut aus ihm heraus.

»Wie du willst, Katja, dann unterhalten wir uns eben über meine Großmutter«, sagte er eisig. »Ja, sie erwähnte, daß ihr euch begegnet seid. Genau wie du offensichtlich auch, ist sie der Meinung, daß wir nicht zusammenpassen.«

»Nun, das tun wir auch nicht.«

»Du weißt haargenau, daß wir zusammenpassen.«

»Du brauchst nicht so zu schreien!« Sie blickte ihn an. »Habe ich dich vielleicht angeschrien? Nein, auch wenn ich allen Grund dazu hätte. Du hast mich benützt, Dimitri. Du hast mich benützt, um deine Tatjana eifersüchtig zu machen. Du bist nie in Österreich gewesen. Du warst die ganze Zeit mit gebrochenem Herzen in Petersburg, weil deine Prinzessin dir wegen eines anderen den Laufpaß gegeben hat.«

»Wo hast du denn diesen Unsinn gehört?« wollte er wütend wissen. »Es stimmt, ich war nicht in Österreich. Aber ich habe eine Ausrede gebraucht, um dich nicht rechtzeitig nach Hause schicken zu müssen. Ja, ich habe gelogen, aber doch nur, weil ich es nicht ertragen hätte, dich zu verlieren. Himmel noch mal!« Er machte seinem Ärger Luft. »Was glaubst du, warum ich während all der Monate nie nach Nowi Domik gekommen bin? Nur aus diesem Grund! Du durftest nicht einfach aus meinem Leben davonsegeln. Was ist daran denn so falsch?«

»Nichts, wenn es die Wahrheit wäre, aber ich glaube dir kein Wort«, erwiderte Katherine verbissen. »Du wolltest mich nur da haben, um Tatjana eifersüchtig zu machen. Du liebst sie, und trotzdem hättest du mich geheiratet. Aber ich brauche deine großartigen Gesten nicht. Und nur zu deiner Information, du hättest mich ganz umsonst geheiratet. Ich bin nach Hause zurückgekehrt, ohne daß mein Name auch nur im geringsten befleckt gewesen wäre. Dein Opfer habe ich nicht nötig gehabt. Wenn die Leute über mich sprechen, dann nur voller Mitgefühl. Es hat sich herumgesprochen, daß meine Schwester und ich zur gleichen Zeit verschwanden, um unseren Vater sozusagen von der richtigen Spur abzulenken. Nun, sie kann jetzt einen Ehemann aufweisen, und ich habe meinen leider verloren.«

»Eine Witwe!« schnaubte Dimitri. »Man hält dich für eine Witwe!«

»Ich habe dieses Gerücht nicht in Umlauf gebracht, aber das spielt auch keine Rolle. Wichtig ist, daß mein Ruf in Ordnung ist. Glaube mir, es war reine Zeitverschwendung, mir zu folgen, nur um dein Gewissen durch eine Heirat zu beruhigen.«

»Denkst du das wirklich? Daß ich nicht nur einmal, sondern zweimal allein wegen eines schlechten Gewissens nach England gesegelt bin?«

»Zweimal?«

»Ja, zweimal. Als ich dich nirgendwo in Petersburg finden konnte, mußte ich annehmen, daß dich dein Freund, der Botschafter, außer Landes gebracht hatte. Ich hätte den Mann niederschlagen können, weil er standhaft behauptete, er hätte dich seit dem Abend auf dem Ball nicht mehr gesehen.«

»Du hast das doch nicht etwa getan?« keuchte sie.

»Nein, ich bin meinen Ärger woanders losgeworden, bei einem Kerl, der es genauso verdiente.«

Katherine schauerte, als sie das befriedigte Aufleuchten in Dimitris Augen wahrnahm. Der Mann tat ihr in jedem Fall leid. »Lebt er denn wenigstens?« fragte sie mit dünner Stimme.

Dimitri lachte gequält. »Ja, obwohl es um ihn nicht schade gewesen wäre. Ich glaube, er hat inzwischen sogar Tatjana geheiratet. Weißt du, sie glaubte, wir hätten um sie gekämpft. Und als ich trotz meines Sieges sie nicht einfordern kam, hat sie sich halt mit dem Verlierer begnügt. Aber soviel ich weiß, ist er ihr ganz recht. Ich liebe sie nicht, habe sie nie geliebt. Im Gegenteil, ich war unendlich erleichtert, als sie Lisenko vorzog. Doch er glaubte das nicht, weil er bis über beide Ohren in sie verliebt war. Der Narr machte mich dafür verantwortlich, als sie mit ihm brach und glaubte, wenn er mich loswürde, könnte er sie zurückgewinnen.«

Katherine erbleichte. »Was meinst du mit loswerden?«

»Berührt es dich, Kleines? Du wirst verstehen, daß es für mich schwierig ist, zu –«

»Dimitri! Was hat er mit dir gemacht?«

Er zuckte die Achseln. »Wegen ihm bin ich in einen fürchterlichen Schneesturm geraten, der mich eineinhalb Monate aufs Krankenlager warf. In der Zeit hast du vermutlich das Land verlassen.«

»Ist das alles?« fragte sie erleichtert. »Er hat dich nicht etwa verwundet?« Als er nur finster blickte, meinte sie mit einem schwachen Lächeln: »Entschuldige, ich wollte es nicht auf die leichte Schulter nehmen... eineinhalb Monate? Du mußt sehr krank gewesen sein.« Sein Gesichtsausdruck wurde nur noch finsterer. »Also gut, wenn du es unbedingt wissen mußt. Ich habe Rußland erst diesen Sommer verlassen.«

»Das kann nicht sein. Meine Leute haben dich überall gesucht, Frau. Die Botschaft wurde beobachtet, der Botschafter beschattet, die Diener bestochen –«

»Aber er hat dir die Wahrheit gesagt, Dimitri. Er hat mich nicht gesehen. Ja, ich ging wohl zur Botschaft, als ich dein Haus verließ. Aber bevor ich noch mit dem Botschafter sprechen konnte, traf ich Gräfin Starow. Sie ist eine ausgesprochen liebenswürdige Frau und so offen. Als ich ihr gegenüber erwähnte, daß ich für eine Weile einen Ort suchte, an dem ich bleiben konnte, bot sie mir großzügigerweise gleich ihr Haus an.«

»Glaubst du wirklich, daß dir Wladimir an diesem Tag nicht gefolgt ist?«

»Ganz und gar nicht«, gab sie zurück. »Genau aus diesem Grund schlug mir die Gräfin auch vor, mit ihrer Zofe Kleider zu tauschen. Also verließ ich die Botschaft auf dem gleichen Weg, wie ich hineingegangen war, und niemand bemerkte etwas. Den Rest des Winters verbrachte ich bei Olga Starow. Kennst du sie? Sie ist eine ganz reizende Dame, ein bißchen exzentrisch zwar und –«

»Warum wolltest du dich unbedingt vor mir verstekken? Ich bin fast verrückt geworden bei der Vorstellung, daß du bei diesem Wetter unterwegs wärst.«

»Ich habe mich nicht versteckt«, protestierte sie. Doch

gleich darauf verbesserte sie sich. »Nun, am Anfang tat ich es wohl. Ich war –« Nein, sie wollte nicht zugeben, daß sie Angst vor einer Begegnung mit ihm gehabt hatte. Angst, daß sie in ihren Entschlüssen wieder geschwankt hätte, gar nicht zu reden von ihren anderen Umständen. »Sagen wir, ich war immer noch ärgerlich über – über –«

»Ja? Darüber, daß ich dich benutzt habe? Dich angelogen? Weil ich eine andere Frau liebe?«

Sein beißender Spott traf sie tief und trieb ihr die Röte in die Wangen. Hatte sie das alles wirklich geglaubt? Als er auf ihrem Landsitz, Brockley Hall, aufgetaucht war, und sie deswegen voller Panik nach London abreiste, hatten sie nicht da schon die Zweifel geplagt. Würde er sie wirklich so verfolgen, wenn er eine andere Frau liebte?

Denk nach, Katherine. Du konntest ihm die ganze Zeit nicht begegnen, weil du wußtest, daß du im Unrecht warst. Und du weißt, daß es nicht richtig ist, ihm Alex vorzuenthalten. Du hast einfach nur Angst gehabt.

Aber sie hatte nicht einmal in Betracht gezogen, daß er sie lieben könnte. Sie hatte das in den Bereich der Wunschträume verbannt. Konnten solche Träume denn wahr werden? Doch sie vergaß jetzt, wie er reagiert hatte, als er erfuhr, wer sie in Wirklichkeit war.

»Du wolltest mich gar nicht heiraten, Dimitri. Du warst so wütend, als du glaubtest, es wäre deine Pflicht. Vor lauter Zorn hast du die Stadt verlassen. Weißt du, was für ein Gefühl das für mich war?«

»Manchmal sollte man nicht glauben, daß eine intelligente Frau wie du, Katja, so dumm sein kann. Auf mich war ich wütend, nicht auf dich. Am gleichen Abend, kurz bevor ich die Wahrheit über dich erfuhr, habe ich Wasili meinen Entschluß mitgeteilt: Wenn ich dich nicht heiraten konnte, wollte ich überhaupt nicht heiraten. Und wie die Ironie des Schicksals so spielt, knapp einen Monat später kehrte Mischa mit Frau und Sohn nach Hause zurück.«

»Aber ich dachte –«

»Ja, das taten wir alle. Aber er war nicht tot. Und seine

Heimkehr befreite mich von allen Verpflichtungen. Ich hätte dich heiraten können, Katja, egal, wer du warst. Aber in der Nacht des Balls konnte ich nur noch daran denken, wie sehr ich dir unrecht getan hatte, und daß du mir unmöglich verzeihen konntest. Ich war entsetzt über mein Verhalten. Denn seit ich Anastasias Porträt von dir gesehen hatte, kannte ich die Wahrheit. Ich wollte sie nur nicht wahrhaben, weil ich dann keine Macht mehr über dich gehabt hätte. Ich hätte verloren, wenn ich deine Identität anerkannt hätte. Und das hätte ich nicht ertragen. Nun habe ich dich trotz allem verloren.«

»Dimitri –«

»Lady Katherine, Alex' Wangen röten sich«, unterbrach Alice.

»Soll ich mit ihm in den Schatten gehen oder soll ich ihn nach Hause bringen?«

Katherine stöhnte innerlich auf. Sie verwünschte die Frau, die Alex so nahe zu seinem Vater brachte. Dimitri warf dem Kindermädchen und dem Baby keinen Blick zu. Er schaute Katherine nur fragend an, als erwartete er – ja, was er erwartete, wußte sie nicht. Bevor sie jedoch der Frau irgendeine Antwort geben konnte, bevor sie irgend etwas zu ihm sagen konnte – sei es nun eine Lüge oder die Wahrheit – erkannte er die Wahrheit.

Er drehte sich scharf um und betrachtete das Kind so intensiv, daß Katherine wie gelähmt daneben stand. Dann nahm er Alice das Kind weg, schaute es an, schaute jede Kleinigkeit an ihm an. Und Alex schaute zurück, ruhig, fasziniert, wie bei allem Neuem, das ihm begegnete. Und sein Vater war etwas Neues für ihn.

»Es tut mir leid, Dimitri«, sagte Katherine kleinlaut. »Ich wollte es dir schon in Petersburg sagen. Wirklich. Aber nachdem, was du bei unserer ersten Begegnung zu mir sagtest, beschloß ich noch zu warten. Und dann... nach dem Ball, war ich zu aufgebracht und – und zu verletzt. Ich wollte dich heiraten, aber nicht, wenn es für die nur eine Pflicht wäre. Und – und ich habe mich gar nicht vor dir versteckt. Nachdem viele Monate vergangen waren, und du mich immer noch nicht gefunden hattest, ging ich oft aus, sogar an deinem Haus vorbei. Aber wahrscheinlich hattest du da die Stadt bereits verlassen.«

Er schaute kurz auf und erinnerte sie: »Weil ich dich suchte.«

»Jetzt wird mir das klar. Aber damals gab ich auf und beschloß, daß es wohl das Beste wäre, wir würden uns nie wieder sehen. Sobald Alex alt genug war für die Reise, bin ich nach Hause gekommen. Es ist dein gutes Recht, von seiner Existenz zu erfahren. Das kann ich nicht leugnen. Und ich hätte es dir auch geschrieben. Aber du bist so schnell hier aufgetaucht. Ich habe mich gerade erst wieder eingewöhnt.«

»Als ich dich hier nicht finden konnte, bin ich nach Rußland zurückgekehrt. Und als du dort auch nicht zu finden warst, bin ich wieder hierher gekommen. Ich konnte nichts anderes mehr denken. Aber seit meiner Ankunft hättest du doch genügend Zeit gehabt. Jeden Tag habe ich bei dir vorgesprochen.«

»Ich weiß, aber – ich hatte Angst.«

»Wovor? Daß ich ihn dir wegnehmen würde? Daß ich wütend wäre? Katja, ich bin überglücklich. Er ist – er ist unbeschreiblich! Das schönste Kind, das ich je gesehen habe.«

»Ich weiß.«

Sie mußte lächeln, mit welchem Stolz er Alex an sich drückte und liebkoste, bevor er ihn dem Kindermädchen zurückgab.

»Bringen Sie ihn nach Hause«, sagte er zu der Frau. »Mein Diener wird Sie begleiten, und Ihre Herrin kommt bald nach.«

Als Dimitri mit der Hand winkte, bemerkte Katherine die Kutsche, die hinter ihrer eigenen stand. Wladimir ging auf das Kindermädchen zu. Der gute, alte Wladimir. Immer war er da, wenn man ihn brauchte. Ohne ihn hätte Katherine Dimitri nie kennengelernt, Alex wäre nie geboren worden. Und wie lange hatte sie ihm gegrollt!

Dimitri sagte nichts, wartete, bis seine Kutsche davongerollte war. Dann drehte er sich zu Katherine um. Sein Blick war voller Zärtlichkeit. »Ich liebe dich, Katja. Heirate mich.«

»Ich –«

Er berührte ihre Lippen mit seinem Finger. »Ich warne dich, Kleines, bevor du etwas sagst. Wenn mir deine Antwort nicht gefällt, wirst du ganz schnell wieder entführt sein, du und das Kind. Und dieses Mal wirst du mir nicht entkommen.«

»Versprichst du mir das?«

Er stieß einen Juchzer aus, hob sie hoch und schwang sie herum. Dann ließ er sie langsam an seinem Körper herabgleiten, bis sich ihre Lippen trafen. In seinem Kuß lag all sein Schmerz, all die Einsamkeit der vergangenen Monate. Und wie gewöhnlich war kein Bett in der Nähe.

42.

Wladimir wartete am Eingang, als Dimitri Katherine nach Hause brachte. Voller Übermut umarmte Dimitri seinen treuen Diener so heftig, daß der arme Kerl kaum mehr Luft bekam.

»Sie hat ja gesagt, Wladimir!«

»Das habe ich mir schon zusammengereimt, Herr. Ich gratuliere Ihnen und Ihnen auch, Gnädige Frau.«

»Danke, Wladimir.« Katherine nickte königlich. »Und du brauchst nicht so steif zu sein. Nur weil ich deine neue Herrin werde, ändert sich doch gar nicht so viel. Ich bin nicht nachtragend, mußt du wissen. Und ich verspreche dir auch, daß du nur samstags ausgepeitscht wirst.«

Dimitri schmunzelte über die Röte, die sich langsam auf Wladimirs Gesicht ausbreitete. »Er versteht dein Necken nicht, Katja. Du mußt ein bißchen vorsichtiger sein mit deinen Spitzen.«

»Unsinn. Er versteht mich sehr wohl. Er hat nur ein schlechtes Gewissen. Stimmt's, Wladimir?«

»Ja, gnädige Frau.«

»Nun, du kannst dich beruhigen, mein Freund.« Sie lächelte ihn verschmitzt an. »In Wahrheit habe ich dir ja sehr viel zu verdanken.«

Katherine drehte sich um, zog Hut und Handschuhe aus, und nur Dimitri hörte Wladimirs erleichterten Seufzer. Er lächelte in sich hinein und schüttelte den Kopf. Seine zukünftige Frau würde für ziemlich viel Wirbel in seinem Haushalt sorgen. Seine Leute würden nie wissen, wann sie es ernst meinte und wann nicht. Aber das würde sie auch von jeder Nachlässigkeit abhalten. Dann erkannte er, daß für ihn ja das gleiche galt und er schmunzelte. Solange sie immer glücklich in seiner Nähe war und ihn liebte, konnte sie nach Herzenslust sticheln.

Er wandte sich an Wladimir. »Die Herzogin erwartet mich zum Mittagessen. Du solltest ihr Bescheid sagen... Nein, besser ist noch, du bringst sie hierher. Hast du etwas dagegen, Katja?«

Sie zog ein Gesicht. »Natürlich nicht, Dimitri, aber sei gewarnt. Sie wird nicht sehr erfreut sein über deine Neuigkeiten. Bei unserer ersten Begegnung sind wir ein bißchen aneinandergeraten. Ich hatte mich geweigert, ihr Alex zu zeigen, und sie nahm mir das wohl übel.«

»Heißt das, sie weiß Bescheid?«

»Sie wußte, daß ich mit einem Sohn heimgekehrt war und vermutete, daß er von dir sei. Sonja hatte ihr geschrieben und sich über mich beklagt, weißt du.«

Er lachte kurz auf. »Warum hat die alte Dame... Ich wußte, daß sie etwas vor mir verbirgt. Aber du täuschst dich. Sie schätzt deinen Schwung, wie sie es nennt, sehr. Und sie wollte uns sicher genauso gerne wieder verbunden sehen wie ich. Jetzt weiß ich auch warum. Sie möchte ihren ersten Urenkel verwöhnen.«

»Ach, du bist es, Kate.« Auf dem oberen Treppenabsatz erschien George St. John. »Ich meinte Stimmen zu hören, aber von dem Geschwätz hab' ich kein Wort verstanden. Übst du wieder dein Französisch, wie?«

»Komm herunter, Vater. Ich möchte dir deinen zukünftigen Schwiegersohn vorstellen.«

»Der Russe?«

»Ja.«

»Also war *er* es doch«, sagte George mit selbstgefälliger Befriedigung.

»Ja, er war es.«

Katherine spähte zu Dimitri, um zu schauen, ob er verärgert war, daß sie Englisch sprachen. Aber er war es nicht. Doch das würde schwierig werden. Ihr Vater sprach kein Französisch. »Weiß gar nicht, warum das Ganze so lange gedauert hat«, meinte George, als er unten an der Treppe ankam. »Ich hätt ihn dir schon viel eher beschaffen können.«

»Danke, das habe ich ohne deine Hilfe gemacht.«

»Und ich dachte, ich wäre derjenige gewesen, der dich gewonnen hätte«, sagte Dimitri in fehlerlosem Englisch. Und an George gewandt: »Es ist mir ein Vergnügen, Sie kennenzulernen, Mylord.«

Katherine drehte sich mit funkelnden Augen zu ihm um. »Warum hast du – du –«

»Dummkopf? Unhold? Schurke? Oh, wir dürfen den verdammten Wüstling nicht vergessen. Und das ist noch lange nicht alles, was du mich geheißen hast, als du glaubtest, ich verstünde kein Wort Englisch.«

»War das fair?«

»Fair, Kleines? Nein. Amüsant? Ja. Du bist einfach unbezahlbar, wenn du in deinem Groll so vor dich hin murmelst.«

»Ja, nicht wahr?« stimmte George zu. »Ich fand das auch immer. Hat sie von ihrer Mutter. Sie war eine Frau, die die interessantesten Gespräche mit sich selbst führen konnte.«

»Schon gut«, lächelte Katherine. »Ich geb' auf.« Gleich darauf fragte sie: »Sind denn Warren oder Beth da? Sie werden Dimitri kennenlernen wollen.«

»Da wirst du bis heute abend warten müssen, Kate. Deine Schwester sagte irgend etwas von Einkäufen, und Warren ist, glaube ich, in seinem Klub. Ich wollte auch gerade gehen. Sie kommen doch zum Abendessen, ja?« wandte er sich an Dimitri. »Müssen die Hochzeitsvorbereitungen besprechen, nicht wahr.«

»Ich werde es nicht versäumen«, versicherte Dimitri.

Die Eingangstür öffnete sich in dem Moment, als George das Haus verlassen wollte, und Elisabeth trat ein. »So bald schon zurück?« begrüßte George sie. »Da ist deine Schwester und sie hat ein paar Neuigkeiten für dich, nehme ich an.«

»Oh?« Elisabeth spähte über seine Schulter und holte tief Luft, als sie Dimitri und Katherine nahe beieinander stehen sah.

»Oh!« Damit eilte sie zu ihnen und ihr Vater trat schmunzelnd auf die Straße.

Katherine stellte die beiden einander vor und erzählte die freudigen Neuigkeiten. Doch ihre Schwester schien ihr gar nicht zuzuhören. Es war das erste Mal, daß sie Dimitri aus der Nähe sah und sie konnte ihn nur fasziniert anstarren. Katherine mußte ihr einen Stoß in die Rippen versetzen, damit sie wieder zu sich kam.

»Oh! Verzeihung.« Elisabeth fing sich errötend wieder. »Ich freue mich so, Sie endlich kennenzulernen. Sehr viel habe ich ja noch nicht über Sie gehört. Kit ist so verschlossen gewesen und... Heißt das, Sie wollen Kit mit nach Rußland nehmen? Es ist doch so kalt dort.«

»Im Gegenteil.« Dimitri lächelte. »Ich denke, daß wir die meiste Zeit auf Reisen verbringen und meine Geschäfte inspizieren werden.« Bei diesen Worten warf er Katherine einen Blick zu. »Mir ist schon nahegelegt worden, daß ich mich nicht genügend um meine Kapitalanlagen kümmere.«

Elisabeth verstand die kleine Anspielung zwischen ihnen nicht. »Aber das ist ja wundervoll! Kit wollte immer reisen. Und sie hat ein solches Geschick mit geschäftlichen Angelegenheiten. Sie wird Ihnen doch dabei helfen dürfen, oder?«

»Anders würde ich es gar nicht haben wollen. Aber, so gern ich den Rest der Familien auch kennenlernen möchte, bitte ich Sie doch, liebe Beth, uns ein bißchen alleine zu lassen. Ihre Schwester hat mir gerade erst ihr Ja-Wort gegeben und es gibt noch so vieles, was ich ihr sagen möchte.«

»Natürlich!« beeilte sich Elisabeth zuzustimmen. Aber sie hätte wohl allem zugestimmt, was er sagte. Sie war wie hypnotisiert. »Ich habe noch Sachen zu erledigen und – und wir sehen uns dann später, nicht wahr?«

Katherine amüsierte das Verhalten ihrer Schwester. Überrascht war sie jedoch keineswegs darüber. Wie oft war sie völlig verwirrt gewesen, wenn Dimitri sie aus seinen sinnlichen, dunklen Augen angeschaut hatte. In der Tat befand sie sich immer noch in einem angenehmen Schockzustand, von dem sie kaum glaubte, sich je wieder zu erholen. Dieser Mann sagte, er liebte sie. *Sie*. Es war unbegreiflich. Womit hatte sie dieses Glück verdient?

Einen Augenblick später, als Elisabeth auf der Treppe verschwunden war, faßte Dimitri sie um die Taille und steuerte mit ihr in die Richtung, in der er den Salon vermutete. Seine Vermutung war richtig.

»Du hattest doch hoffentlich für heute abend keine anderen Pläne gehabt?« sagte Katherine. »Ich meine, mein Vater hat dir ja praktisch keine Wahl gelassen.«

»Alle meine Pläne drehen sich um dich, Kleines«, erwiderte er.

Er schloß die Tür hinter ihnen und das war die erste Warnung für Katherine, was seine unmittelbaren Pläne betraf. Der Ausdruck seiner Augen bestätigte das nur.

»Dimitri!« Sie versuchte schockiert zu klingen, doch das Lächeln um ihren Mund strafte ihren Ton Lügen. »Das ist nicht wie bei dir hier, mußt du wissen. Unsere Diener denken sich gar nichts dabei, Türen zu öffnen und hereinzuplatzen.« Er löste das Problem, indem er den nächstbesten Stuhl packte und ihn unter die Türklinke klemmte. »Du bist schrecklich verdorben.«

»Ja«, pflichtete er ihr bei und nahm sie in den Arm. Sie preßte sich näher, immer näher an. »Aber du stehst mir in nichts nach, Geliebte.«

»Das ist schön«, murmelte sie an seinen Lippen. »Sag es nochmal.«

»Meine Geliebte. Ja, das bist du. Ohne dich ist mein Leben freudlos.«

Hast du das gehört, Katherine? Glaubst du es jetzt?

Sie glaubte es. Das Märchen war Wirklichkeit geworden.

Johanna Lindsey

Fesselnde Liebesromane voller Abenteuer und Zärtlichkeit
»Sie kennt die geheimsten Träume der Frauen ...«

ROMANTIC TIMES

Zorn und Zärtlichkeit
01/6641

Wild wie der Wind
01/6750

Die gefangene Braut
01/6831

Zärtlicher Sturm
01/6883

Das Geheimnis ihrer Liebe
01/6976

Wenn die Liebe erwacht
01/7672

Herzen in Flammen
01/7746

Stürmisches Herz
01/7843

Geheime Leidenschaft
01/7928

Lodernde Leidenschaft
01/8081

Wildes Herz
01/8165

Sklavin des Herzens
01/8289

Fesseln der Leidenschaft
01/8347

Sturmwind der Zärtlichkeit
01/8465

Geheimnis des Verlangens
01/8660

Gefangene der Leidenschaft
01/8851

Wilhelm Heyne Verlag
München